KB094367

# 천룡팔부 1

천룡팔부 1 – 북명신공

1판 1쇄 인쇄 2020. 5. 13.
1판 1쇄 발행 2020. 5. 25.

지은이 김용
옮긴이 이정원
발행인 고세규
편집 봉정하 디자인 지은혜 마케팅 김용환 홍보 반재서
발행처 김영사
등록 1979년 5월 17일 (제406-2003-036호)
주소 경기도 파주시 문발로 197(문발동) 우편번호 10881
전화 마케팅부 031)955-3100, 편집부 031)955-3200 | 팩스 031)955-3111

값은 뒤표지에 있습니다.
ISBN 978-89-349-9115-1 04820
978-89-349-9114-4 (세트)

홈페이지 www.gimmyoung.com 블로그 blog.naver.com/gybook
페이스북 facebook.com/gybooks 이메일 bestbook@gimmyoung.com

좋은 독자가 좋은 책을 만듭니다.
김영사는 독자 여러분의 의견에 항상 귀 기울이고 있습니다.

이 도서의 국립중앙도서관 출판시도서목록(CIP)은 서지정보유통지원시스템 홈페이지(http://seoji.nl.go.kr)와 국가자료공동목록시스템(http://www.nl.go.kr/kolisnet)에서 이용하실 수 있습니다.(CIP제어번호 : CIP2020018204)

**일러두기**

본문의 미주는 옮긴이의 주이다. 작품의 이해를 돕기 위한 김용 선생님의 작가 주는 •로 표기하고 미주 뒤에 수록한다.
단, 전체 내용에 대한 주일 경우 • 없이 장만 표기한다. 원서 편집자 주도 장별로 작가 주 뒤에 수록한다.

# 천룡팔부

天 龍 八 部

김용 대하역사무협 — 이정원 옮김

북명신공

1

## 〈김용작품집〉 신新 서문

소설은 보여주기 위해 쓰는 것이다.

소설의 내용물은 사람이다. 소설은 한 사람이나 몇 사람, 한 무리, 혹은 수천수만에 이르는 사람들의 성격과 감정을 써낸다. 그들의 성격과 감정은 그들이 마주치는 환경과 경험에 투영되고, 사람과 사람의 교류 및 관계에 투영된다. 장편 소설 가운데 한 사람의 이야기를 쓴 것은《로빈슨 크루소》가 유일한 것 같다.《로빈슨 크루소》는 주인공과 자연의 관계를 그렸는데, 나중에는 하인 프라이데이가 등장한다. 한 사람을 다룬 단편 소설은 좀 더 많다. 특히 근현대의 신소설은 한 사람이 환경과 접촉하면서 드러나는 바깥 세계와 내면 세계를 그리는데, 그중에서도 내면 세계에 집중한다. 일부 소설은 동물이나 신선, 귀신, 요괴 등을 다루지만 그들을 사람처럼 묘사한다.

무협 소설 또한 사람을 그린다는 점에서 다른 소설과 다를 바가 없다. 다만 그 배경이 고대이고 주요 인물들이 무공을 할 줄 알며, 이야기가 격렬한 싸움에 치중할 뿐이다. 어떤 소설이든 특별히 중점을 두는 부분이 있다. 로맨스 소설은 사람 간에 성적인 감정과 행동을 다루고, 시대 소설은 특정 시대 환경과 사람을 다룬다.《삼국연의》와《수호전》같은 소설은 수많은 인물들의 투쟁을 그리고 현대 소설은 인물의 심리 흐름에 중점을 둔다.

소설은 일종의 예술이다. 예술의 기본 내용은 인간의 감정과 생명이며, 주된 형식은 아름다움 — 넓은 의미에서 미학적인 아름다움이다. 소설에서 아름다움이란, 말과 글의 아름다움이며 줄거리 구조의 아름다움이다. 그 핵심은 특정한 형식을 통해 인물의 내면 세계를 표현하는 방법이다. 어떤 형식이든 상관없다. 작가가 주관적으로 분석할 수도 있고, 객관적으로 이야기를 서술한 뒤 그 인물의 행동과 말을 통해 표현할 수도 있다.

소설을 읽는 독자들은 소설의 내용과 자신의 심리를 결합한다. 똑같은 소설이라도 어떤 사람은 강렬한 충격을 받는 반면 어떤 사람은 지루하게 느낄 수 있다. 독자의 개성과 감정이 소설에서 표현하는 개성과 감정에 맞아떨어져야만 '화학 반응'이 일어나는 것이다.

무협 소설은 인간의 감정을 표현하는 특정한 형식이다. 감정을 표현할 때, 작곡가나 연주자는 피아노나 바이올린, 교향곡, 가곡이라는 형식을 사용하고, 화가는 유화나 수채화, 수묵화 혹은 판화라는 형식을 사용한다. 중요한 것은 형식이 아니라 표현하는 방법이 훌륭한가, 독자나 청자, 관람객의 마음과 통하는가, 그들 마음에 공명을 일으킬 수 있는가에 있다. 소설은 예술의 형식 중 하나로, 그중에는 좋은 예술도 있고 나쁜 예술도 있다.

예술에서 좋고 나쁨은 아름다움의 범주이지, 진실함이나 선함의 범주는 아니다. 아름다움을 판단하는 기준은 미美와 감정이며, 과학적인 진실 여부(무공이 생리학적 혹은 과학적으로 가능한가)나 도덕적인 선함, 경제적인 가치 혹은 정치 통치자의 유불리가 아니다. 물론 어떤 예술 작품이든 사회에 영향을 줄 수 있으니 자연스레 그 영향으로 작품의 가치를 가늠할 수는 있으나, 이는 별개의 평가다.

중세 유럽에서 기독교 세력은 사회 전반에 두루 퍼져 있었으므로, 유럽이나 미국 박물관에 가면 모든 중세 그림들의 소재는 성경이고, 여성의 신체적 아름다움 또한 반드시 성모의 모습을 통해 표현한다. 르네상스 이후에야 그림이나 문학에 보통 사람들이 등장한다. 르네상스, 이른바 문예 부흥이란, 문학과 예술이 더 이상 천사나 성자에게 집중하지 않고 그리스 로마 시대처럼 '사람'을 묘사하는 방식을 되살린 것이다.

중국인들은 오랫동안 '글은 곧 도리'라는 문학예술관을 지녀왔다. 이는 '선함과 선하지 않음'으로 문학예술의 가치를 논하던 중세 유럽 암흑시대의 사상과 동일하다. 그래서 《시경詩經》에 실린 사랑 노래들은 군주를 풍자하거나 후비后妃(황제의 황후와 후궁 — 옮긴이)를 찬양하는 노래로 해석되었다. 사람들은 도연명陶淵明의 〈한정부閒情賦〉나 사마광司馬光, 구양수歐陽修, 안수晏殊가 쓴 그리움과 사랑의 글을 옥에 티라도 되는 양 애석하게 평가하거나, 호의라도 베풀듯 다른 의미로 해석하곤 했다. 그들은 문학예술이 감정을 표현한다는 것을 믿지 않았고, 문자의 유일한 기능은 정치나 사회에 가치를 제공하는 것이라고 여졌다.

나는 무협 소설을 쓰면서, 오로지 인물을 만들어내고 그들이 특정한 무협 환경(고대 중국, 법치가 통하지 않고 무력으로 분쟁을 해결하는 불합리한 사회)에서 겪는 일을 묘사했다. 당시 사회는 현대 사회와 크게 다르지만, 인간의 성격과 감정은 크게 다르지 않다. 고대인들의 애환과 이합집산, 희로애락은 현대 독자들에게도 유사한 정서를 불러일으킨다. 물론, 독자들은 내 소설을 소설의 표현 방식이 서투르거나 글 쓰는 기술이 부족하거나 묘사에 깊이가 없다고 느껴, 미학적으로 저열한 예술 작품이라 평할 수도 있다. 어쨌든 나는 도리 같은 것을 설파하고 싶지는 않다. 나는 무협 소설을 쓰는 동시에 정치 평론이나 역사와 철학, 종교에 관한 글을 썼다. 무협 소설과는 완전히 다른 것들이다. 사상을 담은 글은 독자의 이성에 호소한다. 이런 글이어야 옳고 그름과 진짜와 가짜를 판단할 수 있으며, 독자들은 이를 보고 동의하거나 일부만 동의하거나 완전히 반대할 수 있다.

반면 소설에 관해서는, 단순하게 좋은지 싫은지, 감동적인지 지루한지만 이야기했으면 한다. 나는 독자들이 내 소설 속 어떤 인물을 좋아하거나 미워할 때 가장 기쁘다. 그런 감정이 든다는 것은 소설 속 인물들이 독자들 마음에 가 닿았다는 뜻이다. 소설 작가의 가장 큰 바람은, 작가가 빚어낸 인물이 독자들 마음속에서 생생하게 살아나, 피와 살이 있는 진짜 사람이 되는 것이다. 예술은 창조다. 음악은 소리를 창조하고, 그림은 시각적 이미지를 창조하고, 소설은 인물과 이야기, 그리고 그 내면 세계를 창조한다. 세상을 사실대로 반영하기만을 원한다면, 녹음기나 카메라가 있는 요즘, 음악과 그림이 왜 필요한가? 신문이 있고, 역사서가 있고, TV 다큐멘터리와 사회 통계, 병력 기록, 정부와 경찰의 인사 정보가 있는데 소설이 왜 필요한가?

무협 소설은 통속 소설이라 대중적이고 오락성이 강하지만, 수많은 독자들에게 영향을 미친다. 내가 하는 말의 요지는, 자신의 나라와 민족을 아끼고 존중하듯 다른 이의 나라와 민족 또한 존중하고, 평화적이고 우호적으로 서로 도우며, 정의와 옳고 그름을 중요시하고 남을 해쳐 자신의 이익을 꾀하는 일에 반대하며, 신의를 지키는 순수한 사랑과 우정을 찬미하며, 정의를 위해 몸을 아끼지 않고 투쟁하는 것을 찬양하며, 권력과 이득의 다툼과 이기적이고 비열한 생각이나 행위를 경멸하라는 것이다. 무협 소설의 역할은 독자들이 소설을 읽으면서 단순히 백일몽을 꾸며 위대한 성공이라는 환상에 깊이 빠지게 하는 것이 아니라, 그 환상 속에서 좋은 사람이 되어 좋은 일을 하려 노력하고, 나라와 사회를 사랑하는 사람이 되어 다른 사람이 행복해지도록 돕고, 좋은 일로 공적을 쌓아 사랑하는 사람들로부터 존경과 사랑을 받는 모습을 상상하게 하는 것이다.

무협 소설은 현실주의 작품이 아니다. 문학에서 현실주의만을 인정하고 나머지는 모조리 부정하는 평론가들이 적지 않다. 이는 곧, 소림파의 무공이 훌륭하므로 무당파니 공동파니 태극권이니 팔괘장이니 선퇴니 백학파니 공수도니 태권도니 유도니 복싱이니 무에타이니 하는 그 밖의 것들은 사라져야 마땅하다고 하는 것이나 다름없다. 우리가 주장하는 것은 다원주의다. 소림파의 무공을 무학의 태산북두로 여겨 존중하면서도, 다른 문파 역시 공존할 수 있어야 한다는 생각이다. 소림파보다 좋지 않을 수도 있지만, 그들 역시 자신만의 견해와 창조력이 있다. 광둥 요리를 좋아하는 사람이라고 베이징 요리나 쓰촨 요리, 산둥 요리, 안후이 요리, 후난 요리, 웨이양 요리, 항저우 요리, 혹은 프랑스 요리나 이탈리아 요리 같은 것을 금지하자고 주장할 필요는 없다. 사람의 취향은 저마다 다르다고 하지 않던가. 무협 소설을 과하게 치켜세울 필요도 없지만, 말살할 필요도 없다. 어떤 물건이든 그 쓰임이 있는 것이다.

총 서른여섯 권의 이 작품집은 1955년에서 1972년까지 대략 16년간 쓴 것들이다. 작품집에는 장편 소설 열두 편과 중편 소설 두 편, 단편 소설 한 편, 역사 인물 평전 한 편, 그리고 소량의 역사 고증 글이 담겨 있다. 출판 과정은 기괴했다. 홍콩이든 대만이든 중국 본토든 해외든, 각종 해적판이 먼저 나갔고 그 후에야 내 교정을 거쳐 판권을 사들인 정식 판본이 출간됐다. 중국 본토에서는 '삼련판三聯版(1970~80년대에 김용이 개정한 판본으로, 가장 흔하게 알려져 있음. 국내에 알려진 이름에 따라 외래어 표기법에 따르지 않고 삼련판으로 썼음 — 옮긴이)'이 출판되기 전, 톈진의 바이화문예출판사에서만 판권을 사서 《서검은구록書劍恩仇錄》을 출판했다. 그 출판사는 인쇄 전에 꼼꼼하게 교정을 보았고, 계약서에 따라 인세를 지불했다. 나는 법에 따라 소득세를 내고 나머지는 몇몇 문화 기구에 기부하거나 바둑 서포터 활동을 했다. 기분 좋은 경험이었다. 그 외에는 베이징 싼리엔(삼련 — 옮긴이) 서점에서 출판할 때까지 판권 계약을 한 적이 없다. '삼련판'의 판권 계약은 2001년에 만료됐고, 그 후 중국 본토 판본은 광저우 출판사가 갖게 됐다. 홍콩과 마카오와 가까워 업무적으로 소통하고 협력하기가 편리했기 때문이다.

불법 복제판을 낸 출판사가 인세를 지불하지 않는 것은 부차적인 문제다. 조잡하게 만들어진 판본들에는 오류가 넘친다. 심지어 내 이름을 빌려 무협 소설을 쓰고 출판하는 사람도 있다. 잘 쓴 작품이라면 그 명예를 가로챌 마음이 없지만, 지루한 싸움과 선정적인 묘사로 가득한 작품을 대하면 불쾌함을 감출 수 없다. 어떤 출판사는 홍콩과 대만 등지의 다른 작가들 작품을 내 필명으로 출판하기도 했다. 수많은 독자들이 고발하는 편지를 보내 커다란 분노를 표했다. 어떤 사람은 내 허락도 받지 않고 평론서를 냈다. 펑지용馮其庸, 옌지아옌嚴家炎, 천모陳墨 세 분은 공력도 깊고 태도도 진지하여 깊이 감읍할 따름이나, 그 외에는 대부분 작가의 의도와 한참 떨어진 논평이었다. 다행히도 이제 출판을 중지하고 출판사에서도 사과하고 배상했으니 분쟁은 끝났다.

어떤 복제판에는 나와 고룡古龍, 예광倪匡이 '빙비빙수빙冰比冰水冰(얼음은 얼음물보다 차다 — 옮긴이)'이라는 구절로 상련정대上聯征對(대련의 앞 구절을 내어 다른 사람에게 뒤 구절을 붙이게 하는 것 — 옮긴이)를 냈다는 이야기도 있는데, 실로 우스운 일이다. 한자 대련에는 일정한 규칙이 있어서, 앞 구절의 마지막 글자는 측성仄聲(중국어 사성 중 입성, 상성, 거성을 아울러 이르는 말 — 옮긴이)이고 뒤 구절은 평성(중국어 사성 중 측성이 아닌 것 — 옮긴이)으로 끝난다. 하지만 '빙'자는 평성이다. 우리는 이런 상련정대를 낸 적이 없다. 이 때문에 중국 본토에서 여러 독자들이 뒤 구절을 보내오는 등 많은 사람들이 시간과 기력을 낭비했다.

나는 독자들이 쉽게 진위를 판별할 수 있도록 장편 및 중편 소설 열네 편의 제목 첫 글자를 모아 대련을 만들었다.

'비설연천사백록飛雪連天射白鹿, 소서신협의벽원笑書神俠倚碧鴛-휘몰아치는 눈 하늘 가득 흰 사슴을 쏘고, 글 비웃는 신비한 협객 푸른 원앙에 기대네.'(단편 《월녀검》은 포함되지 않았는데, 하필이면 내 바둑 스승인 천주더陳祖德 선생이 가장 좋아하는 작품이 《월녀검》이다.) 첫 번째 소설을 쓸 때만 해도 두 번째 작품을 쓰게 될지 몰랐고, 두 번째 소설을 쓸 때는 세 번째 작품에 어떤 소재를 쓸 것인지, 어떤 제목을 쓸지 전혀 알지 못했다. 하여 이 대련은 잘 짜였다고 할 수 없다. '비설'과 '소서', '연천'과 '신협'은 대구가 맞지 않고, '백'과 '벽'은 모두 측성이다. 하지만 상련 정대를 내게 된다면 글자 선택이 자유로우니, 좀 더 재미있고 규칙에 맞는 글자를 고를 것이다.

많은 독자들이 편지에서 같은 질문을 했다.

"쓰신 소설 중에서 어떤 작품이 가장 잘 썼다고 생각하세요? 어떤 작품을 가장 좋아하세요?"

대답하고 싶어도 대답할 수 없는 질문이다. 소설을 쓸 때 내게는 한 가지 소원이 있었다. '한 번 썼던 인물이나 줄거리, 감정, 나아가 세부적인 내용조차 중복해서 쓰지 말자'는 것이었다. 재능의 한계로 이 소원을 완전히 이뤘다고 할 수는 없으나 항상 이 방향으로 노력했고, 대체적으로는 열다섯 편이 모두 다르고 그 소설을 쓸 당시 내 감정과 생각, 특히 감정이 스며 있다.

나는 각각의 소설에 나오는 정의로운 인물들을 좋아한다. 그들의 경험에 따라 기뻐하거나 낙담하거나 슬퍼하고, 때로는 몹시 상심할 때도 있다. 글 쓰는 기술은 후기로 갈수록 다소 좋아졌지만, 가장 중요한 것은 기술이 아니라 개성과 감정이다. 이 소설들은 홍콩과 대만, 중국 본토, 싱가포르에서 영화와 드라마로 제작됐고, 몇 부는 서너 개의 판본까지 나왔다. 그 외에도 연극과 경극, 월극粵劇(광동, 광서 지방에서 유행한 중국 전통 희곡. 현지 민속 음악을 사용하며 복장이 독특함 — 옮긴이), 뮤지컬 등이 만들어졌다. 이에 따라 두 번째 질문이 생겼다.

"영화나 드라마로 각색된 작품 중 어떤 작품이 가장 연출을 잘했다고 생각하세요? 남녀 주인공 중에서 원작과 가장 잘 맞는 사람은 누구인가요?"

영화와 드라마의 표현 방식은 소설과는 완전히 달라 비교하기가 몹시 어렵다. 드라마는 편수가 많아 표현하기가 쉽지만, 영화는 훨씬 제약이 많다. 또한, 소설은 읽는 동안 작가와 독자가 함께 인물을 형상화하기 때문에 같은 소설을 읽어도 사람마다 머릿속에 그리는 남녀 주인공의 모습은 다를 수 있다. 독자 개개인의 경험과 개성, 감정과 희로애락은 모두 다르기 때문이다. 여러분 또한 마음속에 그리던 책 속의 남녀 주인공이 자신이나 연인의 모습과 뒤섞이는 경험을 했을 것이다. 독자마다 성격이 다르니 다른 사람이 생각하는 연인은 분명코 여러분이 생각하는 연인과 다르다. 하지만 영화와 드라마는 인물의 모습을 고정시키므로 관객들에게 상상할 여지를 주지 않는다. 어떤 것이 가장 훌륭하다고 말할 수는 없지만, 이렇게 말할 수는 있다. 원작의 본모습을 완전히 바꿔놓은 것이 가장 나쁘고, 가장 독선적이며, 원작자와 수많은 독자들을 가장 무시한 것이다.

무협 소설은 중국 고전 소설의 오랜 전통을 계승한다. 중국 최초 무협 소설은 당인전기唐人傳奇의 《규염객전虬髯客傳》과 《홍선紅線》, 《섭은낭聶隱娘》, 《곤륜노崑崙奴》 등일 것이며, 이 작품들은 훌륭한 문학 작품이다. 그 후로는 《수호전》과 《삼협오의三俠五義》, 《아녀영웅전兒女英雄傳》 등이 나왔다. 현대 무협 소설은 비교적 진지한 편이어서 정의와 의리, 살신성인, 서강부약鋤强扶弱, 민족정신, 그리고 중국 전통 윤리를 중시한다. 그 속에 나오는 과장된 무공을 꼬치꼬치 따질 필요는 없다. 사실상 불가능한 것도 있으나 이는 중국 무협 소설의 전통일 뿐이다. 섭은낭은 몸을 축소해 다른 사람 배 속으로 들어갔다가 입으로 튀어나오는데, 아무도 사실이라고 믿지 않는다. 하지만 섭은낭 이야기는 천년 동안 줄곧 사랑을 받았다.

내가 초기에 쓴 소설에는 한족 왕조의 정통 관념이 강했다. 후기로 갈수록 중국에 있는 모든 민족이 동일하다는 관념이 보이는 건 내 역사관이 약간 진보했기 때문이다. 이런 면은 《천룡팔부》와 《백마소서풍》, 《녹정기》에서 특히 잘 드러난다. 위소보(《녹정기》 주인공)의 아버지는 한족일 수도, 만주족이나 몽고족, 회족, 장족일 수도 있다. 첫 번째 소설인 《서검은구록》도 주인공 진가락은 나중에 이슬람교에 대한 지식과 호감이 커진다. 어느 민족이건 어느 종교이건 어느 직업이건 좋은 사람과 나쁜 사람이 있기 마련이다. 나쁜 황제가 있듯 좋은 황제가 있고, 나쁜 대신이 있듯 진심으로 백성을 아끼는 좋은 관리도 있다. 책 속에 나오는 한족과 만주족, 거란족, 몽고족, 서장족에도 좋은 사람과 나쁜 사람이 있다. 승려와 도사, 라마, 서생, 무사들도 각양각색의 개성과 품성을 지닌 사람들이다. 사람을 양분하는 것을 좋아하는 몇몇 독자는 호불호를 분명히 나눠 개인으로 단체를 판단하지만, 이는 결코 작가의 뜻이 아니다.

역사의 사건이나 인물은 당시 역사적 환경에 놓고 생각해야 한다.

송나라와 요나라, 원나라와 명나라, 명나라와 청나라 교체기에 한족과 거란족, 몽고족, 만주족 등 각 민족은 격렬하게 싸웠고, 몽고족과 만주족은 정치적 도구로 종교를 이용했다. 소설에서 묘사하고자 한 것은 당시 사람들이 가진 관념과 심리 상태이므로, 후세 사람이나 현대인의 관념으로 재단할 수 없다. 나는 소설을 쓸 때 각 인물의 개성과 그들의 희로애락을 묘사하려 했다. 소설은 무언가를 빗대어 표현하는 것이 아니다. 탓해야 한다면 그것은 인간 본성에 자리한 추잡하고 어두운 품성일 것이다. 정치적인 관점과 사회 이념은 시시각각 변한다. 일시적인 관념으로 소설의 가치를 판단할 필요는 없다. 하지만 인간의 본성은 변화가 몹시 적다.

리우자이푸劉再復 선생과 그 영애 리우젠메이劉劍梅가 함께 쓴 《부녀양지서父女兩地書》(공오인간共悟人間)에서 젠메이 양은 리퉈李陀 선생과 나눈 대화를 언급했다. 리 선생은 소설을 쓰는 것은 피아노를 치는 것과 마찬가지라, 지름길이 없고 한 계단 한 계단 차근차근 올라야 하며, 매일 고된 훈련을 거듭하고 책을 충분히 읽어야 한다고 말했다. 나도 그 의견에 동의한다. 나는 매일 적어도 너덧 시간 책을 읽었고 여태 중단한 적이 없다. 신문사에서 퇴직한 후에도 계속해서 중외대학(외국 교육기관이 중국에서 운영하는 대학 — 옮긴이)에서 연수했다. 그동안 학문과 지식, 식견은 늘었지만 재능은 늘지 않아서 소설들을 세 번째로 개정했음에도 많은 사람들이 한숨을 쉬었으리라 생각한다. 어느 피아노 연주자가 매일 20시간 동안 피아노 연습을 하더라도, 천부적인 재능이 부족하면 쇼팽이나 리스트, 라흐마니노프, 파데레프스키는 물론이고,

루빈스타인이나 호로비츠, 아슈케나지, 리우스쿤, 푸총조차 될 수 없는 것과 마찬가지다.

이번 세 번째 개정판에서는 틀린 글자와 빠진 부분을 바로잡았는데, 대부분 독자들이 지적해준 부분이다. 비교적 긴 부분을 보충하거나 수정한 것은 평론가와 연구회의 토론에서 나온 결과를 반영했다. 눈에 빤히 보이는 결점인데도 바로잡을 수 없는 것이 여전히 많지만, 재능의 한계로 어쩔 도리가 없다. 아직 남아 있는 실수나 부족한 부분은 편지로 알려주기 바란다. 나는 모든 독자를 친구로 여기며, 친구들의 지적과 관심은 언제나 환영이다.

2002년 4월 홍콩에서

김용

## 주요 등장인물

### 단예

단정순의 아들이자 대리단국의 황자. 빼어난 외모와 지력을 겸비해 뭇 여성들로부터 인기를 한 몸에 받는 공자이다. 중원을 떠돌며 무림 고수들과 여러 차례 충돌하는데 무공에 문외한인 탓에 여러 차례 위협을 받는다.

### 소봉(교봉)

강호 최대 규모의 문파인 개방의 방주. 의협심이 강하고 호탕한 성격의 협객으로 강력한 무공을 지녔다. 사랑하는 여인을 지키기 위해 죽음마저 불사하는 순애보적인 인물로 의리를 가장 중시한다.

### 허죽

소림사의 승려로 성실하고 순박하며 착한 성품을 지녔으며, 입술이 두껍고 얼굴에 상처가 있는 데다 들창코를 가져 외모가 곱지 않다. 소림사의 기본 장법과 내공심법만 겨우 익혔을 정도로 무공 실력이 매우 미천하다.

### 단정순

대리국 황제인 보정제의 동생이자 단예의 아버지. 대범하면서도 자상한 성품의 소유자로 가는 곳마다 여러 여인과 사랑을 나누는 호색한이다.

### 단정명

단정순의 형이자 단예의 백부. 대리국의 황제로 보정제라는 제호를 사용한다. 너그럽고 인자한 성격으로 백성들의 민심을 얻은 성군이다.

### 모용복

연나라의 황족으로 모용박의 아들로 연나라 재건에 목숨을 걸었다. 단예가 첫눈에 반한 왕어언이 사모하는 인물로 단예와 여러 차례 충돌한다.

### 모용박

모용복의 아버지로 과거 연국 재건을 위해 송과 요나라 간의 전쟁을 일으키려 했다. 그 계략에 빠져 무림의 많은 이들이 원한 관계를 맺게 되었으며 가족과 생사 이별하게 된다.

### 왕어언

단예가 첫눈에 반한 여인으로 하늘에서 내려온 선녀 같다. 무공을 직접 구사하지는 못하나 각종 비급을 암기하여 무공에 대한 식견이 매우 높다.

### 종영

귀여운 외모와 명랑한 성격을 가진 소녀로 위기에 처한 단예를 구해준다. 단예에게 첫눈에 반해 오라버니처럼 따른다.

### 목완청

검은 면막으로 얼굴을 가리고 다닌다. 처음에는 단예를 폭행하고 욕설을 퍼붓는 등 괴팍한 성격을 보이지만 단예를 낭군으로 생각하고 흠모한다.

### 구마지

토번국의 호국법왕이자 대륜명왕. 불법에 정통하며 뛰어난 지혜를 가진 승려다. 5년마다 한 번씩 대설산 대륜사에 운집하여 행하는 설법으로 세간에 이름을 날렸다.

### 단연경

악관만영이라는 별칭을 지닌 사대악인의 우두머리로 흉악하고 악랄한 성품을 지녔다. 두 다리를 잃어 지팡이로 양 발을 대신하며, 목소리가 나오지 않아 복화술 등으로 대화한다. 본래 대리국의 황태자였으나 반역이 일어나 부황이 살해당하고 적들에 의해 중상을 입는다.

### 섭이랑

사대악인의 둘째로 무악부작이라 불린다. 타인의 갓난아기를 훔쳐 기르다가 죽이는 잔인한 버릇으로 악명이 높다.

### 악노삼

사대악인 중 셋째로 남해악신이라 불린다. 셋째인 것에 항시 불만을 품어 자신의 이름을 악노삼이 아닌 악노이로 소개한다. 포악하고 무식하나 스승의 말은 충실하게 따르는 우직한 성격이다.

### 운중학

극흉극악이라는 칭호를 가진 사대악인의 막내. 악행을 행하며 여색을 밝힌다. 장기인 날랜 경공법을 이용해 눈에 든 여인을 납치한다.

天龍八部

## 장승온張勝溫의 〈불상佛像〉

장승온은 대리국大理國의 화가다. 이 그림은 긴 두루마리 형식으로 그림 속 인물이 모두 장엄한 표정을 짓고 있으며 도금으로 채색되어 매우 화려하다. 1180년 작품으로 그림 안에는 '황제 폐하께 바치는 그림', '이정利貞 황제 폐하를 위한 그림' 등의 글자가 적혀 있다. 대리국 이정 황제는 단예의 손자인 일등대사一燈大師 단지흥段智興이다.

**대리삼탑**大理三塔

대리국은 불교를 국교로 삼고 있어 사찰과 보탑 등 건축물이 매우 많다.

**운남석림**雲南石林

기암괴석 숲이 빽빽하게 들어차 있어 기이한 절경을 이루는 이 석림 안에 들어가면 마치 무협 소설의 경계에 이른 것처럼 느껴진다. 석림은 송나라 시기에 대리국 국경에 속해 있었다.

**장승온의 〈문수보살文殊菩薩, 유마거사維摩居士에게 질문을 청하다〉**

대리국 화가인 장승온이 긴 두루마리 형식으로 그린 그림. 이 그림은《유마힐경維摩詰經》에 나오는 이야기로 유마거사가 병에 걸리자 석가모니가 문수보살에게 관음보살觀音菩薩과 사리불나한舍利佛羅漢 등을 이끌고 문병을 가게 한 내용을 담고 있다.

장승온의 〈남무석가모니불회南無釋迦牟尼佛會〉

한가운데 석가모니를 중심으로 그 옆의 연로한 나한은 가섭존자迦葉尊者, 젊은 나한은 아라존자阿羅尊者, 푸른색 사자를 탄 인물은 문수보살文殊菩薩, 흰색 코끼리를 탄 인물은 보현보살普賢菩薩, 가장자리의 기이한 형상의 인물들은 천룡팔부 등으로 모두 불법을 수호하는 나한들이다.

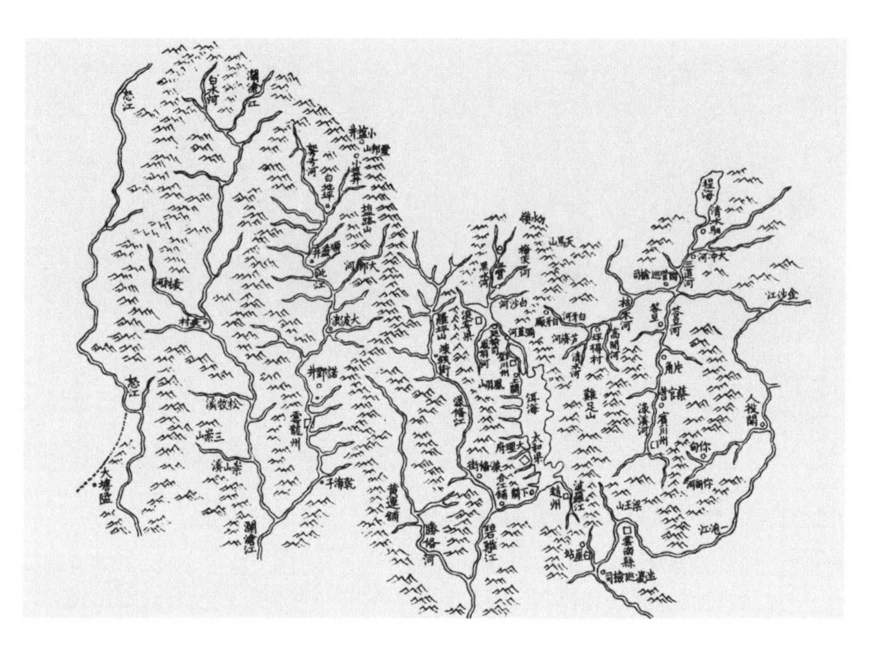


〈운남대리부근형세도雲南大理附近形勢圖〉

《고금도서집성古今圖書集成》에 수록.

**돈황敦煌 석굴의 천룡팔부 벽화**

오대伍代 시기에 그려진 것으로 인도 신화 속 인물들을 중국화한 것이다.

# 1

# 험산준로에 오른 단예

좌자목이 말했다.

"어서 내려와라!"

소녀가 말했다.

"안 내려간다."

좌자목이 말했다.

"안 내려오면 내가 올라가서 끌어내릴 것이다!"

소녀가 깔깔대고 웃으며 소리쳤다.

"어디 한번 해봐. 날 끌어내릴 수 있다면 실력이 있는 셈 쳐주겠다."

좌자목은 장검을 손에 쥐고 어찌할 바를 몰랐다.

시퍼런 빛이 번뜩이며 청강검青鋼劍 한 자루가 휙 솟구쳐올라 중년 사내의 왼쪽 어깨를 향해 찔러나갔다. 검을 든 소년은 자신의 이 검초劍招가 채 끝나기도 전에 손목을 꺾어 날카로운 검끝을 비스듬히 휘두르며 사내의 오른쪽 목을 베어가고 있었다. 중년 사내가 검을 곧추세워 소년의 검을 막았다. 챙 하는 소리와 함께 두 검이 격렬하게 부딪치자 윙윙거리는 진동 소리가 끊임없이 이어지고 부딪친 양날에서는 섬광이 난무하며 순식간에 삼초三招가 오가기에 이르렀다. 장검을 든 중년 사내가 맹렬한 기세로 소년의 정수리를 내리치자 소년은 오른쪽으로 슬쩍 피하며 왼손으로 검결劍訣을 비스듬히 끌어들이더니 청강검을 쭉 내뻗어 사내의 대퇴부를 향해 찔러나갔다.

두 사람은 이렇게 민첩하기 이를 데 없는 검법으로 총력전을 펼치고 있었다.

연무청練武廳 동편에는 두 사람이 앉아 있었다. 상석에는 입술을 꾹 다문 채 얼굴이 새파랗게 질려 있는 마흔가량의 중년 여도사, 그 옆에는 오른손으로 긴 수염을 매만지며 심히 득의양양한 표정을 짓고 있는 쉰이 넘어 보이는 노인이었다. 1장丈 정도 거리를 두고 앉아 있는 두 사람 좌석 뒤쪽에는 각각 20여 명의 남녀 제자들이 시립해 있었다. 또한 서편에 줄지어 늘어선 의자에는 10여 명의 빈객賓客들이 앉아 있었는데 동서 양측에 나눠 앉은 이들의 시선은 모두 연무청에서 벌어지는 두 사람의 결투에 집중되어 있었다.

이미 70여 초에 이른 소년과 중년 사내의 대결은 갈수록 긴장감이 더해갔지만 여전히 승부를 가리지 못하고 있었다. 이때, 갑자기 중년 사내가 혼신의 힘을 다해 맹렬한 기세로 장검을 휘두르다 순간 몸을 비틀거리며 넘어질 뻔한 장면을 연출했다. 그러자 서편의 빈객들 중 청삼青衫을 입은 한 청년이 웃음을 참지 못하고 풋 하며 실소를 내뱉고 말았다. 그러나 이내 자신의 행동이 결례임을 알았는지 화들짝 놀라며 황급히 손을 들어 자신의 입을 틀어막았다.

바로 그때, 기회를 잡은 소년이 왼손으로 일장一掌을 내뻗어 사내의 등짝을 향해 휘둘렀다. 사내는 이를 기다렸다는 듯 성큼 걸음을 옮겨 피하더니 수중의 장검을 빙글 돌리며 큰 소리로 고함을 쳤다.

"받아라!"

사내가 휘두른 검에 일격을 맞은 소년은 왼쪽 다리를 휘청거리다 곧바로 장검으로 땅을 짚어 가까스로 몸을 지탱하고 일어서서 다시 싸울 채비를 갖췄다. 그러나 중년 사내는 검을 검집에 집어넣으며 실실 웃었다.

"저褚 사제, 승복하게! 승복해! 상처는 심하지 않은가?"

소년이 창백한 얼굴로 입술을 질끈 깨물었다.

"공龔 사형의 아량에 진심으로 감사드립니다."

이를 지켜보던 긴 수염 노인이 희색이 가득한 얼굴로 소리쳤다.

"우리 동종東宗이 도합 세 판을 이겼으니 검호궁劍湖宮은 우리 동종에서 5년 더 써야겠다. 신辛 사매! 대련을 계속할 텐가?"

상석에 앉아 있던 중년 여도사가 노기를 굳게 참으며 입을 열었다.

"역시 좌左 사형께서 제자들 조련을 제대로 하셨네요. 한데 지난 5년간 무량옥벽無量玉璧을 연구하시면서 깨달은 바는 좀 있으셨는지 모르겠습니다."

"사매는 본 파의 규율을 잊은 겐가?"

긴 수염 노인이 눈을 부릅뜨고 정색을 하며 다그치자 여도사는 끽소리도 하지 못했다.

이 긴 수염 노인은 좌左씨 성에 이름이 자목子穆인 무량검無量劍 동종東宗 장문인掌門人, 옆에 앉은 중년 여도사는 성이 신辛, 도호道號가 쌍청雙淸인 무량검 서종西宗 장문인이고 이곳은 대리국大理國의 무량산無量山, 때는 송宋나라 원우元祐[1] 연간年間이다.

무량검은 원래 동, 북, 서 삼종三宗으로 나뉘어 있었지만 삼종 중 북종이 수십 년 동안 쇠락의 길을 걸어온 반면, 동서 이종二宗은 유능한 인재들로 넘쳐나고 있었다. 무량검은 오대五代 후한後漢 시기 남조南詔[2]의 무량산에서 창건된 문파로 무량검 장문인은 원래 무량산 검호궁에 거주해왔다. 그러나 송나라 인종仁宗 연간에 삼종으로 나뉜 이후 5년마다 삼종의 문하 제자들이 검호궁에서 검술을 겨루어 이 대결에서 승리한 일종一宗에게만 5년 동안 검호궁에 거주할 자격을 부여하고 6년 째 되는 해에 다시 비무대회를 열었다. 이 대회는 다섯 차례의 검술 대결을 펼쳐 먼저 세 번을 이기는 쪽이 승리하는 방식으로 진행됐다. 대회가 끝난 뒤 5년 동안 패자는 차기 비무대회에서 이전의 수모를 설욕하기 위해 무술 연마에 전력을 다해야만 했고, 승자 역시 한 치의 해이함도 있을 수 없었다. 북종은 수십 년 전 승리를 거두고 검호궁에 입주한 적이 있었지만 그 5년 후 패배를 안고 궁을 떠나야만 했다. 당시 북종 장문인은 문하생들을 이끌고 산 서쪽으로 이주한 이후 다시는 비무대회에 참가하지 않는 것은 물론, 동서 양종과도 소통하지 않아 수십 년 동안 동서 이종 간의 맞대결로 승부를 결정짓게 됐다. 그동안 동종은 다섯 차례, 서종은 세 차례 승리를 거두었으며 이번이 아홉 번째 대결이었다. 공씨 성을 가진 중년 사내와 저씨 소년 간의 대결은 이번 비무대회 중 네 번째 대결로 공씨 사내의 승리와 더불어 동종이 3승을 거둔 터라 다섯 번째 대결은 더 이상 필요가 없어진 상황이었다.

서쪽 맨 앞 비단 의자에 앉은 사람들은 다른 문파 인사들이었는데 그중에는 동서 이종 장문인이 공동으로 청한 공증인들도 있었지만 나머지는 관례적으로 참석한 내빈들이었다. 이들은 모두 운남雲南 무림의 유명 인사들이었다. 유독 청삼을 입고 말석에 앉아 있던 한 청년만은 이름이 알려진 사람이 아니었으나 뜻밖에도 공씨 사내가 실족하는 척할 때 실소를 터뜨리고 말았다.

이 청년은 전남滇南 보이普洱의 늙은 무사인 마오덕馬五德을 따라왔다. 마오덕은 대형 차상茶商으로 상당한 부호였는데 전국시대戰國時代 사공자四公子 중 하나인 맹상군孟嘗君이란 인물처럼 객들에 대한 접대를 즐겨 강호를 떠도는 무사들이 앞다투어 그에게 의탁했다. 그는 객을 대할 때 언제나 성의를 다해 대접했던 까닭에 인간관계에 있어서는 나무랄 데가 없었다 해도 무공 실력은 그저 그런 수준이었다. 좌자목은 마오덕이 이 청년을 소개하면서 성이 단段이라고 하는 말을 들었지만 단씨가 대리국의 국성國姓이며 대리국 경내에 단씨 성을 가진 사람이 수없이 많았기에 그 말을 듣는 순간에는 신경도 쓰지 않았다. 같이 온 사람들 대부분이 마오덕의 제자였고 그가 지극히 평범한 공력을 지니고 있었기에 마음속으로 그런 늙은이한테 배운 제자 무공이 강해야 얼마나 강할까 하는 생각이 들어 '말씀 많이 들었습니다'라는 초면 인사조차 하지 않은 채 그저 공수拱手로 답례만 하고 근엄하게 앉아 있을 따름이었다. 그런데 이 청년이 하늘 높은 줄 모르고 좌자목의 애제자가 적을 유인하는 초식을 사용하던 시점에 실소를 터뜨리며 비웃을 줄은 어찌 알았겠는가!

좌자목이 신쌍청을 향해 껄껄대고 웃으며 입을 열었다.

"신 사매가 올해 출전시킨 네 명의 제자들은 검술에 조예가 매우 깊어 보이더군. 더구나 네 번째 대결은 우리가 운이 좋아 이긴 것 같네. 아직 창창한 나이인 저 사질이 저 정도 경지에 이르도록 연마를 했다는 것은 전도양양하다 아니 할 수 없지. 5년 후엔 아마도 우리 동서 양종이 자리를 바꿔야 할 듯하네! 허허허허…."

너털웃음을 그치지 않으며 말을 잇던 좌자목이 갑자기 눈길을 돌려 단씨 성의 청년을 노려봤다.

"변변치 못한 내 제자가 조금 전 질박보跌撲步라는 허초虛招를 써서 승리를 거뒀으나 단 세형世兄은 그렇다 여기지를 않는 것 같구려. 단 세형이 앞에 나가 우리 제자에게 가르침을 좀 내리면 어떠하겠소? 마형의 위세는 이미 전남 전역에 널리 퍼져 있소. '강한 장수 수하에 약한 병사 없다'는 옛말처럼 단 세형의 무예 역시 매우 빼어날 것으로 기대되는 바요."

얼굴이 벌겋게 달아오른 마오덕이 황급히 수습에 나섰다.

"여기 단 형제는 내 제자가 아니오! 보잘것없는 무예 몇 수뿐인 이 늙은이가 어찌 남의 사부가 될 수 있겠소? 그런 농담 마시오. 좌 현제賢弟, 여기 단 형제는 우리 보이普洱에 왔다가 마침 내가 무량산에 가려 한다는 말을 듣고 날 따라왔을 뿐이오. 무량산 산수가 수려하고 아름답다고 하니 와서 풍경이나 감상해야겠다면서 말이오."

좌자목은 속으로 곰곰이 생각했다.

'저 녀석이 당신 제자라면 당신 체면을 봐서 함부로 대할 수 없겠지만 평범한 빈객이라 하니 예로 대해줄 수는 없지. 감히 검호궁 안에서 무량검 동종 무공을 조롱한단 말인가? 저 녀석이 낙담한 얼굴로 하산하도록 만들지 못한다면 이 좌가 체면이 뭐가 된단 말인가?'

이런 생각을 하고는 냉소를 머금은 채 슬쩍 물었다.

"단 형께선 존명이 어찌 되는지 모르겠소? 어느 분 문하에 계시오?"

그는 수려한 용모를 지닌 이 청년이 일개 서생처럼 보일 뿐 무공이 출중한 것 같지는 않았다.

단씨 청년이 미소를 지으며 답했다.

"재하 이름은 외자인 예譽라고 하며 무예라고는 배워본 적이 없소. 남이 자빠지는 걸 보면 그게 의도적이건 아니건 간에 웃음을 참을 수 없는 것은 인지상정 아니겠소?"

공경의 의미라고는 조금도 없는 그의 말투를 듣자 좌자목은 끓어오르는 화를 참지 못했다.

"뭐가 그리 우습다는 게요?"

단예가 수중의 접선摺扇을 살랑살랑 흔들며 얼렁뚱땅 답했다.

"사람이 서 있건 앉아 있건 웃을 일이 없고 침상에 누워 있다 해도 우스울 일이 없지만 땅바닥에 드러눕는다면 하하! 그건 웃을 만하지요. 그게 세 살배기 어린애가 아니라면 말이오."

좌자목은 점점 더 오만방자해지는 그의 말을 듣자 속에 품은 화를 감추지 못하고 마오덕을 향해 소리쳤다.

"마 형! 여기 이 단 형과는 친구 관계 되시오?"

마오덕 역시 단예와 교분을 쌓은 지 얼마 되지 않았던 터라 그에 대해 아는 것이 별로 없었다. 온화한 성품을 지닌 마오덕은 단예가 무량산에 동행하겠다 하여 차마 거절할 수 없어 데려왔을 뿐이었다. 그러나 노기가 충천한 좌자목의 말투를 들으니 당장이라도 출수해 혼쭐을 낼 것처럼 보이지 않는가? 이런 멀쩡한 청년이 그에게 괜한 낭패를 보게 만들 수는 없었다.

"단 형제가 나와 교분이 두텁지는 않으나 어쨌든 이곳에 함께 온 사이요. 내 보기에 단 형제는 점잖은 사람이라 무공이라곤 전혀 모르는데다 조금 전 나온 웃음도 무심결에 나왔을 것이오. 이럽시다. 이 늙은이가 지금 몹시 시장하니 좌 현제께서 속히 주연을 베풀어주신다면 우리가 축하주를 삼배三杯 올리도록 하겠소. 오늘 같은 경삿날에 왜 굳이 이런 젊은 후배와 승강이를 하려 하시오?"

"단 형이 마 형의 좋은 벗이 아니라 하니 저 형제한테 실례를 범한다 해도 마 형 얼굴에 먹칠을 하는 셈이라 할 수는 없을 것이오. 광걸, 방금 저 형제가 널 비웃지 않았더냐? 네가 나서서 가르침을 청하도록 해라."

공광걸龔光傑이란 이름의 중년 사내는 사부의 이 말을 기다렸다는 듯 장검을 뽑아 들고 비무대比武臺로 나가더니 칼자루를 뒤집어 단예에게 공수를 했다.

"친구, 한 수 가르쳐주시게!"

"아주 좋소, 연습이나 해보시오. 내가 지켜볼 테니."

단예는 이 말만 내던질 뿐 일어날 생각도 하지 않고 의자에 그대로 앉아 있었다. 공광걸은 낯빛이 시뻘겋게 달아올라 화를 내며 외쳤다.

"지… 지금 뭐라 했느냐?"

"손에 검을 들고 동에 번쩍 서에 번쩍 이리저리 오가고 있으니 연검練劍을 하겠다는 뜻이 아니오? 그러니 하던 연습을 계속하라는 게요. 내가 원래 검을 들고 휘두르는 건 즐겨 보지 않지만 기왕에 이리 됐으니 구경 좀 하는 것도 그리 나쁠 건 없지."

공광걸이 호통을 쳤다.

"우리 사부님께서 네 녀석한테도 나오라 이르지 않았더냐? 나와 대결을 펼치라고 말이다."

단예는 접선을 살랑살랑 흔들며 고개를 가로저었다.

"당신 사부는 당신 사부이지 내 사부는 아니지 않소? 당신 사부가 당신한테 명은 내려도 나한테 명을 내릴 수는 없지. 당신 사부는 당신한테 누군가와 검술 대련을 명해 이미 대련을 끝내지 않았소? 당신 사부가 나더러 당신과 검술 대련을 하라 명했지만 첫째, 난 할 줄 모르고 둘째, 지는 것이 두렵고 셋째, 아플까 두렵고 넷째, 죽을까 두렵소. 그런 연유로 대련을 하지 않는 것이오. 내가 안 하겠다면 안 하는 것이란 말이오."

그가 '당신 사부', '내 사부' 하며 뱉어낸 말들은 마치 말장난을 하는 것처럼 들려 연무청에 있던 수많은 사람들도 이를 듣고 웃음을 참지 못했다. 무량검 서종 문하에는 남녀 제자가 각각 반씩 점하고 있었는데 그중 수많은 여제자들이 깔깔대고 웃음을 터뜨리자 연무청 내의 장엄하고 엄숙했던 기상도 삽시간에 자취를 감춰버렸다.

공광걸이 큰 걸음으로 성큼성큼 걸어나와 단예의 가슴팍을 향해 검을 내뻗으며 소리쳤다.

"정말 못 하는 것이냐? 아니면 못 하는 척하는 것이냐?"

단예는 검끝이 자신의 가슴에서 불과 수 촌寸 거리에 있어 조금만 더 내민다면 심장을 뚫고 들어올 것 같았지만 얼굴에는 놀라는 기색을 전혀 드러내지 않았다.

"당연히 정말 못 하는 것이지 뭐 좋을 게 있다고 못 하는 척을 하겠소?"

"네가 무량산 검호궁까지 와서 이토록 함부로 행동한다는 것은 필시 살고 싶지 않다는 뜻이다. 도대체 누구 문하에 있으며 누구 지시를 받았느냐? 이실직고하지 않는다면 이 어르신의 검이 용서치 않을 것이다."

"이보시오, 나리. 어찌 그리 흉악하신 게요? 내 평생 가장 싫어하는 게 싸움 구경이오. 귀 파는 무량검이라 불리며 무량산에 살고 있지 않소? 불경에 이런 말이 있소. '무량에는 네 가지가 있으니 하나는 자慈, 둘은 비悲, 셋은 희喜, 넷은 사舍이니라.' 이 사무량四無量이란 말은 아마 누구나 알 것이오. 즐거움을 함께 나누려는 마음이 자慈요, 고통을 덜어주려는 마음이 비悲요, 중생이 괴로움을 벗어나 즐거움을 얻으면 기뻐하는 마음이 희喜요, 모든 중생에 대한 은원을 버리고 평등하게 대하려는 마음이 사舍이지요. 모름지기 무량검파라면 응당 자비희사慈悲

喜舍의 마음을 가져야 하며 무량수불은 곧 아미타불을 높여 이르는 말이오. 아미타불… 아미타불….”

한바탕 수다스럽게 떠들다 불경을 외는 단예의 모습을 바라보던 공광걸은 장검을 거두고 느닷없이 왼손을 들어 철썩 소리를 내며 그의 한쪽 뺨을 세차게 후려갈겼다. 단예가 고개를 살짝 돌려 잽싸게 피하려 했지만 상대의 손바닥은 이미 그의 뺨을 치고 거둔 뒤였다. 수려하고도 눈처럼 하얗던 그의 뺨은 이내 퉁퉁 부어오르더니 다섯 개의 손가락 자국이 아주 선명하게 드러났다.

안에 있던 모든 사람이 화들짝 놀랐다. 아무 거리낌 없이 입에서 나오는 대로 지껄이는 단예를 보고 필시 출중한 무예를 지니고 있으리라 여겼건만 공광걸이 가볍게 날리는 손찌검 하나 피하지 못할 줄 누가 알았겠는가? 심지어 무공을 전혀 모르는 것처럼 보이지 않는가? 무학武學의 고수들이 일부러 어수룩한 척하며 적수를 희롱하는 일은 예사였지만 무공을 전혀 모르는 자가 이처럼 대담하게 함부로 날뛰는 법은 없었다. 공광걸은 자신이 손을 쓰고도 어이가 없었던지 곧바로 단예의 멱살을 움켜쥐고 몸을 번쩍 들어올리며 소리쳤다.

“난 또 무슨 대단한 인물이라도 되는 줄 알았더니만 이런 등신인 줄은 몰랐구나.”

이 말을 하며 그를 땅바닥에 힘껏 내팽개쳤다. 단예는 뒤로 나동그라지며 쿵 소리와 함께 탁자 다리에 머리를 부딪히고 말았다.

마오덕이 참다못해 황급히 달려가 손을 뻗어 부축했다.

“무공을 모르는 게 사실이었군. 한데 이곳까지 뭐 하러 온 것인가?”

단예가 관자놀이를 주물러가며 답했다.

"산수를 즐기러 온 것뿐인데 저자들이 검술 대결을 벌이자고 할지 누가 알았겠습니까? 이런 식으로 서로 베고 죽이는 게 뭐 재미있습니까? 차라리 원숭이들이 재롱 피우는 걸 보는 게 훨씬 더 재미있을 것 같네요. 어르신! 안녕히 계십시오. 전 이만 가봐야겠습니다."

좌자목 옆에 있던 한 젊은 제자가 몸을 훌쩍 날리며 나타나 단예 앞을 가로막았다.

"무공을 모른다 하니 이렇게 꽁무니를 빼고 도망치는 건 어쩔 수 없다 치겠다. 한데 우리 검술 대결을 보느니 차라리 원숭이 재롱을 보겠다는 말은 또 무엇이냐? 가고 싶다면 두 가지 중 선택해라. 나랑 대결을 펼쳐 너한테 원숭이 재롱보다 못하다는 검법 맛을 보여주게 하든지, 아니면 우리 사부님께 고두팔배叩頭八拜를 올리고 조금 전 한 말이 '방귀 뀌는 소리'였다고 삼창을 하든지!"

"방귀를 뀌었다고? 어쩐지 냄새가 나더라니."

단예가 깔깔대고 웃으며 말하자 화가 치밀어오른 그 제자가 대뜸 주먹을 뻗어 단예의 얼굴을 향해 날렸다. 그의 일권은 워낙 매섭고 날카로웠던 터라 단예가 이를 피하지 못한다면 얼굴이 시퍼렇게 멍이 들어 만신창이가 될 것이 틀림없었다. 그때였다. 주먹이 뻗어나가는 도중 별안간 하늘에서 뭔가 알 수 없는 물체가 날아와 그 젊은 제자의 손목에 철썩 달라붙었다. 차갑고 미끈거리는 이 물체가 그의 손목을 감싼 채 꿈틀대고 움직이자 젊은 제자는 공포에 질려 황급히 손을 움츠렸다. 손목에 들러붙은 것은 놀랍게도 1척尺 길이의 적련사赤鍊蛇였는데 붉은색과 푸른색이 알록달록 박혀 있어 무시무시하기 짝이 없었다. 그는 큰 소리로 고함을 지르며 온 힘을 다해 팔을 휘둘러댔지만 뱀은 팔에 찰싹 달라붙어 절대 떨어지지 않았다. 갑자기 공광걸이 큰 소리로 부르짖었다.

"뱀이다, 뱀!"

공광걸은 새파랗게 질린 얼굴로 자신의 옷깃 속으로 손을 쭉 뻗어 넣어 어느 틈에 들어갔는지 모를 뱀을 빼내려 애썼지만 여의치가 않자 앞으로 부리나케 뛰어가며 허둥지둥 옷을 벗어젖히기 시작했다.

양쪽에서 벌어진 극히 기괴한 일들에 대해 사람들이 의아해하는 사이 돌연 머리 위에서 킥킥대며 웃는 소리가 들려왔다. 사람들이 고개를 들어 바라보자 대들보 위에는 양손 가득 뱀을 든 어린 소녀가 한 명 앉아 있었다.

열예닐곱 살 정도 되는 나이에 청삼을 입고 동그란 큰 눈과 꽃처럼 피어난 보조개를 지닌 매우 활발해 보이는 소녀였다. 그녀는 손에 길이가 1척가량 되는 작은 뱀을 10여 마리나 쥐고 있었는데, 어떤 건 파랗고 어떤 건 삼각형의 꽃 모양 머리를 지닌 독사들이었다. 그러나 소녀는 이 무시무시한 독사들을 손에 들고 있으면서도 마치 노리개를 다루듯 전혀 두려워하는 기색이 아니었다. 소녀를 올려다보는 것도 잠시, 공광걸과 젊은 사제가 고래고래 질러대는 경악에 찬 고함 소리에 사람들은 다시 그 두 사람 쪽으로 눈길을 돌렸다.

단예는 고개를 들어 소녀를 바라보다가, 소녀가 대들보 위에 앉아 무척이나 재미있다는 듯 두 다리를 흔들어대는 모습을 보고 물었다.

"낭자, 낭자가 날 구한 거요?"

"저 나쁜 놈이 당신을 때리는데 왜 반격을 안 하는 거죠?"

"난 반격할 줄 모르오…."

단예가 고개를 저으며 이 말을 하는 순간 갑자기 악 소리와 함께 사람들이 이구동성으로 비명을 질렀다. 단예가 고개를 돌려보자 좌자목이 쥐고 있는 장검의 검끝에 핏자국이 묻어 있고 두 동강이 난 적련사가 선혈을 내뿜으며 바닥에 널브러져 있는 광경이 펼쳐져 있었다. 젊은 제자 손목에 달라붙어 있던 뱀을 그가 검으로 베어버린 듯 보였다. 공광걸은 윗도리를 벗은 채 반라의 몸으로 이리저리 날뛰면서 등짝 위를 기어다니는 작은 청사青蛇 한 마리를 뒤로 돌린 손으로 몇 번이나 떼어내려 했지만 도저히 잡히지 않았다.

좌자목이 큰 소리로 호통을 쳤다.

"광걸, 꼼짝 말고 서 있어라!"

공광걸이 가만히 서 있자 백광白光이 번쩍이며 청사는 이미 두 동강이 나 있었다. 바람처럼 빠른 좌자목의 출검에 그가 어떻게 손을 썼는지 제대로 본 사람이 거의 없었다. 더구나 청사는 이미 두 동강 나 있었지만 공광걸은 등에 아무런 상처도 입지 않았다. 사람들 모두 환호성을 지르며 갈채를 보냈다.

대들보 위의 소녀가 소리쳤다.

"이거 봐! 긴 수염 늙은이! 내 뱀 두 마리는 왜 함부로 죽인 거야? 내가 가만두지 않을 거야!"

좌자목이 대로해 호통을 쳤다.

"넌 뉘 집 계집아이더냐? 여기서 뭐 하는 게야?"

이 말을 하면서도 속으로는 의아한 생각이 들었다. 이 소녀가 언제 대들보 위에 올라갔는지 모르지만 이를 눈치챈 사람이 아무도 없지 않은가? 다들 동서 양종의 검술 대결에 집중해 있었다고는 하나 머리 위에 누군가 숨어 있었다는 사실을 알아채지 못했으니 이 사실이 외부에 알려진다면 무량검 사람들 체면은 땅에 떨어지고 말 것임은 자명한 사실이었다. 앞뒤로 흔들어대는 두 발을 감싼 소녀의 청록색 신발 옆에 아주 작은 국화꽃 몇 송이가 수놓아져 있는 것만 봐서는 누가 봐도 어리디 어린 소낭자의 모습일 뿐이었다. 좌자목이 다시 한번 호통을 쳤다.

"어서 내려와라!"

이때 갑자기 단예가 나섰다.

"저렇게 높은데 저기서 뛰어내리다 다치기라도 하면 어쩝니까? 어서 사람을 시켜 사다리를 가져오라 하시오."

이 말이 끝나기 무섭게 또 몇몇 사람이 웃음을 터뜨리기 시작했다. 서종 문하의 일부 여제자들은 하나같이 이런 생각을 했다.

'괜찮은 인재인 줄 알았더니만 알고 보니 꽤나 멍청한 사람이었어. 저 소녀가 쥐도 새도 모르게 대들보 위에까지 올라간 것을 보면 경공이 상당해 보이는데 어찌 사다리를 써서 내려오라는 말을 할 수가 있지?'

소녀가 좌자목을 향해 소리쳤다.

"일단 내 뱀부터 물어내. 그럼 내려가서 얘기하겠다."

"그까짓 뱀 두 마리가 뭐 대단하다 그러느냐? 어디서든 잡아올 수 있는데 말이야."

좌자목은 이 소녀가 맹독을 지닌 동물들을 가지고 노는 장면을 목격했던 터였다. 그것만 아니라면 나이 어린 소녀가 그리 두려울 것이 없었지만 그녀 배후에 있을지 모를 사부나 아버지, 형제들의 내력이 두려웠기에 최대한 참고 양보하는 말투로 얘기할 수밖에 없었다.

소녀가 다시 소리쳤다.

"그렇게 쉽게 말했단 말이지? 그럼 가서 두 마리만 잡아와봐."

"어서 내려와라!"

"안 내려간다."

"안 내려오면 내가 올라가서 끌어내릴 것이다!"

소녀가 깔깔대고 웃으며 소리쳤다.

"어디 한번 해봐. 날 끌어내릴 수 있다면 실력이 있는 셈 쳐주겠다."

좌자목이 어떤 사람이던가? 그래도 한 문파의 종사宗師라는 위치에 있는 그가 수많은 무림 고수들을 비롯한 각 문파 제자들 앞에서 듣도 보도 못한 어린 소녀에게 놀림감이 될 수는 없는 노릇이었다. 그는 곧 신쌍청을 향해 말했다.

"신 사매, 자네 여제자 중 하나를 시켜 끌어내리게."

"서종 문하에 그 정도 경공을 하는 사람은 없습니다."

신쌍청의 대답에 좌자목이 굳은 안색으로 무슨 말을 하려는 찰나 그 소녀가 끼어들었다.

"내 뱀을 물어내지 않겠다면 뜨거운 맛을 보여줄 테니 잘 봐!"

이 말과 동시에 왼쪽 허리에 찬 가죽 주머니 속에서 뭔가 복슬복슬한 물체를 꺼내 공광걸에게 집어던졌다.

공광걸은 필시 기괴한 암기일 것이라 여겨 감히 손을 뻗어 잡지 못하고 다급하게 옆으로 몸을 피할 따름이었다. 그러나 뜻밖에도 이 복슬복슬한 물체는 살아 있는 동물이었다. 이 동물이 공중에서 몸을 틀어 공광걸의 등을 덮치고 나서야 사람들은 그게 한 마리 잿빛 담비란 사실을 알아차렸다. 매우 기민한 동작의 이 담비는 공광걸의 등과 가슴, 얼굴, 목을 재빠른 솜씨로 오갔다. 공광걸이 두 손으로 잡으려 애를 썼지만 담비가 그의 손보다 열 배는 더 빨랐던지라 잡으려 할 때마다 번번이 허공만 가를 뿐이었다. 사람들은 그가 두 손을 휘둘러 자신의 등과 가슴, 얼굴, 목을 정신없이 때리며 끊임없이 비명을 지르는 모습만 보일 뿐, 쉬지 않고 뛰어다니는 담비의 모습은 전혀 볼 수 없었다.

단예가 이를 지켜보다 깔깔대고 웃었다.

"기묘하구나, 기묘해. 정말 재미있는 담비로다."

이 작은 담비는 1척이 채 되지 않는 크기에 눈에서 붉은빛을 내뿜으며 무척이나 날카로운 발톱을 지니고 있었다. 잠깐 사이에 공광걸의 벌거벗은 상반신은 담비에게 가리가리 할퀴어 생긴 가느다란 혈흔들로 가득했다.

이때 갑자기 소녀의 입에서 쉿쉿! 하고 휘파람 소리가 들리자, 그 담비는 백영白影을 번뜩이며 공광걸의 얼굴을 덮쳐 부슬부슬한 털이 뒤덮인 꼬리로 그의 눈을 쓸어버렸다. 공광걸이 다급하게 두 손을 뻗어 잡으려 했지만 담비가 이미 자리를 옮겨 뒷목으로 내달려가서 공광걸은 하마터면 손가락으로 자기 눈을 찌를 뻔했다.

좌자목이 재빨리 장검을 꺼내 들고 걸음을 옮기자 담비는 다시 공광걸의 얼굴 위로 달아났다. 좌자목은 재빨리 검을 뻗어 담비를 향해 찔러갔다. 담비가 몸을 비틀어 공광걸의 뒷목으로 달아나자 좌자목의 검끝은 자기 제자의 눈꺼풀 앞에 멈춰섰다. 검이 담비를 찌르진 못했지만 옆에서 바라보던 사람들은 모두 탄복해 마지않았다. 검끝이 반

촌寸만 더 나아갔더라도 공광걸의 눈은 엉망이 됐을 터였기 때문이다. 신쌍청이 생각했다.

'좌 사형의 검술 실력은 정말 굉장하구나. 저 초식은 금침도겁金針渡劫이 아닌가? 한데 내가 어떻게 저 초식을 알고 있는 거지?'

"슈슈슈슉!"

좌자목이 검을 연속해서 네 번 휘둘렀다. 검초가 상상 이상으로 민첩했지만 그래도 담비가 한발 더 빨랐다. 이때 소녀가 외쳤다.

"수염 긴 늙은이, 검법이 아주 제법인데그래?"

이 말이 끝나기 무섭게 소녀가 쉬쉿! 하고 두 번의 휘파람 소리를 내자 담비가 아래쪽으로 뛰어내려가 순식간에 자취를 감추어버렸다. 좌자목이 멍하니 서 있는 동안 공광걸은 양손으로 허벅지 위쪽을 쥐어뜯고 있었다. 알고 보니 담비가 이미 바지통을 통해 공광걸의 바지 안으로 들어가버렸던 것이다.

단예가 박장대소를 하며 소리쳤다.

"오늘 정말 굉장한 장면을 보는구나. 감탄을 금치 못하겠어."

공광걸이 손과 다리를 정신없이 움직여대며 바지를 벗어던져버리자 검은 털로 뒤덮인 그의 다리가 그대로 노출되고 말았다. 소녀가 외쳤다.

"남을 괴롭힐 줄만 아는 이 못된 놈아. 옷을 홀딱 벗게 만들어줄 테니 얼마나 창피한지 한번 느껴봐라!"

다시 날카로운 휘파람 소리를 내자 담비는 거짓말처럼 공광걸의 왼쪽 다리를 타고 올라가 곧바로 그의 속바지 안으로 들어가버렸다. 연무청 내에는 수많은 여인들로 가득했기에 공광걸이 감히 이 속바지까지 벗을 수는 없었다. 다만 두 다리를 바삐 움직이며 두 손으로 자신의 국부와 엉덩이를 한 차례씩 때리고는 큰 소리로 울부짖으며 비틀거리다 연무청 밖을 향해 뛸 따름이었다.

공광걸이 허겁지겁 뛰어가 연무청 대문 앞에 이르렀을 때, 느닷없이 문밖에서 누군가 다급하게 들어오다 꽝 소리를 내며 공광걸과 정면으로 부딪쳤다. 두 사람 모두 무척이나 다급하게 나가고 들어오는 상황이었던지라 공광걸은 한발 물러서며 비틀거리는 정도였지만 문밖에서 들어오던 사람은 하늘로 붕 떴다가 쿵 하는 큰 소리와 함께 땅바닥에 곤두박질치고 말았다.

좌자목은 순간 자기도 모르게 부르짖었다.

"용容 사제!"

공광걸 역시 여전히 담비가 왼쪽 다리에서 오른쪽 다리로 타고 올라가다 다시 오른쪽 다리에서 엉덩이로 타고 올라가는 아주 정신없는 상황 속에서도 잠시 이를 잊고 다급하게 그자를 부축해 일으켰다. 담비가 갑자기 공광걸의 국부 쪽 중요한 곳으로 파고들어갔다.

"으악!"

처참한 비명 소리와 함께 그는 두 손으로 담비를 잡으려 애쓰다 그 자리에 고꾸라져버렸다.

대들보 위에 있던 소녀가 깔깔대고 웃었다.

"그 정도 혼났으면 충분해!"

쉬익 하고 길게 내뱉는 소리로 호출하자 담비는 공광걸의 속바지 밖으로 나와 다시 담벼락을 타고 대들보까지 내달려 올라갔다. 백영이 번뜩이며 담비가 소녀 품 안으로 돌아가자 소녀는 담비에게 칭찬을 쏟아냈다.

"아유, 착해라! 우리 담비."

곧바로 오른손 두 손가락으로 뱀 꼬리를 잡아 거꾸로 들어올리고는 담비 얼굴 앞에다 흔들었다. 담비는 뱀을 앞발로 잡아채 입에 넣고 씹어 먹기 시작했다. 소녀가 가지고 다니던 수많은 뱀들은 원래 담비의 먹이인 모양이었다.

단예는 난생처음 보는 광경을 아주 흥미진진한 눈길로 쳐다봤다. 담비가 뱀 한 마리를 모두 먹어치우고 소녀의 허리춤에 있는 주머니로 다시 들어가는 모습이 보였다.

공광걸이 몸을 추스르고 일어나 부딪친 사람을 일으키고는 깜짝 놀라 외쳤다.

"용 사숙, 아니… 어… 어찌 된 겁니까?"

좌자목이 재빨리 다가가 보니 사제인 용자구容子矩가 분노에 찬 얼굴로 두 눈을 부릅뜨고 있었다. 코와 입에서는 호흡이 이미 끊어진 상태였다. 좌자목이 대경실색하며 재빨리 추나推拿를 실시했지만 그를 회생시킬 수는 없었다. 대단한 무공의 소유자까지는 아니었더라도 공광걸에 비하면 상당한 고수였던 그가 아니던가? 공광걸과의 충돌을 피하지 못한 것도 이상하지만 충돌하자마자 즉사해버렸다는 사실 역시 불가사의한 일이 아닐 수 없었다. 좌자목은 용자구가 여기 오기 전에 필시 몸에 중상을 입었을 것이라 여기고 재빨리 그의 상의를 벗겨 상처를 살폈다. 상의를 풀어헤치자 그의 가슴에 적힌 시커먼 글자들이 확연하게 보였다.

'신농방神農幇은 무량검을 주멸할 것이다.'

모든 이가 약속이나 한 듯 소스라치게 놀라 비명을 질렀다.

살갗 안으로 깊이 들어가 있는 이 글자들은 먹으로 쓴 것이 아니었으며 그렇다고 예리한 도구로 새겨넣은 것도 아니었다. 놀랍게도 극독의 약물에 부식되어 살갗이 깊이 파인 것이었다.

좌자목은 대충 훑어보다 크게 노한 나머지 수중의 장검을 들어 붕붕거리는 소리가 나도록 휘둘러댔다.

"신농방이 무량검을 주멸하는지, 무량검이 신농방을 주멸하는지 어디 두고 보자! 이 피맺힌 원수를 갚지 않고 어찌 사람 구실을 할 수 있단 말이냐?"

그는 다시 한번 용자구의 몸 구석구석을 살펴본 뒤 다른 상흔이 보이지 않자 소리쳤다.

"광호, 광걸, 대문 밖을 살펴라!"

간광호干光豪와 공광걸 두 대제자가 말이 떨어지기 무섭게 각자 장검을 챙겨 들고 밖으로 튀어나갔다.

상황이 이리되자 연무청 안은 곧 소란스러워지기 시작했다. 모든 이가 더 이상 단예와 대들보 위의 소녀는 거들떠보지도 않고 용자구의 시신을 둘러싼 의혹에 관심을 보이게 됐다. 이 사건이 무량검 서종과도 관련 있다 보니 신쌍청은 파랗게 질린 얼굴로 아무 말도 하지 못했다. 마오덕이 잠시 망설이다 물었다.

"좌 현제, 신농방이 어쩌다 귀 파와 원한을 맺게 된 것이오?"

좌자목은 사제의 참담한 죽음에 큰 상처를 입은 듯 오열을 하며 입을 열었다.

"채약採藥 때문이오. 작년 가을 신농방 향주香主 넷이 검호궁으로 찾아와 우리 뒷산으로 약초 몇 종을 캐러 와야겠다고 했소. 사실 채약을 하는 건 별일 아니오. 신농방은 원래 약초를 캐서 약을 팔아 생활하는 자들이라 우리 무량검과 별다른 교분이 없긴 했지만 그렇다고 원한이 있는 것도 아니었으니 말이오. 하지만 마 형도 알겠지만 우리 뒷산은 여태껏 외부인의 출입을 허용하지 않아 왔소. 우리와 교분이 두텁지 않은 신농방은 말할 것도 없고 여러분처럼 좋은 벗이라 해도 우리 뒷산에 들어와 노니는 걸 허용한 적이 없었으니까. 이는 우리 조사祖師 때부터 전해 내려오는 규율이라 감히 우리 같은 소인배들이 이를 어길 순 없었던 것이오. 사실 그리 중요한 문제는 아니지만…."

대들보 위의 소녀는 손에 들고 있던 뱀 10여 마리를 허리춤에 있는 작은 대나무 소쿠리 안에 집어넣고 품속에서 씨앗을 꺼내 먹으며 여전히 두 다리를 흔들어대고 있었다. 그러다 갑자기 씨앗 한 알을 단예의 머리 쪽으로 던져 이마 한가운데를 맞히고는 빙긋 웃었다.

"이봐요, 씨앗 안 먹을래요? 올라와요!"

"사다리가 없어서 올라갈 수가 없소."

"그야 간단하죠."

그녀는 허리춤에서 녹색의 비단 허리띠를 풀어 아래로 내려보냈다.

"이 허리띠를 잡아요, 내가 끌어올려줄게요."

"너무 무거워서 올리지 못할 거요."

"한번 해봐요. 떨어져도 죽지는 않으니까."

단예가 허리띠가 눈앞에 내려온 것을 보고 팔을 뻗어 붙잡자 소녀는 소리쳤다.

"꽉 잡아요!"

이 말을 하며 허리띠를 가볍게 끌어올리자 단예의 몸이 바닥 위로 떠올랐다. 소녀가 두 손을 번갈아가면서 힘껏 잡아끌자 몇 번 만에 단예는 대들보 위로 올라갈 수 있었다.

"당신 담비는 정말 재미있는 것 같소. 말도 잘 듣고."

그러자 소녀는 가죽 주머니 속에서 담비를 꺼내 두 손으로 받들었다. 단예는 부드러운 털로 덮인 담비가 붉은 두 눈을 반짝이며 자신을 바라보는 모양이 너무 귀여워 물었다.

"쓰다듬어봐도 괜찮겠소?"

"쓰다듬어봐요."

단예가 손을 뻗어 담비의 등을 가볍게 어루만지자 부드럽고 따뜻한 감촉이 전해졌다. 순간 담비가 휙 하고 소녀의 허리춤에 있는 주머니로 다시 들어가버리자 무방비 상태에 있던 단예는 제대로 앉지도 못한 상태에서 급작스럽게 몸을 움츠리다 하마터면 바닥으로 떨어질 뻔했다. 소녀가 그의 목덜미를 잡아 자기 옆으로 끌어당기고는 생글생글 웃었다.

"무공을 전혀 모른다는 게 정말 이상해요."

"뭐가 이상하다는 거요?"

"무공도 모르면서 이곳엔 왜 혼자 온 거죠? 저런 악한들한테 당할 걸 뻔히 알면서 말이에요. 도대체 뭐 하러 왔어요?"

단예가 이에 대한 대답을 하려던 찰나 갑자기 어디선가 다급한 발소리가 들려왔다. 간광호와 공광걸 두 사람이 대청으로 뛰어들어온 것이다.

공광걸은 이미 바지를 고쳐 입었지만 상반신은 여전히 벌거벗은 채였다. 두 사람은 뭔가에 매우 놀란 표정으로 좌자목 앞으로 부리나케 달려왔다. 간광호가 고했다.

“사부님, 신농방 놈들이 건너편 산 위에 집결해 산길을 지키고 서서 아무도 하산하지 못할 것이라며 엄포를 놓고 있습니다. 놈들 숫자가 너무 많고 사부님 명령도 없어 함부로 손을 쓸 수 없었습니다.”

좌자목이 깜짝 놀라 물었다.

“음? 몇 명이나 되더냐?”

“대략 70~80명 정도입니다.”

“허허… 70~80명으로 우리 무량검을 주멸하겠다고? 그리 쉽지만은 않을 것이다.”

“놈들이 화살을 쏘아 서찰을 한 통 보내왔는데 서찰 겉면에 무례하기 짝이 없는 내용이 적혀 있습니다.”

이 말과 함께 공광걸이 좌자목에게 서찰을 올렸다.

좌자목은 서찰 겉면에 ‘좌자목에게 고함’이란 글자가 크게 적혀 있는 것을 보고 서찰을 받아들기 전에 공광걸에게 지시했다.

“네가 뜯어보거라.”

“예!”

그는 봉투를 뜯어 안에 있는 속지를 꺼내 들었다.

소녀가 단예의 귀에 대고 낮은 소리로 속삭였다.

“당신을 때린 저 못된 놈, 곧 있으면 죽어요.”

단예가 이상하다는 듯 물었다.

“뭣 때문에 말이오?”

"봉투와 속지에 모두 독이 있어요."

"어찌 그런 일이 있을 수 있단 말이오?"

서찰을 읽는 공광걸 목소리가 어렴풋이 들려왔다.

"신농방이 좌… 에게 고하니 잘 들어라."

공광걸은 감히 사부의 이름을 함부로 입에 담을 수가 없어 '좌'라는 성만 읽고 그 밑의 '자목'이란 이름은 읽지 않고 지나쳤다.

"너를 비롯한 그 안에 있는 모든 놈은 지금부터 한 시진 내에 스스로 오른손을 베고 무기들을 모두 파기한 후 무량산 검호궁을 떠나라. 이를 이행하지 않는다면 무량검파의 씨를 말려버릴 것이다."

무량검 서종 장문인 신쌍청이 냉소를 머금었다.

"신농방 놈들이 도대체 뭐라고 이토록 허풍이 심하단 말이냐?"

별안간 쿵 소리와 함께 공광걸이 뒤로 나자빠지자 그 옆에 서 있던 간광호가 황급히 부르짖었다.

"사제!"

그가 손을 뻗어 공광걸을 부축하려고 하는 순간 좌자목이 두 걸음 나아가 팔을 쭉 뻗어 간광호의 가슴을 막아섰다. 곧이어 힘을 가해 그를 세 걸음 뒤로 물러서도록 만들고는 큰 소리로 외쳤다.

"독이 있는 것 같다. 몸에 손대지 마라!"

공광걸의 얼굴 근육에 경련이 일어나더니 서찰을 들고 있던 한 손이 삽시간에 짙은 검은색으로 변해버렸다. 그는 두 다리를 몇 번 발버둥치다 이내 숨이 끊어져 죽어버렸다.

앞뒤로 아주 짧은 시간 동안 무량검 동종에서 연이어 두 명의 고수가 목숨을 잃자 사람들은 모두 공포에 질렸다.

단예가 낮은 소리로 물었다.

"낭자도 신농방 사람이오?"

소녀가 버럭 화를 냈다.

"쳇! 당연히 아니죠! 무슨 헛소리를 하는 거예요?"

"그럼 서찰에 독이 묻었다는 건 어찌 알았소?"

"독을 쓰는 건 아주 조잡하고 천박한 기술이라 한눈에 알아볼 수 있어요. 저런 어리석은 방법은 무지한 사람만 상해를 입을 뿐이에요."

소녀가 실실 웃어가며 한 이 말을 연무청에 있는 모든 이가 듣고는 일제히 고개를 쳐들었다. 그러나 소녀는 여전히 씨앗을 까먹어가며 꽃신으로 감싼 두 다리를 앞뒤로 흔들어대고 있었다.

좌자목은 공광걸이 들고 있던 서찰을 살폈다. 처음에는 아무 이상이 없는 듯 보였으나 고개를 돌려 다시 보니 과연 봉투와 속지 위에 희미하게 인광이 번쩍였다. 그는 두려운 마음에 고개를 들어 소녀를 향해 공손하게 물었다.

"낭자는 존성대명尊姓大名이 어찌 되시오?"

"내 이름은 말해줄 수 없어. 천기를 누설할 수는 없으니까."

이 두 마디 말을 듣는 순간 좌자목은 분노가 치솟아올랐지만 가까스로 참아 평정심을 유지한 채 다시 물었다.

"그럼 영존께선 뉘시오? 사부님은 어느 분이시오?"

"하하하… 내가 속아넘어갈 줄 알아? 우리 아버지가 누구인지 말을 하면 당연히 내 성을 알 것이고, 내 성을 알면 내 이름을 찾아낼 거 아냐? 내 사부님은 우리 엄마야. 우리 엄마 이름은 더더욱 말해줄 수 없지."

좌자목은 소녀의 말소리가 아주 나긋나긋하고 찰진 것으로 보아 의심할 바 없이 운남 현지인임을 알아채고 곰곰이 생각했다.

'운남 무림에서 경공에 능한 부부가 저 아이 부모인 것 같은데 도대체 누구일까?'

그러나 소녀가 직접 출수出手를 한 적이 없다 보니 무공기법으로 추측을 할 수도 없는 노릇이었다.

"낭자, 이리 내려와 함께 대책을 상의합시다. 신농방에서 아무도 하산할 수 없을 것이라 했으니 낭자한테 해가 미칠 수도 있소."

그러자 소녀가 깔깔대고 웃으며 소리쳤다.

"난 죽이지 못할걸? 신농방은 무량검 사람들만 죽일 거야. 내가 오는 길에 소식을 들었거든. 내가 이런 살인 현장을 지켜볼 수 있었던 것도 그 때문이야. 긴 수염 늙은이! 당신네 검법이 훌륭하기는 한데 당신들은 독을 못 쓰기 때문에 신농방한테 안 돼."

이 말은 무량검의 약점을 제대로 짚어낸 것이었다. 진정한 무공 실력만 본다면 무량검 동서 양종에다 공증을 위해 초빙된 여덟 명의 각파 고수들까지 합쳐 신농방에게 절대 뒤질 리 없지만 그중 독을 쓰고 해독하는 방법을 아는 사람은 단 한 명도 없었으니 말이다.

좌자목은 무량검 사람들이 해를 당해도 전혀 개의치 않는다는 듯한 그녀의 말투를 듣고 흥 하고 콧방귀를 뀌며 냉랭한 목소리로 물었다.

"오는 길에 들었다는 소식이 무엇이더냐?"

그는 늘 그래 왔듯 거만한 표정을 지으며 마치 제대로 대답하지 않으면 가만두지 않겠다는 듯 함부로 말을 던졌다.

그러자 소녀가 대뜸 물었다.

"씨앗 먹어? 안 먹어?"

좌자목의 안색은 점점 붉어졌다. 만일 밖에 적이 진을 치고 있지 않았다면 벌써 분통이 터져 무슨 조치를 했을 테지만 당장은 여의치가 않은 상황이다 보니 그저 노기를 참아내며 말할 수밖에 없었다.

"안 먹는다!"

단예가 옆에서 끼어들었다.

"근데 이건 무슨 씨앗이오? 계수나무? 장미? 아니면 잣나무?"

"아유! 씨앗 하나 먹는데 그런 걸 알아야 하나요? 난 잘 몰라요. 이 씨앗은 우리 엄마가 살모사 쓸개로 볶은 거예요. 이걸 먹으면 눈이 좋아진대요. 먹어봐요."

이 말을 하며 씨앗 한 줌을 집어 단예 손에 쥐여주었다.

"익숙하지 않은 사람들은 입에 약간 쓸 거예요. 그래도 맛은 좋아요."

단예는 그녀의 성의를 무시할 수 없어 씨앗 한 알을 입안에 넣었다. 입에 들어가니 역시 떨떠름한 맛이 느껴졌다. 약간의 매운맛이 가미되어 있었지만 시간이 지나자 마치 감람橄欖처럼 단맛으로 변해 침샘을 자극했다. 그는 먹고 난 씨앗 껍질 조각을 하나씩 대들보 위에 올려놓았지만 그 소녀는 아무 거리낌 없이 입에 남은 껍질을 밑으로 뱉어버렸다. 씨앗 껍질이 사람들 머리 위로 흩날리자 모두들 눈살을 찌푸리며 자리를 피했다.

좌자목이 다시 물었다.

"낭자가 길에서 어떤 얘기를 들었는지 말해준다면 재하在下… 재하가 감사해 마지않겠소."

소식을 전해듣기 위해서는 말투를 최대한 공손하게 할 수밖에 없었다.

그러자 소녀가 답했다.

"신농방 사람들이 무슨 무량옥벽인가 뭔가에 대해 애기하는 걸 들었는데 그게 무슨 물건이지?"

좌자목이 어리둥절해하는 표정을 지었다.

"무량옥벽? 혹시 무량산 속에 있는 무슨 보옥寶玉이나 보벽寶璧 같은 거요? 나도 처음 들어봤소. 신 사매, 신 사매는 들어본 적 있나?"

신쌍청이 대답하기도 전에 소녀가 먼저 입을 열었다.

"당연히 못 들어봤겠지. 그런 연극은 할 필요 없어. 말하기 싫으면 안 하면 그뿐이야. 흥! 무슨 진귀한 물건이라도 되나 보지?"

좌자목이 당혹스러운 표정으로 말했다.

"아! 생각났소! 신농방이 말한 것은 보나마나 무량산 백룡봉白龍峰 부근에 있는 경면석鏡面石일 거요. 거울처럼 평평하고 매끈한 돌인데 그 돌에 머리카락을 비춰볼 수 있다 해서 미옥美玉이라고도 불리지. 실제로는 하얗고 빛이 나는 큰 돌덩어리에 불과할 뿐이오."

소녀가 말했다.

"진작 말했으면 얼마나 좋아? 근데 왜 신농방하고 원수가 된 거지? 왜 그 사람들이 무량검을 모조리 주멸하겠다고 하느냐고?"

좌자목 입장에서는 왠지 주객이 전도된 것 같은 느낌이었다. 하지만 소녀에게 뭔가 정보를 얻어내기 위해서는 자신이 먼저 말하는 게 맞기는 했다. 또한 워낙 긴박한 상황인 데다 많은 빈객들 앞에서 이런 꼬마 아가씨를 강제로 고문할 수도 없는 노릇이었다.

"낭자가 이리 내려오면 내가 상세하게 얘기해주겠소."

소녀는 연신 다리를 흔들거리며 답했다.

"상세하게 얘기한다고? 그럴 필요 없어. 당신 말이 진짜건 가짜건 난 반도 안 믿을 거니까. 얘기하고 싶으면 해봐."

좌자목은 눈썹을 치켜세우고 노기가 가득한 얼굴로 말했다.

"작년에 신농방 사람들이 우리 뒷산에 와서 채약을 해간다고 하기에 내가 허락을 하지 않자 놈들이 몰래 채약을 해가다 내 사제인 용자구와 제자들에게 우연히 발견됐소. 그때 용자구가 몇 마디 질책을 하니 그쪽에서 이런 말을 하더라는 것이오. '여기가 금란전金鑾殿이나 어화원御花園도 아닌데 왜 못 들어오게 하는 거요? 당신네 무량검에서 무량산을 사기라도 했단 말이오?' 이렇게 서로 말다툼을 벌이다 결국 싸움이 벌어지게 됐고, 용 사제는 사정없이 출수해 신농방 제자 두 명을 죽여버렸소. 원수는 이렇게 해서 맺어지게 된 것이오. 후에 난창瀾滄강변에서 양측이 한 차례 더 대결을 벌여 인명 살상이 몇 명 더 있기는 했지만 말이오."

"음… 그랬었군! 그쪽에서 채취하려던 약초가 어떤 거야?"

"그건 정확히 모르겠소."

소녀가 득의양양한 표정으로 말했다.

"모르는 건 이해해. 나한테 원수가 된 과정을 얘기해줬으니 나도 두 가지만 얘기해줄게. 그날 내가 우리 섬전초閃電貂한테 먹이려고 산에서 뱀을 잡고 있었는데…."

이때, 단예가 끼어들며 물었다.

"당신 담비 이름이 섬전초요?"

"네, 그 애가 빨리 뛰기 시작하면 번개같이 빠르지 않나요?"

단예가 맞장구를 치며 외쳤다.

"그렇소. 섬전초라니 이름 한번 잘 지었군!"

좌자목은 중간에 말을 끊은 그를 탓이라도 하듯 노기 어린 눈빛으로 노려봤지만 소녀가 중요한 말을 하던 중이었던 데다 단예를 질책하면 그녀가 화를 낼까 두려워 당장 뭐라고 말은 못하고 침울한 표정으로 지켜볼 수밖에 없었다.

소녀가 단예를 향해 말을 이었다.

"섬전초는 독사만 즐겨 먹고 다른 건 아무것도 안 먹어요. 내가 어릴 때부터 키운 아이인데 올해 네 살이에요. 얘는 제 말만 듣고 우리 아버지 어머니 말도 안 들어요. 내가 겁을 주라고 하면 겁을 주고, 물라고 하면 물어요. 정말 착한 아이죠."

이렇게 말하면서 왼손을 주머니에 넣어 담비를 쓰다듬었다.

단예가 말했다.

"저기 좌 선생께서 초조하게 기다리지 않소? 계속 얘기해보시오."

소녀가 빙그레 웃으며 좌자목을 향해 고개 숙여 말을 이었다.

"그때 난 풀숲 속에서 뱀을 찾다가 사람들이 오는 소릴 들었는데 그 중 한 사람이 이런 말을 했어. '이번에 무량검 놈들을 모조리 주멸시키고 무량산과 검호궁을 차지하지 못한다면 우리 신농방 사람들은 모두 다 자결을 해야 한다.' 난 모조리 주멸시킨다는 말을 듣고 재미있는 얘기 같아 조용히 웅크리고 앉아 그 사람들이 하는 말을 계속 들었어. 그 다음 뭐라더라… '표묘봉縹緲峰 영취궁靈鷲宮의 명령을 받들어 무량옥벽의 진상을 밝혀내려면 검호궁을 차지해야 한다'고 했던가?"

소녀가 여기까지 얘기하자 좌자목과 신쌍청은 서로 두 눈을 마주치며 바라보았다.

소녀는 두 사람을 향해 물었다.

"표묘봉 영취궁이 도대체 뭐지? 왜 신농방이 그쪽 명령을 받들어야 하는데?"

좌자목이 대답했다.

"표묘봉 영취궁이란 말은 지금 낭자 입에서 처음 들었소. 솔직히 신농방이 다른 사람 명령을 받는지조차 전혀 몰랐기에 우리도 매우 난처한 지경이오."

신농방이 누군가의 명령을 받고 움직인다면 그 표묘봉 무엇이라는 자들도 자연히 그들을 능가하는 자들일 것이다. 더구나 좌자목은 운남의 수많은 산과 봉우리 중 표묘봉이란 봉우리가 있다는 말조차 처음 듣다 보니 근심이 앞선 나머지 이맛살을 찌푸리지 않을 수 없었다.

소녀는 씨앗 두 알을 입에 넣고 말을 이었다.

"그리고 다른 사람이 하는 말도 들었어. '방주님께서 걸린 병은 무량산에서 나오는 통천초通天草만 있으면 나을 수도 있다 하니 모든 형제가 그 어떤 고난이 있더라도 목숨 걸고 싸워 통천초를 손에 넣어야만 합니다.' 이 말을 하니까 먼저 말했던 그 사람이 탄식을 하면서 그랬어. '내 몸에 있는 생사부生死符는 천산동모天山童姥 그 노파 외에는 그 누구도 풀 수가 없다. 통천초가 약효는 영험하다 하나 생사부가 발작하는 날에는 살 수도 죽을 수도 없고 고통만 약간 줄어들 뿐이야….' 그 사람들이 이런 말을 하면서 지나갔어. 내가 무슨 말 하는지 이해하겠어?"

좌자목은 아무 대답 없이 고개를 푹 숙이고 깊은 생각에 잠겼다. 그때 신쌍청이 좌자목을 향해 물었다.

"좌 사형, 그 통천초라는 게 그리 대단한 것도 아닌데 신농방 방주 사공현司空玄이 그 약초로 병을 치료하겠다면 줘버리면 되는 거 아닌가요?"

좌자목이 버럭 화를 냈다.

"지금 통천초를 내주고 안 내주는 게 무슨 의미가 있겠나? 놈들이 무량산 검호궁을 차지하려는 마음을 품고 있다는데 그 말은 듣지 못했단 말인가?"

좌자목의 말에 신쌍청은 말문이 막혀 더 이상 아무 말도 하지 못했다.

소녀는 오른쪽 팔을 뻗어 단예의 겨드랑이 사이에 끼었다.

"내려가요!"

그녀는 대뜸 몸을 일으켜 대들보 위에서 뛰어내렸다.

"악!"

단예가 비명을 질렀지만 그의 몸은 이미 공중에 떠 있는 상태였다. 소녀가 그를 데리고 사뿐히 땅에 내려앉는 동안 그녀의 오른쪽 팔은 여전히 그의 왼쪽 팔에 끼어 있었다.

"우리 밖으로 나가봐요. 신농방이 어떻게 생겼나 보자고요."

좌자목은 한발 앞으로 나아가 소리쳤다.

"잠깐! 몇 가지 더 물어볼 말이 있소. 사공현 그 늙은이가 생사부에 걸려 발작을 하기 시작하면 살 수도 죽을 수도 없다 했는데 그게 무슨 말이오? 천산동모는 또 누구고?"

"당신이 질문한 두 가지 모두 난 잘 몰라. 더구나 그렇게 흉악한 모습으로 물어보면 안다고 해도 절대 얘기해줄 수 없어."

좌자목은 무량검이 적의 압박을 받고 있는 상황 속에서 또다시 적을 만들고 싶지는 않았지만 소녀가 하는 말속에 매우 중대한 단서가 들어 있고, 그것이 무량검의 존망과 영욕에 관련이 있다는 걸 안 이상 상세하게 물어보지 않을 수 없었다. 하여 그 즉시 신형身形을 움직여 소녀와 단예의 앞길을 막아섰다.

"낭자, 신농방 악도들이 밖에 지키고 있는데 무턱대고 나갔다가 심각한 문제라도 생긴다면 우리 무량검만 불편해질 뿐이오."

소녀가 싱글벙글 웃었다.

"난 당신이 초청한 객이 아니야. 더구나 당신은 내 이름도 모르잖아? 내가 신농방한테 죽임을 당한다 해도 우리 부모님한테 날 보호하지 못했다는 탓을 들을 일은 없을 거야."

소녀는 이 말을 하면서 단예의 팔목을 잡아끌며 밖으로 향했다.

좌자목이 오른손으로 허리춤에 있는 장검을 꺼내 들고 소리쳤다.

"낭자, 멈추시오."

"무력을 쓰겠다는 거야?"

"낭자가 방금 한 말을 다시 한번 자세히 듣고자 할 뿐이오."

"내가 말하지 않겠다면 날 죽일 셈이야?"

"그럼 나도 달리 방법이 없지."

이 말을 하는 동시에 좌자목은 장검을 기울여 소녀 가슴에 대고 앞길을 막았다.

소녀가 단예를 향해 말했다.

"이 긴 수염 늙은이가 날 죽이려 하는데 어떻게 할까요?"

단예가 접선을 살랑살랑 흔들며 답했다.

"낭자가 하고 싶은 대로 하시오."

"저자가 일검에 날 죽인다면 어찌해야 하죠?"

"복이 있으면 함께 누리고 고난도 함께 분담하라는 말이 있지요. 우리가 씨앗을 함께 먹었으니 도검 역시 함께 맞아야 하지 않겠소?"

"그 말 아주 마음에 드네요. 내 친구가 될 자격이 있어요. 당신을 만난 보람이 있군요. 가요!"

그녀는 단예의 손을 잡아끌고 갈 뿐 좌자목이 손에 들고 있는 서슬 퍼런 장검은 신경조차 쓰지 않고 대문 쪽으로 성큼성큼 걸어나갔다.

좌자목이 장검을 들어 그 소녀의 왼쪽 어깨를 향해 가져다 댄 것은 그녀를 해치겠다는 의도가 아니라 연무청을 벗어나지 못하게 하려는 데 있었다. 그때, 옆에 있던 무량검의 한 중년 제자가 앞으로 튀어나와 소녀의 손목을 낚아챘다.

"쉬쉿!"

중년 제자의 행동에 소녀는 허리춤에 있는 가죽 주머니를 툭 치며 입으로 소리를 냈다. 갑자기 백영이 번뜩이며 섬전초가 불쑥 튀어나와 그 제자의 오른팔을 향해 달려들었다. 제자가 황급히 손을 뻗어 잡으려 했지만 섬전초는 그야말로 번개같이 그의 오른팔을 물어버리고 즉시 소녀의 허리춤에 있는 주머니 속으로 다시 들어가버렸다.

오른팔을 물린 중년 제자는 비명을 지르며 땅바닥에 주저앉았다. 눈 깜짝할 사이에 오른팔이 마비됐음을 느낀 그는 큰 소리로 외쳤다.

"독… 독이다! 저… 저 괴물 같은 담비한테 독이 있어!"

그는 독이 퍼지지 못하도록 왼손으로 오른팔을 꽉 움켜쥐었다.

무량검 동종 모든 제자가 앞다투어 달려와 그중 두 사람이 동문 사형인 중년 제자를 부축하고 나머지 제자들은 각자 장검을 들어 소녀와 단예를 에워쌌다. 이때 좌자목이 소리쳤다.

"어서! 어서 해약을 내놔라. 그러지 않으면 네년을 갈기갈기 찢어 죽일 것이다."

소녀가 빙그레 웃었다.

"해약은 없어. 가서 통천초를 캐다 진하게 한 그릇 달여 먹이면 괜찮아질 거야. 하지만 세 시진 동안 몸을 움직여서는 안 돼. 안 그러면 독이 심장으로 퍼져 죽어버릴 테니까. 다들 앞을 가로막고 뭐 하자는 거야? 우리 담비한테 또 물리고 싶어서 그래?"

이 말과 함께 주머니 속에서 섬전초를 꺼내 왼손에 올려놓고는 오른팔로 단예를 잡아끌어 밖으로 걸어나갔다.

코앞에서 제자가 곤궁에 빠진 모습을 목격한 좌자목은 자신의 공력으로는 섬전초의 공격을 피할 수 없다는 생각이 들었다. 아무래도 이렇다 할 뾰족한 수가 생각나지 않아 그 두 사람이 연무청을 빠져나가는 모습을 그대로 지켜볼 수밖에 없었다.

검호궁에 모인 빈객들 역시 섬전초의 재빠른 행동을 목격하고 하나같이 공포에 질려 누구도 나서는 이가 없었다.

소녀와 단예는 어깨를 나란히 한 채 대문을 나섰다. 무량검 제자들은 대부분 연무청 안에 있었고 신농방의 공격에 대비해 경비를 서고 있던 일부 제자들이 대문 밖에 있었지만 두 사람이 검호궁을 나서는 동안에는 단 한 명도 보이지 않았다.

소녀가 단예를 향해 나지막이 속삭였다.

"섬전초가 평생 독사를 몇천 마리나 먹었는지 몰라요. 그래서 이빨에서 내뿜는 독이 굉장하죠. 그 흉악한 사내가 섬전초한테 물렸을 때 그 즉시 오른팔을 절단했다면 그나마 몇 시진 더 목숨을 연장할 수 있었어요. 이제는 여드레째 되는 날 오전까지밖에 못 살 거예요."

"통천초를 캐다 진하게 한 그릇 달여 먹이면 해독이 된다고 하지 않았소?"

"내가 거짓말한 거예요. 안 그럼 그자들이 우릴 풀어줬겠어요?"

"잠시만 기다리시오. 내가 가서 말해주고 오겠소."

깜짝 놀란 단예가 이 말과 함께 돌아가려 하자 소녀는 단예를 잡아끌며 나무라듯 외쳤다.

"바보, 그 말을 들으면 저자들이 우리 목숨을 살려둘 것 같아요? 내 담비가 제아무리 대단하다 해도 놈들이 한꺼번에 덤벼들면 막아낼 방법이 없어요. 당신이 씨앗을 함께 먹었으니 도검도 함께 맞아야 한다고 했잖아요? 당신을 두고 나 혼자 도망치지 않았던 건 그 한마디 때문이란 말이에요."

단예가 머리를 긁적거렸다.

"그럼 가서 해약이라도 주고 오시오."

"아이, 무슨 사람이 그렇게 여려요? 당신을 때린 놈들인데 아직까지 그런 호의를 갖고 있단 말이에요?"

"아까 맞은 뺨은 이제 아프지도 않은데 기억 속에 남겨둬봐야 뭐 하겠소? 쯧… 날 때린 자가 죽은 게 안타까울 뿐이지. 맹자께서는 '측은지심은 인仁의 근본이다'라고 말씀하셨고, 불가에는 '한 사람 목숨을 구하는 것이 칠층 불탑을 쌓는 것보다 낫다'라는 말이 있소. 그자들 사부인 좌자목 선생이 비록 악랄하긴 해도 당신한테는 최대한 예를 다 했다고 볼 수 있소. 그렇게 수염이 덥수룩한 사람이 당신처럼 어린 낭자한테 스스로를 '재하'라고 칭했으니 말이오."

단예가 자신의 뺨을 어루만지며 이렇게 말하자 소녀가 깔깔대고 웃었다.

"그때는 내가 대들보 위에 있고 그자는 땅바닥에 있었으니 자연히 아래 있다는 뜻을 지닌 재하라는 호칭을 쓴 거겠죠. 그자를 대변하는 말을 해서 나한테 해약을 건네주도록 하려나 본데, 나한테 진짜 없어요. 해약은 아버지한테 있다고요. 더구나 무량검은 곧 있으면 어차피 신농방 사람들한테 싹 다 죽임을 당할 건데요 뭐. 아버지한테 가서 해약을 구해 온다 해도 그때가 되면 그 사내는 머리가 남아 있지 않을 텐데 머리를 잘린 사람한테 독이 있건 없건 크게 상관없는 거 아닌가요?"

단예는 고개를 가로저으며 어쩔 수 없다는 듯 해약 얘기를 그만두기로 했다. 때마침 밝은 달이 떠오르기 시작하자 소녀의 발그스름한 볼 위로 달빛이 비쳐 눈부시게 아름다운 용모가 더욱더 빛나 보였다.

"낭자의 존성대명을 그 긴 수염 늙은이한테는 말 못해도 나한테는 말해줄 수 있지 않겠소?"

"존성대명은 무슨… 내 성은 종鍾이고 이름은… 우리 부모님께선 절 영아靈兒라고 불러요. 존성은 있어도 대명은 없고 그냥 아명만 있는 셈이죠. 우리 저 언덕 위에 가서 앉아요. 근데 말이에요, 무량산에는 뭐 하러 온 거예요?"

두 사람은 어깨를 나란히 한 채 서북쪽 언덕으로 향했다. 단예가 걸어가면서 대답했다.

"난 집에서 도망쳐 나와 도처를 유랑하던 중이었소. 어찌하다 보이까지 오게 됐는데 수중에 은자 하나 없는 데다 마오덕 나리가 객을 들이기 좋아한다는 말을 듣고 그 집에 식객으로 가게 된 것이오. 그분이 마침 무량산에 올 일이 있다 하기에 무량산 풍경이 수려하다는 말을 들었던 터라 산수를 유람하고자 따라온 것이오."

종영이 머리를 주억거리며 물었다.

"근데 집에서는 왜 도망쳐 나온 거죠?"

"아버지께서 무공을 가르치겠다고 하셨지만 난 배우기 싫었소. 한데 무공 수련을 굳이 강요하시기에 할 수 없이 도망친 거요."

종영이 동그랗고 큰 눈을 부릅뜬 채 그를 아래위로 훑어보고는 신기한 듯 물었다.

"무공을 왜 배우기 싫어하는 거죠? 힘든 게 두려워서?"

"힘든 건 두렵지 않소. 다만 아무리 생각해봐도 아버지 말씀을 납득할 수 없어 거역하게 된 것이오. 그러자 아버지께서 역정을 내시다 이번엔 어머니와 다투게 되는 상황에 이르게 됐소…."

"아버님은 어머님이 늘 당신만 싸고도는 게 못마땅해 그러신 거였겠죠. 안 그래요?"

"그렇소."

종영이 느닷없이 한숨을 몰아쉬었다.

"우리 엄마도 마찬가지예요."

그녀는 서쪽 저 먼 곳을 바라보며 한동안 넋을 놓고 있다가 다시 물었다.

"근데 아버님이 무슨 말씀을 하셨기에 아무리 생각해도 납득이 안 된다는 거죠?"

"난 어릴 때 수계受戒[3]를 했소. 아버지께서 사부님 한 분을 청해 나한테 사서오경四書五經과 시사가부詩詞歌賦를 가르치고 고승 한 분을 청해 불경을 외우도록 하신 것이오. 10여 년 동안 내가 배운 건 하나같이 유가에서 이르는 '어진 이의 마음'이라든가, '내 마음에 비추어 남을 헤아려라', 불가의 '살생을 하지 마라' '역정을 내지 마라' '자비심을 품어라' 같은 내용들뿐이었는데 난데없이 아버지께서 무공을 가르치면서 사람을 때리고 죽이는 법을 배우라 하시기에 속으로 옳지 않다고 느끼게 된 것이오. 아버지께서 나한테 사흘 내내 해명을 하셨지만 난 끝까지 납득할 수 없었소. 아버지께선 수많은 불경 구절을 잘못 외우셨고 해석도 잘못하고 계셨으니까."

"아버님이 크게 노해 한바탕 매로 다스리셨겠네요. 안 그런가요?"

단예가 고개를 가로저으며 답했다.

"매는 들지 않고 손가락으로 내 몸의 혈도 두 곳을 찍으셨소. 순간 전신이 수천, 수만 마리 개미들한테 물어뜯기고 수없이 많은 모기들한테 동시에 피를 빨아 먹히는 기분이 들었지. 아버지께서 그러셨소. '기분이 어떠하냐? 난 네 아비이니 곧 있으면 혈도를 풀어줄 것이다. 허나 네가 마주한 사람이 아비가 아니라 적이었다면 널 살 수도 죽을 수도 없는 상태로 만들어버렸을 것이다. 네가 자결이라도 할 수 있다면 어디 해보거라.' 아버지한테 혈도를 찍힌 뒤부터는 손가락 끝도 까딱할 수 없는 상황이었는데 무슨 자결을 할 수 있단 말이오? 더구나 난 아주 행복하게 잘 살고 있었는데 자결 같은 걸 할 이유가 뭐 있겠소? 후에 아버지께서 어머니와 다투고 난 후 찍었던 혈도를 풀어주셨고 난 그다음 날 집에서 도망쳐 나오게 된 거요."

종영이 우두커니 듣고 있다가 대뜸 큰 소리로 말했다.

"아버님께서 혈도를 찍을 줄 아신다고 하셨나요? 게다가 그 혈도에 찍힌 후 저리고 간지럽게 느껴졌단 말이에요? 그건 바로 천하제일 점혈點穴 무공이에요. 손가락을 뻗어 당신 몸의 어느 한 부분을 찍었더니 꼼짝도 못하고 저리고 가려워 참을 수 없었다는 거잖아요?"

"그렇소. 그게 뭐가 이상하다는 거요?"

종영은 경이로움에 가득 찬 표정을 지었다.

"뭐가 이상하냐고요? 어떻게 그런 말을 할 수가 있어요? 무림에서 누군가에게 아버님의 점혈 무공 몇 가지를 가르쳐줄 테니 당신한테 고두백배叩頭百拜를 하라고 하면 그 누구든 고두백배가 아니라 고두천배, 고두만배라도 하겠다며 나설 거예요. 근데 그걸 굳이 배우지 않겠다고 하니 이상해도 너무 이상한 거죠."

"점혈 무공은 사실 별거 아니오."

종영이 한숨을 내쉬었다.

"지금 그 말은 다신 입 밖에 내지 말아요. 남이 알면 절대 안 돼요."

"그건 왜 그렇소?"

"무공을 전혀 모르니 강호에서 일어나는 갖가지 사건들에 대해서도 모를 거예요. 당신 단씨 집안의 점혈 무공은 '일양지一陽指'라 불리는 천하무쌍天下無雙의 무공이에요. 무공을 연마하는 사람들은 일양지라는 세 글자만 들어도 모두 군침을 삼키고 부러워하며 열흘 밤낮 동안 잠을 이루지 못할 정도니까요. 누군가 당신 아버님이 그 무공을 하신다는 사실을 안다면 흑심을 품고 당신을 납치해 당신 아버님한테 가서 일양지 무공 비급과 바꾸려고 할 게 틀림없어요."

단예는 부친이 구사하는 무공이 일양지임을 부모님께 익히 들어 알고 있었기에 곧 머리를 긁적거리며 말했다.

"아버지께서는 화가 나기 시작하면 그게 누구든 간에 한 방 날리셔야 직성이 풀리시긴 하오."

"그래요. 당신네 단가와 상대하는 건 감히 넘볼 수 없는 일이지만 일양지 무공 비급을 위해서라면 그건 모르는 일이에요. 더구나 당신이 누군가의 수중에 있다면 사정은 더욱 달라질 테고요. 이렇게 해요. 앞으로 남들한테 단씨라고 말하고 다니지 말아요."

"우리 대리국에는 단씨 성을 가진 사람이 수없이 많소. 더구나 그 사람들이 모두 일양지를 할 줄 아는 것도 아니고 말이오. 내가 단씨가 아니면 내 성을 뭐라고 해야 한다는 말이오?"

"그럼 당분간 나랑 같은 성을 써요!"

"그것도 좋소. 그럼 나한테 오라버니라고 해야 되겠군. 한데 나이가 어찌 되시오?"

"열여섯! 당신은요?"

"당신보다 세 살 많소."

종영이 풀잎 하나를 뜯어 갈기갈기 찢더니 갑자기 고개를 절레절레 흔들었다.

"당신이 일양지를 배우고 싶지 않다고 한 말은 정말 못 믿겠어요. 그건 거짓말이에요. 안 그래요?"

단예가 웃음을 터뜨렸다.

"일양지가 그렇게 신묘하다 말들 하는데 그게 밥이라도 먹여준다던가요? 내가 볼 때는 당신 섬전초가 훨씬 더 대단한 것 같소. 딱 한 번 깨물었는데 사람을 죽음에 이르게 하니 말이오. 허나 그 부분은 마음에 들지 않소."

종영이 한숨을 푹 내쉬었다.

"섬전초가 사람도 죽이지 못하면 무슨 쓸모가 있겠어요?"

"낭자처럼 어린 사람이 뭣 때문에 남과 싸우고 죽이는 일만 생각하는 거요?"

"정말 모르는 거예요? 아니면 괜히 거드름을 피우는 거예요?"

"뭐요?"

종영이 손가락으로 동쪽을 가리켰다.

"봐요!"

단예가 종영의 손가락 끝을 따라 쳐다보니 동쪽 산허리 쪽에 10여 개 정도 되는 푸른 연기 무리가 모락모락 피어오르는 모습이 보였다. 하지만 그는 그게 무슨 뜻인지 알 수 없었다.

"당신은 싸우고 죽이는 일에 관심이 없다고 하지만 다른 사람이 당신을 때리고 죽이려 든다면 목을 내놓고 가만히 죽기만 기다릴 수는 없는 거 아닌가요? 저 푸른 연기들은 신농방 사람들이 독약을 만드느라 피우는 거예요. 나중에 무량검과 대적할 때 쓰려고 말이에요. 우리도 여기 연루되지 않으려면 슬그머니 빠져나가는 게 상책이에요."

단예가 접선을 살살 흔들며 절대 그렇지 않다는 표정을 지었다.

"강호에서 벌어지고 있는 이런 살상들은 갈수록 가관인 것 같소. 무량검에서 누군가 신농방 사람을 죽였다고 신농방 사람들이 용자구와 공광걸까지 해쳤으니 이는 인과응보라고 하기엔 너무 지나친 행동인 것이오. 무슨 불만이 있다면 그 사실을 관부에 고하고 판관께 공정한 판결을 청하면 될 것을 왜 걸핏하면 살인과 방화를 일삼느냐는 말이오. 우리 대리국에는 법도 없소?"

종영이 혀를 쯧쯧쯧 세 번 차더니 경멸의 표정을 지었다.

"당신 말투만 들으면 무슨 황제의 친척이나 관아의 나리쯤 되는 것 같네요? 우리 일반 백성들은 당신처럼 생각하지 않아요."

그녀는 고개를 들어 하늘빛을 보더니 다시 서남쪽을 가리키며 나지막이 속삭였다.

"조금 있다 먹구름이 달빛을 가리면 조용히 이곳을 빠져나가도록 해요. 신농방 사람들한테 들키면 안 되니까요."

"그럴 수 없소! 난 신농방 방주한테 함부로 살인을 하지 말라고 타이르러 가야겠소."

종영은 단예를 동정의 눈길로 바라봤다.

"단예 오라버니, 오라버니는 정말 하늘 높은 줄 모르는 것 같아요. 신농방 놈들은 악랄하고 잔인한 데다 독수에 능한 자들이에요. 아까 두 사람을 어떻게 죽였는지 두 눈으로 똑똑히 봤잖아요? 놈들은 오라버니 한 명 더 죽이는 것쯤은 아무렇지도 않게 생각한다고요. 괜히 말썽 일으키지 말고 어서 가요!"

"아니, 이번 일은 내가 관여하지 않을 수 없소. 겁이 나면 낭자는 여기서 기다리고 계시오."

그는 그대로 몸을 일으켜 동쪽을 향해 걸어갔다.

그가 수 장을 걸어갔을 즈음 종영이 훌쩍 몸을 날려 쫓아가 그의 어깨를 향해 오른손을 쭉 뻗었다. 단예는 뒤에서 나는 발소리를 듣고 고개를 돌리려 했지만 이미 종영에게 오른쪽 어깨를 잡힌 상황이었다. 종영이 다리를 걸자 단예는 중심을 잃고 앞으로 고꾸라지면서 바위에 코를 부딪혀 코피가 나고 말았다. 단예는 머리끝까지 화가 나 몸을 일으켜 호통을 쳤다.

"무슨 장난이 이리 심한 거요? 얼마나 아픈지 아시오?"

"한 번 더 시험해본 거예요. 무공을 모르는 척하는 건지 진짜 무공을 모르는지 말이에요. 다 오라버니를 위해 그런 거예요."

"뭘 위한다는 거요?"

단예가 화를 버럭 내고는 손등으로 콧등을 문지르자 그의 손은 피로 범벅이 됐다. 선혈이 계속 흘러내려 가슴 부위까지 검붉은 색으로 흥건하게 젖어버렸다. 심하게 다친 것은 아니었지만 피가 많이 흐르는 걸 본 단예는 아이고 하고 큰 소리로 비명을 질렀다.

종영은 심히 걱정이 됐는지 황급히 손수건을 꺼내 흐르는 피를 닦아주었다. 속으로 화가 많이 난 단예가 손을 뻗어 밀어냈다.

"괜히 그럴 필요 없소. 당신은 관심조차 없으니까."

단예는 무공을 모르는지라 손을 내밀면서 아무 생각 없이 손이 가는 대로 뻗었지만 그의 손바닥이 하필이면 그녀의 가슴을 향하고 말았다. 종영은 생각할 여지가 없었다. 당연히 반사적으로 그의 손목을 움켜잡고 잡아당겼다가 확 밀어버렸다. 단예는 뒤로 벌러덩 나동그라져 퍽 하고 바위에 뒷머리를 부딪히며 그 자리에서 기절해버렸다.

종영은 단예가 꼼짝도 하지 않은 채 땅바닥에 널브러져 있는 모습을 보고 깜짝 놀라 외쳤다.

"어서 일어나요, 할 말이 있단 말이에요."

아무리 봐도 시종 움직이지를 않자 종영은 당황해하지 않을 수 없었다. 황급히 단예 쪽으로 다가가 허리를 굽혀 바라보니 단예의 두 눈은 뒤집혀 있고 미약한 숨만 남아 있었다. 이미 혼절한 것으로 보였다. 종영은 재빨리 그의 인중을 누르는 한편 그의 가슴을 힘껏 비비면서 문질렀다.

얼마나 지났을까? 단예는 정신이 들기 시작했다. 등에 맞닿은 곳이 매우 부드럽게 느껴지고 코끝으로 은은한 향기가 스며들어와 천천히 눈을 떠보니 종영의 해맑은 두 눈이 자신을 초조하게 지켜보고 있었다. 종영은 그가 깨어나는 것을 보고 안도의 한숨을 내쉬었다.

"다행히 죽지는 않았네요."

단예는 그녀의 허리춤을 베고 있다는 사실을 알고는 자기도 모르게 가슴이 쿵쾅거렸다. 그러자 곧 부딪힌 뒷머리에 극도의 통증이 느껴져 이를 참지 못하고 비명을 내질렀다.

종영이 깜짝 놀라 물었다.

"왜 그래요?"

"너… 너무 아파."

"죽지도 않았는데 웬 비명을 그리 질러대요?"

"내가 죽었다면 비명을 지를 수 있겠소?"

종영이 씩 웃으며 그의 머리를 들어올리자 그의 뒷머리에는 달걀 크기만 한 커다란 혹이 하나 부어올라 있었다. 피는 흐르지 않았지만 몹시 고통스러워 보였다. 종영이 버럭 화를 냈다.

"그러게 누가 그렇게 저속하게 손을 놀리랬어요? 다른 사람 같았으면 당장 죽여버렸을 거예요. 그나마 바닥에 넘어뜨린 정도는 많이 봐준 거라고요."

단예가 몸을 일으키고는 의아한 듯 말했다.

"지금 나… 나한테 저속하다고 했소? 내가 언제 그랬단 말이오? 정말 억울하기 짝이 없소!"

남녀지사에 대해 알 만큼 알아서 그러는지 몰라서 그러는지 종영은 그의 말을 듣고 얼굴이 새빨갛게 달아올랐다.

"따지고 싶지 않아요. 어쨌든 당신이 잘못했어요. 누가 손으로 여기… 여기를 밀라 그랬어요?"

그러면서 자신의 가슴을 가리켰다.

단예가 어찌 된 상황인지 깨닫고는 미안한 마음에 해명을 하려다 딱히 할 말이 생각나질 않아 이 말만 던질 따름이었다.

"저… 정말 고의가 아니었소. 송구하오!"

그는 이 말을 하며 몸을 일으켰다.

종영 역시 자리에서 일어나며 말했다.

"고의가 아니었다고 하니 용서해줄게요. 어쨌든 정신이 들어 다행이에요! 내가 얼마나 걱정했다고요."

"아까 검호궁에서 당신이 도와주지 않았다면 아마 따귀를 두 대 정도 더 맞았을 것이오. 이제 당신이 날 두 번 넘어뜨렸으니 서로 비긴 거요. 정말 피할 수 없는 운명이었던 것 같소."

"지금 나 화나게 하려고 그렇게 말하는 거예요?"

"그럼 당신이 날 때렸는데 히죽대며 '낭자, 아주 잘 때렸소. 때리는 기술이 기가 막히게 훌륭하오' 이렇게 말하면서 당신한테 감사라도 해야 하는 거요?"

종영이 단예의 손을 잡아끌며 겸연쩍은 표정을 지었다.

"이제 다신 안 때릴게요. 화내지 말아요."

"나한테 세게 두 대만 맞으면 그리하겠소."

종영은 원치 않았지만 그가 노기가 충천한 상태로 몸을 돌려 가려 하자 고개를 들며 소리쳤다.

"좋아요, 당신한테 두 대만 맞으면 되는 거죠? 하지만… 너무 심하게 때리면 안 돼요."

"심하게 때리지 않으면 어찌 보복이라 할 수 있겠소? 심하게 때려야겠소. 맞기 싫으면 관두시오."

종영이 한숨을 푹 내쉬고는 눈을 감은 채 나지막이 말했다.

"좋아요! 때리고 난 다음에는 절대 화내면 안 돼요."

시간이 지나도 단예가 손을 쓰는 느낌이 없어 눈을 떠보니 단예는 웃을 듯 말 듯한 표정으로 자신을 주시하고 있었다. 이를 이상하게 여긴 종영이 물었다.

"왜 안 때리는 거죠?"

단예가 오른손 소지小指를 구부려 그녀의 양볼에 가볍게 튕기고는 싱긋 웃었다.

"이 정도 심하게 때리면 많이 아픈 것 아니오?"

종영이 깔깔대고 웃었다.

"원래 좋은 사람인지 알고 있었어요."

단예는 자기 앞에 1척도 채 되지 않는 거리에서 은은한 향기를 날리며 서 있는 그녀의 모습이 보면 볼수록 예뻐 보여 순간 떨어지기 아쉬운 마음에 한참을 지체하며 서 있었다.

"좋소. 내 원한도 다 갚았으니 이제 신농방 방주 사공현을 찾아가야겠소."

종영이 다급하게 말렸다.

"바보, 가면 안 돼요! 강호사에 대해 잘 알지도 못하면서 모두가 금기시하는 행동을 한다면 저도 도울 수 없어요."

단예가 고개를 가로저으며 웃었다.

"내 걱정은 할 것 없소. 금방 갔다 올 테니 낭자는 여기서 기다리시오."

이 말과 함께 단예는 푸른 연기가 피어오르는 쪽을 향해 성큼성큼 걸어갔다.

종영이 큰 소리를 질러가며 저지했지만 단예가 듣는 척도 하지 않자 멍하니 서 있다가 외쳤다.

"좋아요, 씨앗을 함께 먹었으니 검도 함께 맞아야 한다고 했잖아요!"

이렇게 말하고는 단예를 쫓아가 어깨를 나란히 하고 함께 걸어가며 더 이상 만류하지 않았다.

두 사람이 발걸음을 옮긴 지 일다경一茶頃도 채 되지 않아 앞에서 누런색 옷을 입은 사내 둘이 걸음을 재촉하는 모습이 보였다. 그중 왼쪽의 비교적 나이가 들어 보이는 사내가 두 사람을 발견하고는 물었다.

"누구냐? 예가 어디라고 함부로 난입을 하느냐?"

단예는 약 자루를 걸머지고 검신劍身이 넓은 단도單刀를 들고 있는 두 사람을 보고 말했다.

"재하는 단예라 합니다. 일이 있어 귀 방의 사공 방주를 뵙고자 하오."

그러자 나이 든 사내가 물었다.

"무슨 일이오?"

"귀 방주를 만나뵈면 자세히 말씀드릴 것이오."

"귀하는 어느 문파 사람이오? 또 귀 문파의 사부는 뉘시오?"

"문파라고는 없소. 성은 맹孟, 이름은 술述 자 성聖 자, 자는 계유繼儒이신 사부님으로부터 사사를 받았을 뿐이오. 우리 사부님께선 역리易理를 연구해 설괘說卦[4]와 계사학繫辭學[5]에 조예가 매우 깊으시지요."

그가 말한 사부란 그에게 독경讀經과 작문을 가르친 사부님이었다. 그러나 그 사내는 무슨 역리니 설괘니 계사니 하는 말만 듣고 그게 무슨 특이한 무공인 줄로만 생각했다. 더구나 단예가 부채를 들고 흔드는 모습이 출중한 무예를 지니고 있으나 겉으로 드러내지 않는 것으로만 보여 함부로 대할 수도 없었다. 비록 '맹술성'이라 불리는 인물이 무림에 있는지 언뜻 떠오르진 않았지만 상대가 '조예가 매우 깊다'고 말한 이상 아무리 생각해도 그걸 허튼소리로 볼 수는 없었다.

"그럼 단 소협小俠께선 잠시 기다려주시오. 가서 말씀드리고 오겠소."

종영은 그가 총총걸음으로 돌아가는 모습을 보고 몸을 언덕 쪽으로 돌려 단예에게 물었다.

"역리니 뭐니 하는 게 도대체 무슨 무공이죠? 이따 사공현이 겨뤄

보자고 하면 대충 넘어갈 수도 없을 텐데 말이에요."

"《주역周易》은 내가 깊이 공부한 학문이오. 그 안에 담긴 심오한 뜻을 사공현이 겨루자고 한다면 나한테 이길 수는 없을 것이오."

종영은 당황한 나머지 눈이 휘둥그레졌다.

나이 든 사내가 얼굴이 새파랗게 변해 허겁지겁 뛰어왔다.

"아까는 무슨 헛소리를 한 게냐? 방주께서 데려오라 하신다."

사내의 모습을 보니 아마 사공현에게 크게 꾸지람을 들은 모양이었다. 단예는 고개를 끄덕이고는 종영과 함께 사내 뒤를 따라갔다.

산모퉁이를 돌아나가자 바위로 둘러싸인 곳 한가운데에 20여 명 정도 되는 사람들이 둘러앉아 있었다. 단예가 앞으로 나아가 살펴보니 깡마르고 왜소한 체격에 염소수염을 한 매우 거만한 태도의 노인 하나가 가장 높은 바위 위에 앉아 있었다. 예상대로 신농방 방주인 사공현이었다. 단예가 공수를 한 채 그에게 인사를 했다.

"존경하는 사공 방주님, 재하 단예가 인사 올립니다."

사공현은 고개만 끄덕이고 자리에 그대로 앉아 물었다.

"귀하께선 어인 일로 오셨소?"

"귀 방이 무량검과 원한 관계에 있다는 얘기를 들었습니다. 재하는 조금 전 무량검 제자 두 명이 참혹하게 죽는 모습을 목격하고 심히 참을 수가 없어 중재를 위해 찾아온 것입니다. 원한이란 쌓이기는 쉬워도 풀기는 어렵다 했습니다. 하물며 싸우고 죽이는 것은 국법에 위배되는 것이며 관부에서 이를 알게 된다면 심히 피곤해질 것입니다. 하니 사공 방주께서는 벼랑 끝에 몰려 돌아나오는 오류를 범하지 마시고 무량검과의 원한 관계를 더 이상 묻지 않으시길 바라는 바입니다."

단예의 말을 냉랭하게 듣고 있던 사공현은 그의 말이 끝났음에도 시종 침묵으로 일관하고 곁눈질만 하며 가타부타 어떤 말도 하지 않았다.

단예가 다시 말을 이었다.

"재하가 드린 말씀은 귀하고 소중한 의견이니 부디 숙고해주십시오."

사공현은 여전히 신기한 듯 단예를 쳐다보다 돌연 하늘을 향해 껄껄대고 웃었다.

"도대체 뭐 하는 놈이기에 감히 이 노부를 희롱하는 것이냐? 누가 보내서 온 것이야?"

"누가 절 보내겠습니까? 방주님께 이 말씀을 드리기 위해 저 혼자 온 것입니다."

사공현이 흥 하고 코웃음을 쳤다.

"노부가 강호를 40년간 떠돌면서 너처럼 대담한 놈은 처음 보는구나. 아승阿勝! 당장 저 남녀 둘을 잡아와라!"

"네!"

옆에 있던 덩치 큰 사내 하나가 큰 소리로 답하더니 당장 단예의 오른팔을 잡아챘다.

종영이 소리쳤다.

"잠깐! 사공 방주, 여기 이 상공께선 좋은 말로 충고를 하러 왔을 뿐이에요. 받아들이지 않으면 그뿐인 것을 어찌 폭력을 행사하시는 거죠?"

말이 끝나자마자 단예를 향해 소리쳤다.

"오라버니, 신농방 사람들이 오라버니 말을 듣지 않으니 이제 더 이상 상관 말고 가요!"

아승이 큰 손을 쭉 뻗어 단예의 두 손을 등 뒤로 돌려 꽉 잡아 쥐고는 사공현을 바라보고 그의 지시만 기다렸다. 사공현이 단호한 목소리로 외쳤다.

"신농방은 남의 일에 간섭하는 놈들을 가장 싫어한다. 꼬맹이 둘이 나한테까지 와서 구구절절 허튼소리를 하는 걸로 봐서는 뭔가 괴이쩍은 구석이 있다. 아홍阿洪, 저 계집애를 포박해라."

"네!"

또 다른 사내가 대답과 함께 손을 뻗어 종영을 잡으려 하자, 종영은 옆으로 세 걸음 물러나며 외쳤다.

"사공 방주, 당신은 두렵지 않지만 우리 부모님이 내가 밖에서 말썽을 일으키는 걸 용서하지 않는다는 게 문제예요. 빨리 우리 오라버니를 풀어줘요. 혹시라도 내가 나서게 만들기라도 한다면 골치깨나 썩을 거예요."

사공현이 껄껄대고 한바탕 크게 웃었다.

"어린 계집애가 허풍도 참 심하구나. 아홍, 뭐 하고 있는 게냐?"

"네!"

그는 다시 손을 뻗어 종영의 손목을 움켜쥐려 했지만 종영은 오른손을 재빨리 빼면서 왼쪽 손바닥을 칼날처럼 세워 아홍의 목을 날리고 지나갔다. 아홍이 머리를 슬쩍 숙여 피했지만 별안간 종영의 오른 손바닥이 날아오르며 퍽 하는 소리와 함께 아홍의 아래턱을 명중시키자 그는 그 자리에서 큰대자로 뻗어버렸다.

사공현이 담담한 어투로 말했다.

"꼬마 계집이 실력은 꽤 있구나. 허나 우리 신농방에 와서 행패를 부리려면 그 정도로는 안 되지."

그는 옆에 앉아 있던 큰 키의 노인을 힐끗 쳐다보고 눈짓을 했다. 다시 오른손을 살짝 들어 신호를 보내자 노인은 곧바로 일어나 성큼 두 발을 앞으로 옮겼다. 종영에 비해 키가 거의 2척이나 더 큰 자였다. 그는 종영을 위에서 내려다보며 두 손을 길게 뻗어 마치 까마귀 발톱 같은 손톱으로 종영의 어깨를 움켜쥐려 했다.

종영은 노인의 맹렬한 기세를 보고 황급히 옆으로 피했다. 꺽다리 노인의 왼손가락 다섯 개가 그녀의 얼굴에서 5촌쯤 되는 곳을 스쳐 지나가자 마치 거센 바람이 부는 듯했다. 소스라치게 놀란 종영이 다급하게 소리쳤다.

"사공 방주, 당장 저자한테 멈추라고 해요. 그러지 않으면 나도 가만있지 않을 거예요. 나중에 아버지한테 욕먹으면 당신도 좋을 것 없어요."

이 말을 하는 사이 꺽다리 노인이 이미 연달아 세 차례나 공격을 가했지만 종영은 번번이 공격을 피했다. 사공현이 준엄한 목소리로 외쳤다.

"어서 저 계집을 잡아라!"

꺽다리 노인이 왼손을 비스듬히 끌어당기고 오른손으로는 작은 원을 그리다 갑자기 다섯 손가락을 엎어 종영의 오른팔을 움켜쥐었다.

"악!"

종영은 너무 아픈 나머지 비명을 지르며 얼굴이 새파랗게 질려버렸다. 그러나 곧 왼손을 확 하고 잡아당기며 입으로 "쉬쉿!" 두 번 휘파람을 불었다.

"윽!"

별안간 백영이 번쩍하더니 큰 키의 노인이 비명 소리를 내며 그녀의 손목을 놓고 그 자리에 고꾸라졌다. 섬전초가 이미 그의 손등을 한 번 물고는 재빨리 종영한테 돌아간 것이었다.

사공현 옆에 있던 한 중년 사내가 급히 달려가 꺽다리 노인을 일으켜 세웠지만 이미 손등이 검은빛으로 물들어버린 채 전신에 경련을 일으키고 있었다. 종영이 다시 두 번의 휘파람 소리를 내자 섬전초가 뛰쳐나가며 단예를 붙잡고 있던 아승의 눈앞으로 뛰어올랐다. 아승이 손을 뻗어 물리치려 했지만 섬전초는 곧바로 그의 손날을 한 입 깨물어버렸다. 꺽다리 노인보다 상대적으로 무공이 약했던 아승은 이를 견디지 못하고 비명을 지르며 극심한 고통 속에 몸부림쳤다. 종영은 단예의 손목을 잡아끌고 몸을 돌려 뛰어가며 조용히 속삭였다.

"일은 벌어졌어요. 어서 가요!"

사공현 주위를 둘러싼 신농방 고수들은 평생 약초를 채취하며 살아온 자들이었기에 웬만한 독극물은 모두 경험해본 터였다. 그러나 이들 중에도 이 전광석화 같은 담비의 독이 뭔지 아는 사람은 전혀 없었다. 사공현이 소리쳤다.

"저 계집을 당장 잡아와라! 놓치면 안 된다!"

사내 넷이 즉시 답을 하고 일어서 양쪽으로 나뉘어 포위하기 시작했다.

종영의 연이은 휘파람 소리에 섬전초는 이 사람 저 사람 몸 위를 뛰어다니며 순식간에 네 명의 사내를 깨물고 돌아다녔다. 사내들은 그 자리에 쓰러지다 못해 몸을 배배 꼬며 떼굴떼굴 구르기 바빴다.

사공현은 장포를 걷어올려 가슴속에서 재빨리 약수藥水 한 병을 꺼내 들고 손바닥에 부은 다음 자신의 손바닥과 하박부에 두세 차례 문질렀다. 그러고는 곧바로 종영과 단예 앞을 가로막고 가라앉은 목소리로 외쳤다.

"멈춰라!"

바로 그때 섬전초가 종영의 손바닥에서 튀어나가 사공현의 콧등으로 튀어올라갔다. 사공현은 손날을 세워 올리긴 했지만 머리카락이 곤두서는 기분이 들었다. 자신이 제조한 비법 사약蛇藥이 생전 처음 본 독담비의 독에도 효과가 있을지 장담할 수 없었고, 만일 효과가 없다면 자신의 생명은 물론 신농방 전체가 끝장이 날지도 모르는 일이었기 때문이다. 그러나 담비가 입을 크게 벌리고 그의 손바닥을 깨물러 가던 중, 갑자기 공중에서 방향을 틀더니 그의 손가락 위에 뒷다리를 잠깐 올렸다가 그 힘으로 다시 뛰어 되돌아가는 것이었다. 섬전초 체내에는 여러 종류의 뱀독이 축적돼 있었는데 사공현의 비법 사약이 뱀독에 탁월한 효과가 있어 이 강렬한 약 냄새를 맡은 섬전초가 견딜 수 없어 했던 것이다. 사공현이 쾌재를 부르며 왼쪽 손바닥을 펼쳐 강력한 장풍을 날리자 종영은 이를 피하지 못하고 비틀거리다 자칫 넘어질 뻔했고 그 여세가 단예한테까지 미쳐 단예는 퍽 소리와 함께 그 자리에 뻗어버리고 말았다.

깜짝 놀란 종영이 연이은 휘파람으로 섬전초에게 공격을 재촉하자 섬전초는 다시 한번 사공현을 향해 뛰어올랐다. 그러나 사공현의 손바닥에 바른 사약이 섬전초와는 상극이었던지 섬전초는 그의 얼굴과 머리, 다리를 물려고 돌진했다가 춤을 추듯 재빠른 사공현의 손놀림에 가까이 접근하지 못했다.

사공현은 담비가 번개처럼 뛰어다니는 모습에 겁을 먹고 연이어 명을 하달했다.

사방팔방에서 에워싸기 시작한 수십 명의 신농방 제자들 손에는 불을 피운 약초가 한 다발씩 들려 있어 약초 다발에서 짙은 연기가 피어오르고 있었다. 단예는 바닥에서 일어나자마자 다시 현기증을 느끼고 고꾸라져버렸다. 어렴풋이 흔들리는 종영의 모습만 보고 이내 다시 쓰러진 것이다. 신농방 제자 두 명이 달려와 종영을 붙잡으려 하자 섬전초가 주인을 보호하기 위해 두 사람 몸으로 튀어올라가 한 입씩 깨물었다. 모두들 깜짝 놀라 뒷걸음질을 치며 사방을 빈틈없이 에워싸고 큰소리쳤지만 막상 앞에 나서는 사람은 하나도 없었다.

사공현이 소리쳤다.

"동쪽에서는 웅황雄黃, 남쪽에서는 사향麝香을 태우고 서쪽과 북쪽은 다들 물러서 있어라."

신농방 제자들은 사공현의 명에 따라 사향과 웅황을 태우기 시작했다. 신농방에서는 웬만한 약초를 모두 구비하고 있었고 대부분이 최상품들이었다. 순도가 높은 최상품의 사향과 웅황을 태우기 시작하자 곧 코를 찌르는 매캐한 냄새의 짙은 연기가 피어오르며 그 연기는 동남풍을 타고 종영한테까지 날아갔다. 뜻밖에도 섬전초는 이런 약 기운을 전혀 두려워하지 않고 여전히 활개를 치고 다니며 삽시간에 신농방 제자 다섯 명을 또 물어버렸다.

사공현은 양미간을 찌푸리다 좋은 수가 떠오른 듯 외쳤다.

"흙더미를 퍼날라 저 계집을 독담비와 함께 산 채로 묻어버려라."

약초를 캐는 데 쓰는 괭이를 손에 들고 있던 제자들은 즉시 산비탈에 있는 흙을 파서 종영의 몸에 내던졌다.

그때 정신을 되찾은 단예가 속으로 생각했다.

'나로 인해 일어난 불상사이거늘 종영이 생매장을 당하는 마당에 어찌 혼자 살아남을 수 있겠는가?'

이런 생각과 함께 분연히 몸을 일으켜 종영 곁으로 달려들어서는 그녀를 꼭 껴안은 채 소리쳤다.

"어찌 됐건 우린 죽어도 함께 죽어야 하오."

이때, 흙더미가 머리 위로 비처럼 쏟아져 내리는 느낌이 들었다.

"우린 죽어도 함께 죽어야 하오"란 단예의 말을 들은 사공현이 곰곰이 생각해봤다.

'도처에 쓰러져 있는 20명이 넘는 제자들 중 일고여덟 명은 방내에서도 매우 중요한 인물들이다. 더구나 사제 두 명도 그 안에 있지 않은가? 저 계집을 죽여버린다면 내 노기를 풀 수 있을지는 몰라도 저 심상치 않은 담비 독을 해독할 계집 가문의 비방 해약을 얻지 못해 동료들을 살릴 수 없을지 모른다.'

그는 서둘러 소리쳤다.

"두 연놈의 목숨을 살려둘 것이니 얼굴은 덮지 마라!"

순식간에 흙더미가 두 사람의 목 부분까지 덮여버리자 종영은 극히 무거워진 몸을 단예가 껴안고 있다는 느낌만 들 뿐이었다. 두 사람은 온몸이 흙 속에 파묻히고 머리만 나와 있는 상태였지만 전혀 두려운 기색을 내비치지 않았다. 단예가 낮은 목소리로 속삭였다.

"내가 당신 말을 듣지 않아 이 모양이 되었으니 정말 송구하기 짝이 없소."

"오라버니는 신의가 있는 분이에요. 저와 죽어도 함께 죽겠다며 달려오셨잖아요. 오라버니는 정말 좋은 분이에요."

"당신처럼 이렇게 아름다운 낭자와 함께 죽을 수 있어 오히려 행복할 따름이오."

종영이 빙긋 웃었다.

"정말 진심으로 제가 아름답다고 생각하는 거예요? 아니면 저 듣기 좋으라고 거짓말을 하는 거예요?"

"그야 물론 진심으로 한 소리요. 우리 둘이 여기서 죽지 않고 살아남는다면 앞으로 내 친구가 되어주시오. 어떻소?"

이 말에 종영이 방실방실 웃었다.

"좋아요. 하지만 며칠 지나면 절 잊어버릴걸요?"

"영원히 당신을 잊지 않겠소."

이 말과 함께 종영의 양팔을 붙잡고 꽉 껴안자 두 사람의 뺨과 뺨 사이는 불과 몇 촌에 지나지 않았다. 분을 발라 발그스름한 얼굴에 작고 기다란 종영의 입술이 너무나 귀여워 보인 단예가 입술을 내밀어 그녀 얼굴에 가벼운 입맞춤을 하자 종영은 부끄러운 마음에 얼굴이 새빨갛게 달아올랐다.

사공현이 냉소를 머금으며 소리쳤다.

"어이, 둘이 땅속에서 나와 부부가 되고 싶으냐? 아니면 그대로 땅에 묻혀 저승길의 원수로 남을 테냐?"

단예가 말했다.

"당연히 나가고 싶소."

"좋아. 꼬마 계집! 담비 독을 해독할 해약을 내놓는다면 네 목숨은 살려줄 것이다."

종영이 고개를 가로저으며 소리쳤다.

"내 목숨 가지고는 안 돼요. 우리 두 사람 목숨 다 살려줘야지."

"좋다! 두 사람 다 살려주겠다. 그럼 해약을 내놓을 테냐?"

"해약은 나한테 없어요. 섬전초 독은 우리 아버지만 치료할 수 있다고요. 내가 말했잖아요. 내가 출수하도록 만들지 말라고. 안 그러면 우리 아버지한테 욕먹는다고 말이에요. 그래서 좋을 거 없잖아요?"

사공현이 사나운 목소리로 호통을 쳤다.

"어린 계집이 이 상황에서 아직까지 헛소리를 늘어놓는단 말이냐? 노부가 이보다 더 노한다면 너희 둘 다 여기서 산 채로 굶겨 죽일 수도 있다!"

"지금 한 말 모두 사실이에요! 왜 안 믿죠? 아휴… 어찌 됐건 간에 일이 이 지경이 되어버렸으니 아버지한테 숨기지도 못하고 어쩌면 좋지?"

"네 아버지 이름이 무엇이더냐?"

"나이깨나 드신 양반이 어쩜 그리 사리분별을 못하실까? 우리 아버지 이름을 내가 함부로 발설할 거 같아요?"

사공현은 강호를 수십 년 떠돌아다녔기에 무림에서 명성이 꽤 알려진 편이었지만 오늘 종영과 단예라는 이 걸작들한테는 그야말로 속수무책이었다. 그는 이를 바득바득 갈며 외쳤다.

"횃불을 가져와라. 우선 저 꼬맹이 계집의 머리카락부터 태워버려야겠다. 어디 입을 여나 안 여나 두고 보자."

제자 하나가 횃불을 가져와 건네자 사공현은 그걸 손에 들고 앞으로 두 걸음 나아갔다.

불빛 아래 비친 그의 흉악한 안색을 본 종영은 더럭 겁이 나서 소리쳤다.

"이봐요, 이봐요. 머리카락은 태우지 말아요. 머리카락이 타들어가면서 얼마나 아프겠어요? 그냥 당신 수염부터 태워봐요!"

사공현이 잔인한 웃음을 지었다.

"얼마나 아플지는 나도 당연히 알고 있다. 내가 수염을 태워봐야 알 사람으로 보이느냐?"

그가 횃불을 들어 종영의 얼굴에 비추자 종영이 깜짝 놀라 날카로운 비명을 지르기 시작했다.

단예가 그녀를 꽉 껴안고 외쳤다.

"이보시오, 염소수염 방주! 이 일은 내가 야기한 것이니 내 머리카락을 태워주시오!"

종영이 나서서 말렸다.

"안 돼요! 당신도 아플 거예요."

사공현이 다그쳤다.

"아픈 게 무섭다면 어서 우리 형제들을 치료할 해약을 내놔라."

종영이 답했다.

"정말 미욱하기가 이를 데가 없네. 내가 아까 말했잖아요? 섬전초 독은 우리 아버지만 치료할 수 있다고 말이에요. 우리 어머니도 못해요. 우리 섬전초는 세상에 보기 드문 천생신물天生神物이라 이빨에 괴이하기 짝이 없는 극독을 가지고 있다고요. 근데 그렇게 쉽게 치료가 될 것 같아요?"

사공현은 사방에서 섬전초에 물린 이들이 내뱉는 신음 소리를 듣고 그 담비 독이 보통 독한 게 아님을 확신했다. 그렇지 않고서야 체면을 우선시해서 팔다리 하나쯤 잘려도 소리 한 번 내지 않는 호한들이 어찌 이토록 심하게 아파할 수 있단 말인가? 이미 다른 제자들로부터 뱀독 치료 약물로 치료를 받았음에도 저토록 심한 신음 소리를 낸다는 것은 본방에 있는 사약이 아무 효과가 없다는 뜻이었다. 더구나 섬전초한테 물린 제자들한테 전갈이나 지네, 독거미 독을 치료하는 약물들을 쓰다 보니 오히려 더욱 처참한 비명만 질러댈 뿐이었다. 사공현은 노기등등한 눈빛으로 종영을 바라보며 소리쳤다.

"네 아버지가 누구냐? 어서 이름을 대라!"

종영이 답했다.

"진짜 말하기를 원해요? 두렵지 않아요?"

사공현이 대로하며 횃불을 들어 종영의 머리 쪽으로 가져다 대는 순간, 돌연 뒷목에서 극심한 통증이 느껴졌다. 무엇인가에 물린 것이다. 사공현은 깜짝 놀라 심장을 보호하기 위해 재빨리 호흡을 끌어올렸다. 곧 횃불을 던져버리고 손을 뒷목으로 돌려 뒷목을 문 무언가를 잡으려 했지만 이번엔 손등에 통증이 밀려왔다. 알고 보니 사공현의 방비가 허술한 틈을 타서 땅속에 숨어 있던 섬전초가 몰래 빠져나와 기습을 감행했던 것이다. 사공현이 출수를 하기 전에 손바닥과 하박에 사약을 발라놓기는 했지만 뒷목과 손등에는 미처 바르지 못했던 것이다. 섬전초에게 연달아 두 번을 물리자 그는 겁에 질린 나머지 즉시 가부좌를 틀고 독을 빼기 위한 운공에 들어갔다. 제자들 여럿이 서둘러 흙을 파내 섬전초 몸 위에 덮었지만 섬전초는 다시 펄쩍 튀어 올라 그중 두 사람을 물어 쓰러뜨리고 어둠 속에서 백영을 몇 번 번뜩이다 숲 속으로 뛰어들어간 뒤 자취를 감춰버렸다.

사공현의 수하들이 급히 사약을 꺼내 바르고 먹이며 방주의 시중을 드는 한편, 야산에서 캔 산삼을 가져다 그의 입안에 넣어주었다. 사공현은 운공으로 상처 부위 두 곳에 침투한 담비 독을 동시에 방어하려 했다. 그러나 일다경도 채 되지 않아 더 이상 견디지 못한 그는 이를 악문 채 왼손으로 허리춤에 있던 단도를 꺼내 들어 써억 하는 소리와 함께 우측 팔 전체를 베어버렸다. 이는 뱀에 물렸을 때 독이 퍼지는 것을 막기 위해 장사壯士들이 흔히 사용하는 응급조치였다. 그러나 뒷목 부위가 중독됐다고 머리를 베어버릴 순 없는 일이 아닌가? 제자들이 벌벌 떨어가면서 급히 금창약金創藥을 가져와 발라주었지만 절단된 팔에서 선혈이 용솟음치며 발라놓은 금창약마저 핏물과 함께 씻겨내려갈 뿐이었다. 누군가 옷가지를 찢어 절단된 팔 부위에 힘껏 동여매자 그제야 조금씩 피가 멈추기 시작했다.

종영은 이런 참상을 지켜보면서 너무 놀라 창백해진 얼굴로 아무 소리도 내지 못했다. 사공현이 가라앉은 목소리로 물었다.

"이 괴독 담비에 물리면 며칠이나 살 수 있지?"

종영이 떨리는 목소리로 말했다.

"우리 아버지 말씀으론 이레 정도 살 수 있다고 했어요. 다만… 다만 사공 방주 당신은 내력이 심후하고 무공이 강하니까 아마… 며칠 더 살 수 있을 거예요."

사공현이 신음 소리를 내며 명을 내렸다.

"저 녀석을 끌어내라."

"네!"

제자들이 즉시 답을 하고 단예를 흙더미 속에서 끌어내자 종영이 다급하게 소리쳤다.

"이봐, 이봐! 이 사람은 상관없어. 해치지 마!"

이 말을 하며 흙더미 속에서 빠져나오려고 발버둥을 치자 신농방 제자들이 서둘러 구덩이를 다시 흙으로 덮어버렸다. 이에 종영은 꼼짝도 하지 못하고 대성통곡만 할 뿐이었다.

단예 역시 겁이 났지만 억지로 마음을 진정시키고 빙긋 웃으며 종영을 향해 말했다.

"종 낭자, 대장부는 죽음을 두려워하지 않는 법이니 이런 악인들 앞에서 약한 모습을 보이면 아니 되오."

종영이 울면서 소리쳤다.

"난 대장부가 아니에요! 난 죽음이 두려워요! 약한 모습 보일 거라고요."

사공현이 나지막이 명을 내렸다.

"저놈한테 이레 분량의 단장산斷腸散을 먹여라!"

제자 중 하나가 약병에서 붉은색 분말 반병을 따라서 단예한테 먹이려 하자 종영이 소리쳤다.

"그건 독약이에요. 먹으면 안 돼요."

단예는 단장산이라는 이름을 듣자마자 무서운 독약이라는 걸 알았지만 남의 손아귀에 있는 처지에 어찌 안 먹을 수 있겠느냐는 생각에 흔쾌히 삼켜버렸다. 그는 맛을 음미하며 말했다.

"달짝지근한 맛이로군. 사공 방주, 당신도 반병만 드시지 그러시오?"

"흥!"

사공현이 콧방귀를 뀌며 화를 내자 종영은 울음을 그치고 웃다가 다시 또 울기 시작했다.

사공현은 단예에게 협박을 가했다.

"단장산을 먹은 이상 넌 이제 이레 뒤에 발작을 일으켜 창자가 마디마디 끊어져 죽을 것이다. 당장 가서 해약을 가져와라. 만일 이레 안에 가져온다면 단장산 해약을 내주고 저 계집도 풀어줄 것이다."

종영이 다급하게 말했다.

"해약만으로는 치료가 안 돼요. 우리 아버지의 독문獨門 내공 운용을 겸해야 섬전초 독을 해독할 수 있단 말이에요."

"그럼 저놈이 네 아버지를 데려올 수 있도록 해라."

"말이야 쉽죠. 하지만 우리 아버지는 계곡 밖으로 나오려 하지 않으실걸요?"

사공현이 주저하다 아무 말도 하지 않자 단예가 입을 열었다.

"다 같이 종 낭자 집에 가서 낭자 아버님께 해독을 청하는 것이 어떻겠소? 그게 훨씬 빠를 것 같소."

종영이 이를 만류하며 소리쳤다.

"안 돼요! 안 돼! 우리 아버지께서 하신 말씀이 있어요. 누구를 막론하고 우리 집 계곡 안으로 한 발짝이라도 들여놓는다면 죽음을 면치 못할 거라고요."

사공현이 곰곰이 생각해봤다.

'무량검 문제도 아직 해결이 안 됐는데 여길 떠날 수는 없다. 만약 이곳 문제가 잘못되는 날에는 천산동모가 가만있지 않을 것이다. 더 처참하게 죽을 뿐이지.'

독담비한테 물린 뒷목이 갈수록 심하게 저려오기 시작하자 사공현도 터져 나오는 신음을 참을 수가 없었다.

종영이 말했다.

"사공 방주, 미안합니다."

사공현이 화를 내며 소리쳤다.

"미안하긴 제기랄!"

단예가 말했다.

"사공 방주, 종 낭자한테 함부로 말하지 마시오. 군자의 풍도는 지켜야 할 것이 아니겠소?"

사공현이 대로하며 일갈했다.

"군자 같은 소리 하고 있네!"

이 말을 내뱉고는 잠시 생각에 잠겼다.

'내 몸에 심어져 있는 생사부가 발작을 하면 그 고통은 이루 말할 수가 없다. 차라리 깨끗하게 여기서 이대로 죽는 게 낫겠다.'

그는 종영을 향해 말했다.

"상관없다. 네 아버지를 청해오지 않아도 된다. 그냥 다 같이 죽으면 그뿐이니까."

그 말에는 자책의 의미가 포함돼 있었다.

종영이 머리를 굴리다 묘책이 생각난 듯 제안을 했다.

"날 풀어주면 내가 아버지한테 날 구해달라는 서찰을 쓸 테니까 죽음을 두려워하지 않는 사람을 하나 보내 전달해보도록 해요."

"단가 저놈을 보내면 된다. 다른 사람을 보낼 필요가 없지."

"단씨라는 건 어떻게 알았죠?"

"아까 자기 입으로 말했지 않느냐?"

"하지만 누구를 막론하고 우리 집 계곡에 한 발이라도 들여놓으면 죽고 말 거예요. 내가 말했잖아요, 단 오라버니가 죽는 건 절대 원치 않아요. 알겠어요?"

사공현이 음험한 목소리로 말했다.

"저놈은 죽으면 안 되고 내 수하는 죽어도 된단 말이냐? 가기 싫으면 말아라. 모두 죽으면 그뿐이다. 내가 먼저 죽나 네가 먼저 죽나 어디 한번 두고 보자."

종영이 갑자기 목메어 울기 시작했다.

"이 파렴치한 늙은이 같으니! 나같이 어린 여자를 우롱한단 말이야? 강호의 모든 이가 알게 되면 신농방 사공 방주의 명성은 바닥으로 떨어져버리고 말 것이다. 영웅호한이라면 이런 짓거리는 안 해!"

사공현은 항독抗毒을 위한 운공에 집중하느라 종영의 말에 대꾸도 하지 않았다.

이때 단예가 나섰다.

"내가 다녀오겠소. 종 낭자, 내가 가서 당신을 구해달라는 전갈을 전하면 영존께서도 날 해치지는 않을 것이오."

종영이 만면에 희색을 띠고 맞장구를 쳤다.

“그래요! 좋은 수가 있어요. 우리 아버지한테 내가 여기 있다는 말을 하지 말아요. 오라버니를 죽이면 내가 어디 있는지 알 수 없게 만드는 거예요. 하지만 아버지를 여기까지 모시고 오면 그 즉시 도망치세요. 안 그러면 오라버니를 죽여버릴 테니 말이에요.”

단예가 머리를 끄덕이며 답했다.

“아주 괜찮은 방법이오.”

종영이 사공현을 향해 소리쳤다.

“사공 방주, 단 오라버니가 오자마자 도망을 치면 단장산 해약은 어떻게 줄 거죠?”

사공현은 저 멀리 서북쪽에 있는 커다란 암석을 가리키며 말했다.

“내가 사람을 보내 해약을 가지고 저기서 기다리게 하겠다. 단 군君이 저 암석까지 도망을 치면 해약을 얻을 수 있을 것이다.”

그는 단예가 목숨을 구할 사람을 데려온다는 생각에 그에 대한 호칭에 예를 더했다. 그러고는 종영의 두 손을 꺼내 쇠고랑을 채운 다음 하반신에 덮인 흙을 파내도록 명했다.

종영이 소리쳤다.

“두 손을 다 묶어버리면 서찰은 어떻게 쓰라고요?”

“네년은 괴이하기가 짝이 없어 서찰을 쓴다는 핑계로 수작을 부릴 것이 틀림없다. 네가 가지고 다니는 신물信物을 단 군에게 건네주고 영존한테 보여주면 될 것 아니겠느냐?”

“안 그래도 글 쓰는 게 싫었는데 서찰을 쓰지 말라고 하면 그보다 좋을 수 없죠. 근데 나한테 무슨 신물이 있더라? 음… 단 오라버니! 제 신발을 벗겨 가져가면 우리 아버지 어머니가 알아보실 거예요.”

단예는 머리를 끄덕이고 그녀의 신발을 벗길 생각으로 몸을 굽혔다. 왼손으로 그녀의 복사뼈를 잡는 순간 한 손에 채 잡히지도 않는 가냘픈 감촉이 손을 통해 전해져와 단예는 가슴이 쿵쾅쿵쾅 요동치기 시작했다. 고개를 들어보니 종영이 미소 띤 얼굴로 자신을 바라보고 있는 것이 아닌가! 그는 불빛에 비쳐 반짝이는 그녀의 뺨에 걸린 눈물 방울과 웃음기로 가득한 눈빛만 멍하니 바라볼 뿐이었다.

사공현은 이 모습을 보다 못마땅한 듯 소리쳤다.

"어서 가! 어서! 꼬맹이 둘이 이리저리 쳐다보면서 뭐 하는 짓거리들이야? 단 형제, 빨리 가서 사람을 모셔오면 내가 저 어린 낭자를 마누라로 삼게 해주겠네. 정 발이 만지고 싶으면 나중에 실컷 만지라고!"

단예와 종영 모두 얼굴이 발갛게 달아올랐다. 단예가 재빨리 종영이 신고 있는 신발 한 쌍을 벗겨 가슴 속에 품고 종영을 바라보자 종영은 킥 하고 웃음을 터뜨렸다.

사공현이 큰 소리로 외치며 다그쳤다.

"단 형제, 속히 갔다 속히 오게! 모든 이의 목숨이 경각에 달려 있으니 조금이라도 지체하는 날에는 누구도 살아남지 못할 것이네. 종 낭자, 지금 존부尊府까지 갔다 오는 데 며칠이면 될 것 같은가?"

"조금만 서두르면 이틀이면 갔다 와요. 적어도 나흘이면 돌아올 수 있을 거예요."

사공현이 안도의 한숨을 내쉬고는 다시 재촉했다.

"어서 가라고!"

"가는 길을 단 오라버니한테 얘기해줄 거니까 당신들은 모두 물러나 있어요. 아무도 엿들으면 안 돼요."

사공현이 손을 휘휘 젓자 모든 제자가 멀찌감치 물러났다.

종영이 말했다.

"당신도 비켜요."

사공현이 혼자 이를 갈며 생각했다.

'상처를 다 치료하고 나서 꼬맹이 계집 널 가만 놔두면 나 사공현은 사람도 아니다.'

종영이 한숨을 몰아쉬며 속삭였다.

"단 오라버니, 우린 오늘 처음 만났는데 만나자마자 이별이네요."

단예가 빙긋 웃었다.

"나흘이면 돌아올 수 있다고 하니 잠깐이지 않소? 당신과 헤어져야 하는 게 아쉬울 따름이오."

종영은 큰 눈으로 단예를 한참 동안 뚫어지게 쳐다보다 긴 한숨을 내쉬었다.

"우선은 우리 어머니를 만나 자초지종을 말하세요. 그다음에 우리 어머니가 아버지한테 말하게 하면 일이 그나마 쉬워질 거예요."

이 말을 하면서 발끝을 뻗어 땅바닥에다 집으로 가는 길을 그렸다. 원래 종영이 사는 곳은 난창강 서안의 한 산골짜기 속이었다. 노정이 그리 길지는 않았지만 지세가 은밀하고 입구에 암호가 필요한 각종 장치가 설치되어 있어 정확히 알지 않고서는 외부인이 진입할 수 없었다. 다행히 기억력이 좋은 단예는 동쪽으로 돌다 서쪽으로 굽어가고, 남쪽으로 굽이를 돌다 북쪽으로 우회하라는 종영의 복잡한 길 안내를 모두 들은 다음 이를 모두 암기하고 종영의 말이 끝나자마자 말했다.

"좋소. 가보겠소."

이 말과 동시에 몸을 돌려 단예가 10여 보를 걸어갔을 때쯤 종영은 별안간 뭔가 생각난 듯 소리쳤다.

"저기요, 이리 와보세요."

"왜 그러시오?"

단예는 무슨 일인가 싶어 재빨리 몸을 돌려 돌아갔다.

"단씨라고 절대 말하지 말아요. 오라버니 아버님이 일양지를 구사하신다는 말도 절대 하지 말고요. 왜냐하면… 우리 아버지는 심사가 좀 남달라서 말이에요."

"알았소."

빙긋 웃으며 대답을 하고는 이런 생각이 들었다.

'이 낭자가 나이는 어려도 심지는 아주 깊군.'

그는 '훗!' 하고 웃으며 몸을 돌리고 아무렇지 않은 듯 성큼성큼 앞으로 걸어갔다.

# 2

# 달빛 아래 빛나는 옥벽

왼쪽 절벽 위에 마치 옥룡玉龍처럼 매달린 거대한 폭포가 있어 그 밑으로 힘찬 물줄기가 세차게 흘러나가 큰 호수 속으로 빨려들어가는 모습이 펼쳐져 있지 않은가!

폭포가 떨어지는 지점의 호수 면은 파도가 용솟음쳐댔지만 폭포에서 10여 장 떨어진 곳의 호수 위는 마치 거울처럼 평평하고 놀랍도록 투명했던 것이다.

더구나 달빛이 호수 위에 비쳐 호수 한가운데에 휘영청 밝고 둥근 달이 떠 있었다.

한참 동안 실랑이를 벌이다 보니 달은 이미 중천에 떠 있었다. 단예는 서쪽을 향해 내달렸다. 비록 무공은 모르지만 젊은 혈기 하나만으로 신속하게 발걸음을 내딛어 달려간 것이다. 10여 리쯤 가다 보니 벌써 무량산 주봉의 뒷산으로 접어들어, 전방에 있는 계곡에서 졸졸 흐르는 물소리가 들렸다. 마침 목이 컬컬하던 차라 소리를 찾아 계곡 쪽으로 다가가자 달빛 아래 아주 맑고 투명한 계곡물이 보였다. 계곡물에 손을 넣으려는 순간 저 멀리 계곡 바깥쪽에서 부스럭하는 마른 나뭇가지 소리와 함께 두 명으로 보이는 발소리가 들려왔다. 단예는 재빨리 계곡 옆의 바위 뒤에 엎드려 꼼짝도 하지 않았다.

둘 중 한 사람의 말소리가 들렸다.

"여기 계곡물이 있는데 물 좀 마시고 갑시다."

어딘가 익숙한 목소리였다. 단예는 그게 좌자목의 제자인 간광호의 목소리임을 알아채자 더더욱 움직일 수 없었다. 곧 두 사람이 계곡의 상류 쪽으로 걸어와 양손으로 물을 떠서 마시는 소리가 들렸다. 얼마나 지났을까. 간광호가 입을 열었다.

"갈葛 사매, 이제 위험지역도 벗어났고 걸어오느라 힘들었을 테니 여기서 좀 쉬었다 갑시다."

"네" 하는 여자 목소리와 함께 계곡 옆에서 바스락거리는 소리가 들려왔다. 두 사람이 바닥에 앉은 것으로 보였다.

여자 목소리가 들렸다.

"신농방에서 여길 지키지 않을 거라고 어떻게 장담해요?"

말소리가 가냘프게 떨리는 걸로 보아 뭔가 두려움을 느끼는 것 같았다. 간광호가 그런 여자를 안심시키며 속삭였다.

"걱정 마시오. 여기 이 산길은 아주 외진 곳이라 우리 동종 제자들조차도 아는 사람이 없소. 허니 신농방에서는 더더욱 알 길이 없지."

"이런 오솔길은 어떻게 알았어요?"

"우리 사부님이 닷새마다 제자들을 데리고 무량옥벽의 비밀을 연구하러 이곳에 오셨소. 몇 년을 계속 왔지만 다들 눈을 부릅뜨고 저 큰 바위를 바라만 보고 있었을 뿐 아무것도 알아낸 게 없었지. 사부님께선 늘 이런 말씀을 하셨소. '성공을 원하는 자는 항시 굳은 의지가 있어야 한다.' 또 뭐라더라… '뜻이 있는 곳에 길이 있다.' 허나 난 바위만 쳐다보는 게 너무 지겨워 가끔 볼일을 본다는 핑계로 자리를 떴는데 그때 이곳저곳 돌아다니다 이 길을 발견하게 된 거요."

그 여자가 조용히 웃었다.

"이제 보니 배움에 열중하지 않고 게으름만 피웠군요? 동문 사형제들 중에서 당신이 가장 의지가 굳지 못한가 보네요."

간광호 역시 웃으며 말했다.

"갈 사매, 5년 전 검호궁에서 비검比劍을 할 때 내가 사매한테 패하고 나서…."

여자가 간광호의 말을 끊었다.

"나한테 진 얘기는 다신 하지 말아요. 그때는 내공이 모자란 척하면서 일부러 져줬잖아요. 남들이야 알아채지 못했겠지만 설마 나까지 몰랐을 것 같아요?"

단예는 여기까지 듣다가 속으로 생각했다.

'저 여자는 무량검 서종 사람이었군.'

다시 간광호의 목소리가 들려왔다.

"당신을 처음 본 순간 속으로 굳게 맹세했소. 무슨 일이 있어도 당신과 평생을 함께하겠노라고. 다행히 오늘 우리는 천재일우의 기회를 만나 신농방의 공격을 받게 됐소. 또 괴이한 남녀 한 쌍이 독담비를 데려와 검호궁 사람들을 엉망으로 만들어놓은 덕분에 그 틈을 타서 도망쳐 나올 수 있었고 말이오. 이거야말로 '뜻이 있는 곳에 길이 있다'의 올바른 사례에 해당되는 상황 아니겠소?"

여자가 나지막이 웃으며 상냥한 목소리로 말했다.

"저 역시 마찬가지예요."

간광호가 기쁨에 겨운 듯한 목소리로 말했다.

"갈 사매, 당신이 그렇게 생각한다니 평생토록 영원히 당신 말만 들을 것이오."

갑자기 여자가 한숨을 내쉬었다.

"사문師門을 배신하고 도망쳤으니 우린 이제 무림에 다시는 발을 들여놓지 못할 거예요. 그러니 멀리 도망가면 갈수록 좋아요. 아주 외진 곳을 찾아 몰래 숨어 지내야 해요. 우리 사부님과 동문 사형제들한테 종적이 발견되지 않도록 말이에요. 생각해보면 너무 무서워요."

"그건 염려할 것 없소. 내가 보기엔 신농방이 만반의 준비를 하고 왔기에 우리 두 사람 외에는 동서 양종 사람 중 그 누구도 독수를 피할 수 없을 것이오."

여자는 또 한숨을 몰아쉬며 말했다.

"그러기만 바랄 수밖에요."

단예는 그 말을 듣다가 화가 치밀어올랐다.

'둘이서 부부의 연을 맺겠다고 사문이 위기에 처한 틈을 타서 도망을 치다니… 그건 그렇다 쳐도 어떻게 자기 동문 사형제들이 독수에 당해 죽길 바라는 거지? 마음 씀씀이가 아주 고약하구나. 둘이 저 정도로 악랄하다면 저들한테 발각이라도 되는 날에는 필시 입막음을 위해 날 죽이려 들 것이 분명하다.'

이런 생각을 하니 숨조차 크게 내쉴 수가 없었다.

여자가 다시 말했다.

"무량옥벽이 뭐 그리 진기한 것이기에 여기서 10년이나 지키고 있었던 거죠? 정말 아무런 단서도 찾아내지 못했나요?"

"우린 이제 가족이나 마찬가지인데 내 어찌 당신을 속일 수 있겠소? 사부님 말씀으로는 아주 오래전, 그러니까 우리 태사부太師父께서 동종 장문인을 맡고 계시던 그 당시에 일어난 일이었소. 태사부께서 어느 달 밝은 밤에 옥벽 위에서 검무를 하는 인영人影을 목격했는데 이 인영이 때로는 남자, 때로는 여자, 때로는 남녀가 서로 대결을 하는 모습이었다 하셨소. 한데 옥벽 위에서 펼쳐지는 검법의 정수는 태사부도 평생 꿈에서조차 상상치 못한 것이어서 때로는 붉은빛, 때로는 푸른빛의 현란한 색이 난무하는 검광이 마치 선인仙人의 검사위처럼 보였다고 하더군. 태사부께서는 선검仙劍을 몇 초 배울 수 있지 않을까 기대했지만 옥벽 위의 검영劍影이 너무나 빠르고 기이했고, 마치 있는 듯

없는 듯 희미해서 자세히 살펴볼 수 없어 반초半招 이상 배울 수가 없었다는 것이오. 더구나 선검 그림자는 늘 볼 수 있는 것이 아니라 때로는 늦게 보이고, 때로는 한두 달 동안 한 차례도 보이지 않을 때도 있었다고 하니 태사부께선 옥벽의 검영에만 탐닉하다 오히려 본문의 검법을 소홀히 하는 결과를 가져와 제자들의 검술 지도에 전념하지 못하셨소. 이로 인해 후에 열린 비검에서 당신네 서종에게 패하고 말았던 거요. 갈 사매, 당신네 태사부는 제자들을 데리고 검호궁에 들어온 이후 혹시 뭔가 본 게 없었소?"

"사부님 말씀으로는 옥벽 위의 검영을 우리 태사부도 보시긴 했지만 후에 여자 한 명의 검영만 봤을 뿐 남자 검선劍仙은 보이지 않았대요. 우리 태사부께서 여자였던 까닭에 여검선의 현신만 나타난 것이 아닌가 생각되는 대목이에요. 그런데 두 해가 지나자 그 여검선조차 보이질 않았대요. 태사부가 보시기에도 옥벽 위 선영仙影의 신법身法과 검법은 기묘함의 극치를 이뤘지만 너무 희미하고 빨라서 똑똑히 볼 수가 없었다고 했어요. 더구나 옥벽은 깊은 계곡과 검호劍湖를 사이에 두고 있는 천연 요새이다 보니 날아서 가지 않는 한 가까이서 볼 수가 없었다고 하더군요. 태사부께서 선인과 인연을 맺고 일초반식一招半式이라도 배웠다면 강호에 위세를 떨칠 수 있었을 텐데 그런 복이 없었으니 속으로 얼마나 견디기 힘들었을지 짐작이 돼요. 선영이 자취를 감추고 난 뒤 태사부께서는 매일 밤 산꼭대기에 올라가 배회하면서 옥벽만 넋을 잃고 바라보다 갈수록 초췌해져갔고, 결국 반년을 못 넘기고 병사하셨어요. 태사부께서 산꼭대기에서 돌아가실 때, 숨이 붙어 있는 그 순간까지도 제자들에게 당부해 자신을 검호궁으로 돌려보내지 못하게 하셨어요. 사부님 말로는 태사부께서 숨이 끊어지는 그 순간에도 두 눈은 옥벽을 멍하니 바라보고 계셨대요."

그 여자가 잠시 말을 멈추더니 물었다.

"간 사형, 이 세상에 정말 선인이 있을까요? 아니면 우리 둘 다 태사부들에게 속은 걸까요?"

"우리 태사부 둘이 그런 얘기를 꾸며내 제자들을 속였다고 하기에는 납득이 가질 않소. 신의를 저버려서 뭐 좋을 게 있다고 그랬겠소? 더구나 심沈 사백師伯 말씀을 들어보면 어릴 때 검선의 인영을 직접 봤다고 했소. 하지만 세상에 선인이 진짜 있는지 없는지는 나도 모르겠소."

"무림 고인 두 명이 옥벽 앞에서 검사위를 펼칠 때 그림자가 옥벽에 비친 건 아닐까요?"

"태사부께서도 그런 생각을 하신 적이 있지. 하지만 옥벽 앞에는 검호가 있고 호수 서쪽은 깊은 계곡이오. 설령 두 고인이 물 위를 걷는데 능하다 해도 호수 위에서 검사위를 펼쳤다면 태사부께서도 필시 보셨을 것이오. 만일 검호 한쪽의 산 위에서 검사위를 펼쳤다면 거리가 너무 멀어 인영이 옥벽에 비칠 수는 없었을 것이오."

"태사부께서 별세하신 뒤 모든 제자가 매일 밤 옥벽 앞에서 분향제례를 올리고 소원을 빌어 검선의 선영을 다시 볼 수 있기를 기대했지만 다시는 볼 수 없었어요. 우리 사부님 역시 다시 볼 수 있기를 고대하셨지만 하필 10년 동안 열린 두 번의 비검에서 사형네 동종한테 번번이 지고 말았죠."

"지금부터 우리 두 사람은 다시는 동종이니 서종이니 편을 가르지 맙시다. 우리 둘은 동종과 서종이 통혼해 하나가 됐으니 말이오…."

여자가 아잉 하는 콧소리를 몇 번 내면서 나지막이 속삭이는 소리가 들렸다.

"이… 이러지 말아요."

간광호의 음탕한 행동에 여자가 거부하는 것으로 보였다. 간광호가 나직이 속삭였다.

"우리가 하나가 됐는데 훗날 내가 배신을 한다면 난 저 물속에 빠져 대왕거북이로 변할 것이오."

여자가 깔깔 교태 어린 웃음을 짓고는 느끼한 목소리로 속삭였다.

"어머… 대왕거북이가 되면 머리가 너무 커지는 거 아닌가요?"

단예는 여기까지 듣다 웃음을 참지 못하고 그만 풋 하고 실소를 내뱉고 말았다. 웃음소리가 새어나가자 순간 잘못됐음을 느낀 그는 당장 몸을 일으켜 뒤도 안 돌아보고 내달리기 시작했다. 등 뒤에서 간광호의 호통 소리가 들렸다.

"누구냐!"

그는 발소리를 따라 쏜살같이 뒤쫓아왔다.

단예가 속으로 큰일 났다 싶어 죽을힘을 다해 뛰다 힐끗 뒤를 보는 순간, 서쪽 편에서 백광이 번뜩이더니 장검을 손에 쥔 여자가 산비탈을 뛰어내려와 그의 앞길을 막아섰다.

"어이쿠!'

단예는 비명을 내지르는 동시에 동쪽으로 방향을 꺾으며 속으로 외쳤다.

'고난을 덜어주시는 관세음보살님, 부디 이 죄 없는 중생 단예가 고난을 벗어날 수 있도록 보우해주십시오.'

쉼 없이 쫓아오는 간광호의 발소리가 들려왔다. 단예는 숨이 턱까지 차오르게 뛰었지만 얼마 지나지 않아 또다시 간광호의 고함 소리가 들려왔다.

"갈 사매, 사매는 저쪽 산 입구를 막으시오!"

단예는 생각했다.

'나 하나 죽는 거야 상관없지만 나로 인해 종 낭자도 살아남지 못할 테고 또, 신농방의 그 많은 사람마저 죽이는 결과를 가져오는 것이니 이는 정말 크나큰 죄과로다. 아미타불, 관세음보살!'

이런 생각도 들었다.

'단예야, 단예야! 저 사람들이 대왕거북이가 된다고 하면 어떻고 그게 커진다고 하면 또 어떠하더냐? 그게 너하고 무슨 상관 있다고 말이야. 왜 쓸데없이 웃어야 했느냐? 그 웃음 하나 때문에 수십 명이 목숨을 잃게 되어버렸지 않느냐? 한 번 웃으면 성城이 기울고 또 한 번 웃으면 나라가 기운다는 절세미녀라면 또 모를까 단예 네가 뭐라고 거기서 웃음을 터뜨린단 말이냐? 이렇게 웃음 한 번으로 수십 명의 목숨을 기울게 만들다니 그게 말이나 되는 소리더냐?'

그는 마음속으로 자책하면서도 감히 발걸음을 잠시도 늦출 수 없어 앞뒤 가리지 않고 오로지 깊은 숲속을 뚫고 나아갈 따름이었다.

한참을 더 달려가니 두 다리가 쑤셔오고 숨이 턱 밑까지 찼다. 그때, 마치 바다에서 조수가 밀려오는 듯 우렁찬 물소리가 울려퍼졌다. 고개를 들어 바라보니 서북쪽 위에 은하수가 거꾸로 걸려 있는 것 같은 거대한 폭포수가 높은 절벽에서 쏟아져 내리고 있었다. 등 뒤에서 또 간광호의 호통 소리가 들렸다.

“그 앞은 본 파의 금지구역이다. 외부인은 절대 들어갈 수가 없어! 거기서 몇 장만 더 앞으로 나아가 본 파의 금기를 깬다면 처참한 최후를 맞이하게 될 것이다.”

단예가 생각했다.

‘내가 너희 무량검 금지구역을 들어가지 않는다고 날 살려두기라도 한단 말이냐? 그래 봐야 처참하게 죽지 않는 정도에 불과할 것 아니더냐? 그게 처참한 죽임을 당하는 거랑 무슨 차이가 있다고?’

이런 생각을 하며 발걸음에 박차를 가해 더 빨리 내달렸다. 간광호가 큰 소리로 고함을 쳤다.

“당장 멈춰라! 목숨이 아깝지 않느냐? 그 앞은….”

단예가 웃으며 말했다.

“목숨이 아까우니까 이렇게 도망가는….”

말이 채 끝나기도 전에 돌연 발밑이 허전해지는 느낌이 들었다. 무공도 모르는 사람이 그토록 황급히 내달리는 와중에 그 기세를 어찌 다시 거둘 수 있겠는가? 그의 몸은 곧 절벽 밑으로 추락하기 시작해 계곡에 외마디 비명 소리가 울려퍼졌다.

“으아악!”

그의 몸은 이미 절벽의 실족 지점에서 수십 장 떨어져 있었다.

공중에 떠 있는 상태로 양팔을 휘저어가며 뭐든 손에 잡히기만 바랄 뿐이었다. 한바탕 팔을 휘젓는 동안 다시 100여 장을 더 추락하다 갑자기 퍽 소리와 함께 엉덩이가 뭔가에 부딪히며 몸이 위쪽으로 튀어올라갔다. 다행히 절벽 틈에서 자란 한 그루 고송古松에 몸을 부딪힌 것이다.

"우지지직! 뚜뚝!"

몇 번의 강렬한 소리와 함께 고송의 굵직한 가지와 줄기들이 부러져 나갔지만 뜻밖에도 추락하는 거대한 힘은 점점 줄어들었다.

고송 위를 미끄러지던 단예가 두 팔을 뻗어 고송의 또 다른 나뭇가지를 꽉 움켜잡자 이내 공중에 걸려 대롱대롱 매달리는 신세가 됐다. 당장 생각나는 건 고송에 부딪힌 엉덩이에서 느껴지는 극한의 통증뿐이었다. 밑을 내려다보니 운무가 자욱한 심곡深谷이 펼쳐져 끝이 보이질 않았다. 바로 그때 몸이 흔들거리면서 절벽 면에 가까워지자 왼손을 길게 뻗어 절벽 면에 붙은 짧은 가지를 꽉 붙들고는 두 다리가 디딜 곳을 마련했다. 그제야 비로소 놀란 가슴을 가라앉힌 그는 천천히 절벽 면 쪽으로 이동하면서 자신과 부딪힌 고송을 향해 말했다.

"고송 어르신, 오늘 어르신의 신통력 덕분에 저 단예가 목숨을 건졌습니다. 과거 어르신 선조께서 진시황이 비를 피할 수 있게 만들어주시어 진시황으로부터 오대부五大夫라는 작위에 봉해진 적이 있었지요. 허나 오늘처럼 사람 목숨을 구한 일을 어찌 비바람을 피하게 한 일과 비교할 수 있겠습니까? 전 어르신을 육대부, 아니 칠대부, 팔대부에 봉하겠습니다."

단예는 주변을 자세히 살피다 절벽 면에 커다란 틈이 벌어져 있는 것을 발견하고 그 틈으로 어렵게 기어 내려갔다. 그제야 한숨 돌리고 생각했다.

'간광호와 갈 사매라는 여자는 분명 내가 바닥에 추락해 가루가 됐을 거라 생각할 거야. 우리 팔대부께서 목숨을 구해줬을 거라곤 상상도 못할걸? 둘은 분명 산 밑으로 도망을 쳐서 도란도란 얘기꽃을 피우다 동종과 서종의 합종을 이루겠지. 이 계곡 밑은 무척 험준할 테지만 내 목숨은 어차피 주운 거나 다름없으니 어디를 가도 똑같을 거야.'

그는 곧 절벽 틈을 따라 천천히 밑으로 내려갔다. 절벽 틈 사이는 모래와 초목으로 가득해 오히려 미끄러질 일은 없었다. 하지만 끝도 없이 펼쳐져 있는 절벽을 기어 내려가다 보니 옷은 이미 가시나무에 이곳저곳이 찢어지고 해진 데다 손발 역시 곳곳에 상처를 입고 말았다. 얼마나 기어갔는지 몰라도 여전히 계곡 바닥은 보이질 않았다. 다행히 이 절벽은 내려갈수록 경사가 낮아져 더 이상 깎아지른 지형이 나타나지 않았다. 그 이후부터는 비탈에 엎드려 반은 구르고 반은 기면서 천천히 미끄러져 내려가다 보니 딱히 위험한 곳이 없었다.

"우르릉! 콰!"

어마어마한 물소리가 점점 크게 들리자 더럭 겁이 나기 시작했다.

'저 밑에 흉용洶湧하기 이를 데 없는 격류가 흐르기라도 한다면 난 이제 끝장이다.'

소나기가 내리듯 얼굴 위에 튀는 물방울이 따갑게만 느껴졌다.

그러나 이런저런 생각으로 주저할 시간조차 없이 잠시 후 계곡 바닥에 이르렀다. 몸을 일으켜 세운 순간 터져 나오는 환호성을 막을 수 없었다. 왼쪽 절벽 위에 마치 옥룡玉龍처럼 매달린 거대한 폭포가 있어 그 밑으로 힘찬 물줄기가 세차게 흘러나가 큰 호수 속으로 빨려들어 가는 모습이 펼쳐져 있지 않은가! 거대한 폭포수가 끊임없이 흘러내리는데도 호수 안에 무슨 배수구라도 있는 듯 전혀 넘쳐흐르지 않았다. 폭포가 떨어지는 지점의 호수 면은 파도가 용솟음쳐댔지만 폭포에서 10여 장 떨어진 곳의 호수 위는 마치 거울처럼 평평하고 놀랍도록 투명했던 것이다. 더구나 달빛이 호수 위에 비쳐 호수 한가운데에 휘영청 밝고 둥근 달이 떠 있었다.

이런 조화로운 비경을 마주한 단예는 휘둥그레진 눈으로 감탄을 금치 못한 채 그저 멍하니 바라보기만 할 뿐이었다. 주변을 살펴보니 호반에 수북하게 자란 산다화山茶花가 월색 밑에서 아름답게 하늘거렸다. 운남의 산다화는 천하제일로 알려져 있어 단예도 평소에 무척이나 좋아했던 꽃이었다. 그는 당장 위험에 처한 상황조차 잊어버리고 앞으로 나아가 한참을 감상하다 혼자 중얼거렸다.

"산다화가 많기는 한데 품종은 몇 가지 안 되는군. 우리 집에 있는 것보다 조금 더 큰 우의예상羽衣霓裳 몇 송이뿐이야. 그리고 이 보보생연步步生蓮도 순종이 아니네."

잠시 동안의 산다화 감상을 마치고 호숫가를 걷다 호수 물을 몇 모금 마셨다. 청량한 느낌의 감미롭기 그지없는 차가운 물이 입안에 들어가자마자 배 속을 관통해 내려갔다. 그는 곧 정신을 가다듬고 호숫가를 따라 걸으며 계곡에서 빠져나갈 수 있는 통로를 찾기 시작했다.

타원형 모양의 이 호수는 대부분이 꽃나무 숲에 가려져 있었다. 그는 서쪽에서 동쪽으로, 다시 동쪽에서 서쪽으로 3마장 정도 되는 거리를 한 바퀴 돌았지만 동서남북 모두 가파른 절벽이라 출구라고는 전혀 없었다. 오로지 그가 미끄러져 내려온 산비탈만이 약간의 경사가 있었을 뿐 다른 곳은 도저히 올라갈 방법조차 없었던 것이다. 고개를 들어 저 멀리 높은 절벽 위를 바라다보니 계곡 안은 운무로 가득 차 있었다. 이미 힘들게 내려온 길을 다시 올라갈 생각을 하니 그럴 자신은 도저히 없었다.

'절정의 무공을 지닌 사람이라 할지라도 절대 올라갈 수 없을 거야. 무공이 있고 없고는 그리 문제가 안 되는 것 같다.'

이때 여명이 밝아오기 시작했다. 계곡 안은 적막으로 가득해 인적은 물론 금수의 발자국조차 보이지 않았다. 오로지 멀리서 서로를 부르며 지저귀는 새소리만 간간이 들릴 뿐이었다. 그는 이런 삭막한 정경을 보고 점점 걱정이 되기 시작했다.

'여기서 나 혼자 굶어 죽는 건 상관없지만 당장 종 낭자의 목숨이 달려 있지 않은가!'

그녀에게 너무도 미안할 따름이었다. 한편으로는 부모님 또한 자신 때문에 매일같이 근심으로 밤을 지새울 텐데 불효막심한 놈으로 남게 되진 않을까 걱정이 되기도 했다.

호숫가에 앉아 이런저런 고민을 해봐도 빠져나갈 방법은 도저히 없었다. 실망스러운 마음에 이런 환상에 빠지고 말았다.

'내가 물고기로 변해 폭포를 거슬러 올라간다면 절벽 위로 갈 수 있을 텐데….'

그는 눈길을 돌려 폭포를 따라 밑에서 위로 올라가며 바라보다 폭포 우측에 옥처럼 빛나는 석벽 하나를 발견했다.

'아주 오랜 옛날에는 폭포가 지금보다 훨씬 컸을 것이다. 얼마나 많은 세월 동안 충격을 받았기에 저 큰 석벽이 저렇게 반반하게 깎였을까? 흐르는 세월과 함께 폭포수 양이 줄어들면서 저 유리 같은 아니, 거울 같은 석벽이 모습을 드러낸 게 분명하다.'

순간 간광호와 갈 사매가 은밀히 나누던 대화 내용이 머릿속을 맴돌기 시작했다.

'이제 보니 여기가 바로 그들이 얘기했던 무량옥벽이었어. 과거 무량검 동종과 서종 장문인이 달 밝은 밤이면 옥벽 위에서 검무를 추는 선인의 그림자를 봤다고 했잖아? 이 옥벽은 호수에 붙어 있어서 선인의 그림자가 옥벽 위에 비치려면 호수 한가운데에서 검무를 추지 않으면 안 될 텐데? 오히려 내가 있는 이 호수 동쪽에서 검무를 춘다면 그 그림자가 비칠 수 있겠지만 동쪽의 높은 절벽에 서 있었다면 달빛이 가릴 테고, 달빛이 없다면 인영이 있을 수가 없지. 아… 맞다. 분명 호수 위로 날아오르는 물새 그림자가 절벽 위로 비쳤을 거야. 그걸 멀리서 보면 자연히 빠르고도 기이하며 재빠른 몸놀림으로 보였을 테지. 선입견으로 인해 그게 선인의 검무라고 단정 지었던 거야. 어렴풋이 보이기는 하는데 근원을 알 수 없어 마도魔道에 빠지고 만 거지.'

이렇게 상황 파악을 하고 나니 자신도 모르게 웃음이 터져 나왔다. 그것도 잠시, 검호궁 주연에서 이것저것 집어 먹기는 했지만 그 후로 이미 일고여덟 시진이 지났던 터라 몹시 허기가 졌다. 절벽 주변의 깊은 숲속 작은 나무 위에 청홍색 야생 열매들이 가득 열려 있는 것이 보여 그중 하나를 따서 한입 베어 물었다. 입안에서 시고 떫은맛이 났지만 워낙 굶주림에 지쳤기에 이런저런 생각을 할 겨를이 없었다. 단번에 10여 개를 따서 허겁지겁 입에 욱여넣어 허기부터 가라앉혔다. 그러자 온몸의 삭신이 쑤시기 시작하면서 둔부에 입은 상처가 다시 아파오기 시작했다. 잠깐 쉬어야겠다는 생각으로 풀밭 위에 몸을 눕혔지만 이내 깊은 잠에 빠져들고 말았다.

한바탕 꿀잠을 자고 일어나 보니 해는 이미 서쪽으로 기울어가고 호수 위에는 오색찬란한 무지개가 걸려 있었다. 원래 폭포 주변은 햇빛이 물안개에 비쳐 종종 무지개가 나타난다는 사실을 단예도 잘 알고 있었다. 죽음을 앞두고 이런 절경을 지켜볼 수 있다는 것만으로도 굉장한 복이라는 생각이 들었다. 더구나 이렇게 우아하고 밝게 빛나는 아름다운 호수 변 꽃밭 아래 묻힐 수 있어 더욱 그러했다. 다만 산다화 품종이 최고가 아니란 점이 옥에 티일 뿐이었다.

한잠을 푹 자고 일어나 온몸에 기운이 솟구치자 이런저런 생각이 들었다.

'확실치는 않지만 계곡 안쪽 어딘가에 필시 숨겨진 출구가 있을 거야. 어젯밤에는 날도 어둡고 급히 걷기만 하느라 제대로 살펴보지를 못했잖아?'

그는 입으로 노래를 흥얼거리며 가벼운 마음으로 호숫가를 따라 걷기 시작했다. 길을 걸어가면서 숨겨진 곳을 샅샅이 뒤지고 다녔지만 꽃나무 숲속 뒤에는 거대한 암석들만 가득했다. 더구나 그 암석들이 모두 구름으로 가득 찬 절벽에 맞닿아 있어 출구는 고사하고 뱀이나 짐승들이 살 만한 굴조차 보이지를 않았다.

입으로 흥얼거리던 노랫소리는 점점 작아지고 마음도 갈수록 울적해져 조금 전 잠을 자던 곳으로 되돌아오자 다리가 풀려 그대로 쓰러져버리고 말았다.

'종 낭자가 날 구하려다 오히려 억울하게 목숨을 잃겠구나.'

단예는 종영 생각을 하다 품속에 넣어둔 그녀의 꽃신을 만지작거리기 시작했다. 그러다 그녀의 가녀린 복사뼈와 귀여운 얼굴을 상상하고는 이내 참을 수가 없다는 듯 신발을 입에 가져가 몇 번이나 입을 맞추다 다시 품속에 집어넣었다.

'이대로 내가 죽어버린다면 종 낭자도 살아남지 못할 거야. 종 낭자와 둘이 이 푸른 호숫가에서 함께 죽을 수 있다면 얼마나 좋을까? 하지만 그녀는 지금 염소수염 사공현 수중에 있지 않은가? 정말 애석하기 짝이 없구나. 내가 이렇게 그녀 생각을 하고 있으니 그녀도 내 생각을 하고 있겠지?'

무료한 시간이 얼마나 흘렀을까? 단예는 또 그 시큼한 열매를 따서 먹다가 문득 이런 생각이 들었다.

'주변을 샅샅이 뒤졌지만 막상 여긴 살펴보지 않았잖아? 멀리 있다 생각하면 먼 곳에 있을 것이며 가까이 있다 생각하면 가까이 있을 것이라는 말이 있어. 맞아! 바로 여기 있을 거야.'

이런 생각을 하고는 당장 시큼한 열매가 달린 나무숲을 열어젖혔다. 하지만 이내 고개를 가로저었다. 숲 뒤에는 담쟁이덩굴만 가득하고 번들거리는 거대 석벽뿐인데 그곳에 무슨 출구가 있을 수 있겠는가? 그러나 호수 서쪽 절벽에 비해 아주 작긴 했지만 마치 구리거울처럼 평평한 거대 석벽을 보자 순간 가슴이 쿵쾅쿵쾅 뛰기 시작했다.

'혹시 이게 진짜 무량옥벽 아닐까?'

그는 석벽 위에 있던 담쟁이덩굴을 한번 잡아당겨보았다. 그러나 이 석벽 역시 펀펀하고 반들반들하기만 할 뿐 특이한 점은 없었다.

문득 이런 생각에 잠겼다.

'내가 이 심곡에서 죽는다면 내 죽음을 아는 사람은 영원히 없을 텐데 이 석벽에 몇 글자 남기는 것도 괜찮지 않을까? 음… '대리 단예 여기 죽다大理段譽畢命於斯' 이렇게 여덟 글자를 새겨놓자. 재미있잖아?'

해서 석벽 위 담쟁이덩굴을 깨끗이 뜯어낸 다음 장포를 벗어 호수 물에 적셔왔다. 그러고는 석벽 위에 호수 물을 짜내 풀로 깨끗이 닦아내자 석벽은 마치 옥처럼 밝고 투명하게 빛났다.

곧바로 땅바닥에서 끝이 날카로운 돌멩이 하나를 골라 석벽 위에 글자를 새기기 시작했다. 하지만 돌이 어찌나 단단했던지 반나절 동안 겨우 대리大理 두 글자밖에 새기지 못했다. 그마저도 얕고 비뚤어지게 새겨져 서체나 구도가 전혀 볼품이 없자 속으로 생각했다.

'후세 사람들이 이걸 보면 나 단예를 글씨도 제대로 못 쓰는 놈이라 생각할 수도 있어. 지금 여덟 글자를 모두 새기면 난 영원히 형편없는 놈으로 남고 말 거야.'

이런 생각을 하는 와중에 반나절 동안 글자를 새기느라 힘을 쓴 손목까지 쑤셔오자 돌멩이를 바닥에 냅다 집어던져버렸다.

날이 어두워지자 단예는 시큼한 열매 몇 개를 더 먹고 이내 다시 잠이 들었다. 꿈속에서 꽃신 한 켤레가 이리저리 날아다니는 게 눈앞에 보였다. 바로 국화가 새겨진 종영의 청록색 신발이었다. 다급하게 손을 뻗어 잡으려 했지만 꽃신은 마치 나비처럼 아래위로 춤을 추며 잡히지 않았다. 그런데 잠시 후 그 꽃신이 하늘 높이 날아 올라가는 것이 아닌가? 단예가 소리쳤다.

"신발아! 날아가지 마!"

그 소리에 놀라 정신을 차려보니 그게 다 꿈이었지 않은가? 황급히 눈을 비비고 손을 뻗어 더듬어보자 꽃신은 품 안에 온전하게 잘 있었다. 그는 자리에서 일어나 고개를 들어 주변을 살폈다. 보름달이 호수 위에 맑게 비쳐 마치 은으로 도금을 한 것처럼 보였다. 호수 면을 따라 눈길을 돌리다 갑자기 건너편 옥벽 위에 나타난 인영을 보고는 소스라치게 놀라고 말았다.

놀란 것도 잠깐, 이내 온몸은 희열로 가득 찼다. 그는 대뜸 큰 소리로 외쳤다.

“선인, 살려주세요! 선인, 제발 살려주세요!”

그러나 그 인영에 미세한 떨림이 있을 뿐 아무런 대답이 없었다. 단예는 마음을 가다듬고 다시 뚫어져라 쳐다봤다. 흐릿해서 잘 보이지는 않았지만 장포를 걸치고 유건儒巾을 쓴 것으로 보아 틀림없는 남자의 인영이었다. 재빨리 호숫가 쪽으로 몇 걸음 달려가 다시 소리쳤다.

“선인, 살려주세요!”

옥벽 위의 인영이 몇 번 흔들리다 조금 커지는가 싶더니 단예가 걸음을 멈추자 인영 역시 꼼짝도 하지 않았다.

그는 순간 깜짝 놀라며 뭔가를 깨달았다.

‘내 그림자인가?’

몸을 왼쪽으로 움직여보자 옥벽 위의 인영도 왼쪽으로 따라 움직였고 몸을 오른쪽으로 틀자 옥벽 위의 인영도 오른쪽으로 따라왔다. 의심의 여지가 없었지만 그래도 여전히 이해가 되질 않았다.

‘달빛이 서남쪽에 걸려 있는데 내 그림자가 어떻게 건너편 석벽 위에 비칠 수 있지?’

몸을 돌려보니 낮에 대리 두 글자를 새겨놓았던 그 석벽 위에도 역시 인영이 보였다. 신형이 좀 작긴 했지만 그림자가 훨씬 진한 것을 보고는 곧 깨달았다.

‘이제 보니 달빛이 내 그림자를 이 작은 석벽 위에 비춘 다음 다시 호수 건너에 있는 큰 석벽 위로 반사시키는 거였어. 내가 두 거울 사이

에 서 있는 셈인 거지. 작은 거울 속의 내가 큰 거울에 비친 거야.'

잠시 생각에 잠겨보니 수십 년 동안 무량검을 미혹시켰던 이 옥벽 선영 수수께끼는 전혀 신기할 바가 없었다.

'당시에 누군가 바로 이곳에서 검사위를 펼쳤고 그 인영이 옥벽에 비친 게 틀림없어. 원래는 남녀 한 쌍이었지만 후에 남자가 떠났는지 죽었는지는 몰라도 여자 혼자 남게 된 거야. 그 여자는 이 심산유곡 속에 홀로 쓸쓸히 지내다가 2년도 채 되지 않아 죽고 만 것이고.'

단예는 아름다운 여인이 짝을 잃고 깊은 계곡에 혼자 살다가 쓸쓸한 최후를 마쳤을 거라는 상상에 잠겼다.

이치를 깨우치고 나니 조금 전 미친 듯이 기뻐했던 마음은 흔적도 없이 사라져버렸다. 더 이상 의지할 곳이 없고 마음도 홀가분해지자 그는 손발을 흔들어대고 주먹질과 발길질을 해가며 곰곰이 생각해봤다.

'좌자목과 신쌍청이 지금 절벽 꼭대기에 올라가 우연치 않게 옥벽 위의 선영을 본다면 좋을 텐데… 그럼 선인이 신묘한 무공을 펼친다 생각하고는 내 이 엉터리 몸짓을 열심히 배우고 목숨 바쳐 연구하다 그대로 후세에 널리 전할 것 아닐 텐가? 하하하!'

생각할수록 재미있게 여겨지자 혼자 미친 듯이 웃어댔다.

그러다 뭔가 생각난 듯 갑자기 웃음을 멈췄다.

'두 남녀 선배님이 여기서 수시로 검무를 췄잖아? 만일 이 계곡에 살지 않았다면 분명 계곡을 오가는 통로도 있었을 것이다. 그게 아니라면 아무리 고강한 무공을 지녔다고 해도 시시때때로 산을 타고 여기까지 와서 검무를 추는 건 너무 귀찮았을 테지. 우연히 한 번 정도는

몰라도 매번 그럴 수는 없는 거잖아?'

이런 생각을 하니 순간 희망이 보이기 시작했다.

'내일 아침에 출구가 있는지 다시 한번 찾아보자. 간광호가 그랬지. 뜻이 있는 곳에 길이 있다고… 하하하… 간광호가 갈 사매를 아내로 맞이하겠다는 뜻을 세웠다면 난 여길 빠져나가겠다는 뜻을 세우면 되는 거야.'

무릎깍지를 끼고 앉아 조용히 호수 위의 월색을 바라보니 사방이 유난히 고요하고 쓸쓸하게 느껴졌다.

'"뜻이 있는 곳에 길이 있다." 이 말이 맞긴 하지만 공자께선 이렇게 말씀하셨어. "아는 자는 좋아하는 자보다 못하고 좋아하는 자는 즐기는 자보다 못하다." 이 말이 나에게는 더 잘 맞아. 아버지, 어머니께서는 늘 나를 '치아癡兒'라 부르시면서 어릴 때부터 내가 좋아하는 일에는 어리석을 정도로 몰입한다고 하셨어. 내가 일곱 살이 되던 해에 십팔학사十八學士 산다화 한 그루를 아침부터 저녁까지, 심지어 한밤중에도 몰래 일어나 그 나무만 멍청히 바라봤다고 했지. 그뿐만이 아니었어. 밥을 먹을 때나 책을 읽을 때도 그 산다화 나무만 생각하고 심지어 나무를 향해 고맙다며 며칠 동안 계속 울어댔다고 했었지. 후에 내가 바둑에 심취했을 때는 침식을 잊은 채 낮이나 밤이나 바둑판만 생각하며 다른 생각은 전혀 하지 않았어. 이번에 아버지께서 무공 연마를 시작하자고 할 때도 마침《역경易經》에 심취해 있어서 밥을 먹다 젓가락을 뻗어 음식을 집을 때조차도 젓가락 방향이 대유괘大有卦인지 아니면 동인괘同人卦인지를 생각하지 않았던가? 내가 무공을 배우기 싫어했던 이유가《역경》공부를 포기하고 싶지 않아서였을까? 아니면 때리고 죽이는 법을 배워서는 안 된다는 것을 굳게 믿어서였을까? 아버지께서는 나더러 터무니없는 억지를 부린다고 말씀하셨는데 나한테 그런 부분이 있었는지는 알 수 없는 일이야. 어머니는 내 성격을 너무 잘 알고 계셔서 아버지를 설득하며 이렇게 말씀하셨지. "우리 치아가 언제든 무공을 좋아하게 되면 그때 당신이 아무리 그만 연마하라고 다그쳐도 말을 듣지 않을 거예요. 지금은 배우고 싶지 않다고 하잖아요? 소를 물가에 데려갈 수는 있지만 억지로 물을 먹일 수는 없듯이 뭐든지 억지로 가르칠 수는 없는 거라고요." 에이! 나한테 뭔가를 강요하는 건 어려운 일이야. 차라리 어느 날 내가 무공 연마에 빠지길 기대하는 게 낫지. 그럼 아버지, 어머니 그리고 백부께서도 매우 기뻐하실 텐데… 내가 무공을 연마해도 사람을 때리거나 죽이지 않으면 그뿐이잖아? 무공을 연마한다고 꼭 살인을 해야 한다는 법은 없으니까 말이야. 백부께선 무공이 그렇게 고강하시지만 워낙 인자하신 성격이라 여태껏 그 누구도 죽이신 적은 없을 거야. 설사 누구를 죽여야 한다고 해도 직접 나설 필요가 없으셨겠지.'

호숫가에 앉아 주마등처럼 지나가는 생각에 휩싸이다 보니 시간이 꽤 흘러갔다. 석벽 위에서 어슴푸레 일렁거리는 빛이 눈 깜짝할 사이에 스쳐 지나갔다. 정신을 차리고 바라보니 낮에 새긴 대리 글자 중 리理 자가 새겨진 곳 밑에 별안간 장검 한 자루의 그림자가 나타난 것이었다. 그 검영은 이상하리만치 뚜렷해서 검병劍柄과 호수護手, 검신劍身, 검첨劍尖, 어느 것 하나 부족함이 없어 보였다. 검첨은 비스듬히 아래를 향하고 있었으며 검영 속에서는 이리저리 희미하게 일렁이는, 마치 무지개와도 같은 빛무리가 발산되고 있었다.

단예는 이 모습이 무척이나 기이하게 여겨졌다.

'그림자 속에 어떻게 색채가 있을 수 있지?'

고개를 들어 달이 있는 쪽을 바라봤지만 달은 이미 보이지 않았다. 알고 보니 보름달은 서편에 기울어 서쪽 절벽 뒤로 넘어가버렸지만 절벽에 동굴이 하나 있어 동굴 반대편으로부터 비쳐나온 달빛에 의해 어슴푸레하게 광채가 일렁였던 것이다. 그는 그제야 깨달았다.

'맞아, 이제 보니 저 절벽 안에 검이 걸려 있나 보다. 검에 갖가지 색의 보석들이 박혀 있어 달빛이 검영과 보석을 옥벽 위에 비추는 거지. 그게 아니고서는 저렇게 아름다울 수가 없어.'

그리고 또 이런 생각도 했다.

'검신 어디엔가 구멍을 내고 보석을 박아야만 달빛이 보석을 투과해 저런 색채가 있는 그림자를 비출 수가 있지. 검인劍刃에 구멍을 뚫지 않았다면 보석이 빛을 투과시킬 수는 없는 거잖아? 그런 괴이한 검을 만들려면 공이 많이 들어갔을 텐데…. 간광호가 옥벽 위에 채색의 검광이 있다고 한 이유도 바로 그거였어.'

보검이 있는 동굴까지는 높이가 수십 장은 되어 보였던 터라 당장 올라가 자세히 살펴볼 수는 없었지만 밑에서 바라보기만 해도 보석의 미광을 희미하게나마 볼 수 있었다. 석벽 위의 그림자는 실로 넋을 잃을 정도로 아름다웠다.

눈 깜짝할 사이에 일다경의 시간이 흘렀다. 달이 이동하면서 그림자도 점차 옅어지더니 이내 사라져버려 결국 석벽 위에는 희뿌연 빛만 희미하게 남았다.

'저 보검은 필시 검사위를 행하던 두 남녀 고인이 가져다 놓았을 거야. 이 계곡은 깊고 험준해서 무량검의 그 누구도 저기 올라가 살펴볼 배짱은 없었겠지. 절벽 꼭대기 위에 서서 이 작은 석벽과 절벽 가운데 있는 동굴 그리고 그 안에 걸려 있는 보검을 보지 못한 상태라면 무량검 사람들이 높은 절벽 꼭대기 위의 석벽을 백 년 동안 바라본다 한들 이런 비밀은 도저히 발견해낼 수 없을 것이다. 설사 보검을 얻는다 한들 그게 뭐 그리 대단하다고? 채색 빛이 모습을 감추니 순식간에 어두워지는구나. 이런 걸 무상無常이라고 하지.'

단예는 순간 정신을 놓고 곧 잠이 들어버렸다.

그렇게 꿈속을 헤매다 잠에서 깨어나 다시 생각해봤다.

'저 보검을 절벽 위 동굴에 걸어놓으려면 엄청난 공을 들였을 텐데, 아무리 극강의 무공을 보유했다고 해도 쉽사리 할 수 없는 일이다. 그렇게 힘들여 걸어놓은 데는 필시 깊은 뜻이 있을 거야. 그렇다면 저 절벽 위 동굴 속에 무슨 무학 비급 같은 걸 숨겨놓았을지도 모르는 일이다.'

무공에 관련된 것이라 생각하니 단예는 곧 흥미를 잃어버렸다.

'무학 비급 같은 게 무량검 사람들에게는 보배로 보일지 모르지만 나한테는 눈앞에 떨어져도 주워볼 가치가 없다고 느껴지는걸?'

다음 날 단예는 호숫가 주변을 천천히 노닐며 걷다 허기가 지자 다시 시큼한 푸른 열매로 요기를 했다. 계산을 해보니 계곡에 추락한 지도 벌써 사흘이란 시간이 흘렀다. 앞으로 나흘만 더 지나면 배 속의 단장산 극독이 발작해 출구를 찾아도 아무 소용 없겠다는 생각이 들었다.

이날 단예는 한밤중까지 자다 갑자기 일어나서는 달이 기울기만을 기다렸다. 사경四更이 되자 달은 절벽 동굴을 투과해 다시 채색이 찬란한 검영을 작은 석벽 위에 비쳐냈다. 벽 위의 검영이 비스듬히 북쪽을 향하다 검첨이 마침 큰 바위를 조준하자 순간 궁금증이 일었다.

'혹시 저 바위에 뭔가 있는 건 아닐까?'

이런 생각에 당장 바위 주변으로 다가가서는 손을 뻗어 손바닥으로 바위 위에 붙은 이끼들을 만져봤다. 미끈거리는 감촉과 함께 바위에서 미미한 흔들림이 느껴졌다. 두 손으로 온 힘을 다해 밀어보니 흔들림은 더욱더 심해졌다. 2천 근까지는 아니더라도 천 근 정도 되어 보이는 가슴 높이의 이 바위는 이치대로라면 사람이 밀어서 절대 움직이지 않아야 하는 것이 맞는다. 그런데 손을 뻗어 바위 아래쪽을 더듬어 보니 자연적인 것인지 인위적인 것인지는 모르지만 이토록 거대한 바위가 아주 작은 바위 꼭대기 위에 놓여 있는 것이 아닌가! 그는 순간 가슴이 쿵쾅쿵쾅 뛰기 시작했다.

'뭔가 이상하다.'

두 손으로 바위 우측을 밀자 바위는 또 한 번 흔들 하더니 다시 제자리로 돌아왔다. 바위 바닥에서 등나무 줄기 같은 게 끊어지는 소리를 듣고 나서야 그는 크고 작은 바위 사이에 덩굴과 풀들이 얽혀 있다는 사실을 알게 됐다. 그때 달빛이 점차 사라지면서 모든 게 가물가물하게 보이자 생각했다.

'오늘 밤은 잘 안 보이니까 내일 날이 밝으면 다시 자세히 관찰해봐야겠다.'

그는 바위 옆에 그대로 누워 날이 밝을 때까지 잠깐 선잠을 자고 일어나 바위 주변 정경을 살펴보기 시작했다. 몸을 구부려 크고 작은 바위 사이에 있는 덩굴과 풀을 모조리 뽑아버리고 흙을 긁어낸 뒤 손을 뻗어 다시 한번 밀어봤다. 과연 암석은 천천히 움직이기 시작해 곧 대문처럼 반을 돌더니 바위 뒤에 3척 높이의 동굴이 하나 나타났다.

기쁨에 겨운 나머지 동굴 안이 위험한지 여부를 생각할 겨를도 없이 허리를 굽혀 동굴 안으로 들어갔다. 10여 걸음 정도 걸어갔을까? 동굴 안쪽에는 불빛이 전혀 없어 두 손을 내밀어 한 걸음 내디딜 때마다 전방의 허실을 살피며 가야만 했다. 그러나 발밑이 매우 평평해 마치 석판으로 만든 길을 걷는 듯한 느낌이었다. 동굴 속 길을 누군가 인공으로 만들어놓았을 거라 생각하니 기쁨이 물밀듯 밀려왔다. 다만 길은 아래쪽으로 경사가 져서 갈수록 낮아지고 있었다. 갑자기 오른손에 뭔가 얼음처럼 차가운 원형의 물건이 부딪혔고, 동시에 청아하고 맑은 소리가 울려퍼졌다. 손을 뻗어 만져보니 커다란 문고리였다.

문고리가 있다는 건 대문이 있다는 것이 아닌가? 그는 두 손을 더듬어 밥그릇 열 개 크기의 문고리를 움켜잡았다. 속으로 놀라움과 기쁨이 한데 몰려왔다.

'이 문안에 사람이 살고 있다면 그야말로 기괴하기 이를 데 없겠구나.'

문고리를 들어 탕탕탕 하고 연속 세 번을 두드렸지만 안에서 아무 응답이 없자 다시 세 번을 더 두드렸다. 여전히 문안에서 아무 응답이 없자 손을 뻗어 문을 밀었다. 그 문은 강철로 주조해 만든 듯 무척이나 무거웠지만 문안에 빗장이 없어 손힘만으로도 가볍게 열렸다. 그는 대뜸 큰 소리로 외쳤다.

"재하는 단예라고 합니다. 어쩌다 보니 이렇게 귀부貴府에 난입을 하게 됐습니다. 주인장께서는 용서해주시기 바랍니다!"

이 말을 하고 잠시 멈췄지만 문안에서 아무 인기척도 없자 즉각 발

걸음을 옮겨 안으로 들어갔다.

아무리 눈을 크게 떠봐도 안에서는 아무것도 보이지 않았다. 곰팡이 냄새가 코를 찌르는 걸로 보아 동굴 안에 사람이 산 지 이미 오래된 것 같았다. 그는 계속 앞으로 전진을 하다 순간 쿵 하는 소리와 함께 뭔가에 머리를 부딪혔다. 다행히 천천히 걷고 있었기에 머리를 부딪혔어도 크게 통증은 없었다. 손을 뻗어 더듬어보니 앞에 문이 하나 더 있었다. 손에 힘을 꽉 쥐고 천천히 문을 밀어젖히자 돌연 눈앞에 불빛이 비쳤다.

그는 재빨리 눈을 감았다. 가슴이 쿵쾅쿵쾅 요동을 쳤다. 얼마나 시간이 지났을까? 그는 천천히 눈을 떴다. 눈앞에 보이는 곳은 원형의 석실이었다. 왼쪽 어디에선가 어슴푸레한 불빛이 비쳤지만 햇빛은 아닌 듯했다.

불빛이 비치는 곳으로 가자 갑자기 큰 뱀 한 마리가 창밖으로 헤엄쳐 지나갔다. 순간 뭔가 이상하다고 느끼고는 다시 몇 발자국을 더 걸어갔다. 그러자 각양각색의 잉어들이 창밖을 유유히 지나가는 것이 아닌가! 창문을 자세히 보니 석벽에 양푼만 한 크기의 대형 수정이 박혀 있어 빛은 그 수정을 통해 스며들고 있었다.

수정 창에 가까이 붙어 창문 밖을 바라보니 청록빛의 물줄기가 끊임없이 일렁거리며 갖가지 물고기들이 이리저리 유영하는 모습들이 끝도 없이 펼쳐졌다. 그는 문득 자신이 있는 곳이 호수 밑이라는 사실을 깨달았다. 과거에 이 석실을 만든 사람은 외부의 물빛을 끌어들이기 위해 수많은 시간과 공을 들인 것으로 보였다. 그 시간과 공을 생각한다면 이 대형 수정은 귀하디귀한 보물이라 아니 할 수 없었다. 그는 곧 마음을 가라앉히고 한참 동안 생각에 잠겨 있다 혼자 고통스럽게 외쳤다.

"큰일이군, 큰일이야! 내가 검호의 밑바닥 끝까지 내려온 거야! 어둠 속을 더듬어오는 동안 몇 번이나 방향을 틀어왔는지 모르지만 이미 호수 바닥 깊이 들어왔으니 다시 빠져나가기는 힘들겠다."

몸을 돌려보니 석실 안에는 돌로 만든 탁자와 그 앞으로 의자가 하나 놓여 있었다. 탁자 위에 세워진 구리거울 옆에 빗을 비롯한 여인들이 쓰는 장신구가 놓여 있는 걸로 봐서는 규방閨房이 틀림없어 보였다. 또한 구리 녹으로 뒤덮여 있는 구리거울과 먼지가 수북이 쌓인 탁자를 보니 이미 몇 년 동안 사람이 기거한 것 같지 않아 보였다.

그는 이런 정경을 한참 동안 멍하니 바라보다 생각했다.

'수년 전 어떤 여인이 이곳에 살았던 것이 틀림없어. 무슨 일 때문인지는 몰라도 얼마나 상심을 했으면 속세와의 인연마저 끊고 이런 곳에 은거했을까? 음… 어쩌면 석벽 앞에서 검사위를 펼쳤던 그 여인일지도 몰라.'

잠시 넋을 잃고 있다 다시 석실 안을 살펴보니 동쪽과 서쪽 벽이 온통 구리거울로 가득했다. 대충 세었는데도 30개가 족히 넘을 듯했다.

'이 여인은 필시 절세미인이었을 거야. 사랑하는 배우자를 일찍 잃고 독수공방하면서 매일 고독감에 빠진 채 스스로를 한탄하며 살았던 거지. 그렇게 생각하니 심히 가슴이 아프구나.'

그는 석실 안을 걷다 장탄식을 하며 석실의 옛 주인이 가엾다는 생각을 했다. 얼마나 지났을까? 불현듯 이런 생각이 들었다.

'이런! 고인古人만 안타까워하느라 곤경에 빠진 나를 잊어버렸군.'

이런 생각과 함께 혼자 중얼거렸다.

"그저 그런 남자인 나 단예가 이곳에서 죽는다면 여기 사셨던 가인佳人께 실례가 아닐 수 없다. 죽어도 문밖의 호수 변에서 죽는 게 맞지. 안 그랬다가 후세 사람들이 와서 내 유해를 보고 가인의 유골로 안다면 이 어찌… 이 어찌…."

'이 어찌…'란 말의 다음 말이 생각나지 않던 참에 돌연 동쪽 벽면에 비스듬히 놓인 구리거울에서 반사된 불빛이 서남쪽 구석을 비추었다. 필시 석벽에 갈라진 틈새가 있는 듯했다. 그는 재빨리 다가가 힘을 주어 석벽을 밀어봤다. 그러자 과연 문이 천천히 열리면서 그 안에 굴이 하나 또 나타났고 굴 안쪽을 들여다보니 돌계단이 보였다.

그는 손뼉을 치며 어쩔 줄을 몰라 덩실덩실 춤을 추다가 곧바로 돌계단을 통해 밑으로 내려갔다. 밑으로 열 계단 정도 내려가자 어렴풋이 문 같은 게 하나 보여 손을 뻗어 밀었다. 순간 난데없이 눈앞에 불빛이 비쳐와 너무 놀란 나머지 자기도 모르게 비명을 지르고 말았다.

"으악!"

눈앞에 장검을 손에 쥔 궁중복 차림의 미녀가 그의 가슴에 검첨을 겨누고 있지 않은가!

시간이 꽤 흘렀지만 그 여인이 시종 꼼짝도 하지 않자 단예는 여인을 자세히 들여다보았다. 그 여인은 생동감 넘치는 자태를 하고 있긴 했지만 살아 있는 사람으로 보이진 않았다. 용기를 내서 다시 자세히 들여다보고서야 그게 백옥으로 만들어진 옥상玉像이라는 걸 알 수 있었다. 살아 있는 사람 크기의 이 옥상은 낡은 담황색 비단 장삼을 몸에 걸치고 있었는데 왠지 모르지만 미세하게 떨리고 있었다. 더욱 기이한 것은 두 눈의 눈동자가 매우 빛나고 투명하며 생기가 넘친다는 것이었다. 단예가 중얼거렸다.

"송구합니다, 송구합니다! 낭자를 이렇게 똑바로 쳐다보다니… 저도 모르게 결례를 했습니다."

무례인 줄 알지만 시종 옥상의 눈동자에서 눈을 뗄 수가 없었다. 얼마나 넋을 놓고 쳐다봤을까? 그제야 그 눈동자가 흑보석黑寶石으로 조각됐다는 사실을 알았다. 그러나 보면 볼수록 깊은 눈 속에 희미하게 휘돌아 감고 있는 광채가 있음을 느꼈다. 이 옥상이 살아 있는 사람과 거의 흡사하게 보이는 주원인이 바로 생동감 넘치는 그 눈빛이었다.

옥상의 얼굴은 백옥 같은 살결에 은은한 홍조를 띠고 있어 보통 사람 피부와 다를 바가 없었다. 단예가 몸을 기울여 옥상을 자세히 살피자 옥상의 눈빛은 마치 살아 있는 듯 단예의 눈을 따라 계속 돌아갔다. 너무 놀란 나머지 머리를 오른쪽으로 기울여보자 옥상의 눈빛도 그를 따라 이동하는 듯했다. 그가 어느 곳에 서 있든 옥상의 눈빛은 시종 그를 향하고 있었던 것이다. 더구나 눈빛 속에 비친 신비한 기색은 증오인지 근심인지 희열에 찬 것인지, 아니면 뭔가를 기대하는 것인지 짐작조차 어려웠다. 용모만 놓고 판단했을 때는 열여덟아홉 정도 되는 나이로 보였고, 눈썹과 눈매는 천진난만한 표정으로 가득했으며, 입가에 미소를 띠고 있어 말로 다 표현을 못할 정도로 사랑스럽고 온화해 보였다. 더구나 윗입술 옆에 있는 아주 조그마한 점은 단아함을 더욱 강조하는 듯했다.

그는 한참을 멍하니 바라보다 깍듯하게 읍揖을 했다.

"신선 누님, 소생 단예가 오늘 이렇게 누님의 아리따운 용모를 목도할 수 있어 죽어도 여한이 없습니다. 속세를 떠나 이곳에 독거하시면서 많이 적막하지는 않으셨는지요?"

신비한 광채를 내며 반짝거리는 옥상 눈 안의 보석은 마치 그의 말을 듣고 뭔가 반응하는 듯이 보였다.

순간 단예는 강한 전율과 함께 마치 귀신에 홀린 것처럼 옥상에서 눈을 뗄 수가 없었다.

"신선 누님께 호칭을 어찌하면 좋을지 모르겠습니다."

이렇게 말하고는 생각했다.

'주변을 살펴보면 누님의 방명芳名이 남겨져 있을지도 몰라.'

주위를 보니 동쪽 벽에 수많은 글이 적혀 있었지만 자세히 살피고 싶지 않아 즉각 고개를 돌려 그 옥상을 다시 쳐다봤다. 그때 옥상 머리에 붙은 머리카락이 진짜 인모라는 사실을 발견했다. 귀밑으로는 구름같이 아름다운 머리카락과 부드럽게 감싼 쪽머리가 드리워져 있었고, 귀밑머리에는 소지 크기의 명주 두 알이 박힌 옥비녀가 꽂혀 있어 찬란한 빛을 발하고 있었다. 다시 주변을 살펴보니 석실 벽 위의 돌 안에도 명주가 가득 박혀 있어 보석 빛이 눈부시게 반짝거렸으며, 서쪽 벽 위에 박힌 대형 수정 창밖에서 어슴푸레하게 새어 들어오는 초록의 물빛은 첫 번째 석실에 비해 수배쯤 밝게 비치고 있었다.

다시 한참 동안 옥상만 멍하니 바라보다 고개를 돌리자 평평하게 깎아놓은 동쪽 벽 위에 새겨진 수십 줄의 글자가 눈에 들어왔다. 다름 아닌 《장자莊子》에 나오는 구절들이었다. 대부분 〈소요유逍遙遊〉, 〈양생주養生主〉, 〈추수秋水〉, 〈지락至樂〉 등 몇몇 편篇에 나오는 글귀들이었는데 하나같이 격조 있는 필법에 마치 극강의 완력으로 예리한 도구를 써서 파낸 듯 매 일필 모두 석벽 위에서 거의 반 촌 깊이 들어가 있었다. 문장 말미에는 다음과 같은 글이 한 줄 새겨져 있었다.

'무애자无涯子가 추수秋水 누이를 위하여 쓴 글. 일월日月 없는 이 동굴이 인간 세상의 극락이어라.'

단예는 이 글을 한참이나 넋을 잃고 바라보다가 곰곰이 생각했다.

'이 무애자와 추수 누이란 사람은 수십 년 전 계곡 밑에서 검사위를 펼쳤던 두 남녀 고인일 거야. 이 옥상은 십중팔구 추수 누이란 분이겠지. 무애자가 이런 여인을 곁에 두고 이 깊은 골짜기 동굴에서 함께 살 수 있었다면 그야말로 속세 속의 극락이 분명했을 것이다. 솔직히 어디 속세의 극락일 뿐이겠어? 천상이었다 해도 이런 기쁨을 어찌 누릴 수 있을까?'

단예는 눈을 돌려 석벽에 새겨진 글을 읽기 시작했다.

'막고야산藐姑射山[6]에 신이 살고 있으니 빙설氷雪과도 같은 피부에 처녀처럼 단아해 곡식은 입에 대지 않고 바람과 이슬만 먹는다네.'

곧바로 고개를 돌려 옥상을 바라다보며 생각했다.

'장자의 이 구절은 신선 누님을 형용한 것이로군. 그야말로 적절한 표현이구나.'

그는 옥상 앞으로 다가가 뭔가에 홀린 듯 멍하니 바라다봤다. 옥상의 빙설같이 흰 피부를 보자니 감히 소지 끝으로 가볍게 만질 수조차 없었지만, 내심 귀신에게 홀린 듯 난초나 사향 같은 향기가 은은하게 코끝으로 전해져 오자 이내 사랑스러움이 경외심으로, 경외심은 다시 미혹감으로 발전되어갔다.

얼마나 지났을까? 단예는 더 이상 참지 못하고 큰 소리로 외쳤다.

"신선 누님, 살아 돌아오시어 저에게 한 마디만 던지신다면 전 누님을 위해 일백 번 고쳐 죽더라도 몸이 극락에 가 있듯 기쁘기 한량없을 것 같습니다."

이 말을 끝내기 무섭게 느닷없이 두 무릎을 꿇고 엎드려 절을 하기 시작했다.

무릎을 꿇고 나서야 원래 옥상 앞에 절을 올리는 사람이 쓰는 것으로 보이는 부들방석 두 개가 놓여 있다는 사실을 알게 됐다. 그가 꿇고 있는 무릎 밑에 놓인 방석은 비교적 크기가 컸고 옥상의 발 앞에 놓인 비교적 작은 크기의 또 다른 방석은 절을 할 때 쓰라고 있는 것 같았다. 단예는 절을 하려다가 옥상의 양쪽 신발 안쪽에 수놓아진 글자들을 발견했다. 자세히 들여다보니 오른쪽 신발 위에 '고두천배叩頭千拜로 나에게 공경심을 표해라' 그리고 왼쪽 신발에는 '내 명에 따른다면 백 번 죽어 후회하지 않을 것이다'라는 말이 수놓아져 있었다.

이 글자들은 호수 빛이 감도는 청록색 신발에 바탕색보다 약간 짙은 담녹색의 아주 작은 글씨로 깨알같이 수놓아져 있었다. 석실 안은 어슴푸레한 빛뿐이었던 터라 머리를 조아려 보지 않았다면 아무리 유심히 관찰한다 해도 절대 볼 수 없는 상황이었다. 그는 고두천배를 하는 것은 당연한 도리이며 그녀의 분부를 받을 수만 있다면 더없이 좋겠다는 생각이 들었다. 이런 미인의 명이라면 물불을 가리지 않을 것이며 골백번 고쳐 죽는다 해도 후회할 마음이 없었다. 그는 한 치의 망설임도 없이 정신줄을 내려놓고 곧바로 '하나, 둘, 셋… 열… 열다섯… 스물…' 입으로 숫자를 세어가며 아주 공손히 옥상을 향해 절을 하기 시작했다.

500~600번 정도 절을 하자 허리와 등이 쑤시기 시작하고 목까지 뻣뻣해지는 느낌이 들었지만 어찌 됐건 끝까지 계속해 천 번을 채워야

겠다는 생각뿐이었다. 신선 누님의 첫 번째 명조차 이행하지 못한다면 어찌 '백번 죽어 후회하지 않겠다'라는 말을 할 수 있겠는가? 800번이 조금 넘자 작은 방석 면의 얇은 부들이 타져 그 속에 있는 내용물들이 쏟아져 나왔다. 그는 이에 개의치 않고 아주 공손하게 고두천배를 끝마쳤지만 자리에서 일어서려는 순간 허리가 시큰거리고 맥이 풀리면서 하늘을 향해 벌러덩 나자빠지고 말았다.

그는 그대로 누워 한동안 휴식을 취했다. 전신이 피로하고 쑤시기는 했지만 옥상의 명을 한 가지 해냈다는 생각에 속으로 한없이 기쁘고 크나큰 위안이 됐다. 한참을 그 상태로 있다가 천천히 몸을 일으켜 작은 방석의 타진 곳에 손을 한번 집어넣었다. 순간 손끝에서 뭔가 부드러운 감촉이 느껴지는 것이 아닌가! 이상한 생각이 든 단예는 방석 안을 자세히 살펴보다 그 속에서 작은 비단보 하나를 찾아냈다.

'알고 보니 신선 누님께서 사전에 조치를 해놓으신 거구나. 고두천배를 하지 않았다면 이 방석은 타질 일이 없었을 테고 누님께서 하사한 이 보물도 찾아내지 못했을 것이다.'

주옥진보珠玉珍寶 같은 건 전혀 관심이 없던 그였지만 이 비단보는 신선 누님께서 하사하신 물건이니 그 안에 싸인 것이 마른 나뭇가지나 썩어 문드러진 종잇조각이라 할지라도 값진 보물이 될 것이라는 생각이 들었다. 그는 오른손으로 비단보를 꺼내 왼손을 뻗어 감아쥔 다음 두 손으로 받쳐 가슴에 안아 들었다.

1척 길이의 흰색 비단보에는 깨알 같은 글씨가 몇 줄 적혀 있었다.

'그대는 이미 고두천배를 하여 내 지시에 따른 것이므로 평생 후회하지 않을 것이다. 이 보자기 안에는 우리 소요파逍遙派 무공의 핵심이 들어 있으니 매일 묘卯·오午·유酉시 세 때마다 한 번씩 심혈을 기울여 수련하도록 해라. 만약 일말의 태만함이 있다면 통탄을 금치 못할 것이다. 신공을 이룬 이후에는 낭환복지琅嬛福地에 가서 모든 전적典籍을 두루 열람해라. 천하의 각 문파 무공들의 비급이 그곳에 총망라되어 있다. 물론 그대가 마음껏 이용해도 되는 것들이니 필히 최선을 다해 연마하도록 해라. 수련을 마치고 하산하거든 나를 위해 소요파 제자들을 남김없이 없애버려라. 단 하나라도 남긴다면 내가 천상과 지하 그 어디에 있건 영원히 증오할 것이다.'

그는 비단보를 받든 양손을 부들부들 떨면서 생각했다.

'이게 무슨 뜻이지? 난 무공을 배우고 싶지도 않고, 소요파 제자들을 남김없이 죽이라는 지시는 더더욱 실행할 수도 없잖아? 하지만 신선 누님의 명령을 어찌 불복할 수 있단 말인가? 내가 누님께 고두천배를 한 것은 그분께서 시키는 대로 하고 명령을 이행하겠다는 약속이 아니었던가? 하지만 나더러 무공을 배워 살인을 하라고 하니 이를 어찌하면 좋단 말인가?'

머릿속이 혼란으로 가득한 가운데 다시 이런 생각이 들었다.

'소요파 무공을 배워 소요파 제자들을 모조리 없애버리라고 하신 누님의 분부는 아무리 생각해도 이상하구나. 음… 아무래도 소요파의 사형, 사매들이 누님을 힘들게 했나 보다. 그래서 복수를 하려는 거야. 누님이 임종을 할 때까지도 복수하지 못한 탓에 제자를 거두어 누님의 유지遺志를 이루고 싶었던 것이다. 그자들이 신선 누님을 그토록 상심하게 만들었다면 보통 나쁜 놈들이 아닐 테니 모조리 없애버리는 건 당연한 일일 수 있어. 공자께서도 그러셨잖아? "정의로 원한을 갚으라"라고 말이야. 그게 도리에 맞지. 아버지 역시 그러셨어. 나쁜 사람을 만났을 때 네가 죽이지 않으면 상대가 널 죽일 것이니 무공을 하지 못한다면 당할 수밖에 없다고. 사실 그 말이 옳기는 해.'

그는 아버지가 무공 연마를 강요했을 때 유가나 불가의 갖가지 도리를 내세워 무공을 배우지 않겠다는 주장을 견지하긴 했지만 서책 속의 학문은 다른 것이란 부친의 주장을 반박하기 어려웠었다. 그런데 지금 이 옥상에 넋이 나가 아버지 말씀에 일리가 있다고 느끼게 된 것이다.

'신선 누님이 이승을 떠난 지 오래됐다면 속세에는 소요파 사람들이 없을지도 몰라. 옛말에도 있잖아? 악행을 저지르면 대가를 받게 되어 있다고 말이야. 가장 바람직한 건 그자들이 이미 극악무도한 만행을 저질러 내가 직접 나서서 죽일 필요가 없는 상황이다. 더구나 천하에 소요파 제자들이 없다면 신선 누님의 소원도 이미 이루어진 셈이니 누님께서 천상이나 지하 그 어디에 있어도 영원히 증오할 필요도 없겠지.'

생각이 여기에 미치자 이내 마음이 홀가분해져 옥상을 향해 소리 없이 기도하기에 이르렀다.

'신선 누님, 누님께서 분부하신 일은 이 단예가 응당 착오 없이 이행해야 하지만 전 누님의 고매한 신통력을 믿습니다. 부디 소요파 제자들이 천하에 남아 있지 않고 모두 죽었기만을 바라옵니다.'

전전긍긍하다 비단보를 열어젖혀보니 안에는 돌돌 말린 백帛[7] 두루마리가 하나 들어 있었다.

두루마리를 펼치자 첫 번째 줄에 '북명신공北冥神功'이란 네 글자가 적혀 있는데 필획과 필체에 힘이 넘치는 이 글자는 비단보 밖에 쓴 필치와 정확히 일치했다. 그 밑에 이런 글이 적혀 있었다.

'《장자》〈소요유〉 편에 이런 말이 있다. "불모의 땅인 북쪽 지방에 명해冥海라는 곳이 있어 그곳을 천지天池라 불렀다. 그곳에 물고기가 있으니 크기가 수천 리에 달해 그 길이를 아는 자가 없었다." 또한 이런 말도 있다. "물이 깊지 아니하면 큰 배를 띄울 힘이 없으며, 한 잔의 물을 구덩이에 부으면 티끌도 배가 되지만, 그 물에 잔을 놓으면 바닥에 붙고 만다. 물은 얕고 배는 크기 때문이다." 고로 본 파의 무공은 내력의 축적을 첫 번째 요의要義로 삼는다. 내력이 절후해지면 천하 무공은 모두 자신을 위해 쓸 수 있게 되며 이는 곧 북명北冥과도 같아 큰 배건 작은 배건 모두 띄울 수 있게 되고 큰 물고기나 작은 물고기나 모두 수용할 수가 있는 것이다. 그렇기에 내력이 근본이며 초식의 수는 지엽적인 것이니 밑의 모든 그림에 대해 필히 심혈을 기울여 연마해야만 한다.'

단예가 찬탄을 금치 못해 입을 열었다.

"신선 누님의 이 말씀은 정말 더 이상 명확할 수 없구나."

그러다 다시 이런 생각을 했다.

'이 북명신공은 내력을 축적하는 무공이니 배우는 데는 전혀 문제가 없을 듯하다.'

이런 생각에 왼손으로 천천히 두루마리를 펼쳤다. 순간 아 하는 일성과 함께 심장이 쿵쾅쿵쾅 요동을 치며 순식간에 얼굴이 시뻘겋게 변하고 전신이 달아올랐다.

두루마리 안에 보인 것은 다름 아닌 실오라기 하나 걸치지 않고 비스듬히 누운 벌거벗은 여인의 초상화로 그 생김새가 옥상과 너무나도 흡사했던 것이다. 단예는 그림을 한 번 더 보는 것조차 신선 누님을 모독하는 일이란 생각이 들어 황급히 두루마리를 덮어버리고 다시 보지 않았다. 한참 후에 이런 생각을 했다.

'신선 누님께서 "밑의 모든 그림에 대해 필히 심혈을 기울여 연마해야만 한다"라고 당부하셨잖아? 난 그저 그에 따르는 것이니 불경하다고 볼 순 없지.'

해서 떨리는 손으로 다시 두루마리를 펼쳤다. 그림 속에서 우아한 미소를 짓고 있는 나부裸婦의 눈썹 꼬리와 눈매, 입술과 양볼은 그야말로 요염하기 이를 데 없어 옥상의 장엄하고 귀한 생김새에 비해 용모면에서 닮았는지는 몰라도 표정에 있어서는 크게 달랐다. 순간 그는 자신의 심장에서 쿵쾅쿵쾅 요동치는 박동 소리가 귀로 전해지는 느낌이 들어 그림 속의 나신을 곁눈질로 슬쩍 쳐다봤다. 녹색의 가느다란 선 하나가 왼쪽 어깨로부터 횡으로 목 아래쪽에 이르러 비스듬히 오른쪽 젖가슴까지 닿았다. 그는 그림 속 나부의 봉긋하게 솟은 젖가슴을 보고 가슴이 너무나 떨려 황급히 눈을 질끈 감아버렸다. 한참 후에 다시 슬쩍 눈을 뜨고 바라보니 녹색 선이 겨드랑이 밑을 통해 오른팔까지 이어져 다시 지나다가 오른손 무지拇指에 이르러 그쳤다. 그림을 보면 볼수록 여유가 생긴 그는 속으로 신선 누님의 팔과 손가락을 보는 것까지는 아무렇지 않다는 생각이 들었다. 그러나 연뿌리처럼 통통한 팔과 파의 흰 부분인 총백葱白처럼 기다란 손가락은 심장을 요동치게 만들기에 충분하고도 남았다.

또 다른 녹색 선은 목덜미에서 밑으로 뻗어 내려가 복부를 거쳐 계속해서 내려가다 배꼽에서 몇 푼 떨어진 곳에 이르러 그쳤다. 단예는 이 녹색 선을 감히 더 이상 바라보지 못하고 손목 위의 녹색 선만 응시하다가 깨알 같은 글씨로 가득한 선 옆의 글자들을 살펴보았다. 운문雲門, 중부中府, 천부天府, 협백俠白, 척택尺澤, 공최孔最, 열결列缺, 경거經渠, 대연大淵, 어제魚際 등의 글자들을 나열하다 무지의 소상少商에서 끝났다. 그는 평소 무공에 대해 담론하는 부모님들 대화를 자주 들으면서도 딱히 주의를 기울인 적은 없었지만 들은풍월은 있어 운문, 중부 등등이 사람 몸의 혈도 명칭이란 것은 알고 있었다.

백 두루마리를 조금 더 펼치니 하단에 이런 글자가 보였다.

'북명신공은 타인의 내력을 끌어들여 내 것으로 만드는 것이다. 북명의 큰물은 스스로 생성된 것이 아니다. "수많은 강물은 바다로 흘러가고 바닷물은 수많은 강물을 수용해 만들어진 것"이란 옛말처럼 망망대해의 큰물은 수많은 세월 동안 축적된 것이다. 이 수태음폐경手太陰肺經이 북명신공의 첫 과제이다.'

그 밑에는 이 무공의 상세한 수련법이 적혀 있고 마지막에 이런 글이 적혀 있었다.

'세인들이 무공을 연마할 때는 대개 운문에서 시작해 소상에서 끝낸다. 그러나 우리 소요파는 그와 반대로 행하기에 소상에서 시작해 운문에서 끝내며 무지를 사람 몸에 접촉해 상대의 내력을 내 몸으로 끌어들인 후 운문 등 모든 혈에 비축하게 된다. 그러나 적의 내력이 나보다 우위에 있다면 바닷물이 강으로 역류하는 상태가 되어 극히 위험하기에 필히 신중을 기해야만 한다. 본 파의 방계파들은 이런 요점을 인지하지 못하고 오로지 적의 내력을 소멸할 수 있다면 내가 끌어들여 쓸 수 없을지라도 마치 천금을 얻어 마구 버리듯 진귀한 내력을 함부로 낭비해버리니 그저 가소로울 따름이다.'

단예는 긴 한숨을 내쉬었다. 이 무공이 빛을 보지 못한 이유를 어렴풋이 알게 된 것이다. 타인의 내력을 끌어들여 자기 것으로 만드는 것은 남의 재물을 훔치는 것과 마찬가지가 아닌가? 이는 군자의 도리와 정면으로 대치되는 일이기에 차라리 안 보느니만 못하다는 생각이 들었다. 그러나 곧바로 생각이 바뀌었다.

'신선 누님께서 정말 비유를 잘하셨어. 수많은 강물이 바다로 흘러드는 것은 스스로 바다로 흘러들어가는 것이지 바다가 강제로 수많은 강물을 뺏어오는 건 아니잖아? 신선 누님께서 남의 재물을 훔친다고 말한다면 그건 말도 안 되는 소리야. 단예야, 넌 맞아야 돼! 맞아!'

손을 들어 자신의 왼뺨을 심하게 한 대 후려갈기고는 무척이나 아팠는지 다시 오른뺨을 한 대 더 때리고 난 뒤에는 사지가 모두 풀려버리고 말았다.

'신선 누님께서는 강호의 악인들이 신선 누님을 해치려 드니까 그들의 내력을 끌어들여 그걸 이용하려 한 것뿐이야. 그리하면 나쁜 사람들이 재앙을 만들어내는 힘을 제거하는 셈이니 이는 칼잡이 수중의 칼을 뺏는 것이나 마찬가지일 뿐 칼잡이를 죽이는 건 아닌 거잖아?'

백 두루마리를 다시 펼치니 긴 두루마리에는 서 있는 모습, 누워 있는 모습, 또 가슴을 드러낸 전면과 등짝까지 나부의 초상들이 끊임없이 이어졌다. 나부의 얼굴 표정은 보통 사람과 같았지만 어떤 것은 웃는 표정, 어떤 것은 근심하는 표정, 또 어떤 것은 정을 가득 담아 응시하는 표정, 또 어떤 것은 약간 화가 나 있는 표정 등 각기 다른 표정을 짓고 있었다. 도합 서른여섯 폭의 그림이었으며 각 그림 위에는 가느다란 실선이 표시되어 있고 혈도 부위와 무공 수련 비법에 관한 주석이 상세히 달려 있었다.

백 두루마리 끝 쪽에는 '능파미보凌波微步'라는 네 글자로 된 제목과 함께 그 아래 수없이 많은 발자국 모양 그림과 '귀매歸妹', '무망无妄' 등의 문구가 적혀 있었는데 이는《역경》속에 나오는 방위를 뜻하는 명칭들이었다. 단예는 며칠 전까지만 해도 전심전력으로《역경》을 깊이 탐구했기에 이 명칭들을 보자마자 마치 오랜 친구를 만난 듯 정신이 번쩍 들었다. 빼곡하게 그려진 수천 개에 이르는 발자국들을 보고 있자니 발자국과 발자국 사이에 화살표 표시가 있는 녹색 선이 이어져 있고, 마지막에 이런 글이 적혀 있었다.

'신묘하기 이를 데 없는 이 보법은 적을 피해 몸을 은신한 뒤 내력을 쌓아 다시 적의 목숨을 노릴 수 있다.'

단예는 생각했다.

'신선 누님께서 남긴 이 보법은 필시 심오한 무공임에 틀림이 없다. 강적을 만났을 때 몸을 피할 수 있으니 얼마나 좋은 기술인가? 다시 적의 목숨을 노리는 건 필요도 없어.'

그는 두루마리를 잘 말아서 두루마리를 향해 두 번 읍을 하고 품 안에 고이 집어넣은 다음 옥상을 향해 뒤돌아서서 말했다.

"신선 누님, 아침, 점심, 저녁 세 번 무공 연마를 하라는 신선 누님의 분부는 이 단예가 절대 거스르지 않겠습니다. 오늘 이후로 전 예전보다 몇 배 더 공손하게 사람들을 대해 남들이 절 공격하지 않게 만들 것입니다. 그럼 남의 내력을 흡입하는 일도 없겠지요. 누님의 능파미보 역시 심혈을 기울여 숙련해서 옳지 않은 것을 보면 슬쩍 자리를 피하고 내력을 흡입할 일이 없도록 만들 것입니다."

소요파 제자를 모조리 없애버리라는 문제에 관해선 생각조차 하기 싫었다.

왼쪽 편에 월동문月洞門이 보이자 천천히 다가가 그 안으로 들어갔다. 안에는 또 한 칸의 석실이 있었는데 돌로 된 침상 하나와 침상 앞에 자그마한 목제 요람이 놓여 있었다. 그는 요람을 물끄러미 쳐다보다 속으로 생각했다.

'설마 신선 누님께서 아이를 낳으셨나? 아니, 아냐. 저렇게 아름다운 낭자가 어떻게 아이를 낳았겠어?'

처녀처럼 단아하고 우아한 신선 누님이 아이를 낳았다고 생각하자 실망을 금할 길이 없었다. 그것도 잠시, 그는 곧 생각을 바꿨다.

'아, 맞다! 이건 신선 누님께서 어릴 때 쓰던 요람일 거야. 누님의 부모님이 만들어주신 거겠지. 무애자와 추수 누이란 사람은 누님의 부모이고 말이야. 맞아. 그게 틀림없어.'

자신의 추측에 허점이 있는지 없는지는 더 이상 생각조차 하기 싫었기에 곧 기분이 좋아지기 시작했다.

석실 안에는 금침이나 의복 같은 건 없고 벽면에 줄이 모두 끊어진 칠현금七絃琴 하나가 덩그러니 걸려 있을 뿐이었다. 또한 침상 왼쪽에 놓인 석탁 위에는 가로세로 열아홉 줄의 바둑판이 새겨져 있었는데, 200여 개의 바둑돌이 흑백이 대치된 상태 그대로 놓여 있는 것으로 보아 대국이 아직 끝나지 않은 것처럼 보였다. 칠현금은 남아 있고 대국은 끝나지 않았건만 가인은 떠나버리고 없었던 것이다. 고요한 석실 안에 서 있던 단예는 비통함을 금치 못하고 두 뺨 위로 두 줄기 맑은 눈물을 쏟아냈다.

갑자기 두려움이 엄습해왔다.

'저런! 바둑판이 있다는 건 필시 이곳에서 두 사람이 바둑을 뒀다는 뜻이니 아마 신선 누님이 바로 추수 누이였겠구나. 그럼 그의 남편인 무애자와 여기서 바둑을 두었다는 건데… 어허… 이건… 이건… 아… 맞다! 이 대국은 두 사람이 둔 게 아니야. 바로 신선 누님께서 이 깊은 산골짜기에 독거하다 보니 적적할 때 혼자 두신 게 분명해.'

그러고는 바둑판 앞으로 다가가 대국을 들여다보며 골똘히 생각에 잠겼다. 그런데 판세를 보면 볼수록 놀라지 않을 수 없었다.

그야말로 복잡하기 이를 데 없는 대국이었기 때문이다. 패覇 속에 패가 있어 공배空排가 있는가 하면 장생長生[8]과 후절수後切手[9] 그리고 축逐에서 달아나는 형세와 오궁도화五宮桃花[10]까지 그야말로 변화무쌍한 상태가 그대로 드러나 있었던 것이다. 단예는 바둑 이론을 수년 동안 연구해온 적이 있었는데 바둑에 심취해 있던 당시에는 온종일 장방賬房의 곽霍 선생하고만 대국을 벌이는 수준이었다. 그러나 천부적인 재질 덕에 처음에는 곽 선생에게 넉 점을 받고 두다가 후에는 오히려 석 점을 접고 둘 정도로 단 1년 만에 기력棋力이 일취월장해 이미 대리국 내에서도 고수로 인정받을 정도였다. 그러나 눈앞에 펼쳐진 이 대국은 그 결과가 어찌 될는지 짐작할 수조차 없었다. 단예가 한참이나 바둑판을 바라보는 동안 빛은 점점 희미해져갔다. 마침 탁자 위의 촛대 두 개가 보였다. 반쯤 잘린 초를 촛대에 끼워넣어 촛불 받침대 위에 놓여 있던 부시와 부싯돌, 부시쌈지로 불을 붙여 촛불을 켜놓고 다시 바둑판을 바라봤다. 그저 판세를 지켜보기만 하는데도 머리가 지끈거리고 어지러워 명치끝에서 구역질이 나왔다. 당장 몸을 일으켜 기지개를 쭉 펴고 난 뒤 놀란 마음에 이런 생각을 했다.

'이 대국은 정말 어렵구나. 내가 열흘 넘게 바라본다 해도 절대 풀어낼 수 없을 것이다. 그때쯤 되면 내 목숨은 더 이상 존재하지 않고 종낭자 역시 신농방 놈들에 의해 땅속으로 묻혀버리고 말겠지.'

그는 몸을 돌려 손바닥 위에 촛대를 올려놓고 더 이상 바둑판을 쳐다보지 않았다. 그러다 갑자기 미친 듯이 기뻐하며 소리쳤다.

"그래, 대국이 저토록 심오하고 이해하기 어렵다는 건 필시 신선 누님께서 혼자 둔 진롱珍瓏[11]일 거야. 두 사람이 둔 게 절대 아니야!"

고개를 들자 돌로 된 침상 끝부분에 월동문이 또 하나 보이고 문 옆 벽 위에 글자가 새겨져 있었다.

낭환복지琅嬛福地

불현듯 신선 누님이 백 두루마리 겉면에 써놓은 글이 생각났다.

'낭환복지가 바로 여기였구나. 신선 누님께서 말한 천하 각 문파의 무학 전적이 바로 이곳에 있는 거야. 난 무공을 배우고 싶지 않으니까 이 전적들은 안 보면 그뿐이지만 신선 누님의 명이 있으니 그 명을 거역할 수는 없지.'

이런 생각을 하며 촛불을 밝혀 월동문 안으로 들어갔다.

그는 문안으로 들어가 사방을 둘러보고는 이내 안도의 한숨을 내쉬었다. 이 낭환복지는 외부 석실에 비해 규모가 몇 배는 더 큰 거대한 석동石洞으로 동굴 안에 줄을 맞춰 가득 서 있는 목제 서가가 있긴 했지만 서가 위는 텅 비어 책이라고는 단 한 권도 없었던 것이다. 그는 촛불을 들고 가까이 다가가 서가에 가득 붙어 있는 서표書標들을 살펴봤다. 곤륜파崑崙派, 소림파少林派, 사천청성파四天青城派, 산동봉래파山東蓬萊派 등등의 명칭이 적혀 있고 그중 대리단씨大理段氏라는 서표가 눈에 띄었다. 그러나 소림파 서표 밑에는 '《역근경易筋經》은 빠짐'이라는 주석이, 개방丐幇 서표 밑에는 '항룡이십팔장降龍二十八掌은 빠짐'이라는 주석이, 대리단씨 서표 밑에는 '일양지법一陽指法, 육맥신검검법六脈神劍劍法이 빠져 심히 유감임'이라는 주석이 각각 달려 있었다.

과거 이 서가에 꽂혀 있던 것들이 각 문파 무공의 도보圖譜와 경적經籍이었음을 충분히 상상할 수 있는 대목이었다. 그러나 누가 가져갔는지 몰라도 서가 위는 이미 텅 비어 있었다. 이를 본 단예는 속으로 큰 짐을 던 것 같아 더할 나위 없이 기뻤다.

'무공 전적들이 없어 무공을 배우지 않은 것이니 신선 누님의 명에 따르지 않았다고 볼 수는 없지.'

하지만 내심 부끄러운 생각이 들었다.

'단예야, 단예야! 신선 누님의 명에 따르지도 않은 상황에 이토록 기뻐하는 것은 그분에 대한 불충이다. 무공 전적들이 보이지 않는다면 응당 낙담을 해야 맞는 것이지, 어찌 그토록 기뻐할 수가 있단 말이냐? 신선 누님, 누님의 영령이 이승에 계시다면 부디 용서해주시기 바랍니다.'

낭환복지 안에 또 다른 문이 없다는 사실을 파악한 단예는 다시 옥상이 있는 석실로 되돌아왔다. 그러나 다시 마주한 옥상의 두 눈과 잠깐 마주치기만 했는데도 또다시 정신을 차릴 수 없었다. 그저 한참을 멍하니 쳐다만 보다 곧 읍을 한 번 하고는 말했다.

“신선 누님, 오늘은 제가 긴한 일이 좀 있어 잠시 작별을 해야겠습니다. 종 낭자를 구하고 난 뒤에 다시 누님을 찾아올 것입니다.”

그는 마음을 모질게 먹고 촛대를 든 채 석실에서 성큼성큼 걸어 출구를 찾아나섰다. 석실 옆에는 위쪽을 향해 비스듬히 나 있는 돌계단이 하나 있었다. 처음 이곳에 올 때는 옥상에 정신이 팔려 돌계단이 있었는지조차 모르고 있었다. 계단 위쪽으로 발을 디디면서도 그는 몇 번이나 망설였다. 다시 돌아가 그 옥미인을 보고 싶다는 생각이 계속해서 든 것이다. 하지만 끝까지 이를 꽉 깨물고 굳은 결심으로 위를 향해 나아갔다.

100여 계단쯤 올랐을까? 모퉁이를 세 번 돌자 아주 흐릿하게 우르릉 쾅 하는 폭포 소리가 들려왔다. 200여 계단쯤 올라가자 물소리는 귀청이 떨어져 나갈 듯 크게 들리고 정면에서 빛이 스며들어오고 있었다. 발걸음을 재촉해 돌계단 끝자락에 이르자 그 앞에는 몸이 간신히 들어갈 정도 크기의 구멍이 하나 나 있었다. 머리를 내밀어 구멍 밖을 쳐다보는 순간 단예는 너무 놀란 나머지 심장박동이 마구 요동을 쳤다.

구멍 밖에는 거대한 강이 있어 노도와도 같은 흉용한 물길이 빠르게 굽이쳐 흐르고 있었다. 강 옆으로 깎아지른 듯한 바위들이 겹겹이 우뚝 솟아 있는 모습을 보고 나서야 자신이 난창강변에 이르렀다는 사실을 깨닫게 됐다. 그는 놀랍고도 기쁜 마음을 안고 천천히 구멍 밖으로 기어나왔다. 밖으로 나오자 자신이 서 있는 곳은 강에서 10여 장 정도 위에 있어 강물이 아무리 불어나더라도 구멍 안쪽까지 잠기지는 않을 것처럼 보였다. 하지만 강기슭까지 가기 위해서는 그리 만만치만은 않아 손발을 모두 써가며 아주 어렵게 기어올라야만 했다. 이런 어려운 상황에서도 그는 사주 지형까지 확실히 기억해두었다. 종 낭자를 구출하고 난 다음 다시 이곳으로 돌아와 신선 누님을 다시 봐야겠다는 생각을 했기 때문이다.

바위들 천지인 강기슭에는 오솔길 하나 없었다. 울퉁불퉁한 길을 7~8리 정도 걷다가 야생 복숭아나무에 복숭아 열매가 주렁주렁 매달린 것을 발견하고는 아직 설익어 시큼하기만 한 열매를 따서 배를 채웠다. 그리고 다시 10여 리를 더 걷자 작은 오솔길이 보였다. 오솔길을 따라 걷다 황혼이 가까워질 때쯤 드디어 강을 건널 수 있는 쇠사슬을 엮어 만든 철색교鐵索橋를 만났는데 그 다리 옆 돌에 '선인도善人渡'라는 글자가 크게 새겨져 있었다.

그는 뛸 듯이 기뻤다. 종영이 길을 알려줄 때 선인도라는 철색교를 건너라고 했기에 이대로 가면 목적지까지 제대로 갈 수 있다는 생각이 들었던 것이다. 곧 쇠사슬을 부여잡고 다리 위를 건너기 시작했다. 그 다리에는 쇠사슬이 네 줄 있었는데 밑에 있는 두 줄은 목판을 덮어 걸을 수 있게 해놓고, 나머지 두 줄은 옆의 손잡이로 만들어놓았다. 다리 위에 첫발을 내딛을 때는 쇠사슬이 흔들거리는 정도였지만 강심에 이르러서는 쇠사슬이 사정없이 요동쳤다. 밑을 슬쩍 내려다보니 희뿌연 포말을 끊임없이 일으키며 출렁대는 강물의 모습이 마치 천리마가 질주하며 다리 밑으로 날아오르는 것처럼 보였다. 그는 감히 더는 내려다보지 못하고 앞만 보며 한 발 한 발 걸어 가까스로 다릿목에 이를 수 있었다.

그는 다리 옆에 앉아 잠시 휴식을 취하다 다시 종영이 알려준 길을 따라 빠른 걸음으로 걷기 시작했다. 반 시진 정도 걸었을까? 눈앞에 나무들로 빽빽하게 들어선 시꺼먼 숲이 보이자 종영이 산다는 만겁곡萬劫穀 입구에 다다랐음을 알게 됐다. 앞으로 다가가보니 과연 왼쪽 편으로 하늘을 향해 우뚝 솟은 엄청난 크기의 소나무 아홉 그루가 일렬로 늘어서 있었다. 오른쪽에서 네 번째 그루까지 수를 센 다음, 종영이 알려준 대로 그 나무를 돌아 긴 풀을 헤치고 지나가자 나무에 커다란 입구가 하나 나타났다.

'만겁곡이란 곳이 정말 은밀한 곳에 숨어 있구나. 종 낭자가 알려주지 않았다면 누가 골짜기 입구가 이런 소나무 뒤에 있다는 것을 알 수 있었겠는가?'

나무 동굴을 뚫고 들어가 왼손으로 마른풀을 헤치니 오른쪽에서 원형의 문고리가 잡혔다. 문고리를 힘껏 잡아당기자 나무 판때기가 열리고 그 밑으로 돌계단이 보였다. 그는 몇 계단 내려가 두 손으로 나무 판때기를 원상태로 닫아놓고 돌계단을 따라 계속 밑으로 내려갔다. 30여 계단을 지나 오른쪽으로 돈 다음 다시 수 장을 걸어가자 위쪽으로 꺾어진 길이 나왔다. 다시 30여 계단을 올라가니 평지가 나왔다.

눈앞에는 풀밭이 넓게 펼쳐져 있고 풀밭이 끝나는 지점에 빽빽하게 들어찬 소나무 숲이 보였다. 풀밭을 지나자 아주 큰 소나무를 깎아 만든 것으로 보이는 평평한 나무판이 있었는데 1장 정도 되는 길이에 넓이가 1척쯤 되고 흰색 바탕으로 덧칠을 한 그 판에 이런 글이 적혀 있었다.

'단씨 성을 가진 자가 이 계곡에 들어오면 살아남지 못할 것이다姓段

氏入此谷殺赦.'

게다가 다른 글자들은 모두 검은색인데 유독 살殺 자는 검붉은 색깔로 칠해져 있었다.

단예가 생각했다.

'이 골짜기 주인은 왜 우리 단씨를 이토록 증오하는 걸까? 설사 단씨한테 원한이 있다 해도 천하에 단씨 성을 가진 사람이 얼마나 많은데 이렇게 대놓고 죽인다고 할 수가 있는 거지?'

그때 하늘이 어둑어둑해지면서 글자들도 살벌한 모습으로 변했다. 글자 중의 살 자 밑으로 흘러내린 검붉은 색칠이 마치 핏자국처럼 사방으로 흩어져 있어 섬뜩한 공포가 느껴졌다.

'종 낭자가 나한테 단씨란 말을 하지 말라고 한 이유가 이거였구나. 여기 적힌 글자 중 두 번째 글자를 세 번 두드리라고 했는데 그건 바로 '단' 자가 아닌가? 종 낭자가 '단' 자라고 확언하지 않았던 것은 아마 내가 화를 낼까 봐 그랬던 거야. 두드리면 두드리는 거지 그게 뭐 대단하다고? 내 목숨을 구해준 그토록 아름다운 낭자인데 이런 글자가 아니라 나 단예의 머리를 세 번 후려친들 또 어떻다고 말이야.'

나무에 박혀 있는 못에는 작은 쇠망치가 하나 걸려 있었다. 망치를 들어 '단' 자를 두드리자 망치가 나무판에 부딪치면서 쇳소리가 울려 퍼졌다. 단예는 뜻밖의 소리에 약간 놀라기는 했지만 '단' 자 밑에 철판이 박혀 있고 철판 뒤가 비어 있다는 사실을 알아차리자 고개를 주억거렸다. 밖에는 흰색 덧칠을 해놨기 때문에 알아보지 못했던 것이다. 그는 두 번을 더 두드리고 망치를 제자리에 걸어놓았다.

잠시 후 소나무 뒤에서 한 소녀의 목소리가 들려왔다.

"아가씨 오셨어요?"

그 목소리는 기쁨으로 가득 차 있었다.

"종 낭자 부탁을 받고 곡주谷主를 뵈러 온 사람이오."

소녀는 깜짝 놀란 목소리로 물었다.

"우리 아가씨는요?"

단예는 얼굴이 보이지 않는 소녀를 향해 말했다.

"종 낭자가 위험한 상황에 처해 있어 급히 전갈을 전하러 온 것이오."

소녀가 깜짝 놀라 물었다.

"위험한 상황이라니요?"

"종 낭자는 지금 인질로 잡혀 있어 목숨이 위태로운 상황이오."

"네? 자… 잠깐만 기다리세요. 가서 부인께 고하겠습니다."

"그렇게 하시오."

이렇게 답하고는 혼자 생각했다.

'종 낭자가 우선 모친을 만나라고 했지?'

서서 기다린 지 한참 만에 나무 뒤에서 발소리와 함께 아까 그 소녀의 목소리가 다시 들려왔다.

"부인께서 모셔오라 하십니다."

이 말을 하면서 천천히 모습을 드러냈다. 나이가 열대여섯 살가량에 시녀인 듯 보이는 그 소녀가 다소곳이 말했다.

"손님… 공자… 절 따라오십시오."

"낭자, 내가 뭐라고 칭하면 좋겠소?"

그 시녀가 손을 가로저으며 아무 말 말라는 뜻을 표하자 단예도 더 이상 물어볼 수가 없었다.

시녀는 숲속을 뚫고 오솔길을 따라 왼쪽으로 걸어가 한 기와집 앞으로 가더니 문을 밀어 연 다음 단예에게 손짓했다. 그러고는 한쪽으로 비켜서서 단예를 먼저 안으로 들어가도록 했다. 문 안쪽으로 들어가자 아담한 객청이 보이고 그 안 탁자 위에는 불이 붙은 커다란 촛대 한 쌍이 놓여 있었다. 그리 크지 않은 객청이었지만 매우 깔끔하고 우아하게 꾸며져 있었다. 단예가 자리에 앉자 그 시녀는 차를 올렸다.

"공자, 차 좀 드시고 계십시오. 부인께선 곧 있으면 오실 겁니다."

단예가 차를 몇 모금 마시다 동쪽 벽 위를 바라보니 매란죽국 네 종류의 화초를 그린 네 폭의 족자가 걸려 있었다. 그러나 특이하게도 순서가 난죽국매로 뒤죽박죽 걸려 있었고 서쪽 벽 위의 네 폭의 춘하추동 족자 역시 동하춘추 순서로 걸려 있었다. 단예는 속으로 생각했다.

'종 낭자 부모님이 무인들이라 서화에 대해서는 잘 모르시나 보군. 그렇다면 이상할 것도 없지.'

"댕그랑!"

옥패 부딪는 소리가 울려퍼지며 내당에서 한 미부인이 걸어나왔다. 연둣빛 비단 장삼을 걸친 서른서너 살가량의 수려한 용모를 지닌 그녀는 미간이 종영과 살짝 흡사한 것으로 보아 누가 봐도 종 부인이라는 걸 알 수 있었다. 단예가 일어서 읍을 하며 인사를 건넸다.

"소생 단예가 백모님을 뵈옵니다."

이 말이 튀어나오는 순간 아차 하는 마음에 얼굴색이 변해버렸다.

'이런! 내가 왜 이름을 말했지? 부인 얼굴이 종 낭자와 비슷한지 안

비슷한지 관찰을 하느라 가짜 이름을 말한다는 걸 깜빡해버렸잖아.'

종 부인이 의아한 얼굴로 옷섶을 여미고 답례를 했다.

"어서 오세요, 공자!"

부인은 곧 이상한 눈빛으로 물었다.

"근데… 단씨라고 했나요?"

단예는 이미 이름을 말해버렸고 거짓말을 하기엔 늦었다고 생각해 곧이 말할 수밖에 없었다.

"네, 소생은 단씨입니다."

"공자는 고향이 어디인가요? 영존 존함은 어찌 되시지요?"

단예는 속으로 생각했다.

'이 질문에 대해서는 거짓말을 해야겠어. 내 신분을 알게 되면 곤란해질 테니….'

이런 생각을 하고 답했다.

"소생은 강남 임안부臨安府 사람입니다. 가친께선 외자인 용龍 자를 쓰십니다."

종 부인이 의심스러운 눈빛으로 되물었다.

"한데 공자 말투에 왜 대리 억양이 있는 거죠?"

"소생은 대리에서 3년 동안 산 적이 있습니다. 그때 본토 억양을 좀 배웠죠. 아마 약간 어색할 겁니다. 부인께 부끄럽기 짝이 없습니다."

종 부인이 긴 한숨을 내쉬었다.

"억양은 아주 완벽해요. 본토인이라고 해도 믿겠어요. 머리가 좋은가 봐요. 앉으세요, 공자."

자리에 앉아 종 부인이 단예를 이리저리 계속 훑어보자 단예는 자신을 자꾸 살펴보는 게 불편한 나머지 변명을 했다.

"여기 오는 도중 아주 힘든 일을 당했던 터라 실례인 줄 알면서도 옷차림이 이 모양 이 꼴입니다. 소생은 따님 목숨이 위태로운 상황임을 전해드리러 온 것입니다. 워낙 긴박한 사안이라 의관을 갖출 시간이 없었으니 용서해주시기 바랍니다."

뭔가에 홀린 듯 단예를 바라보던 종 부인은 이 말을 듣자 마치 꿈에서 깨어난 듯 놀라며 황급히 물었다.

"우리 애가 왜요?"

단예는 품 안에서 종영의 꽃신을 꺼내 들었다.

"종 낭자가 소생에게 이걸 신물로 삼아 부인을 뵈어라 했습니다."

종 부인이 꽃신을 받아들고 물었다.

"고맙습니다, 공자. 우리 애가 무슨 일을 당한 거죠?"

단예는 곧 종영과 무량산 검호궁에서 어떻게 만났고, 어쩌다 자신이 신농방 일에 끼어들게 됐으며, 종영은 어쩌다 섬전초를 풀어 사람들을 다치게 해서 인질로 잡히게 됐는지, 또한 어쩌다 자신이 구원을 요청하러 오게 됐고, 또 어쩌다 산골짜기에 떨어져 시간을 지체하게 됐는지 동굴 속의 옥상 얘기만 빼고는 그간의 자초지종을 일일이 종 부인에게 설명해주었다.

아무 말 없이 듣기만 하던 종 부인은 점차 얼굴색이 굳어지면서 단예의 말이 끝나기만 기다리다 긴 한숨을 내쉬었다.

"그 녀석은 밖에만 나가면 말썽을 일으켜요."

"모두 소생으로 인해 생긴 일이니 종 낭자는 나무라지 마십시오."

종 부인은 그를 물끄러미 쳐다보다 나지막이 말했다.

"그래요, 나무랄 수가 없지요. 과거에… 과거에 나도 그랬으니까…."

"무슨 말씀이시죠?"

종 부인은 순간 두 뺨에 홍조를 띠었다. 비록 중년의 나이였지만 부끄러워하는 자태는 묘령의 소녀에 못지않았다. 그녀는 수줍은 표정으로 말했다.

"그… 갑자기 무슨 일이 생각나서요."

이 말을 하면서 얼굴이 더욱더 붉어지자 곧바로 말을 바꿨다.

"저… 사실 그건… 좀… 말하기가 곤란합니다."

단예는 부끄러워하는 부인의 모습을 보고 생각했다.

'곤란한 건 알겠는데 귓불까지 빨개질 정도로 부끄러워할 것 있나요? 따님이 부인보다 훨씬 대범한 것 같네요.'

바로 그때 문밖에서 갑자기 투박한 말투의 남자 목소리가 들려왔다.

"멀쩡하던 진희아進喜兒가 어쩌다 살해를 당했단 말이냐?"

종 부인은 깜짝 놀라 나지막이 말했다.

"바깥양반이에요. 저 사람은 의심병이 아주 심하니까 잠시 숨어 계세요."

단예가 말했다.

"어르신을 뵙고 인사를 드려야 맞지요. 어찌…."

종 부인은 왼손을 뻗어 그의 입을 막고 오른손으로 그의 손목을 잡은 채 동편 사랑채로 끌고 들어가며 나직이 속삭였다.

"여기 숨어서 절대 아무 소리 내지 말아요. 바깥양반은 성질이 불같아서 들키기라도 하는 날에는 목숨을 부지하지 못할 거예요. 그럼 나도 구할 방법이 없어요."

겉보기엔 아주 가냘파 보이는 종 부인이었지만 무공을 익힌 몸이라 그런지 한번 슬쩍 잡아끌기만 했는데 반항조차 할 수 없었다. 그는 찍소리 못 하고 얌전히 그녀의 말에 따를 수밖에 없었다. 단예는 내심 화가 치밀어올랐다.

'전갈을 전하러 먼 길을 마다치 않고 왔으니 어느 모로 보나 난 객이라 할 수 있지 않은가? 한데 이렇게 숨어 있으라고 하니 무슨 도둑놈 취급을 하는 것도 아니고 뭐지?'

종 부인은 부드러운 눈길로 빙긋 웃었다. 단예는 웃음 띤 그녀의 얼굴을 보고 곧 화가 풀려 고개를 끄덕였다. 종 부인은 그대로 방에서 나가 방문을 걸어잠그고 대청으로 나갔다.

곧이어 두 사람이 대청으로 걸어들어오는 소리가 들리고 한 남자의 목소리가 들렸다.

"부인!"

단예가 판자로 된 벽 틈을 벌려 밖을 몰래 훔쳐봤다. 서른 살 안짝의 하인으로 보이는 황망한 표정을 한 사내와 그 옆으로 큰 키에 비쩍 마른 몸매의 검은색 옷을 입은 남자가 서 있었다. 비쩍 마른 남자는 대청 바깥쪽을 향하고 있어 얼굴이 보이지 않았지만 허리 옆으로 늘어뜨린 솥뚜껑 같은 두 손의 손등은 불거져 나온 힘줄로 가득했다.

'종 낭자 아버지는 손도 참 크시구나.'

종 부인이 물었다.

"진희아가 죽어요? 그게 무슨 말이죠?"

그때 하인이 나서서 대답했다.

"나리께서 진희아와 저를 시켜 북장北莊에 가서 손님을 모셔오라 하셨습니다요. 나리 말씀으로는 총 네 분이었습니다. 한데 오늘 낮에 악岳씨 성을 가진 분이 먼저 오셨습죠. 나리께서 분부하시길 악씨 성을 가진 사람을 보면 '셋째 나리'라고 부르라 하셨습니다. 해서 진희아가 마중을 나가 아주 공손하게 '셋째 나리!' 하고 불렀는데 뜻밖에도 그분께서 노발대발하시며 고함을 치셨습니다. '난 둘째 악노이岳老二다. 한데 어찌 셋째 나리라고 부른단 말이냐? 지금 사람을 무시하는 게냐?' 이 말을 하고는 곧바로 일장을 날리지 뭡니까요? 그분의 일장에 진희아가 머리를 맞고 피를 흘리며 쓰러져버렸습니다."

종 부인이 눈살을 찌푸렸다.

"세상에 그런 흉악한 놈이 다 있단 말이야? 한데 악노삼은 또 언제 악노이가 된 거지?"

종 곡주가 말했다.

"악노삼 그자는 원래 불같은 성격을 지닌 미치광이가 아니오?"

이 말을 하면서 몸을 돌리는 순간 단예는 판자벽 틈으로 바라보다 소스라치게 놀랐다. 말 머리처럼 긴 얼굴에 눈은 이마 가까이에 바짝 붙어 있고, 둥글 넙적한 큰 코가 입과 함께 모여 있어 눈과 코 사이가 광활한 공백인 그의 우스꽝스러운 얼굴이 보인 것이다. 눈이 부실 정도로 아름다운 용모를 지닌 종영만 보고 그녀의 부친이 이렇게 추하게 생겼을 줄 누가 상상이나 했을까? 다행히도 그녀는 모친만 닮고 부친은 조금도 닮지 않은 듯했다.

종 곡주는 불쾌한 기색으로 가득했지만 몸을 돌려 아내를 대할 때만은 매우 온화한 모습으로 변했다. 그래 봐야 추한 얼굴에 약간의 부드러운 표정만 더해질 뿐이었지만 그래도 최대한 부드러운 목소리로 종 부인을 위로했다.

"악노삼 그자는 워낙 막돼먹어서 부인을 놀라게 할까 두려워 우리 골짜기 안으로 들어오지 못하게 했소. 별일 아니니 마음에 담아두지 마시오."

단예는 속으로 이상한 생각이 들었다. 조금 전 종 부인은 남편이 오는 소리를 듣고 놀라서 어쩔 줄 몰라 했건만 종 곡주는 오히려 부인을 사랑하는 마음이 극진하지 않은가?

종 부인이 말했다.

"뭐가 별일 아니에요? 진희아 그 아이가 지난 몇 년 동안 우리를 얼마나 충성스럽게 모셨는데요? 그런 아이가 못된 당신 친구한테 죽임을 당했으니 내 마음이 얼마나 아프겠어요?"

종 곡주가 눈웃음을 살살 치며 말했다.

"그렇지, 맞아! 당신이 많이 아끼던 아이였지. 당신이 얼마나 마음씨가 고운데!"

종 부인이 하인한테 물었다.

"내복아來福兒, 그래서 어찌 됐느냐?"

내복아가 말했다.

"진희아는 그자한테 맞고 쓰러질 당시만 해도 살아 있었습니다. 해서 소인이 급히 소리쳤습지요. '둘째 나리, 둘째 나리! 노여워 마십시오!' 그랬더니 그자가 함박웃음을 지으며 좋아하더군요. 소인은 진희아를 부축해 일으켜놓고 주안상을 마련해 그자한테 대접을 했습니다.

그러자 묻더군요. '종… 종… 거시기는 왜 마중을 안 나온 거지?' 소인이 대답했습니다. '저희 나리께서는 둘째 나리께서 왕림하시는 걸 모르십니다. 아니었다면 친히 영접을 하셨겠지요. 소인이 당장 가서 고하겠습니다.' 그자는 고개를 가로젓다가 진희아가 전전긍긍하며 한쪽에 서 있는 걸 보고 진희아한테 물었습니다. '방금 내가 너한테 일장을 날렸다고 속으로 날 욕하고 있구나? 아니냐?' 진희아는 너무 놀란 나머지 재빨리 대답했습니다. '아니요, 아니요! 소인이 감히… 절대 그렇지 않습니다.' 그러자 그자가 그러더군요. '마음속으로 더 이상 악할 수 없는 천하의 악인이라고 생각했겠지. 하하하…' 진희아가 그랬지요. '아니요, 아닙니다! 둘째 나리께선 천하의 호인이십니다. 조금도 악하지 않아요.' 그자가 눈썹을 치켜세우고 고함을 쳤습니다. '내가 조금도 악하지 않다고?' 진희아는 너무 놀라 온몸을 부들부들 떨면서 말했지요. '저… 둘째 나리께선… 조금도 악하지 않습니다. 아니… 전혀 악하지 않습니다.' 그러자 그자는 대뜸 버럭 화를 내더니 갑자기 손을 뻗어 진희아의 목을 비틀어 꺾어버리고만 겁니다요…."

부들부들 떨리는 목소리로 보아 그때 놀란 가슴이 아직까지도 진정되지 않은 모습이었다.

종 부인이 깊은 한숨을 내쉬며 손을 휘휘 내저었다.

"아주 많이 놀랐던 모양이로구나. 얼른 가서 좀 쉬어라."

내복아가 '예' 하고는 대청 밖으로 나갔다.

종 부인은 고개를 절레절레 흔들며 장탄식을 했다.

"저도 마음이 편치 않아 가서 좀 쉬어야겠어요."

"그러시오. 난 당장 가서 악노삼을 만나 다시는 사고 좀 치지 말라고 얘기해놓고 오겠소."

"아무래도 가서 '악노이'라고 칭하는 게 좋겠어요."

"흥! 악노삼이 아무리 흉악하다 한들 내가 겁낼 줄 아시오? 그 인간이 날 돕겠다고 천 리 먼 길 온 점을 생각해 체면이나 세워주려 하는 것뿐이지. 진희아를 죽인 일에 대해선 아무 얘기 안 할 생각이오."

종 부인이 고개를 가로저었다.

"우리 두 사람이 이곳에서 10년을 은거해오면서 전 계곡 밖에 나간 적이라곤 없는데 당신은 뭐가 부족해서 그러시는 거죠? 왜 사대악인四大惡人을 청해 이렇게 소란스럽게 만드는 거예요? 당신… 평소에는 나한테 듣기 좋으라고 입에 발린 말만 하는데 사실 속으로는 내가 안중에도 없는 거죠?"

종 곡주가 다급하게 변명을 했다.

"내… 내 어찌 당신을 안중에 두지 않겠소? 내가 그 네 사람을 청한 건 다 당신을 위해서요."

종 부인은 흥 하고 코웃음을 쳤다.

"저를 위해서라니 그것 참 고맙군요. 당신이 정말 저를 위하신다면 좋은 말 할 때 당장 사대악인을 돌려보내세요!"

단예는 옆방에서 이 말을 듣다 매우 이상한 생각이 들었다.

'그 악노삼이란 자가 터무니없는 이유로 살인을 한 걸로 보아 극악무도한 자가 분명한데 그럼 다른 세 명도 그자와 똑같은 천하의 악인이란 말이 아닌가?'

종 곡주는 대청에서 큰 걸음으로 이리저리 서성거리다 이내 씩씩거리며 말했다.

"단씨 그 인간이 나한테 그토록 모욕을 줬는데 이 원수를 갚지 않는다면 나 종만구가 어찌 얼굴을 들고 세상 천지에 살 수 있단 말이오?"

단예가 생각했다.

'이름이 종만구鍾萬仇였구나. 이름도 정말 해괴망측하게 지었네. 원수는 풀어야지 맺어서는 안 된다는 옛말도 있지 않은가? 한데 원수를 한 명만 두는 것도 모자라 1만 명의 원수를 둔단 말이야? 어쩐지 얼굴이 길어도 심하게 길더니만. 관상으로 봐서는 종 부인같이 아리따운 아내를 얻은 건 요행 중의 요행이니 종만구가 아니라 종만행鍾萬幸이라고 개명하는 게 맞겠어.'

종 부인은 미간을 찌푸린 채 냉랭한 어투로 말했다.

"솔직히 당신이 미워하는 건 그 사람이 아니라 저예요. 정 그 사람 때문에 힘들다면 왜 직접 찾아가서 정정당당하게 승부를 가리지 않는 거죠? 남의 힘을 빌려 싸우면 설사 이긴다 해도 체면이 서지 않는 거 아닌가요?"

종만구가 이마에 시퍼런 힘줄을 세우고 소리쳤다.

"그놈 수하에는 무장을 한 졸개들이 엄청나게 많다는 걸 아직도 모르시오? 내가 혈혈단신 싸우러 갈 때마다 놈은 늘 피하기만 하고 만나주질 않는데 난들 어쩌란 말이오?"

종 부인은 고개를 숙인 채 아무 말 없이 눈물방울만 옷섶 위로 주르륵 흘러내릴 뿐이었다.

종만구가 황급히 태도를 바꿨다.

"송구하오, 아보阿寶! 사랑스러운 아보, 화내지 마시오! 당신한테 내가 이렇게 큰 소리를 치다니…."

종 부인은 아무 말도 하지 않고 하염없이 눈물만 흘렸다. 종만구가 머리를 긁적거리다 조급한 마음에 아내를 달래기 시작했다.

"아보, 화내지 마시오. 내가 망령이 난 것 같소. 백번 죽어 마땅하오."

종 부인이 나지막이 말했다.

"당신이 늘 마음속에 그 일을 담아두고 있는 걸 보면 저란 사람은 아무 의미도 없는 것 같아요. 차라리 저한테 일장을 날려 절 죽여주세요. 지금이라도 제가 죽어버린다면 당신 가슴에 묻어둔 불쾌감도 모두 씻겨 내려갈 거예요. 그때 다시 아름다운 부인을 맞도록 하세요!"

종만구는 손바닥을 들어 자기 뺨을 짝짝 두 번 후려갈겼다.

"난 죽어도 싸! 죽어도 싸다고!"

단예는 그가 솥뚜껑 같은 손바닥으로 말 머리처럼 긴 자신의 얼굴을 후려치는 모습을 보고 얼마나 우스웠던지 더 이상 참지 못하고 피식 하고 웃음을 터뜨리고 말았다. 그는 터져 나온 자기 웃음소리를 듣고 순간 엄청난 화를 자초했다는 사실을 직감했다. 종만구가 듣지 못했기만을 바랐지만 아니나 다를까! 이 소리를 들은 종만구가 대갈일성을 했다.

"웬놈이냐!"

곧이어 쾅 하는 소리와 함께 누군가 방문을 걷어차며 방 안으로 들어왔다. 단예가 뒷덜미를 잡혔다고 느낀 순간 이미 몸은 밖으로 끌려 나가 대청 위에 내동댕이쳐졌다. 눈앞이 캄캄해지면서 온몸의 뼈대가 산산조각이 난 것처럼 느껴질 뿐이었다.

종만구는 왼손으로 그의 뒷덜미를 잡아 번쩍 들어올리고 소리쳤다.

"웬놈이냐? 우리 부인 방에 숨어서 뭐 하는 거야?"

단예의 수려한 용모를 본 종만구는 의구심에 가득 찬 표정으로 종 부인을 바라봤다.

"아보, 다… 당신이… 또…."

종 부인이 발끈 화를 냈다.

"또는 무슨 또예요? 또 뭐요? 당장 내려놔요. 우리한테 급한 전갈을 전하러 온 분이에요."

"전갈이라니?"

그는 여전히 단예의 두 다리를 허공으로 들어올린 채 소리쳤다.

"이 더러운 자식! 뺀질뺀질하게 생겨먹은 것이 제대로 된 놈은 아닌 것 같은데! 도대체 뭐 하는 놈이기에 우리 부인 방에 몰래 숨어 있는 게냐? 말해! 어서 말해! 이실직고하지 않는다면 네놈의 머리통을 박살내버릴 줄 알아라!"

펑 하고 일권을 날리자 우지끈하는 소리와 함께 배나무 탁자가 두 동강이 났다. 단예는 그에게 내팽개쳐져 부딪힌 곳도 아파죽겠는데 공중에 들려 발버둥칠 수조차 없는 상황에서 그의 말을 들으니 자신과 종 부인이 부적절한 관계를 가졌을 거라 의심하는 것 같아 두렵기보다는 오히려 화가 치밀어올라 큰 소리로 고함을 쳤다.

"난 단씨요! 죽일 테면 어서 죽여주시오. 확실히 아는 것도 없으면서 무슨 망발을 하는 것이오?"

화가 머리끝까지 난 종만구가 오른손 날을 들어올리며 고함을 쳤다.

"네놈이 지금 단가라 했느냐? 또 성이 단이라는 거야? 또… 또 단가란 말이냐?"

이 말을 하고 나서는 뜻밖에도 분노의 기색이 이내 처량한 모습으로 바뀌면서 동그란 두 눈에서 눈물이 쏟아져 나왔다.

순간 단예는 이 사내에 대해 자기도 모르게 연민의 정이 느껴졌다. 의외로 이자는 재능과 용모 면에서 아내와 어울리지 않는다는 자책감에 아무 이유 없이 걸핏하면 질투를 해댄다는 사실을 스스로 알고 있는 모양이었다. 이런 그가 심히 가련하게 느껴진 단예는 자신의 목숨이 그자 손에 달려 있다는 건 생각지도 않고 부드러운 목소리로 그를 위로했다.

"저 단가는 종 부인을 난생처음 뵈었으니 의심할 필요도, 슬퍼할 필요도 없습니다."

종만구는 희색이 만면한 채 쉰 목소리로 소리쳤다.

"정말이냐? 난생처음 봤어?… 아보를 난생처음 봤다고?"

단예가 말했다.

"소생은 여기 온 지 아직 반 시진도 안 됐습니다."

종만구는 입을 헤벌린 채 껄껄껄 소리 내서 웃었다.

"그래, 맞아, 아보가 계곡 밖에 안 나간 지 벌써 10년이 됐는데 10년 전에 넌 여덟아홉 살밖에 안 됐겠지. 그러니 당연히 불가능하지… 불가능해… 불가능…."

이 말을 하면서도 여전히 들어올린 단예를 내려놓지 않았다. 종 부인이 벌겋게 달아오른 얼굴로 소리쳤다.

"어서 단 공자를 내려놔요!"

종만구가 서둘러 답했다.

"알았소, 그러겠소!"

그러고는 단예를 살포시 내려놓았다. 그러다 돌연 또다시 의심에 가득 찬 얼굴로 물었다.

"단 공자? 단 공자? 네… 네 아버지가 누구더냐?"

단예는 속으로 생각했다.

'내가 또 거짓을 말한다면 오히려 양심에 거리끼는 일이 될 거야.'

그러고는 당당하게 외쳤다.

"종 부인께 숨겨서는 안 됐지만 조금 전에는 사실대로 말씀드리지 못했습니다. 제 이름은 단예라고 합니다. 자字는 화예和譽이고 대리 사람입니다. 제 엄친의 명휘는 정正 자, 순淳 자십니다."

종만구는 순간 '정 자 순 자'란 네 글자가 무슨 뜻인지 전혀 생각지 못했지만 이를 들은 종 부인이 떨리는 목소리로 물었다.

"공자 부친이… 단… 단정순이라고?"

단예가 고개를 끄덕였다.

"그렇습니다!"

종만구가 큰 소리로 부르짖었다.

"단정순!"

그는 이 세 글자를 지축이 울리듯 큰 소리로 부르짖더니 삽시간에 시뻘겋게 불타오른 얼굴로 온몸을 부들부들 떨면서 소리쳤다.

"네… 네가 단정순 그 개자식의 아들이란 말이냐?"

아버지를 욕하는 소리에 화가 난 단예가 소리쳤다.

"당신이 감히 우리 아버지를 욕한단 말이오?"

종만구 역시 분노에 가득 찬 목소리로 외쳤다.

"내가 못 할 게 뭐 있는데? 단정순, 이 개놈의 자식, 더럽고 비열한 놈!"

단예는 곧 깨달았다. 그가 계곡 입구에 "단씨 성을 가진 자가 이 계곡에 들어오면 살아남지 못할 것이다"라고 써놓은 글은 뜻밖에도 자기 아버지를 증오해서 그런 것임에 틀림없었다. 그래서 단씨 성을 가진 모든 사람에게 화풀이를 하는 것이었다. 단예는 위엄 있는 목소리로 당당하게 외쳤다.

"종 곡주, 곡주께서 엄친嚴親과 원한이 있다면 정정당당하게 가서 해결을 해야 하지 않습니까? 자신이 있으면 엄친 면전에서 욕하시고 정정당당한 대결로 승부를 가리십시오. 뒤에서 욕이나 해대면서 어찌 영웅호한이라 할 수 있겠습니까? 엄친께서는 대리성大理城 안에 계시니 찾아갈 마음이 있다면 어렵지 않게 만날 수 있건만 어찌 자기 집 문 앞에 그런 팻말을 걸어놓는 겁니까? 뭐라더라? '단씨 성을 가진 자가 이 계곡에 들어오면 살아남지 못할 것이다'였나?"

종만구는 단예가 한 말이 구구절절 심장에 제대로 꽂혔는지 얼굴이 붉으락푸르락 달아올랐다. 흉악하고도 맹렬한 눈빛을 발하는 그의 눈동자는 당장이라도 살인을 할 것처럼 보였다. 한참을 멍하니 있던 그는 갑자기 펑펑 하며 양권兩拳을 날려 의자 두 개를 산산조각 내버리고, 이어서 다리를 날려 판자벽 위에 커다란 구멍을 낸 다음 큰 소리로 부르짖었다.

"네 아비한테 질까 두려운 것이 아니다. 내… 내가 두려운 건… 네 아비가 아는 게 두렵다… 아보가 여기 있다는 사실을 알까 봐…."

이 말을 하는 목소리 속에는 서글픈 한이 담겨 있는 듯했다. 그는 두 손으로 얼굴을 감싸쥐고 소리쳤다.

"난 겁쟁이야, 난 겁쟁이라고!"

그러고는 대뜸 어디론가 내달리기 시작했다. 곧이어 와당탕 소리가 끊임없이 이어지는데 뛰어가면서 선반과 화분, 의자 같은 것들과 부딪히는 것으로 보였다.

단예는 한동안 아연실색하고 있다가 생각했다.

'당신 부인이 여기 있다는 사실을 우리 아버지가 알면 또 어때서? 설마 부인을 죽이기라도 하신다는 건가?'

하지만 자신의 말이 좀 지나쳤다 생각하니 종만구를 저렇게 상심하게 만든 게 몹시 미안하게 느껴졌다. 몸을 돌려보니 종 부인이 자신을 뚫어지게 바라보고 있었다.

종 부인은 단예와 눈이 마주치자 곧바로 시선을 피했다. 창백한 얼굴은 삽시간에 시뻘겋게 차올랐다. 다시 한참이 지난 후 그녀는 단예를 향해 나지막이 물었다.

"단 공자, 영존께서는 근자에 안녕하신가요? 하시는 일은 다 잘되시고요?"

단예는 그녀가 자기 부친에 대해 묻자 몸을 똑바로 세우고 정중하게 답했다.

"엄친께서는 매우 건강하십니다. 덕분에 만사가 평안하십니다."

"그럼 됐군요. 나… 나도…."

그녀의 긴 속눈썹 밑으로 영롱한 눈물방울이 맺혔다. 그녀는 말을 채 끝내지도 못한 채 몸을 돌려 소맷자락으로 눈물을 닦아냈다. 자기도 모르게 동정심이 생긴 단예가 위안의 말을 꺼냈다.

"백모님, 종 곡주께서 불같은 성격이기는 해도 백모님에 대한 애정은 지극하신 것 같습니다. 두 분의 인연이 얼마나 아름답습니까? 사소한 말다툼일 뿐이니 상심하지 마십시오."

종 부인은 고개를 돌려 빙그레 웃었다.

"공자처럼 젊은 사람이 우리 인연이 아름다운지 아름답지 않은지 어찌 알겠어요?"

단예는 천진난만하게 웃는 그녀의 모습을 보고 문득 종영을 떠올리고는 눈을 돌려 작은 사방탁자 위에 놓인 종영의 꽃신을 쳐다봤다.

"조금 전 소생이 무례한 언사를 한 점에 대해 백모님께서 절 곡주께 데려가 사죄토록 해주십시오. 그리고 그 참에 곡주께 청해 따님을 구하러 갈 수 있도록 해주십시오."

"바깥양반은 지금 먼 길을 오신 친구를 마중하러 나간지라 당장 나서기 힘들 거예요. 공자도 방금 들었을 테지만 행실이 고약한 그 친구들이 걸핏하면 살인을 해대다 보니 혹시라도 예의를 다하지 못할 경우에는 필시 후환이 있을 겁니다. 음… 일이 이리됐으니 내가 직접 공자를 따라가겠어요."

단예가 기쁜 마음에 말했다.

"백모님께서 친히 가신다면 그보다 좋을 수는 없지요."

문득 종영이 했던 말이 생각나 물었다.

"백모님께서도 섬전초 독을 다스릴 수 있으신가요?"

종 부인은 고개를 가로저었다.

"난 못 해요."

그 대답에 단예는 머뭇거리지 않을 수 없었다.

"그럼… 이를…."

종 부인은 침실로 돌아가 황급히 먹물을 묻힌 붓을 들어 쪽지를 남겨놓고 대충 매무새를 고친 다음 허리춤에 장검을 낀 채 대청으로 돌아왔다.

"어서 가요!"

이 말과 함께 앞장서서 걸어나갔다.

단예는 가면서 종영의 꽃신을 품에 집어넣었다. 종 부인은 어두운 표정으로 고개를 가로저으며 무슨 말을 하려다 이내 꾹 참고 아무 말도 하지 않았다.

두 사람이 계곡 입구의 나무 동굴을 빠져나오자 종 부인은 걸음에 속도를 내기 시작했다. 나긋나긋한 그녀의 모습과는 달리 걸음걸이는 단예보다 훨씬 더 빨랐다.

단예는 아무래도 마음이 편치 않았다.

"백모님께서 섬전초 독을 해독하지 못하신다고 하면 아마 신농방에서 따님을 놓아주지 않을 겁니다."

종 부인은 무덤덤하게 답했다.

"누가 놓아주길 기대한다고 했나요? 신농방 놈들이 감히 내 딸을 억류해서 날 협박한다는 건 살고 싶지 않다는 말이에요. 굳이 구할 필요 없어요. 놈들을 모두 죽여버리면 그뿐이니까."

순간 단예는 소름이 돋았다. 그녀가 별 뜻 없이 대충 한 말 속에는 살인을 아무렇지 않게 여긴다는 의미가 담겨 있었기 때문이었다. 심지어 그 악노삼이란 흉악한 자의 행실에 미치지 못할 게 없었다.

종 부인이 물었다.

"공자 부친께선 시첩을 몇이나 두셨나요?"
"없습니다. 한 명도 없습니다. 어머님께서 허락을 안 하세요."
"부친께서 어머니를 무서워하나 봐요?"
"무서워하시는 게 아니라 아끼고 사랑하신다 해야겠지요. 곡주께서 백모님을 대하는 것처럼요."
"흠… 부친께서는 요즘도 매일 무공 연마를 하시나요? 그동안 무공 실력이 더 많이 늘었겠네요?"
"엄친께서 매일 무공 연마를 하시긴 하시는데 공력이 어느 정도인지는 제가 아는 게 없어서요."
"아직 그만두지 않으셨군요. 그럼 안심이네요. 한데 공자는 왜 무공을 전혀 못 하는 거죠?"
이런저런 얘기를 하는 동안 1마장쯤 걸었을까? 단예가 대답을 하려는 순간 갑자기 사나운 누군가의 목소리가 들려왔다.
"아보, 아니, 지금 어디 가는 거요?"
단예가 뒤를 돌아보니 큰길에서 마치 날아오듯 쫓아오는 종만구의 모습이 보였다.
종 부인은 손을 뻗어 단예의 옆구리에 끼고 소리쳤다.
"어서 가요!"
그녀는 단예의 몸을 들어올려 재빨리 앞으로 솟구쳐올랐다. 단예는 두 다리가 허공에 뜬 채 종 부인이 이끄는 대로 갈 뿐 꼼짝도 할 수 없었다. 앞에서 둘이 도망가고 하나가 쫓아가는 형국 속에서 세 사람은 눈 깜짝할 사이에 수십 장을 내달렸다. 종 부인의 경공은 남편에 못지않았지만 단예를 데리고 가려다 보니 차츰 추격을 당할 수밖에 없었다. 다시 10여 장을 내달렸을까? 단예는 자신의 뒷목으로 종만구가 가쁜 숨을 내뱉는 느낌이 들었다. 돌연 쫙 하는 소리와 함께 등짝이 서늘해졌다. 종만구에게 등을 잡혀 옷이 찢겨나간 것이었다.

종 부인은 내력을 운용해 왼손으로 단예를 1장 밖으로 내던졌다.

"어서 도망가요!"

그녀는 당장 오른손으로 장검을 뽑아 뒤쪽으로 뻗었다. 종만구의 무공 실력으로 판단해보면 그 정도 일검은 당연히 피할 수 있었고 종 부인 역시 남편을 해칠 의도가 전혀 없었다. 그러나 뜻밖에도 그녀가 출수한 일검은 검신에 경미한 뒤틀림이 있는가 싶더니 검첨이 남편의 가슴을 정확히 찔러버리고 말았다.

종만구가 피할 생각을 하지 않고 오히려 가슴을 내밀어 검을 받아들였던 것이다.

종 부인이 깜짝 놀라 재빨리 고개를 돌려보자 격앙된 기색을 한 남편의 눈에는 눈물이 가득 고여 있고 검에 찔린 가슴 부위에서는 선혈이 뿜어져 나오고 있었다. 종만구가 떨리는 목소리로 말했다.

"아보, 당신이… 끝내 날 떠나려는 것이오?"

종 부인은 자신의 일검이 남편의 심장에 이르지는 않았지만 검끝이 수 촌이나 박혀 생사를 장담할 수 없는 상황인 것을 보자 다급한 나머지 재빨리 장검을 뽑고 그에게 달려가 상처 부위를 눌러 지혈을 하려 했다. 하지만 피는 샘물처럼 콸콸 쏟아져 손가락 틈 사이로 계속해서 뿜어져 나왔다.

종 부인이 크게 노해 소리쳤다.

"난 당신을 해칠 생각이 없었는데 왜 피하지 않은 거죠?"

종만구가 쓴웃음을 지었다.

"다… 당신이… 날 떠난다면 나… 난 차라리 죽어버리는 게 낫소."

이 말을 하면서 계속 기침을 해댔다.

"누가 당신을 떠난대요? 갔다가 며칠 있으면 돌아올 텐데. 우리 딸을 구하러 가는 거예요. 내가 쪽지에다 똑똑히 적어놨잖아요?"

"쪽지 같은 건 보지도 못했소."

"왜 그렇게 주의력이 없어요?"

그녀는 곧 종영이 신농방 놈들한테 인질로 잡혀 있다는 얘기를 간단하게 설명해주었다.

단예는 이런 상황을 보고 놀라서 멍하니 바라만 볼 뿐이었다. 그러다 정신이 들자 급히 옷자락을 찢어 부리나케 달려가서는 종만구의 상처 부위를 싸매주었다. 갑자기 종만구가 공중으로 날아 왼쪽 다리로 단예를 걷어차고 공중제비를 돌며 고함을 내질렀다.

"이런 후레자식 같은 놈! 꼴도 보기 싫다!"

그러고는 종 부인을 향해 소리쳤다.

"거짓말이야! 못 믿겠어! 분명 저 녀석은… 저 녀석은 당신을 데려가려고 온 거야. 저 후레자식 같은 녀석은 그놈 아들이라고! 저놈은 나… 나한테 모욕을 줬어…."

이 말을 하면서 기침을 다시 해대는데 이 기침으로 상처 부위의 피가 더 심하게 뿜어져 나왔다. 종만구가 다시 단예를 향해 소리쳤다.

"덤벼라! 내 비록 부상을 당했지만 네놈의 일양지 따위는 두렵지 않다! 어서 덤벼!"

단예는 그의 공중제비 발차기에 맞고 나동그라지면서 왼쪽 얼굴이 뾰족한 돌에 부딪힌 상태였다. 이로 인해 만신창이가 된 몸을 가까스로 일으키기는 했지만 한쪽 뺨은 온통 피로 범벅이 되어 있었다.

"전 일양지를 쓸 줄 모릅니다. 설사 쓸 줄 안다고 해도 당신한테는 쓰지 않을 겁니다."

종만구가 또 기침을 몇 번 하고는 버럭 화를 냈다.

"이런 후레자식, 어디서 시치미를 떼는 게냐? 그… 그럼 가서 네 아비를 데려와라!"

화를 내자 기침은 더욱더 악화됐다.

종 부인이 말했다.

"그놈의 의심병은 끝끝내 고치지를 못하는군요. 그렇게 절 믿지 못하겠다면 차라리 당신 앞에서 깨끗하게 죽어버리겠어요."

이 말이 끝나기 무섭게 땅바닥에 있던 장검을 집어들어 자신의 목에 가져다 댔다.

종만구가 재빨리 손으로 막으며 만면에 희색을 띤 채 떨리는 목소리로 말했다.

"아보, 정말 저 후레자식을 따라가는 게 아니었소?"

종 부인이 종만구를 나무랐다.

"저렇게 훌륭한 단 공자한테 왜 자꾸 후레자식, 후레자식 하는 거예요? 단 공자를 따라가는 건 신농방 놈들을 몰살해버리고 우리 보배 같은 딸을 구하러 가기 위해서예요."

종만구는 아내의 말을 듣고 속으로 미칠 듯이 기뻤지만 절대 그냥 가게 놔두지 않았다. 그는 토라진 듯 화를 내는 그녀의 모습이 더욱 사랑스럽게 느껴져 웃음을 참지 못했다.

"당신이 그렇다고 하니 내가 옳지 않았던 걸로 합시다. 허나… 허나 내가 쫓아왔는데 왜 멈춰서서 나한테 사실대로 말하지 않았던 거요?"

종 부인은 살짝 붉어진 얼굴로 답했다.

"당신한테 다시 단 공자를 만나게 하고 싶지 않았어요."

종만구는 갑자기 또 의심의 눈초리를 한 채 물었다.

"저 후레… 아니 저 단 공자가 당신 아들이오?"

종 부인은 부끄러운 듯 노한 얼굴을 하고는 에잇 하고 소리를 질렀다.

"무슨 말도 안 되는 소리를 하는 거예요? 아까는 무슨 내 정부라도 되는 것처럼 의심하더니 이젠 또 내 아들이라고 의심을 해요? 솔직히 말해줄까요? 그래요. 단 공자는 우리 아버지예요. 당신 장인어르신이라고요!"

이 말을 하면서 피식하고 웃음을 터트렸다.

종만구는 넋을 잃고 바라보다 아내가 우스갯소리를 했다는 것을 알고 배를 부여잡은 채 미친 듯이 웃어댔다. 너무 심하게 웃느라 상처 부위의 선혈은 더욱더 콸콸 쏟아져 내렸다.

종 부인이 눈물을 흘리며 말했다.

"어… 어쩌면 좋죠?"

종만구는 너무 기쁜 나머지 손을 뻗어 그녀의 허리를 감싸안았다.

"아보, 당신이 이렇듯 날 염려해주니 난 당장 죽어도 여한이 없소."

종 부인은 얼굴에 홍조를 띠고 그를 가볍게 밀어냈다.

"단 공자도 있는데 정신 나간 사람처럼 왜 이래요?"

종만구는 껄껄대고 웃으며 중간중간 기침을 계속해댔다.

안색이 점점 창백해지며 힘들어하는 남편의 모습을 본 종 부인은 심히 걱정이 됐는지 남편을 부축해 일으킨 다음 단예를 향해 말했다.

"단 공자, 사공현한테 가서 내 말을 전하세요. '우리 남편은 과거 강호를 주름잡던 견인취살見人就殺 종만구이며 난 감보보甘寶寶다! 또 내 별호는 그리 듣기 좋지는 않지만 소약차俏藥叉라고 한다. 만일 우리 딸의 털끝 하나라도 건드린다면 우리 부부가 인정사정 봐주지 않고 처단할 것이니 똑똑히 기억해라!' 이렇게 말이에요."

종만구가 옆에서 한마디 거들었다.

"암! 그렇고말고!"

단예가 보아하니 종만구는 도저히 직접 갈 상황이 안 되고 종 부인 역시 남편을 버리고 딸을 구하러 갈 수는 없어 보였다. 그러나 종만구와 감보보 두 사람의 명성만으로 사공현에게 겁을 줄 수 있을지는 알 수 없는 노릇이었다. 더구나 자신의 배 속에 들어 있는 단장산 독 역시 해독할 방법이 전혀 없는 터였다. 단예는 일이 이리된 이상 시간만 더 끌어봐야 이득이 없다고 생각하고 종 부인에게 답했다.

"알겠습니다, 소생이 당장 가서 전하겠습니다."

종 부인은 단예가 당장 가겠다는 말과 함께 떠나려는 순간, 일처리를 깔끔하게 해야겠다는 생각이 들었는지 즉시 단예를 향해 소리쳤다.

"단 공자, 한마디만 더 할게요."

그녀는 종만구를 살포시 내려놓고 단예 앞으로 다가갔다. 곧 품속에서 뭔가를 꺼내 단예 손에 쥐여주고는 나지막이 말했다.

"가서 이 물건을 공자 부친한테 전해 우리 딸 좀 구해달라고 해주세요."

"엄친께서 나설 수만 있다면 당연히 종 낭자를 구할 수 있지요. 다만 여기서 대리까지는 너무 먼 거리라 시간이 될까 모르겠습니다."

"제가 준마 한 필을 빌려드릴 테니 잠시 기다리세요."

그녀는 단예 귀에 얼굴을 가져다 대고 속삭였다.

"부친한테 얘기하는 거 잊지 말아요. 종 부인이 딸을 구해달라 청했다고…."

그녀는 단예가 대답도 하기 전에 남편 옆으로 뛰어가 그를 부축한 채 떠나버렸다.

단예는 손을 들어 종 부인이 쥐여준 물건을 살펴봤다. 그건 아주 정교하게 상감象嵌한 황금 나전 상자였다. 상자 뚜껑을 열자 상자 속에는 아주 오래된 것으로 보이는 색 바랜 종잇조각이 들어 있었다. 종이 위에는 흐릿하게 혈흔이 몇 방울 묻어 있고 그 위에 '을묘년 섣달 초닷새 축시녀乙卯年十二月初五醜時女'라는 글이 적혀 있었다. 유약해 보이는 필치로 보아 여자 솜씨인 듯했고 서법 역시 졸렬하기 그지없었다. 상자 속에는 그 외에 별다른 건 없었다.

'이건 누구 사주팔자지? 종 부인이 아버지한테 전하라 했는데 의도가 뭔지 모르겠군. 을묘년이라, 을묘년….'

손가락을 꼽아 계산해보니 16년 전이었다.

'혹시 종 낭자 사주팔자인가? 종 부인이 자기 딸을 나랑 맺어주려고 우리 아버지한테 며느리로 맞으라는 청을 하는 건가?'

아직 혼인할 마음은 없었지만 미색을 지닌 종영을 떠올리자 내심 마음이 동했다.

이런 생각을 하는 사이 어디선가 한 남자의 외침 소리가 들려왔다.

"단 공자!"

# 3

# 필사의 탈출, 그리고 목완청

사공현은 향분을 받치고 있던 왼쪽 손바닥을 높이 올린 채 두 무릎을 땅에 꿇고 밝은 목소리로 외쳤다.

"신농방이 두 분 사자를 정중하게 전송하오며, 동모의 만수무강을 축원하옵니다."

단예가 뒤를 돌아보니 하인 차림을 한 사내가 빠른 걸음으로 다가오는 모습이 보였다. 바로 아까 판자벽 틈으로 보았던 내복아였다. 그는 단예 앞으로 다가와 예를 올렸다.

"소인 내복아가 부인의 명을 받들어 말이 있는 곳으로 공자를 모시고자 합니다."

단예가 고개를 끄덕였다.

"고맙소. 수고 좀 해주시오."

내복아는 곧 앞장서서 길을 안내했다. 넓은 소나무 숲을 지나 북쪽으로 꺾어 한 작은 오솔길로 6~7마장쯤 걸어가자 웅장한 저택이 한 채 나타났다. 내복아가 문 앞으로 다가가 문고리를 잡고 가볍게 두 번 두드렸다. 잠시 후 다시 네 번을 두드린 다음, 다시 세 번을 더 두드렸다.

끼이익 소리와 함께 문이 빠끔히 열리자 내복아는 문을 연 사람과 문밖에서 잠시 얘기를 나누었다. 단예는 이미 어두워진 하늘에 드문드문 떠 있는 별들을 바라보면서 문득 계곡 동굴 속 신선 누님을 떠올렸다.

"그르릉!"

문안에서 마치 천둥이 치는 듯한 말의 긴 울음소리가 들리자 단예는 손뼉을 치지 않을 수 없었다.

'과연 훌륭한 말이로구나!'

대문이 열리자 말 한 마리가 머리를 쑥 내미는데 어둠 속에서 두 눈만 반짝거렸다. 이리저리 살펴보니 신이 내린 듯 비범한 준마처럼 보였다.

"다그닥! 다그닥!"

두 번의 가벼운 말발굽 소리를 내며 흑마 한 필이 문밖으로 나왔다. 가벼운 발놀림에 외관은 약간 야위어 보였지만 다리가 매우 길고 웅대한 기상이 느껴지는 말이었다. 말을 끌고 나온 사람은 어둠 속이라 얼굴이 제대로 보이지 않았다. 아마도 열네다섯 살 정도 나이의 쪽머리를 한 어린 하녀인 듯했다.

내복아가 말했다.

"단 공자, 부인께선 공자가 대리까지 제때 도착하지 못하실까 봐 염려돼 특별히 이 집 아가씨께 청해 준마를 빌려드리는 것입니다. 다리 힘이 굉장한 녀석이지요. 이 집 아가씨께선 우리 아가씨 친구분이신데 공자께서 우리 아가씨를 구하러 간다는 말을 듣고 빌려주시기로 하셨습니다. 아주 큰 배려를 하신 겁니다."

단예는 그동안 수많은 준마를 봐왔지만 이 말은 울음소리만 듣고도 범상치 않은 말임을 알 수 있었다.

"고맙소!"

그는 답례를 하고 곧바로 팔을 뻗어 말고삐를 건네받았다.

어린 하녀가 말 목에 있는 갈기를 쓰다듬으며 부드럽게 말했다.

"흑매괴黑玫瑰야, 우리 아가씨가 여기 계신 공자께 빌려드리는 거니까 얌전하게 공자 말씀 잘 듣고 빨리 갔다 빨리 와야 한다."

흑마는 머리를 돌려 그녀의 손목 위에 비비대는데 둘이 아주 친밀감이 있어 보였다. 하녀는 단예를 바라보며 당부했다.

"이 말은 채찍질을 해선 안 돼요. 잘 대해줄수록 더 빨리 달리거든요."

"알겠소!"

대답을 하고 속으로 생각했다.

'말 이름이 흑매괴인 걸 보니 암컷이겠군.'

"흑매괴 아가씨, 소생이 예를 올리겠소!"

단예가 말을 향해 이렇게 말하면서 읍을 하자 하녀가 풋 하고 웃음을 터뜨렸다.

"정말 재미있는 분이시네요. 저기요, 떨어지지 않게 조심하세요."

단예가 가볍게 말 등 위에 올라탄 뒤 하녀를 향해 말했다.

"아가씨께 감사의 말씀을 전해주시오!"

하녀가 빙긋 웃었다.

"저한테는 안 하세요?"

단예가 공수를 하며 답했다.

"고맙소, 낭자. 돌아올 때 선물로 약과를 좀 가져다드리겠소."

"선물 같은 건 됐으니까 부디 조심하세요. 말만 다치지 않게 해주시면 돼요."

단예가 고개를 끄덕여 그러겠노라 답했다.

내복아가 말했다.

"여기서 북쪽으로 계속 가시면 대리로 가는 큰길이 나옵니다. 몸조심하십시오, 공자."

단예는 손을 흔들어 내복아에게 답례를 했다. 곧이어 말이 내달리기 시작하는데 아래위로 몇 번 흔들린 듯 느껴지자 이미 수십 장 밖에 당도해 있었다.

흑매괴는 질주를 독려할 필요도 없이 어둠 속을 나는 듯 달려갔다. 길가의 나무들이 마치 뒤쪽으로 사라져 눈 옆을 스쳐 지나가는 듯 느껴질 정도였다. 더욱 기묘한 건 말 등이 이상하리만치 편안해서 한 치의 흔들림조차 느낄 수가 없었다.

'이렇게 빨리 간다면 내일 오후쯤 대리에 도착할 수 있겠구나.'

일다경이 채 되지 않는 시간 동안 이미 10여 리나 내달렸다. 칠흑 같은 어둠 속에 선선한 바람이 불어오면서 초목의 맑은 공기가 코끝을 스치고 지나가자 단예는 이런 생각이 들었다.

'이 아름다운 밤에 말을 타고 질주하니 이 어찌 인생의 즐거움이 아니던가?'

난데없이 앞에서 누군가의 고함 소리가 들려왔다.

"이 도적년아! 서라!"

어둠 속에서 도광刀光이 번뜩이며 단도 한 자루가 날아들었지만 다행히 흑매괴의 속도가 워낙 빨랐던 터라 단도가 떨어질 때는 말이 이미 1장쯤 지나간 후였다.

단예가 고개를 돌려보니 한 명은 단도를, 한 명은 화창을 쥔 사내 두 명이 큰 걸음으로 성큼성큼 내딛으며 빠르게 뒤를 좇아오고 있었다. 두 사람은 입에 거품을 물고 욕을 퍼부어댔다.

"이 도적년아! 계집이 남장을 했다고 이 나리께서 속아넘어갈 줄 아느냐?"

그러나 눈 깜박할 사이에 흑매괴가 벌써 두 사람을 멀찌감치 따돌렸다. 사내들이 빠른 걸음으로 서둘러 쫓아오고 있었지만 잠깐 사이에 그들이 외쳐대는 고함 소리조차 들리지 않았다.

단예는 곰곰이 생각해봤다.

'저자들이 왜 나한테 도적년이라고 욕을 하는 거지? 내가 남장을 했다고? 맞다, 저들은 흑매괴 주인을 찾는 거야. 말은 알아봤지만 사람을 알아보지 못한 거지. 정말 경솔한 사람들이로군.'

그는 다시 2마장쯤 더 내달리다 불현듯 생각났다.

'아이고, 큰일 났다! 다행히 난 빠른 말 덕분에 그자들 습격을 빠져나온 거잖아? 그자들은 무공 실력이 대단해 보이던데 말을 빌려준 아가씨가 이 사실을 모른다면 무방비 상태로 나왔다가 놈들의 암수를 피하지 못할 것 아닌가? 당장 가서 이 사실을 알리지 않으면 안 되겠다!'

그는 당장 고삐를 당겨 말을 멈추고 말에게 외쳤다.

"흑매괴야, 저들이 너희 집 아가씨를 해치려 하니 어서 가서 조심하라고 알려야만 한다! 절대 외출하지 말라고 말이야."

그 즉시 말 머리를 돌려서 오던 길로 되돌아가 조금 전 그 사내들이 매복해 있던 곳을 향해 말을 재촉해 달려갔다.

"이랴! 어서 가자!"

흑매괴는 빨리 가자고 재촉하는 그의 말을 이해한다는 듯 과연 질풍같이 내달려갔다. 그러나 사내들 행방을 찾을 길이 없자 단예는 마음이 더욱 조급해졌다.

'그자들이 마을로 쳐들어가 아가씨를 습격한다면 큰일 아닌가?'

그는 쉬지 않고 계속해서 빨리 달리라고 외쳤다. 흑매괴의 네 발굽은 마치 땅 위로 나는 듯 쏜살같이 질주해 나아갔다.

그 집 앞에 이르자 돌연 어디선가 곤봉 두 개가 땅바닥 가까이 붙어 날아와 말발굽을 후려쳤지만 흑매괴는 단예가 반응을 하기도 전에 스스로 펄쩍 뛰며 뒷발을 날렸다.

"퍽! 쿵!"

곤봉을 쥐고 휘두르던 사내가 말발굽에 맞고 나동그라졌다.

흑매괴가 문 앞으로 달려가려는 찰나 어둠 속에서 네다섯 명의 자객이 동시에 몸을 일으켜서는 손을 쭉 뻗어 흑매괴의 고삐를 낚아챘다. 단예는 오른팔을 꽉 잡히는 느낌이 들자마자 이미 누군가에게 말 아래로 끌려 내려가고 말았다. 누군가 고함을 쳤다.

"이놈! 여긴 무슨 일로 왔느냐? 어디라고 함부로 난입을 한단 말이냐?"

단예가 고통스러워하며 속으로 외쳤다.

'큰일이다. 이 집이 완전히 포위됐다는 건 주인이 이미 독수에 당했을지도 모른다는 뜻이 아닌가?'

그러나 누군가에게 잡힌 오른팔이 쇠고랑에 묶인 듯 쑤시고 마비된 듯 느껴지자 입을 열었다.

"난 이 집 주인장을 찾아왔소. 한데 사람을 어찌 이리 함부로 대하는 게요?"

어디선가 노인의 목소리가 들려왔다.

"녀석이 그 천한 년의 흑마를 타고 있다는 건 그년과 친하다는 것이니 어서 들여보내라. 화근을 제거하고 일망타진해야겠다."

단예는 놀라고도 조마조마한 마음을 진정시킬 수 없었다.

'스스로 그물에 뛰어든 셈이로군. 기왕에 이리됐으니 들어가서 얘기하는 수밖에.'

오른팔을 잡고 있던 사내가 손을 놓는 걸 느낀 그는 곧 의관을 정돈한 뒤 당당하게 안으로 들어갔다.

마당을 가로질러 들어가니 돌길 양쪽에 장미가 가득 심어져 있어 짙은 꽃향기가 코끝을 찔렀다. 구불거리는 돌길을 거쳐 월동문을 통과했다. 돌길을 따라 걸어가는 동안 오른쪽 왼쪽 할 것 없이 길 양쪽에는 사람들로 가득 차 있었다. 그때 높은 곳에서 누군가 가벼운 기침을 하는 소리가 들렸다. 고개를 들어보니 담장 위에도 일고여덟 명이 앉아 있었다. 손에 든 무기의 섬뜩한 빛이 어둠 속에서 번뜩거리자 그는 깜짝 놀라지 않을 수 없었다.

'마을 안에 사람이 몇 명 되지도 않을 텐데 어디서 이렇게 많은 자들이 온 거지? 정말 모두 죽여버리겠다는 심산인가?'

그자들은 어둠 속에서 눈을 부라리고 험악하게 노려보고 있었다. 심지어 어떤 자들은 손에 무기를 들고 으름장을 놓고 있었다.

단예는 스스로를 진정시키며 억지 미소를 지을 수밖에 없었다. 돌길이 끝나는 지점은 대청이었는데 한 줄로 늘어선 긴 낙지장창落地長窗에서 불빛이 새어나왔다. 그는 창문 앞으로 다가가 밝은 목소리로 말했다.

"재하가 주인장을 뵙고자 합니다."

대청 안에서 누군가 쉰 목소리로 고함을 쳤다.

"웬놈이냐? 들어와라."

단예는 속에서 화가 치밀어올라 장창을 열어젖히고 문지방을 넘어

들어갔다. 안쪽을 바라보니 대청 안에는 대충 17~18명 정도가 앉아 있거나 서 있었다. 맨 가운데 의자에 앉아 있는 흑의를 입은 여자는 등을 지고 있어 얼굴을 볼 수 없었지만 뒷모습이 무척 호리호리해 보였다. 또한 까맣고 윤기가 흐르는 머리카락으로 보아 귀한 집 아가씨인 듯했다.

동쪽 태사의太師椅에는 노파 두 명이 빈손으로 앉아 있고 나머지 10여 명의 남녀는 모두 손에 무기를 쥐고 있었다. 그다음 자리 노파 앞의 바닥에는 한 사람이 가로누워 목에서 선혈을 콸콸 쏟아내고 있었는데 이미 죽은 것으로 보였다. 자세히 얼굴을 살펴보니 바로 단예한테 말을 빌려주러 왔던 내복아였다. 단예는 자신한테 공손하게 예를 다했던 사람이 뜻밖에도 이런 참변을 당했다고 생각하니 자기 때문인 것 같아 도저히 참을 수가 없었다.

상석에 앉은 백발이 성성하고 왜소한 체격을 지닌 노파가 갈라진 목소리로 고함을 쳤다.

"여봐라! 네 이놈! 여긴 뭐 하러 온 것이냐?"

단예는 장창을 밀어젖히고 대청 안으로 들어올 때 이미 속으로 결심을 한 상태였다.

'어차피 위험한 곳으로 뛰어든 이상 빠져나갈 방법이 있다면 더할 나위 없이 좋겠지만 그게 아닐 바에는 이 흉악무도한 자들한테 좋은 말로 할 필요가 없다.'

그러나 대청에 들어와 내복아의 시신을 직접 목격하고 난 뒤에는 치밀어오르는 화를 더더욱 참지 못해 꼿꼿이 쳐든 머리로 당당하게 외쳤다.

"이보시오, 할멈! 나보다 몇 살이나 더 먹었다고 이놈 저놈 하면서 함부로 욕을 해대는 거요?"

주름으로 가득한 펑퍼짐한 얼굴에 축 늘어진 허연 눈썹의 그 노파는 바느질로 감침질한 것 같은 실눈을 뜬 채 흉악한 살기를 내뿜으며 단예를 아래위로 계속 훑어봤다. 노파 옆에 앉은 다른 노파가 나서서 호통을 쳤다.

"건방진 놈! 시비를 구분하지 못하는 녀석이로구나! 서瑞 파파婆婆께서는 네 녀석을 존중하는 의미에서 친히 너한테 말을 붙인 것이다! 이분이 누구신지나 알고 그러느냐? 태산을 앞에 두고도 모르다니!"

그 노파는 뚱뚱한 몸에 배가 산처럼 튀어나와 있어 마치 7~8개월 된 임산부 같았다. 반백의 머리에 험상궂은 얼굴을 한 그녀는 말하는 소리가 웬만한 남자보다 더 굵었으며 양쪽 허리춤에는 날이 넓은 단도를 차고 있었다. 한쪽 단도가 피투성이인 것으로 보아 내복아는 바로 이 노파가 죽인 것으로 보였다.

피 묻은 단도를 보고 화가 머리끝까지 치밀어오른 단예가 큰 소리로 외쳤다.

"말하는 투를 보니 외지인인 것 같은데 어찌 감히 대리까지 와서 함부로 살인을 하는 것이오? 대리가 비록 소국이기는 해도 국법이 있다는 걸 모르시오? 서 파파란 사람이 어디서 굴러왔는지는 모르겠지만 설사 대송국大宋國 황태후라 할지라도 대리에 와서 제멋대로 살인을 하는 건 있을 수 없는 일이오!"

대로한 뚱뚱한 노파가 갑자기 벌떡 일어서더니 단도가 들려 있는 두 손을 휘두르며 호통을 쳤다.

"네놈도 죽여버려야겠다! 어디 계속 떠들어봐라! 대리국에는 나쁜 놈들뿐이니 모두 죽여버려야만 한다!"

단예는 껄껄대고 앙천대소를 했다.

"막무가내로군. 우습구나, 우스워!"

뚱뚱한 노파는 두 보 앞으로 나와 단예의 목을 향해 왼손에 들고 있던 단도를 내리쳤다.

"쨍!"

바로 그때, 어딘가에서 날아온 쇠지팡이 하나가 단도를 막았다. 서 파파가 뚱뚱한 노파의 출수를 저지한 것이다. 그녀는 나지막이 말했다.

"잠깐, 평平 파파! 우선 자초지종을 물어보고 죽여도 늦지 않다!"

이 말과 함께 쇠지팡이를 의자 옆에 세워두고 단예를 향해 물었다.

"넌 누구냐?"

"난 대리국 사람이오. 이 뚱뚱한 노파가 대리국 사람들은 모조리 죽여야 한다고 했으니 난 죽어야 할 놈이겠지."

평 파파가 버럭 화를 냈다.

"평 파파라고 불러라! 어디서 뚱뚱하니 뭐니 헛소리를 지껄이는 것이냐?"

단예가 피식 웃었다.

"당신 뱃가죽이나 만져보고 말하시오. 뚱뚱한 것 같소, 뚱뚱하지 않은 것 같소?"

평 파파가 욕을 하며 발광을 했다.

"이런 빌어먹을 놈의 자식!"

그러고는 단도를 들어 단예 얼굴 1척 앞에서 휙휙 하는 바람 소리를 내며 허공에 두 번 그었다. 단예는 너무 놀라 온몸에 식은땀이 흐르고 심장이 쿵쾅쿵쾅 뛰었지만 얼굴은 억지로 득의양양한 표정을 지었다.

"얼굴이 번지르르한 걸 보니 네놈이 저 천한 년하고 친한 모양이로구나."

서 파파가 그 흑의를 입은 여자의 등을 가리키며 소리치자 단예가 답했다.

"저 낭자는 평생 본 적도 없소. 한데 이보시오, 서 파파! 말 좀 곱게 할 수 없겠소? 어찌 입만 열면 그리 욕을 해대시오? 저 낭자가 도량이 넓다 보니 아무 말 않고 있을 뿐이오. 보아하니 인품도 고명한 것 같지 않은 사람이 말이야."

"쳇! 네놈이 날 훈계를 하려 든단 말이냐? 저 천한 년하고는 잘 알지도 못한다면서 여긴 어찌 온 것이냐?"

"이 집 주인께 전갈을 전할 게 있어 왔소."

"전갈이라니 뭘 말이냐?"

단예가 한숨을 내쉬었다.

"이미 한발 늦어서 전갈을 전하나 마나요."

"무슨 전갈인지 어서 말해보란 말이다!"

이 말을 하면서 말투가 점점 험악해졌다.

"이 집 주인 얼굴을 보면 내가 알아서 고할 것인데 당신한테까지 말할 이유가 뭐 있겠소?"

서 파파는 냉소를 머금고 뜸을 들이다 말했다.

"얼굴을 보고 말하겠다고? 그럼 서둘러야겠다! 잠시 후면 너희 둘은 저승에 가야 만날 수 있을 테니 말이다."

단예가 말투를 바꾸고 점잖게 예를 갖춰 말했다.

"어느 분이 주인이십니까? 재하가 말을 빌려주신 은덕에 감사드리고자 합니다."

그가 이 말을 꺼내자 대청의 모든 사람의 시선은 일제히 의자에 앉아 있는 흑의의 여랑女郎에게 쏠렸다.

단예는 의아한 생각이 들었다.

'설마 저 낭자가 이 집 주인인가? 저리도 연약한 여인이 이 수많은 강적한테 둘러싸여 있다니 이런 낭패가 또 어디 있단 말인가?'

그 여랑이 천천히 입을 열었다.

"말을 빌려준 것은 체면 때문이니 굳이 고마워할 필요 없어요. 사람을 구하러 갔다고 하던데 왜 다시 돌아온 거죠?"

여랑은 얼굴을 여전히 안쪽으로 향한 채 돌아보지도 않고 말했지만 부드러운 목소리가 무척이나 듣기 좋았다.

"흑매괴를 타고 가는 도중 기습을 당했소. 한데 강도로 보이는 자들 두 사람이 재하를 낭자로 오인하고 불손한 말을 내뱉기에 괴이한 생각이 들어 낭자께 전갈을 전하지 않으면 안 되겠다 생각했던 것이오."

"무슨 전갈 말인가요?"

그녀의 목소리는 맑고 낭랑했지만 따뜻한 느낌이라고는 전혀 없는 차가운 말투여서 말하는 것 자체가 불편한 사람처럼 들렸다. 마치 세상일에는 전혀 관심이 없고 사람들에 대한 적개심으로 가득 차 누구든 없애버리고 말겠다는 한을 품은 듯했다.

단예는 그녀의 무례한 말투에 기분이 살짝 상했지만 그녀가 이 무시무시한 적들 수중에서 위기에 처해 있다고 생각하니 마음이 편치 않았다. 그 때문에 그녀를 탓하기보다는 오히려 동정심이 일어 부드러운 목소리로 답했다.

"강도 둘이 낭자를 해치려 한다고 생각했으나 우선은 황급히 말을 달려 위기를 피할 수 있었소. 다만 낭자가 그런 적의 습격을 모를 것 같아 이를 사전에 피할 수 있도록 속히 전갈을 전하려 했던 것이오. 뜻밖에도 재하가 한발 늦게 도착하는 바람에 적들이 먼저 도착했으니 정말 송구하기 이를 데가 없소."

여랑이 냉소를 머금은 채 말했다.

"그런 위선적인 모습으로 내 환심을 사려는 의도가 뭐죠?"

단예는 화가 치밀어올라 목소리를 높였다.

"낭자와 생면부지의 관계이긴 하나 누군가 낭자를 해치려 한다는 걸 알았는데 어찌 모른 척할 수가 있겠소? 한데 위선적인 모습으로 환심을 사려 한다고 하다니 그게 웬말이오?"

"내가 누군지 알아요?"

"모르오."

"내복아 말로는 무공도 모르면서 감히 만겁곡에서 곡주의 잘못을 책망했다고 하던데 정말 대담하기 이를 데 없는 것 같네요. 더구나 지금 또 이렇게 시비에 휘말리는 상황을 자초하다니, 원하는 게 뭐죠?"

단예는 의아한 표정을 지었다.

"난 단지 전갈만 전하고 돌아갈 생각이었소."

이 말을 하고는 다시 한숨을 몰아쉬었다.

"보아하니 낭자도 그러하지만 나 역시 큰 화를 면키는 힘들 것 같소. 한데 낭자는 어쩌다 이런 자들과 원수지간이 된 것이오?"

흑의의 여랑이 싸늘하게 웃음을 지었다.

"그런 질문은 왜 하는 거죠?"

단예가 한참을 멍하니 있다 말했다.

"개인사니 더는 묻지 않는 게 옳겠지. 좋소, 전갈을 전하러 온 점은 송구하게 됐소."

"여기 오면 목숨을 잃을지도 모른다는 생각을 못했나요? 후회되죠?"

단예는 비아냥거리는 그녀의 말투를 듣고 더욱 소리를 높였다.

"대장부는 일을 행함에 있어 도의를 우선하는 게 당연하거늘 어찌 후회를 논할 수 있겠소?"

"흥! 실력도 없는 주제에 어찌 스스로를 대장부라 칭할 수 있죠?"

"영웅호한을 논하면서 어찌 무공의 고하로 구분한단 말이오? 무공이 천하제일이라 해도 일을 행함에 있어 비열하고 옹졸하다면 대장부라는 칭호를 붙일 수가 없는 것이오."

"호호호… 말은 아주 잘하네요. 도의를 위해 전갈을 전하려 한 건 대장부가 되고 싶어 그런 건가 보군요? 나중에 온몸이 난도질을 당해 열일고여덟 조각으로 나뉘고 나면 아마 영웅의 기개 따위는 남아 있지 않을걸요?"

평 파파가 돌연 거친 목소리로 고함을 쳤다.

"이 천한 년아, 왜 이리 질질 끄는 것이냐? 당장 없애버려!"

단도 두 자루가 부딪쳐 쨍쨍 소리를 내며 귀를 찔렀다.

흑의의 여랑이 차가운 목소리로 외쳤다.

"넌 이제 살 만큼 살았으니 지금 당장 죽어도 문제 될 게 없겠지. 소주蘇州에 사는 왕王씨 그 악질 계집은 왜 제 발로 찾아오지를 않고 너희 같은 종년들을 보내 귀찮게 하는 것이냐?"

서 파파가 말했다.

"우리 부인께서 얼마나 존귀하신 분인데 어찌 그리 함부로 말을 하느냐? 너 같은 천한 년은 우리 부인과 대면할 수 있다는 것만도 영광으로 알아야 한다. 그러니 고마운 줄 알고 얌전히 우리를 따라와라. 가서 부인께 큰절을 드린다면 부인께서 관용을 베풀어 목숨만은 부지하게 해주실지도 모른다. 또다시 도망칠 생각이라면 일찌감치 포기하는 게 좋을 것이다. 네 사부는 어디 갔느냐?"

흑의의 여랑이 날카로운 목소리로 부르짖었다.

"우리 사부님은 네 등 뒤에 계시다."

서 파파와 평 파파 패거리들은 크게 놀라 일제히 고개를 돌려 등 뒤에 있다는 사람을 쳐다봤다.

모두들 아연실색하며 그 여랑의 말에 속아넘어가는 모습을 본 단예는 웃음을 참지 못해 큰 소리로 깔깔대고 웃었다.

평 파파가 버럭 화를 냈다.

"어찌 웃는 것이냐?"

"웃겨라, 진짜 웃겨!"

"뭐가 웃겨?"

"하하하… 웃겨죽겠어."

"뭐가 웃겨죽겠다는 것이냐?"

"하하… 정말 웃겨죽겠어. 정말 웃겨서 죽겠도다!"

평 파파가 또 화를 버럭 냈다.

"웃겨서 죽겠도다는 또 뭐야?"

서 파파가 끼어들며 말했다.

"평 파파, 저 자식은 신경 쓰지 마!"

그러고는 흑의의 여랑을 향해 소리쳤다.

"천한 년아, 네가 강남에서 이곳 대리까지 도망쳐오는 동안 우리가 만 리 먼 길을 달려 쫓아왔는데 이대로 순순히 물러설 것이라 생각하느냐? 여기 있는 우리 모두 네 손에 죽을지언정 네년을 반드시 붙잡아서 돌아가고 말 것이다. 덤벼라!"

단예는 서 파파의 말투 속에 흑의의 여랑에 대한 두려움이 내포되어 있다는 사실을 알아채고 속으로 의아한 생각이 들었다. 더구나 대청에는 17~18명의 노기등등한 자객들이 대기하고 있었지만 누구 하나 선불리 나서서 손을 쓰려는 이가 없지 않은가! 평 파파는 쌍도를 잡고 몇 번이나 흑의의 여랑 배후로 접근했지만 번번이 뒤로 물러서기만 했다.

흑의의 여랑이 물었다.

"이봐요, 전갈 전하러 온 양반. 이 많은 사람이 날 해치려 하는데 어찌하면 좋을까요?"

단예가 답했다.

"어… 흑매괴가 밖에 있으니 포위를 뚫고 나갈 수 있다면 그걸 타고 도망가시오. 말이 워낙 빨라서 절대 쫓아가지 못할 것이오."

"그럼 당신은?"

단예가 우물대며 말했다.

"나… 난 저 사람들을 잘 알지도 못하고 아무런 원한도 없으니 잘은 몰라도 나까지 힘들게 하진 않을 것이오."

흑의의 여랑이 깔깔대고 냉소를 퍼부었다.

"그런 도리를 아는 자들이라면 저 많은 사람이 나 하나를 둘러싸고 있을 리 있을까요? 당신도 목숨을 부지하지 못해요. 여기를 빠져나가면 내가 대신 처리해줄 테니 소원이 있으면 말해봐요."

단예는 속으로 괴로워하다 말했다.

"당신 친구 종 낭자가 무량산에서 신농방 사람들한테 인질로 잡혀 있소. 종 낭자 어머니께서 이 상자를 주면서 우리 아버지께 전하고 종 낭자를 구할 방법을 강구해달라 하셨소. 만일… 만일 낭자가 여길 빠져나가 재하 대신 이 일을 처리해주신다면 더 바랄 것이 없겠소."

이 말을 하고는 황금 나전 상자를 건네주기 위해 앞으로 몇 걸음 걸어갔다. 그녀 등 뒤에서 약 2척쯤 되는 곳에 이르자 갑자기 난초인 것 같기도 하고 사향인 것 같기도 한 향기가 풍겨오기 시작했다. 그리 진한 향기는 아니었지만 그윽하면서도 달달하게 풍기는 향내음에 단예는 가슴이 뛰기 시작했다.

흑의의 여랑은 여전히 뒤도 돌아보지 않은 채 물었다.

"종영은 아주 예쁜 아이지요. 그 아이를 마음에 두고 있는 건가요?"

"아니, 아니오. 종 낭자는 아직 많이 어리고 천진난만한 소녀인데 내 어찌… 그런 마음을 품을 수 있겠소?"

흑의의 여랑은 왼팔을 펴서 황금 나전 상자를 받아들었다. 단예는 그녀가 살갗이 드러나지 않는 얇은 비단 재질의 검은색 장갑을 손에 끼고 있는 것을 보고 말했다.

"우리 아버지께선 대리성에 거주하시니 필히…."

"천천히 말해도 늦지 않아요."

그 말을 하며 나전 상자를 품에 넣고 소리쳤다.

"이거 봐, 축祝 영감! 당장 꺼지지 못해?"

머리와 수염이 희끗희끗한 노인 하나가 떨리는 목소리로 말했다.

"무슨 소리냐?"

"당장 여기서 나가란 말이다. 내 오늘은 널 죽이고 싶지 않다."

그 노인이 장검을 손에 들고 소리쳤다.

"무슨 헛소리냐?"

분노해 그런 것인지 두려워 그런 것인지는 몰라도 그의 목소리가 매우 떨리고 있었다.

"넌 악질 왕 노파의 직속 수하도 아니고 저 두 노파한테 할 수 없이 끌려온 것 아니더냐? 하물며 지금까지 넌 나한테 공손했던 편이다. 저 인간들이 내 면막을 벗기려 할 때마다 계속 말렸으니 말이야. 흥! 넌 죽이고 싶지 않으니 지금 당장 여기서 꺼져라!"

노인은 얼굴이 흙빛으로 변해 손에 든 장검의 검끝을 천천히 밑으로 내렸다.

단예가 나무라며 말했다.

"낭자, 그냥 나가라고 하면 될 것을 어찌 그런 꺼지라는 말까지 쓰는 거요? 그렇게 함부로 말하는데 저 노인이 어찌 화가 나지 않을 수 있겠소?"

축 노인은 잠시 망설이는 듯하더니 공포에 질린 얼굴로 갑자기 땡그랑 하는 소리와 함께 장검을 바닥에 떨어뜨리고 두 손으로 얼굴을 감싸쥔 채 밖으로 뛰쳐나갔다. 축 노인이 손을 뻗어 대청의 장창을 미는 순간 평 파파의 오른손이 움직이자 단도 한 자루가 쏜살같이 날아가 그의 등에 정확히 꽂혔고 노인은 그 자리에 쓰러져 땅바닥을 1장쯤 기어가다 이내 숨이 끊어져버렸다.

단예가 분노에 찬 목소리로 외쳤다.

"이봐요, 뚱보 노파! 저 노인은 당신네 사람 아니오? 어찌 다짜고짜 그리 죽이는 거요?"

평 파파는 오른손으로 허리춤에서 또 한 자루의 단도를 뽑아 양손에 하나씩 쥐고 흑의의 여랑을 뚫어지게 노려보기만 할 뿐 단예가 한 말에 대해서는 들은 체도 하지 않았다. 대청에 남은 사람들 모두 몇 걸음 앞으로 다가가 당장이라도 공격할 자세를 취했다. 누군가의 명령이 떨어지기만 하면 10여 자루의 무기가 흑의의 여랑 몸에 쏟아질 것이 분명한 상황이었다.

단예는 이런 상황을 보고 있다가 자신도 모르게 의분강개義憤慷慨한 나머지 큰 소리로 외쳤다.

"이 많은 사람이 맨주먹 하나뿐인 연약한 여자 하나를 공격하려 하다니 당신들은 도리도, 국법도 없단 말이오?"

그는 곧 몇 걸음 앞으로 나아가 흑의의 여랑 등 뒤를 막으며 소리쳤다.

"누구든 출수해보시오!"

무공이라고는 전혀 모르는 그였지만 이때만은 늠름한 정기로 위엄을 뿜어내고 있었다.

서 파파는 두려움 없는 그의 모습을 보고 속으로 주저하지 않을 수 없었다. 이 청년이 절기를 지니고 있는 것이 아니라면 배후에 뭔가 믿는 구석이 있어 이토록 허세를 부리는 것이 아닐까? 그녀는 명을 받들어 강남에서 대리까지 수하들을 이끌고 흑의의 여랑을 생포하기 위해 온 것이라 이런 외지에서 뜻하지 않은 문제를 만들고 싶지 않았다.

"귀하가 꼭 이 일에 개입을 해야만 하겠소?"

어투가 많이 공손해진 것처럼 보이자 단예 역시 다소곳이 답했다.

"그렇소, 다수가 소수의 약자를 괴롭히는 건 두고 볼 수 없소."

서 파파가 말했다.

"귀하는 어느 문파 소속이며 이 천한 년과는 어떤 연고가 있는 것이오? 누구 지시를 받았기에 우리 일에 함부로 끼어드는 거요?"

단예가 고개를 가로저었다.

"난 이 낭자와 어떤 연고도 없소. 허나 세상일에 도리보다 앞서는 것은 없는 법이오. 내가 좋은 말로 그만두라고 할 때 그만두시오. 이 많은 사람이 떼로 달려들어 혼자뿐인 소녀를 능욕한다면 체면도 체면이지만 세인들로부터 욕을 먹는 것은 물론, 연장자로서의 품격도 떨어지게 될 것이오."

그러고는 나지막이 속삭였다.

"낭자, 어서 도망가시오. 이자들은 내가 진정시키겠소."

흑의의 여랑도 속삭이듯 말했다.

"나로 인해 목숨을 버리게 돼도 후회하지 않아요?"

"죽어도 여한이 없소."

"죽음이 두렵지 않나요?"

단예가 한숨을 쉬며 답했다.

"물론 죽음은 두렵소, 허나… 허나…."

흑의의 여랑이 갑자기 큰 소리로 외쳤다.

"닭 한 마리 붙들어 맬 힘도 없는 사람이 무슨 영웅호한인 척하는 거예요?"

이 말을 하면서 오른손을 휘두르자 비단 끈 두 줄기가 날아와 단예의 두 손과 두 발을 꽁꽁 묶어버렸다. 서 파파와 평 파파 일행이 단예에 대한 그녀의 갑작스러운 공격에 경악을 금치 못하고 어리둥절해하는 사이, 흑의의 여랑은 연이어 왼손을 날렸다. 단예 귀에서 쿵, 꽈당 하는 소리가 연달아 들리면서 좌우에 있던 모든 사람이 고꾸라졌다. 곧 눈앞에서 도검 빛이 번뜩이며 공중에 흩날리다 대청 안에 있던 촛불이 일제히 꺼져 암흑천지로 변해버렸다. 순간 단예는 마치 운무 위에 올라탄 듯 공중으로 떠올랐다.

이런 몇 가지 변고는 실로 눈 깜짝할 사이에 일어났다. 순식간에 벌어진 일이라 그는 자신이 어디 있는지조차 알 수 없었다. 다만 사방에서 호통 치는 소리만 들릴 뿐이었다.

"저 천한 년을 잡아라!"

"독화살을 조심해!"

"비도를 던져!"

이어서 쉬쉭, 쨍그랑, 챙, 쨍 하는 정신없는 소리와 함께 그의 몸이 다시 위를 향해 날아갔다. 말발굽 소리가 들려오자 그의 몸은 이미 말등 위에 올라가 있었지만 손발이 모두 묶여 있어 꼼짝도 할 수 없었다.

오직 자신의 목덜미가 누군가의 몸에 기대져 있다는 느낌뿐이었다. 간간이 은은한 향기가 풍겨오는데 바로 흑의의 여랑 몸에서 나는 향기였다. 다그닥 다그닥 하는 말발굽 소리가 점차 안정을 찾아가면서 적들이 추격하는 함성도 등 뒤에서 멀어져갔다. 전신이 검은 털인 흑매괴와 전신에 흑의를 입은 여랑 모두 어둠 속에서 온통 새까맣게 보일 뿐. 단예가 눈을 떴지만 아무것도 보이지 않고 오직 짙은 향기만이 코끝을 휘돌아 더욱 종잡을 수 없이 만들었다.

흑매괴가 한바탕 내달리고 나자 적들의 고함 소리는 더 이상 들리지 않았다.

단예가 소리쳤다.

"낭자, 낭자 실력이 이 정도일 줄 몰랐소. 이제 날 좀 내려주시오."

흑의의 여랑은 흥 하고 비웃으며 거들떠보지도 않았다. 단예의 손발은 끈으로 꽉 묶여 있어 흑매괴가 한 발 한 발 내달릴 때마다 끈으로 묶은 곳이 조여들며 손발의 통증이 갈수록 심해졌다. 더구나 말 등 위에 다리는 높고 머리가 낮은 상태로 비스듬히 걸려 있다 보니 머리가 어질어질해 말할 수 없을 정도로 견디기 힘들었다. 단예는 다시 한 번 외쳤다.

"낭자, 어서 내려주시오."

난데없이 찰싹 소리와 함께 뺨이 얼얼해졌다. 뺨따귀를 한 대 얻어맞은 것이다. 여랑은 차가운 목소리로 소리쳤다.

"시끄러워요. 내가 묻지 않는 이상 아무 말 말아요!"

단예가 성을 내며 말했다.

"이유가 뭐요?"

철썩철썩 하는 두 번의 소리와 함께 연이어 따귀 두 대를 다시 맞았다. 더욱 강력한 따귀 두 대에 오른쪽 귀에서 윙 하는 소리가 났다.

단예가 큰 소리로 부르짖었다.

"왜 자꾸 사람을 때리는 거요? 어서 풀어주시오. 당신과 함께 있고 싶지 않소."

돌연 몸이 붕 뜨면서 꽝 하는 소리와 함께 땅바닥에 나동그라졌다. 그러나 그의 손발은 모두 끈으로 묶여 있고 끈의 한쪽 끝이 여전히 그 여랑 손에 쥐어져 있었다. 단예는 땅바닥에 떨어진 채 흑매괴에 이끌려 가로로 질질 끌려갔다.

여랑은 속삭이듯 흑매괴에게 천천히 가도록 명하고 난 뒤 단예를 향해 물었다.

"이제는 복종해? 내 말 들을 거야?"

단예가 큰 소리로 외쳤다.

"복종 못하겠소. 복종 못해! 안 듣겠소! 안 들을 거요! 지금 당장 죽는다 해도 두렵지 않소. 이 정도 고통을 가한다고 내가 두려워… 두려워…."

그는 "내가 두려워할 줄 아시오?"라고 말하려 했지만 때마침 지나던 길에 난 턱에 연달아 두 번 부딪히면서 "할 줄 아시오?"란 말이 목구멍 안으로 쏙 들어가 입 밖에 내지를 못했다.

흑의의 여랑이 차갑게 외쳤다.

"두렵다고?"

이 말과 함께 비단 끈을 홱 끌어당기자 단예는 다시 말 등 위로 올라갔다. 단예가 소리쳤다.

"난 '내가 두려워할 줄 아시오?'라고 말한 것이오! 당연히 두렵지 않소! 어서 풀어주시오! 당신한테 끌려가고 싶지 않소!"

흑의의 여랑은 흥 하고 콧방귀를 뀌었다.

"어디서 감히 나한테 말대꾸를 하는 거야? 죽다 살아날 만큼의 고통을 가하려 하는데 어찌 '이 정도 고통'이라고 만만하게 보는 거냐고?"

그러고는 왼손을 내밀어 다시 단예를 말 등에서 떨어뜨리고는 땅바닥에서 질질 끌고 갔다.

단예는 화가 치밀어올라 혼자 생각했다.

'사람들이 입만 열면 천한 년이라고 욕한 게 다 이유가 있었구나.'

이런 생각을 하자 곧바로 고함을 쳤다.

"당장 손을 놓지 않으면 나도 욕을 해줄 것이오!"

그 여랑이 말했다.

"자신 있으면 해봐. 내가 평생 먹은 욕이 모자랄까 봐?"

단예는 그녀의 마지막 한마디를 듣자 왠지 처량한 느낌이 들어 '천한 년'이란 말이 입에서 나오려다 마음이 약해져 참을 수밖에 없었다.

흑의의 여랑은 잠시 후 더 이상 아무 소리도 들리지 않자 말했다.

"흥! 감히 욕은 못하겠나 보지?"

"당신 말이 가련하게 느껴져 차마 못하는 것뿐이오. 내가 겁이 나서 못하는 것 같소?"

흑의의 여랑이 휘파람을 불어 말을 재촉하자 흑매괴가 속도를 붙여 쏜살같이 내달리기 시작했다. 단예는 더욱 고통스러웠다. 길 위의 흙에 쓸린 얼굴과 손발에서는 선혈이 줄줄 흘러내렸다.

여랑이 소리쳤다.

"항복할래? 안 할래?"

단예가 큰 소리로 욕을 퍼부었다.

"시비를 구분 못하는 악랄한 여자 같으니!"

"그건 욕으로 안 칠게! 원래 난 악랄한 여자야! 그게 뭐 어때서? 내가 모를까 봐 그래?"

"난… 난… 당신한테… 당신한테… 호감이…."

순간 길가에 튀어나와 있던 돌멩이에 머리를 부딪혀 정신을 잃고 말았다.

시간이 얼마나 흘렀을까? 머리에 서늘한 기운이 느껴진 단예는 문득 정신이 들었다. 입안으로 졸졸 물이 들어오는 느낌이 들어 재빨리 입을 닫았지만 왠지는 몰라도 도저히 기침을 참을 수 없었다. 이상하게도 콧속을 통해 들어오는 물이 더 많았다. 알고 보니 그는 여전히 말 뒤에 묶인 채 끌려가고 있었고 그가 기절한 걸 본 여랑이 그를 차가운 물에 빠뜨려 정신을 차리게 하려고 말을 달려 작은 계곡을 가로질러 가고 있었던 것이다. 다행히 계곡은 아주 좁아서 흑매괴가 몇 걸음만 걸어도 건널 수 있을 만한 곳이었다. 단예는 물에 빠진 생쥐처럼 온몸이 흠뻑 젖은 채 물로 가득 찬 배가 빵빵하게 부풀어올라 있었고 곳곳이 상처투성이라 말할 수 없이 괴로웠다.

여랑이 물었다.

"이제 항복해?"

단예가 속으로 생각했다.

'세상에 이렇게 막돼먹은 여자가 있을 수 있을까? 조물주도 정말 무심하구나. 나 단예가 이런 핍박을 받다니… 어차피 저 여자 수중에 있는 한 무슨 말을 해도 소용없겠다.'

그 여랑이 다시 물었다.
"이제 항복할 거야? 이젠 쓴맛도 충분히 봤잖아?"
단예가 거들떠보지도 않고 못 들은 체하자 여랑이 화를 내며 소리쳤다.
"귀가 먹었어? 왜 대답을 안 해?"
단예는 계속 모른 체했다.
여랑은 말을 멈춰세우고 단예가 깨어났는지 살폈다. 순간 아침 햇살이 비치며 여명이 밝아오기 시작했지만 단예의 눈앞에는 큰 눈으로 화가 잔뜩 나서 노려보는 여랑의 모습만 보였다. 여랑이 화를 내며 소리쳤다.
"좋아, 기절한 것도 아닌데 그렇게 죽은 척하면서 대항을 하겠다 이거지? 어디 끝까지 해봐! 네가 이기나 내가 이기나 두고 보자고!"
이 말을 하면서 몸을 훌쩍 날려 말에서 뛰어내렸다. 그녀는 나무에서 꺾어 들고 있던 가지로 철썩하는 소리를 내며 단예의 뺨을 한 대 후려갈겼다.
단예는 이때 처음으로 그녀를 정면에서 바라볼 수 있었다. 그녀의 얼굴은 눈구멍 두 개만 뚫려 있는 검은색 천으로 된 면막面幕으로 덮여 있었는데 마치 점을 찍어놓은 것 같은 두 눈만 드러내놓고 그를 쏘아보고 있었다. 단예는 피식 웃으며 생각했다.
'당연히 네가 이기지. 너처럼 악랄한 여자를 누가 이길 수 있다고?'
여랑이 소리쳤다.
"지금 이 상황에서 웃음이 나와? 왜 웃는 거야?"
단예가 면막으로 가려진 그녀의 얼굴을 향해 입을 벌리고 다시 웃음을 보이자 여랑은 손에 든 나뭇가지를 날려 그의 뺨을 연이어 일고 여덟 대 후려갈겼다. 이미 생사 따위는 안중에도 없었던 단예는 이에 신경 쓰지 않고 의기양양하게 미소를 지으려 애썼다. 그러나 한 대 한 대 후려갈길 때마다 그의 몸에서 가장 고통스러운 곳만 공략하는 그녀의 독수를 참지 못한 단예가 몇 번이나 비명을 지를 뻔했지만 그래도 끝까지 참아냈다.

여랑은 고집불통처럼 보이는 그를 보고 잔뜩 화가 나서 외쳤다.

"좋아! 그렇게 끝까지 귀머거리 행세를 하겠다면 아예 진짜 귀머거리로 만들어주겠어."

그녀는 품속에 손을 넣어 날이 약 7촌 정도 되는 서슬 퍼런 비수를 한 자루 꺼내 들고 그에게 두 걸음 다가서서 그의 왼쪽 귀를 겨누며 소리쳤다.

"내 말 들려? 안 들려? 이 귀 아직 필요해? 안 해?"

단예가 계속해서 못 들은 체하자 여랑은 흉악한 눈으로 노려보며 비수로 그의 귓속을 찌르려 했다.

단예가 다급하게 부르짖었다.

"이봐요! 정말 찌르겠다는 거요? 내 귀가 잘못되기라도 하면 원상복구해놓을 자신 있소?"

"쳇! 난 사람을 죽였다가도 살려낼 수 있어. 믿지 못하면 당장 시험해볼게."

단예가 다급하게 말렸다.

"믿어요, 믿소! 시험까지 할 거 뭐 있겠소?"

단예가 입을 열자 자신한테 항복한 것이라 여긴 여랑은 더 이상 괴롭히지 않고 단예를 말안장에 다시 올려놓은 다음 자신은 말 등 위로 올라탔다. 이번에는 머리가 높고 다리를 낮게 제대로 앉혀준 덕분에 더 이상 거꾸로 매달리는 고통은 없었다. 묶여 있는 손발 부위가 여전히 아프긴 했지만 조금 전 땅바닥에 끌려갈 때에 비해서는 천양지차였기에 괜한 말을 덧붙여 그녀의 화를 돋울 필요는 없었다.

반 시진쯤 갔을까? 단예는 볼일이 급해 여랑에게 손을 풀어달라고 하고 싶었지만 두 손이 묶여 있어 의사를 표현할 방법이 없었다. 더구나 두 손이 자유롭다고 해도 손짓만으로 표현하기에 마땅치 않아 말로 할 수밖에 없었다.

"내가 볼일을 좀 봐야겠소. 날 좀 풀어주시오."

"이제 벙어리 행세는 안 하겠다는 거야? 왜 나한테 말을 걸지?"

"어쩔 도리가 없는 상황이니 하는 말이오. 감히 낭자를 더럽힐 순 없지 않겠소? 이 좋은 향기가 나는 낭자 몸에 내가 더러운 놈으로 남기라도 한다면 이 얼마나 살풍경한 짓이 아니겠소?"

여랑은 피식하고 웃음을 참지 못했다. 일이 이리된 이상 풀어줄 수밖에 없다고 생각했는지 검을 뽑아 그의 손발에 묶은 끈을 절단하고는 슬쩍 자리를 비켜줬다.

단예는 거의 반나절 동안이나 손발이 묶여 있었던 터라 온몸이 마비돼서 꼼짝도 할 수 없었다. 바닥에 굴러떨어지고 한참이 지난 후에야 비로소 일어날 수 있었다. 그는 볼일을 마치고 난 후 흑매괴가 한쪽에서 얌전하게 풀을 뜯고 있는 모습을 보자 이런 생각이 들었다.

'지금 도망가지 않으면 언제 도망가겠어?'

그는 곧 말 등 위로 몰래 올라탔다. 다행히 흑매괴 역시 이를 거부하지 않아 말고삐를 들어올려 북쪽을 향해 힘껏 내달렸다.

말발굽 소리를 들은 여랑이 황급히 쫓아왔지만 흑매괴가 워낙 빠른 속도로 내달리다 보니 경공에 능한 여랑도 쫓아올 방법이 없었다. 단예는 공수를 하며 말했다.

"낭자, 언젠가는 또 만날 것이오. 부디 몸조심하시오!"

이 두 마디를 하는 사이 흑매괴는 이미 20여 장 밖까지 내달려갔고 뒤돌아봤을 때는 이미 여랑의 몸이 수목들에 가려 전혀 보이지 않았다. 단예는 마녀 같은 여인의 손에서 벗어나자 이보다 더 기쁠 수 없었다. 그는 말을 재촉하며 중얼거렸다.

"착하지? 말아! 어서 달려라! 어서!"

흑매괴가 1마장쯤 내달렸을 때 이런 생각이 들었다.

'시간이 이렇게나 지체됐는데 과연 종 낭자를 구할 수 있을까? 가는 길에 먹지도 자지도 않고 죽어라고 달려갈 수는 있겠지만 그렇다고 과연 흑매괴가 시간에 맞춰 도착할 수 있을지 모르겠군.'

이렇게 망설이는 사이 등 뒤 저 멀리에서 맑은 휘파람 소리가 들려왔다.

휘파람 소리를 들은 흑매괴가 대뜸 방향을 바꿔 오던 길로 되돌아 달려가기 시작하자 단예는 깜짝 놀라 황급히 소리쳤다.

"말아, 착한 말아, 돌아가면 안 돼!"

이 말을 하면서 힘껏 고삐를 당겨 말 머리를 돌리려 했지만 뜻밖에도 흑매괴는 머리가 고삐에 당겨져 한쪽으로 쏠렸음에도 불구하고 그의 지시와는 반대로 몸은 앞을 향해 똑바로 내달려가고 있었다.

순식간에 흑매괴는 여랑 앞까지 달려가 그 자리에서 꼼짝도 하지 않았다. 단예가 이러지도 저러지도 못한 채 매우 난감한 표정을 짓자 여랑이 냉랭한 어조로 말했다.

"널 죽이진 않을 생각이었어. 한데 혼자 몰래 도망치는 것도 아니고 내 흑매괴까지 훔쳐가다니, 그러고도 대장부라 말할 수 있어?"

단예는 말에서 뛰어내려 당당하게 외쳤다.

"난 당신 노예가 아니지 않소? 내가 가고 싶으면 갈 수도 있는 거지, 어찌 몰래 도망친다는 표현을 쓰시오? 더구나 이 흑매괴는 일전에 당신이 나한테 빌려준 이후 다시 돌려준 적 없으니 내가 훔쳤다고 할 수는 없소. 죽이려면 죽이시오. 증자曾子가 이런 말을 했소. '스스로 반성해 정직하다면 비록 천만인 앞이라도 난 용감히 갈 것이다!'"

"정직은 무슨 정직? 아무리 정직해도 내 일검은 받아야 할걸?"

아무래도 경전을 인용한 그 말을 알아듣지 못한 것이 분명했다. 그녀는 한 손으로 검자루를 움켜쥐고 검집에서 장검을 반쯤 뽑으며 소리쳤다.

"그렇게 대담하게 나온다고 널 죽이지 못할 것 같아?"

이 말을 하며 차가운 눈빛으로 그를 노려봤다.

단예는 이런 그녀의 눈빛에 전혀 위축되지 않았다. 두 사람은 서로를 마주보고 서서 한참을 노려보았다.

돌연 챙 하는 소리를 내며 여랑이 검을 다시 검집에 집어넣었다.

"가! 어쨌든 네가 떠나면서 나한테 몸조심하라고 말한 것은 좋은 감정이 남아 있다는 뜻으로 생각하겠어. 네 머리는 잠시 목 위에 남겨뒀다가 내가 기분이 내킬 때 언제든 베어버리면 그뿐이니까."

꼼짝없이 죽었다고 생각하던 단예는 뜻밖에 자신을 놔주겠다고 하자 멍한 기분이 들었다. 그는 아무 말 하지 않은 채 몸을 돌려 다리를 절룩거리며 자리를 떴다.

그 길로 10여 장을 벗어났음에도 말발굽 소리가 들리지 않자 온 길을 뒤돌아봤다. 그 여랑이 여전히 넋을 잃은 채 멍하니 서 있는 모습을 본 단예는 속으로 생각했다.

'무슨 악랄한 수를 쓸까 생각하고 있을 거야. 고양이가 쥐를 가지고 놀듯 마음껏 가지고 놀다 죽이려는 거겠지. 좋아, 어차피 도망가지 못할 바에야 저 여자가 하는 대로 내버려둘 수밖에.'

하지만 말발굽 소리는 끝까지 들리지 않았다.

계속 몇 차례 갈림길을 지나오자 단예는 비로소 안심이 되기 시작했다. 하지만 어느 정도 안심이 되자 머리와 얼굴, 그리고 손발에 난 상처에서 극심한 통증이 오기 시작했다. 그는 다시 생각했다.

'정말 성격이 괴팍한 여자야. 모르긴 몰라도 저 여자는 부모를 모두 잃고 평생 수없이 많은 불행을 겪은 것이 분명해. 게다가 얼굴이 얼마나 추하고 못났으면 사람들한테 자기 얼굴을 보여주려 하지 않는 걸까? 알고 보면 참 가여운 여자야. 참, 종 부인이 준 황금 나전 상자가 저 여자한테 있는데….'

하지만 감히 그 여랑한테 돌아가서 다시 돌려달라고 할 자신은 없었다.

'아버지를 뵙고 아버지께 무공을 배우겠다고 약속하면 분명 종 낭자를 구하러 가시겠다고 할 거야. 아버지께서 친히 가지는 못하셔도 사람들을 시키면 될 테니까 황금 상자는 별 소용이 없지. 한데 타고 갈 것이 없는데 이대로 걸어서 대리까지 가다가는 가는 길에 독이 발작해 죽어버릴 것이 아닌가? 종 낭자는 하루가 한 해 같은 고통 속에서 구해줄 사람만 기다리고 있을 텐데… 나는 물론 자기 부친조차 구하러 오지 않고 전갈마저 오지 않는 걸 보면 그녀는 날 무정하고 의리 없는 놈으로 생각할 거야. 한시라도 빨리 무량산에 가서 그녀와 함께 죽는 수밖에 없어. 그렇게라도 내가 결코 책임감 없는 놈이 아니라는 걸 종 낭자한테 보여줘야 해.'

이렇게 결심을 하자 나아갈 방향이 분명해졌다. 그는 큰 걸음으로 성큼성큼 무량산 쪽을 향해 걷기 시작했다. 난창강변은 황량하기 그지없는 곳이었다. 계속해서 수십 리를 걸었지만 인적이라고는 보이지 않았다. 들판의 야생 과일로 대충 요기를 한 뒤 밤이 되자 산중 평지에 대충 쓰러져 잠을 청했다.

다음 날 오후, 또 다른 철색교를 통해 난창강을 건너 20여 리쯤 걸어가니 한 작은 마을이 나왔다. 품속에 넣어둔 은량이 있었지만 심곡으로 추락할 때 낭떠러지에서 잃어버렸던 터라 지금은 가진 게 아무것도 없었다. 온몸이 누더기로 변해버린 행색에다 배 속에서는 허기까지 느껴졌다. 순간 모자에 박힌 벽옥碧玉이 값이 나가겠다는 생각이 들어 그걸 떼어내 마을에서 유일한 싸전에 가서 은량으로 바꿔달라고 부탁했다. 싸전이란 곳이 환전을 해주는 곳은 아니지만 이 마을에서 그나마 가장 큰 싸전이었고, 주인이 기품 넘치는 단예의 부탁을 감히 거절할 수 없었는지 보옥의 진위 여부를 떠나 은자 두 냥과 바꿔주었다. 단예 역시 아무렇지 않게 은자 두 냥을 받아들었다. 우선 옷가지부터 사려 했지만 워낙 작은 마을이라 옷을 파는 가게가 없어 하는 수 없이 객점에 가서 밥을 사 먹기로 했다.

객점에 자리를 잡고 의자에 앉자 찢어진 바지 틈 사이로 두 무릎이 튀어나왔다. 장포의 앞뒤 자락도 모두 타져버리고 바지의 엉덩이 부분 역시 군데군데 구멍이 나 있어 의자에 바로 닿은 엉덩이가 차갑게만 느껴졌다.

'이렇게 엉덩이를 내놓고 다니는 건 꼴불견이야. 어서 방법을 찾아봐야겠어.'

객점 주인이 음식을 올리면서 말했다.

"오늘은 장이 서질 않아 고기 종류가 없습니다. 송구하지만 채소와 두부만 가지고 드셔야겠습니다."

"괜찮소. 그렇게 하시오."

단예는 밥그릇을 들고 허겁지겁 먹기 시작했다. 평생을 금의옥식錦衣玉食 하며 살아오다 오늘 이렇게 엉덩이를 드러낸 채 변변치 않은 음식을 먹는데도, 며칠 동안 야생 열매로 허기를 채우고 제대로 먹지를 못했던 터라 채소와 두부뿐이었지만 그 어느 때보다 맛있게 먹을 수 있었다.

밥을 세 그릇째 먹고 있을 때, 갑자기 객점 문밖에서 누군가의 목소리가 들렸다.

"여보, 여기 객점이 있는데 먹을 게 있나 들어가봅시다."

한 여인의 웃는 목소리가 들렸다.

"기운을 너무 써서 배고픈 거 아니에요?"

왠지 익숙한 목소리에 무량검의 간광호와 그의 갈씨 사매를 떠올린 단예는 당황한 나머지 황급히 몸을 안쪽으로 돌렸다.

'왜 여보라고 부르는 거지? 음… 이제 보니 동서가 합종을 해서 부부가 됐나 보구나. 괘를 보니 이건 무망괘无妄卦[12]의 육삼六三 효爻야. 무망无妄의 재앙이란 '뜻하지 않은 재화로 묶어둔 소를 행인이 가져가 마을 사람들에게 재앙이 된다'는 뜻이지. 비록 소를 묶어둔 것은 아니지만 간광호란 자가 마누라를 얻었다면 나 단 공자는 재난을 만난 것이다.'

간광호가 웃으며 말하는 소리가 들렸다.

"신혼부부가 어찌 배가 부를 수 있겠소?"

갈 사매가 침을 퉤 뱉더니 나지막이 웃으며 말했다.

"양심도 없기는, 그럼 늙은 부부는 배가 불러요?"

그녀의 목소리는 음탕한 기운으로 가득했다. 두 사람이 객점 안으로 들어와 앉자 간광호가 소리치며 말했다.

"주인장! 주안상을 내오시오. 쇠고기가 있으면 그것부터 한 접시 내오고!… 어?"

단예 등 뒤쪽에서 발소리가 들리더니 갑자기 솥뚜껑만 한 손이 그의 오른쪽 어깨를 잡아 몸을 홱 돌렸다. 단예는 간광호와 정면으로 마주보고 쓴웃음을 지었다.

"간 노형, 간 형수! 두 분께서 백년가약을 맺어 무량검 동서종이 합병한 데 대해 감축드리겠습니다."

간광호는 껄껄 웃으며 갈 사매 쪽으로 머리를 돌려 쳐다봤다. 단예도 그의 시선을 따라 그 갸름하게 생긴 얼굴의 갈 사매를 쳐다보게 됐다. 왼쪽 뺨에 곰보 자국이 몇 개 있긴 했지만 자색이 매우 뛰어난 모습이었다. 깜짝 놀란 듯 어리둥절한 기색을 보이던 그녀는 점차 흉악한 모습으로 변하더니 대뜸 가라앉은 목소리로 간광호를 향해 말했다.
"여기까지 어떻게 왔는지 어서 물어봐요. 혹시 근방에 무량검 사람이 있는 거 아니에요?"
간광호는 웃음을 거두고 흉악한 목소리로 말했다.
"우리 부인 말 들었지? 어서 말해!"
단예는 속으로 생각했다.
'거짓말로 겁을 주고 도망가게 만들어야지 안 그랬다가는 살인멸구殺人滅口를 하려 들 거야.'
"귀 파 사람 넷이 장검을 들고 방금 다급하게 이 안으로 들어왔다가 다시 동쪽으로 가던데 누군가를 추적하는 것으로 보였소."
간광호는 순간 얼굴색이 변해 갈 사매를 향해 말했다.
"어서 갑시다!"
갈 사매는 급히 몸을 일으키면서도 오른손 손날을 허공에 그으며 죽이라는 신호를 보냈다. 간광호가 고개를 끄덕이고 장검을 뽑아 단예의 목을 베어버리려 했다.
그 일검은 너무도 빨랐던 터라 단예가 갈 사매의 손짓을 보고 심상치 않다 여기고 몸을 뒤로 뺀 뒤였지만 이를 피할 수는 없었다. 허연 칼날이 목에 닿으려는 순간 돌연 간광호가 하늘을 향해 큰대자로 벌렁 나자빠지면서 손에 들고 있던 장검을 놓쳐버렸다. 이어서 다시 한 번 쉬익 하는 소리와 함께 문밖으로 나가던 갈 사매가 간광호의 비명소리를 듣고 고개를 돌려보려는 찰나 문턱 위에 쓰러졌다. 두 사람 모두 몸을 몇 번 떨다가 이내 꼼짝도 하지 않았다. 간광호의 목에 검은색 단전短箭 하나가 박히고 갈 사매의 뒷목에도 역시 단전이 명중됐던 것이다. 쉬익, 쉬익 하는 두 번의 단전 소리는 바로 흑의의 여랑이 어젯밤 촛불을 꺼서 적을 물리칠 때 쐈던 암기 소리였다.

단예는 매우 놀라면서도 기뻤다. 고개를 돌려봤지만 등 뒤에는 아무도 없었다. 그때 문밖에서 말 울음소리가 들렸다. 아니나 다를까! 흑의의 여랑이 흑매괴를 타고 천천히 다가오고 있었다.

단예가 외쳤다.

"낭자, 구해줘서 정말 고맙소!"

이 말을 하며 문밖으로 뛰어나갔지만 여랑은 쳐다보지도 않고 말을 재촉해 유유히 지나가버렸다. 단예가 소리 높여 외쳤다.

"낭자의 단전 두 발이 아니었다면 아마 내 목은 남아 있지 않았을 것이오."

여랑은 여전히 단예의 말을 무시했다.

객점 주인장이 쫓아나와 소리쳤다.

"상… 상공, 사… 사람이 죽었어요. 큰일 났습니다!"

단예가 답했다.

"아 참, 제가 밥값을 안 드렸군요."

손을 뻗어 은자를 꺼내주려는 사이 흑매괴가 벌써 수 장을 벗어나 있는 모습을 보자 주인장을 향해 소리쳤다.

"저 시신을 뒤져보면 은자가 있을 거요. 저 사람들이 결혼 피로연 대신 내는 것이니 알아서 가져가시오!"

이 말을 남기고 서둘러 말 뒤를 쫓아갔다.

여랑은 순식간에 마을을 벗어났지만 그녀 뒤를 바짝 쫓아간 단예가 외쳤다.

"낭자, 내가 볼 땐 좋은 사람 같은데 이왕 좋은 일을 한 김에 종 낭자도 좀 구해주는 게 어떻겠소?"

여랑이 싸늘한 어투로 말했다.

"종영은 내 친구야. 그러지 않아도 구하러 가려고 했어. 하지만 난 누가 부탁하는 걸 가장 싫어해. 나한테 종영을 구하러 가자고 하면 난 절대 구하러 가지 않을 거야."

단예가 다급하게 말했다.

"알았소… 알았소. 부탁하지 않겠소!"

"하지만 벌써 부탁을 했잖아?"

"그럼 좀 전에 한 말은 없던 일로 합시다."

"흥! 사내대장부가 한번 내뱉은 말을 어떻게 없던 일로 할 수 있지?"

단예는 속으로 생각했다.

'전에 저 여자 앞에서 스스로 대장부를 칭했으니 저리 나무랄 만도 하지. 할 말은 없지만 종 낭자 목숨을 구하기 위해선 하는 수 없이 대장부 노릇도 포기해야겠다.'

"난 사내대장부가 아니오. 난… 난 오로지 낭자 덕분에 목숨을 건진 가엾은 벌레에 불과할 뿐이오."

여랑이 풋 하고 웃음을 터뜨리고는 잠시 이리저리 훑어보았다.

"종영 그 꼬맹이는 끔찍이도 생각하네. 어젯밤에는 목숨까지 내놓을 정도로 대장부인 척하더니만 이제는 가엾은 벌레가 되겠다고 하니 말이야. 흥! 안 갈래!"

단예가 다급히 물었다.

"이… 이유가 뭐요?"

"우리 사부님께서 세상에 양심 있는 남자는 하나도 없다고 하셨어. 감언이설로 여자를 속이기만 하는 놈들뿐 호의를 가진 놈은 하나도 없으니까 남자 말은 절대 듣지 말라고 하시면서 말이야."

"다 그런 건 아니오. 예를 들어… 예를 들어…."

순간 어떤 예를 들까 주저하다가 대충 아무 말이나 던졌다.

"예를 들어 낭자 부친처럼 아주 좋은 사람도 있소."

"사부님 말씀으로는 우리 아버지도 좋은 사람이 아니랬어."

단예는 여랑이 흑매괴를 재촉해 점점 빨리 달려 쫓아가기 힘들어지자 소리쳤다.

"낭자, 기다리시오!"

돌연 인영이 흔들 하더니 길 옆 숲속에서 사람 넷이 튀어나와 앞길을 가로막자 흑매괴가 걸음을 멈추고 뒤로 두 발짝 물러섰다. 이들 넷은 모두 젊은 여인이었는데 똑같이 어깨에 거는 청록색 두봉斗蓬을 걸치고 손에는 각자 구鉤를 한 쌍씩 들고 있었다. 무리 중 한 명이 고함을 쳤다.

"너희 둘이 바로 무량검의 간광호와 갈광패葛光珮로구나! 아니더냐?"

단예가 답했다.

"아니오, 아니오. 간광호와 갈 낭자는 벌써 저기… 저기로…."

그 여인이 말을 끊었다.

"뭐가 저기, 저기야? 젊디젊은 사내와 계집이 동행하는 것을 보면 필시 사통私通을 해서 도피하는 모양새인데 어찌 무량검의 두 반역자가 아니라 하느냐?"

단예가 빙긋 웃었다.

"낭자, 도리에 맞지 않는 말이오. 갈광패는 얼굴에 곰보가 있지만 여기 이 낭자는 화용월모花容月貌를 지녔는데 둘을 어찌 비교할 수 있단 말이오."

그 여인은 흑의의 여랑을 향해 소리쳤다.

"면막을 거둬라!"

"슉! 슉! 슉! 슉!"

순간 네 번의 화살 소리와 함께 흑의의 여랑이 그들을 향해 네 발의 단전을 쐈다.

"챙! 챙!"

여인 둘이 쌍구를 휘둘러 막았지만 또 다른 여인 둘은 여랑이 쏜 화살에 맞고 그 자리에 쓰러졌다. 화살을 쏘기 전까지 그 어떤 조짐도 없었고 순식간에 펼친 공격이었지만 그중 두 발은 적중시키지 못했던 것이다. 흑의의 여랑은 곧 말 등에서 훌쩍 뛰어내려 몸이 공중에 뜬 상태로 검을 뽑아 든 채 왼발을 땅바닥에 짚고 오른발로 앞으로 치고 나아가며 양검을 날려 두 여인을 공격했다. 두 여인 역시 쌍구를 휘두르며 이에 맞섰다. 그중 한 여인은 흑의의 여랑을, 또 한 여인은 단예를 향해 찔러나갔다.

"아이고!"

단예가 비명을 지르며 흑매괴 배 밑으로 도망가자 그 여인은 그가 이런 괴상한 초식을 쓰리라고는 생각지 못한 듯 어리둥절해하다 구를 뻗어 말 아래에 있는 단예를 찔렀다. 단예가 등에 통증을 느끼고 고꾸라지는 순간 흑의의 여랑이 그 여인에게 화살 한 발을 날렸다. 그러나 화살을 날리느라 잠시 한눈을 판 흑의의 여랑은 적의 구에 왼팔을 공격당해 찌익 소리를 내며 소매가 반쯤 찢겨나가 새하얀 오른팔이 드러났다. 팔에는 1척 길이의 상처가 한 줄 나면서 곧 선혈이 줄줄 흘러내리기 시작했다.

흑의의 여랑은 검을 휘두르며 공격해나갔지만 구를 사용하는 여인들의 무공 실력 역시 워낙 비범했던지라 쌍구를 휘두르며 펼쳐내는 그녀들의 수차례 교묘한 초식에 맞서 잠시 격렬한 대결을 벌였다. 잠시 후 흑의의 여랑은 왼쪽 다리에 구를 맞아 바지가 찢어지자 곧바로 단전 두 발을 쐈지만 상대의 구에 모두 막혀버렸다. 상대 여인 하나가 잇달아 고함을 쳤다.

"넌 누구냐? 검법을 보니 무량검 사람이 아니로구나!"

흑의의 여랑은 이들의 질문에 아랑곳하지 않고 검초에만 더욱 힘을 쏟아부었다.

"악!"

돌연 여랑의 비명 소리가 울려퍼지며 그녀가 휘두르던 장검이 적의 단구에 걸려버리고 말았다. 적이 오른팔을 재빨리 돌리자 그녀는 손잡이를 놓쳐 손에서 장검이 빠져나갔다. 여랑은 재빨리 몸을 피했지만 적들이 흑의의 여랑을 향해 쌍구를 연이어 날렸다. 다행스럽게도 이들의 공격은 번번이 스쳐 지나갔다.

단예는 이런 상황을 초초하게 지켜보면서 자신이 도울 수 없는 현실을 괴로워하고 있었다. 눈앞에서 흑의의 여랑이 위태로운 상황에 처해 있건만 도울 방법이 전혀 없었던 것이다. 그는 급한 김에 바닥에 널브러져 있던 시신 앞으로 다가가 마치 통나무를 잡아 쥐듯 시신의 머리 부위와 다리를 두 손으로 들고 구를 휘두르는 여인을 향해 질풍처럼 내달렸다.

구를 휘두르던 여인은 깜짝 놀랐다. 자신을 향해 달려오는 것은 바로 자기 자매의 머리통이 아닌가! 그녀는 비통한 마음을 달래며 오른손 구를 들어 단예의 얼굴로 찔러갔다. 그러나 중간에 시체에 가로막히는 바람에 그 여인의 일구는 반 척이 모자라 단예한테까지 미치지 못했다.

"쾅!"

순간 여인의 가슴이 시신 머리와 정면으로 충돌하기에 이르렀고 바로 그때 단전 한 발이 날아와 여인의 오른쪽 눈에 박혀버렸다. 여인은 그 자리에서 큰대자로 고꾸라졌다.

단예는 흑의의 여랑이 왼쪽 무릎을 땅에 꿇고 있는 모습을 보고 다급하게 외쳤다.

"낭자, 괘… 괜찮은 거요?"

그가 재빨리 달려가 그녀를 부축하려 했지만 여랑은 스스로 몸을 일으켰다. 그녀는 이 정신없는 와중에 단예가 시신을 들어올려 시신의 머리로 적을 공격하리라고는 생각지도 못했다. 여랑이 단예가 들고 있는 시신의 머리를 살짝 밀어젖히자 단예는 악 하고 비명을 지르며 나자빠져 시신 밑에 깔려버리고 말았다.

단예의 이런 망측한 꼴을 본 여랑은 웃음을 참지 못했다. 순간 그녀는 방금 전의 위험천만한 일전이 생각났다. 먼저 두 사람을 안 죽였다면, 또 단예가 옆에서 도와주지 않았다면 아마 구를 사용하던 여인 하나조차 당해내지 못했을 것이다. 그 네 명의 여인이 무엇 때문에 왔으며 무공 실력은 어찌 그리 대단했던 것일까? 그녀는 단예를 향해 소리쳤다.

"이봐, 멍청이 공자! 죽은 사람을 끌어안고 뭐 하는 거야?"

단예는 몸을 일으켜 세우며 시신을 치웠다.

"죄과로다, 죄과! 아! 정말 송구하기 짝이 없소! 허나 사람을 잘못 봐서 이리된 것이오. 애초에 예를 갖춰 정확히 물어봤으면 될 것을 어찌 그렇게 함부로 말을 하신 게요? 그러니 낭자의 화를 돋우어서 억울한 죽임을 당한 것 아니오? 낭자, 사실 낭자도 사람을 죽일 필요까지는 없지 않소? 면막을 거두고 저들한테 얼굴만 보여줬다면 아무 일도 없었을 것 아니오?"

여랑이 성난 목소리로 외쳤다.

"닥쳐! 어디서 그런 훈계를 해? 누가 나한테 그런 말을 하라고 그랬지? 내가 당신하고 사… 사… 뭐라더라?"

"맞소, 맞아요. 그건 저 사람들이 헛소리를 한 것이 확실하오. 그래도 사람을 죽일 필요까지는 없었소. 어? 어… 어서 상처 부위를 묶어야 하겠소."

단예는 그녀의 허벅지에 노출된 새하얀 피부를 감히 더 바라보지 못하고 재빨리 고개를 돌렸다.

여랑은 자신에게 계속 사람을 죽여선 안 된다고 질책하는 단예 말을 듣고 손을 날려 한 대 갈겨주려 했지만 상처 얘기를 하자 순간 허벅지와 팔의 상처 부위에 통증이 느껴졌다. 다행히 두 부위 모두 상처가 깊지 않고 근골까지는 다치지 않았던 터라 금창약을 꺼내 바른 다음 적의 두봉을 찢어 상처 부위를 동여맸다.

단예는 시신들을 일일이 풀숲 속으로 끌고 들어갔다.

"원래는 무덤이라도 만들어줘야 옳지만 안타깝게도 당장 삽이 없으니 휴… 낭자들 네 명 모두 꽃다운 나이에다 아름다운 용모까지는 아니어도 그리 추하진 않았는데…."

여랑은 단예가 용모를 운운하는 말을 듣고 물었다.

"이봐, 내 얼굴에 곰보가 없다는 건 어떻게 알았지? 또 내가 무슨 화용월모라고?"

"그야 예상당연이오."

"예상당연이라니 무슨 말이야?"

"예상당연이란 당연히 그럴 것으로 예상된다는 말이오."

"헛소리! 내 얼굴은 꿈에도 상상 못할걸? 얼굴이 온통 곰보투성이니까!"

"그건 아닐 거요, 아니겠지. 지나친 겸손이오, 겸손이야!"

자신의 바짓단과 팔소매가 철구에 찢겨 있는 것을 본 여랑은 재빨리 숲속으로 들어가 시신에서 두봉을 벗겨 몸에 걸쳤다. 그때 단예가 갑자기 외쳤다.

"이런!"

그 역시 자신의 바지 이곳저곳에 난 커다란 구멍이 생각난 것이다. 엉덩이를 훤히 드러낸 채 이 낭자와 함께 있다니 이게 무슨 꼴이란 말인가? 그는 재빨리 몸을 돌려 뒷걸음질로 가기 시작했다. 엉덩이를 그 여랑한테 보여줄 수는 없는 일이었다. 그는 여랑이 한 것처럼 시신에서 두봉을 벗겨 자신의 몸 위에 걸쳤다. 여랑이 픗 하고 실소를 내뱉자 단예 얼굴은 귀까지 빨개지고 말았다. 자기 바지에 난 커다란 구멍을 생각하자 창피하기 이를 데 없었던 것이다.

여랑이 네 구의 시신에서 단전을 뽑아 품에 집어넣자 단예가 말했다.

"낭자 단전은 견혈봉후見血封喉[13]로 만들어 극독이 대단한 것 같소. 권하건대 앞으로 부득이한 일이 아니면 절대 사용하지 마시오. 인명 살상은 실로 하늘에 역행하는 짓이라 할 수 있소. 만일…."

여랑이 소리쳤다.

"한 번 더 나한테 잔소리를 하면 내 견혈봉후 맛을 보여줄 거야!"

이 말과 함께 오른손을 날리자 쉬익 하고 독전 한 발이 단예의 몸 옆으로 날아가 땅바닥에 박혔다.

깜짝 놀라 얼굴이 사색이 된 단예는 그 뒤로 더 이상 그녀에게 말을 붙일 수 없었다.

"네 그 목구멍을 봉해버리면 나한테 잔소리를 할 수 있을 것 같아?"

이 말을 하며 바닥에 꽂혀 있던 단전을 뽑아 들고는 다시 단예를 향해 들어올렸다. 단예가 기겁을 하고 펄쩍 뛰면서 황급히 뒤로 도망쳤다.

이 모습에 웃음을 짓던 여랑은 단전을 주머니에 넣고 그를 째려보며 말했다.

"두봉을 걸치면 누가 봐도 아녀자로 보이니까 두봉을 머리 위까지 뒤집어써. 그럼 길을 가다 누군가 우연히 만나도 우릴 남녀로 보진 않을 거야."

"네, 네…."

단예는 그녀 말대로 머리에 쓴 두건을 벗어 품속에 집어넣고 머리에 두봉을 뒤집어썼다. 그러자 여랑이 박장대소를 했다.

단예는 천진난만하게 웃는 그녀를 보고 생각했다.

'웃는 모습을 보니 나이도 나보다 어린 것 같은데 어쩌면 저렇게 악랄하게 살인을 할 수 있지?'

길게 늘어져 가슴까지 덮은 두봉 전면의 비단 위에는 검은색 독수리가 수놓아져 있었는데 고개를 쳐들고 쭈그리고 앉아 있는 모습이 무척이나 사나워 보였다. 단예는 자신의 두봉 위에도 역시 같은 무늬가 그려져 있는 것을 보고 고개를 가로저으며 한숨을 내쉬었다.

"젊디젊은 낭자들이 겉옷에 꽃이나 나비를 수놓을 일이지 이렇게 흉악한 독수리나 수놓고 다니다니 오죽 싸움질을 좋아하면 그랬을까? 에이!"

이 말을 하며 고개를 설레설레 흔들었다.

여랑이 눈을 부릅뜨고 소리쳤다.

"지금 날 조롱하는 거야?"

"아니, 아니오! 내가 어찌 감히…."

"어찌 감히 뭐?"

"감히 그럴 리가 있겠느냐는 거요."

여랑은 곧 아무 말도 하지 않았다.

단예가 물었다.

"다친 곳은 아프지 않소? 좀 쉬어야 하는 것 아니오?"

"다친 곳이야 당연히 아프지! 내가 네 몸에 칼로 두어 줄 그으면 아프지 않겠어?"

단예는 속으로 생각했다.

'정말 사납고도 난폭하기가 그지없구나.'

"정말 내 상처가 아픈지 안 아픈지 관심을 갖는 거야? 천하에 그렇게 심성이 좋은 사내는 없어. 내가 빨리 종영을 구하러 가주길 바라는 마음에 아무 말 안 하는 거지? 어서 가!"

이 말을 하면서 흑매괴 옆으로 걸어가 말 등에 올라타서는 손가락으로 서북방을 가리키며 말했다.

"무량검 검호궁이 저쪽이지? 아니야?"

"아마 그럴 거요."

한 사람은 말을 타고 한 사람은 걸어서 천천히 서북쪽을 향해 나아갔다. 한참을 걷다 여랑이 물었다.

"황금 상자 속의 사주팔자는 누구 거지?"

단예가 생각했다.

'이제 보니 벌써 열어봤군.'

곧바로 그 말에 답했다.

"나도 모르겠소."

"종영 거지? 아니야?"

"정말 모르오."

"끝까지 속일 거야? 종 부인이 자기 딸을 당신한테 주겠다는 거잖아? 아니야? 솔직히 털어놔봐."

"아니오, 절대 아니오. 나 단예가 낭자한테 거짓을 고했다면 당장이라도 견혈봉후를 날리시오."

"성이 단이야? 이름이 단예?"

"그렇소, 명예로울 예譽 자요."

"흥! 대단한 명예라도 있나 보지? 보기에는 그렇지 않은데?"

"불명예스럽다고 할 때도 이 예譽 자를 쓰지요."

"그건 맞네."

"낭자의 존성은…?"

"내가 그걸 왜 말해줘야 하지? 그쪽 이름은 내가 묻지도 않았는데 스스로 말한 거잖아?"

한참을 걷다 여랑이 다시 입을 열었다.

"이따 우리가 종영을 구출하면 그 계집애가 분명 내 이름을 말할 테니까 절대 듣지 말아야 해."

단예가 웃음을 참으며 말했다.

"알았소, 듣지 않겠소."

여랑은 그럴 수가 없을 거라 느꼈는지 곧이어 다시 당부했다.

"설사 듣는다 해도 기억해서는 안 돼."

"알겠소. 설사 기억한다 해도 최선을 다해 잊을 방법을 생각해낼 것이오."

여랑이 비웃음을 던졌다.

"쳇! 거짓말! 그 말을 믿을까 봐?"

이런저런 얘기를 하는 동안 하늘색은 점점 어두워져가고 얼마 지나지 않아 동쪽 편에 달이 떠올랐다. 두 사람은 달빛에 의지해 길을 찾아 나아갔다. 두 시진쯤 걸었을까? 저 멀리 건너편 언덕 위로 총총 떠 있는 뭇별과 활활 타오르는 불꽃 더미가 보였다. 불꽃 더미 동쪽에는 산봉우리가 우뚝 솟아 있고 그 산기슭에 큰 집이 수십 채 있었는데 그곳이 바로 무량검 검호궁이었다. 단예가 불꽃 더미를 가리켰다.

"신농방이 바로 저기요. 몰래 가서 종 낭자만 구해서 도망갑시다. 어떻소?"

여랑이 차가운 목소리로 물었다.

"도망치다니 어떻게?"

"실은 내가 신농방 놈들 강압에 못 이겨 단장산 독약을 먹게 됐는데 방주인 사공현 말로는 약을 먹은 다음 이레 후면 독이 발작해 죽을 거라 했소. 허니 우선 거짓말로 해약을 받아내 속히 도망가야만 하오."

"알고 보니 놈들한테 독약을 투여받았었군. 근데 왜 진작 해독할 방법을 강구하지 않았지? 나한테 말도 하지 않고 말이야."

"흑매괴가 워낙 빠르다 보니 그 얘기를 해도 달라질 건 없을 것이라 생각했소."

"도대체 천성이 착한 거야? 아니면 바보인 거야?"

단예가 웃으며 답했다.

"아마 반반일 거요. 바보 같은 게 착한 거보다 조금 더 많겠지."

"흥! 해약은 무슨 거짓말로 받아낸다는 거지?"

단예가 잠시 머뭇거렸다.

"사실은 섬전초 해약을 가져다 단장산 해약과 바꿀 생각이었소. 담비 독 해약을 가져가지 않으면 단장산 해약도 거짓말로 받아내기는 쉽지가 않을 거요. 낭자, 무슨 방법 없겠소?"

"당신네 사내들이나 거짓말을 하는 거지, 내가 무슨 거짓말을 한다고 그래? 놈들한테 강제로 뺏어야지. 종영도 그렇고 해약도 그렇고!"

단예는 그녀가 또 한바탕 살인을 하려 한다는 걸 알고 두려움이 느껴졌다.

'가장 좋은 방법은… 가장 좋은 방법은….'

하지만 가장 좋은 방법이 무엇일지 뾰족한 해답은 없었다.

두 사람은 어깨를 나란히 한 채 화톳불 쪽으로 걸어갔다. 중앙에 있는 큰 화톳불에서 수십 장 떨어진 곳에 이르자 돌연 어둠 속에서 두 사람이 튀어나왔다. 괭이 쥔 손을 가슴 앞에 비스듬히 대고 있던 이들 중 하나가 소리쳤다.

"누구냐? 웬놈들이냐?"

여랑이 말했다.

"사공현은? 어서 나오라 일러라."

그 두 사람은 달빛 아래 여랑과 단예가 걸친 청록색 두봉의 가슴 부위 비단 위에 새겨진 검은색 독수리를 보고 깜짝 놀라며 후다닥 무릎을 꿇었다. 그중 하나가 답했다.

"예! 예! 영취궁의 신성한 사자께서 왕림하신지 모르고 소인이 무례를 범했으니 부디 용서해주시기 바랍니다."

부들부들 떠는 음성으로 보아 극한의 두려움을 느끼는 것 같았다.

이 모습을 이상하게 여긴 단예가 생각했다.

'영취궁의 신성한 사자라니 무슨 말이지?'

이런 생각에 잠겨 있다 곧바로 깨달았다.

'아, 맞다. 나와 이 낭자가 청록색 두봉을 걸치고 있으니 사람을 잘못 본 것이로구나.'

그는 수일 전 검호궁에서 종영이 했던 말이 생각났다. 사공현과 신농방 수하들이 표묘봉 영취궁 천산동모의 명령을 받들어 무량산 검호궁을 점령하겠다는 말을 엿들었다고 하지 않았던가! 그렇다면 신농방은 영취궁의 직속이라는 것이니 두 사람이 이토록 두려워하는 것도 그리 이상할 일이 아니었다.

여랑은 이런 실상을 전혀 모르는 듯 물었다.

"무슨 영…."

단예는 그들에게 꼬리를 잡힐까 두려워 재빨리 그의 말을 끊었다.

"어서 사공현을 데려와라."

그 두 사람이 답했다.

"예, 알겠습니다!"

그렇게 몸을 일으켜 뒤로 몇 보 물러나더니 즉각 몸을 돌려 화톳불 쪽을 향해 뛰어갔다.

단예가 여랑에게 나지막이 말했다.

"영취궁은 저들의 직속 상급기관이오."

이 말을 하면서 두봉의 머리 덮개를 끌어내려 두 눈만 남겨둔 채 코와 입을 감쌌다.

여랑이 되물으려는 순간 이미 쏜살같이 달려온 사공현이 큰 소리로 외쳤다.

"속하屬下 사공현이 사자를 영접합니다. 멀리까지 마중 나오지 못한 죄를 용서해주십시오."

그는 재빨리 앞으로 다가와 무릎을 꿇고 큰절을 하며 소리쳤다.

"신농방 사공현이 동모의 만수성안萬壽聖安을 기원합니다!"

단예가 생각했다.

'도대체 동모가 누구기에 황제나 황태후도 아닌 사람한테 만수성안

이란 말을 쓰는 거지? 정말 웃기지도 않는구나.'

그리고 곧 머리를 끄덕이며 답했다.

"일어나라."

"예!"

사공현이 큰 소리로 대답하고는 다시 두 번을 더 절하고 나서야 자리에서 일어섰다. 그 뒤에는 꿇어앉은 사람으로 가득했는데 모두 다 신농방 제자들이었다.

단예가 물었다.

"종 낭자는 어디 있느냐? 당장 데려와라."

신농방 제자 두 명이 방주의 명이 떨어지기도 전에 화톳불 옆으로 재빨리 달려가 종영을 데리고 왔다.

단예가 소리쳤다.

"어서 포박을 풀어줘라."

사공현이 대답과 함께 비수를 꺼내 종영의 손과 발에 묶은 밧줄을 절단했다. 단예는 무탈한 그녀의 모습을 보고 크게 기뻐하며 목소리를 꾹 눌러 말했다.

"종영, 이리 와라."

종영이 의아한 듯 물었다.

"당신은 누구죠?"

사공현이 엄한 목소리로 소리쳤다.

"사자 면전에서 어찌 그런 무례를 범하는 것이냐? 어르신께서 오라시지 않느냐?"

종영은 속으로 생각했다.

'어르신이건 아니건 그게 나랑 무슨 상관이야? 어쨌든 내 포박을 풀어주라 했고 저 염소수염이 저렇게 두려워하니 그 말대로 해주지 뭐.'

그녀는 곧 단예 앞으로 걸어갔다.

단예는 왼손으로 그녀의 손을 잡아 옆으로 끌어당기고 손을 꼭 잡은 채 수인사를 했다. 그녀가 이해하지 못할 거라 짐작은 했지만 아랑곳하지 않고 사공현을 향해 소리쳤다.

"단장산 해약을 가져와라!"

사공현은 왠지 이상하다 느꼈지만 곧바로 수하에게 명했다.

"내 약상자를 가져와라, 어서! 어서!"

그는 약간 주저하는 사이에 깨달았다.

'아! 단씨 그 녀석이 영취궁 사자한테 가서 부탁해 인질과 해약을 가지러 오도록 만든 게로구나.'

약상자를 받아든 사공현은 상자 뚜껑을 열라 명하고 상자 안에 왼손을 넣어 도자기 병 하나를 꺼냈다. 곧바로 그 도자기 병을 단예에게 공손하게 바치며 말했다.

"거두십시오, 사자. 이 해약은 매일 한 번에 1전錢씩 사흘 연속 복용하시면 됩니다."

단예가 크게 기뻐하며 약을 받아들자 종영이 소리쳤다.

"이봐요, 염소수염! 이 해약 또 있어요? 우리 단 오라버니한테도 해독을 시켜주겠다고 약속했잖아요? 근데 이 사람한테 다 줘버리면 단 오라버니가 우리 아버지한테 당신 해약을 얻어 왔을 때는 어쩌려고 그래요?"

단예는 속으로 감격한 나머지 그녀의 손을 다시 꼭 잡았다. 사공현이 답했다.

"그게… 저기…."

종영이 다급하게 외쳤다.

"뭐가 그게, 저기예요? 오라버니 독을 해독 못하면 아버지한테 당신 해약도 주지 말라고 할 거예요."

흑의의 여랑이 이를 참지 못하고 소리쳤다.

"종영, 입 닥쳐! 네 단 오라버니는 죽지 않아."

종영이 익숙한 그녀 목소리를 듣고는 고개를 돌려 그녀를 쳐다봤다. 종영은 면막만으로 누군지 알아채고 너무 기쁜 나머지 소리쳤다.

"저, 목…."

이 말이 나오다 그러면 안 되겠다는 생각이 들었는지 황급히 손을 들어 자기 입을 틀어막았다.

사공현은 조급한 마음에 무릎을 꿇고 고했다.

"두 분 사자께 아뢰옵니다. 속하들이 이 낭자가 기르는 강한 독성의 섬전초에 물렸으니 두 사자께서 은덕을 베풀어주십시오."

단예는 그에게 해약을 내주지 않는다면 조급한 마음에 목숨을 걸고 덤빌까 두려워 흑의 여랑에게 말했다.

"언니, 동모의 영단성약靈丹聖藥을 나눠주세요."

사공현은 동모의 영단성약이 있다는 말을 듣고 뜻밖의 사실에 너무 기쁜 나머지 쿵쿵 소리를 내가며 큰절을 올렸다.

"동모의 크나큰 은덕과 사자의 은덕에 감사드립니다. 섬전초에 물린 속하들은 모두 열아홉 명입니다."

여랑이 속으로 생각했다.

'나한테 무슨 동모의 영단성약이 있다는 거야? 내 팔다리도 성치 않은데 이 두 명까지 돌보려면 만만치 않겠는데? 일단 저 단가 말대로 염소수염만 속이면 그뿐이야.'

그녀는 가슴 속에서 작은 도자기 병을 하나 꺼내 들며 말했다.

"손을 내밀어라."

"네, 네!"

사공현은 재빨리 왼손 손바닥을 펼쳐 내밀었다. 그는 눈을 밑으로 내리깔고 감히 정면으로 바라보지 못했다. 여랑은 그의 손바닥에 녹색 가루약을 약간 부어주었다.

"이 약을 약간만 복용하면 곧 해독이 될 것이다."

이 말을 하면서 속으로는 이렇게 생각했다.

'이 향분香粉은 채집하기가 쉽지 않아 많이 줄 수 없어.'

사공현은 병마개가 열리는 순간 코를 찌르는 짙은 향기가 느껴졌다. 평생 약성을 연구해온 그였지만 어떤 약재로 배합된 것인지 전혀 알아챌 수가 없었고 오히려 가루약을 받아들자 그 향기에 온몸이 편안해지는 느낌이 들었다. 천산동모가 대단한 신통력을 지니고 있으니 영단성약도 예사롭지 않을 것이라고만 여긴 것이다. 그는 너무도 기쁜 나머지 고마움의 표시로 연신 몸을 굽혀댔다. 그러나 손바닥 가운데 가루약을 받쳐든 다음에는 더 이상 고두를 하지 않았다.

단예는 일이 아주 잘됐다는 생각이 들자 여랑을 향해 말했다.

"언니, 가요!"

너무 의기양양해한 나머지 목소리를 가늘게 내는 걸 잊었지만 다행히 사공현과 그의 제자들은 아무도 의심하지 않았다.

사공현이 말했다.

"사자님께 아뢰옵니다. 속하가 중독으로 부상을 입고 손 하나를 절단한지라 영취궁에서 하달하신 임무를 신속히 처리하지 못해 동모의 은덕을 저버렸으니 만 번 죽어 마땅합니다. 하여 즉각 수하들을 통솔해 검호궁을 공격하고자 하니 사자께서는 여기 남아 작전을 지휘해주시기 바랍니다."

단예가 말했다.

"필요 없다. 검호궁은 공격할 필요가 없으니 지금 당장 철수하도록 해라!"

사공현은 깜짝 놀랐다. 동모 성격상 사자의 말이 부드러울수록 이후에 받을 처벌이 더욱 중해진다는 사실을 알고 있었기 때문이다. 영취궁의 사자가 이렇게 비꼬는 말투를 하는 건 자신의 일처리가 형편없다는 걸 탓하는 게 분명했다.

그는 다급하게 말했다.

"속하는 죽어 마땅합니다, 죽어 마땅합니다. 사자께서 동모 앞에서 잘 좀 말해주십시오."

단예는 더 이상 아무 대답도 하지 않고 손을 휘휘 저으며 종영을 잡아끌어 뒤돌아 걸어갔다. 사공현은 향분을 받치고 있던 왼쪽 손바닥을 높이 올린 채 두 무릎을 땅에 꿇고 밝은 목소리로 외쳤다.

"신농방이 두 분 사자를 정중하게 전송하오며, 동모의 만수무강을 축원하옵니다."

그러자 그 뒤에서 그때까지 바닥에 무릎을 꿇고 있던 신농방 제자들 역시 일제히 그 말을 복창했다.

"신농방이 두 분 사자를 정중하게 전송하오며, 동모의 만수무강을 축원하옵니다."

수 장을 걸어나왔음에도 여전히 땅에 무릎 꿇고 있는 모습을 본 단예는 차마 웃을 수가 없어 큰 소리로 외쳤다.

"사공현 당신도 만수무강하길 축원하겠소."

그러나 그 말을 심하게 비꼬는 투로 느낀 사공현은 혼이 빠질 정도로 놀라 하마터면 그 자리에서 실신할 뻔한 지경에 이르렀다. 뒤에 있던 제자 둘이 방주가 부들부들 떠는 모습을 보고 그의 손바닥에 있는 영단성약이 떨어질까 두려워 재빨리 부축했다.

단예가 두 여인과 함께 수십 장을 나아간 이후 더 이상 신농방 사람들 목소리는 들리지 않았다. 종영은 섬전초를 불러들이기 위해 계속해서 휘파람을 불었지만 시종 보이지 않자 여랑을 향해 말했다.

"목木 언니, 언니와 이쪽 언니 두 분께 감사드립니다. 구해주셔서 정말 고마워요. 전 여기 내려주세요."

"여기서 뭐 하려고? 그 독담비 기다리게?"

"아뇨! 여기서 단 오라버니 기다리게요. 신농방 사람들에게 줄 해약을 가지러 우리 아빠가 계신 곳으로 갔거든요."

그녀는 단예 쪽으로 고개를 돌려 말했다.

"그리고 이쪽 언니, 아까 받은 단장산 해약 저한테 조금만 주세요."

여랑이 말했다.

"단가 그자는 다시 안 올 거야."

종영이 다급하게 외쳤다.

"아니에요, 그럴 리 없어요. 꼭 온다고 약속했어요. 우리 아빠는 안 와도 단 오라버니는 꼭 올 거예요."

"흥! 사내들은 다 거짓말쟁이야! 그자 말을 어떻게 믿어?"

종영이 흐느껴 울기 시작했다.

"단 오라버니는 거짓말 안 해요… 날 속일 리 없어요."

단예는 박장대소를 하다 두봉의 머리 덮개를 벗어버렸다.

"종 낭자, 당신 단 오라버니는 당신을 속이지 않았소."

종영은 그를 한참 동안 응시하다 기뻐서 어쩔 줄을 몰라 대뜸 그의 목을 와락 끌어안고 소리쳤다.

"속이지 않았어요. 속이지 않았어요!"

여랑은 그녀의 뒷목을 잡고 그녀를 들어올려 한쪽으로 밀어내며 차갑게 말했다.

"그러지 마!"

종영은 순간 깜짝 놀랐지만 너무 기쁜 나머지 이에 개의치 않았다.

"목 언니, 두 사람이 어떻게 만나게 된 거예요?"

여랑은 흥 하고 비웃으며 아무 대답도 하지 않았다.

단예가 말했다.

"걸어가면서 얘기합시다."

그는 사공현이 해약에 약효가 없다는 사실을 발견하면 당장 추격해 올까 걱정이 됐다. 여랑이 말 등에 뛰어올라 저 멀리 앞서나가자 단예는 종영에게 자세한 얘기는 생략하고 요점만 말해주었다. 또 여랑이 자신을 학대한 일에 대해서는 언급하지 않고 목숨을 구해줬다는 말만 해주었다.

종영이 큰 소리로 말했다.

"목 언니, 단 오라버니를 구하셨다니 뭐라고 감사의 말씀을 드려야 할지 모르겠네요."

여랑이 버럭 화를 냈다.

"나 스스로 구했을 뿐인데 네가 무슨 상관이야?"

종영은 단예를 향해 혓바닥을 내밀며 짓궂은 표정을 지어 보였다.

여랑이 말했다.

"이봐, 단예! 내 이름은 종영 저 계집애한테 들을 것 없어. 내가 직접 말해줄게. 내 이름은 목완청木婉清이야."

"아… 수목처럼 아름다우며 맑고 투명한 눈빛을 지닌 고결한 여인이라는 뜻이로군요. 성도 예쁘지만 이름도 매우 아름다운 것 같소."

목완청이 말했다.

"당신 이름인 '나무 한 토막뿐인 형편없는 명예'보다는 낫지."

단예는 이 말을 듣고 껄껄대며 웃었다.

종영은 단예의 왼손을 잡아끌고 속삭였다.

"단 오라버니, 저한테 잘해줘서 고마워요."

"당신 담비를 찾지 못해 안타까울 뿐이오."

종영은 다시 휘파람을 몇 번 더 불어보다 단예를 향해 말했다.

"그건 별일 아니에요. 저 나쁜 놈들이 물러가기만 기다렸다가 다시 와서 찾으면 돼요. 오라버니도 같이 찾으러 와줘요. 어때요?"

"좋소!"

단예는 순간 동굴 속의 옥상이 생각났다.

"앞으로 나도 수시로 이쪽에 올 생각이오."

목완청이 화를 내며 말했다.

"같이 오긴 어딜 같이 와? 담비는 혼자 찾으러 오면 되는 거지."

단예가 종영한테 혀를 길게 내밀어 약 올리는 표정을 지었다. 두 사람은 서로를 마주보며 미소를 지어 보였다.

세 사람은 더 이상 아무 말 없이 천천히 몇 마장을 더 걸어갔다. 목완청이 갑자기 물었다.

"종영, 네 생일이 섣달 초닷샛날 맞지?"

그녀는 말을 타고 가면서 시종 뒤도 돌아보지 않고 말했다.

"네, 목 언니가 그걸 어떻게 알아요?"

목완청이 크게 화를 내며 사나운 목소리로 외쳤다.

"단예, 이래도 네가 거짓말쟁이가 아니야?"

이 말을 하면서 말고삐를 잡아당기자 흑매괴가 앞으로 세차게 내달렸다.

돌연 서북쪽에서 누군가의 날카로운 휘파람 소리가 나지막이 들려왔다. 곧이어 동북쪽에서 누군가 짝짝짝짝 하며 손뼉 네 번을 쳤다. 그러자 정면에서 인영이 하나 날아들고 7~8장 되는 거리에서는 괴한 셋이 나타났다. 그중 하나가 쉰 목소리로 고함을 쳤다.

"이 천한 년아, 어디까지 도망갈 생각이냐?"

바로 서 파파 목소리였다. 그때 등 뒤에서 누군가 히히하고 차갑게 웃는 소리가 들리자 단예는 황급히 고개를 돌렸다. 은은한 별빛 속에 보이는 것은 양손에 시퍼렇게 빛나는 단도를 쥐고 있는 평 파파였다. 곧이어 왼쪽과 오른쪽에서 각각 한 명씩 나타났는데 왼쪽은 흰 수염의 노인이 손에 철산鐵鏟을 가로들고 있었고, 오른쪽에는 나이가 그리 많지 않은 젊은 사내가 장검을 들고 서 있었다. 단예는 이 두 사람 모두 목완청이 포위당했을 때 그 자리에 있던 자들이란 걸 어렴풋이 기억해낼 수 있었다.

목완청이 냉소를 머금었다.

"정말 귀신같은 것들이로구나. 감히 여기까지 쫓아오다니 아주 제법인데 그래?"

평 파파가 말했다.

"네년이 하늘 끝으로 도망간다 해도 우리는 끝끝내 쫓아갈 것이다."

목완청이 슉 하는 소리와 함께 단전 한 발을 발사하자 장검을 든 사내가 재빨리 검을 휘둘러 막아냈다. 목완청이 안장 위로 높이 솟구쳐 올라 왼쪽 노인을 향해 달려들었다.

그러나 흰 수염을 휘날리는 그 노인은 고령의 나이에도 불구하고 날렵한 대응 동작으로 오른손에 쥐고 있던 철산을 들어 목완청을 향해 휘둘러갔다. 목완청은 위로 솟구쳐오른 몸이 땅에 채 닿기 전에 왼발을 노인의 철산 손잡이에 디딘 채 평 파파를 향해 검을 내뻗었다. 평 파파가 단도를 휘둘러 이를 막았지만, 서릿발 같은 날을 지닌 목완청의 검끝이 내리뻗어가자 쨍 하는 소리와 함께 단도가 두 동강 나버리고 말았다. 서 파파가 재빨리 철괴鐵拐를 휘둘러 목완청의 등을 향해 내리쳐갔다. 목완청은 평 파파를 베기 전에 장검을 눕혀 검날로 평 파파의 어깨 위를 누르고 두둥실 날아올라갔다.

서 파파와 두 사내가 공격에 가세하자 목완청은 검광을 번뜩이며 네 명의 포위 속에서 공격과 후퇴를 거듭하는 교전을 펼쳐나갔다.

종영이 수 장 밖에 서 있다 단예에게 손짓을 하며 소리쳤다.

"단 오라버니, 빨리 와요."

단예는 재빨리 다가가 물었다.

"왜 그러시오?"

"빨리 가요!"

"목 낭자가 포위당해 공격을 당하고 있는데 어찌 우리만 갈 수 있겠소?"

"목 언니는 실력이 출중해서 충분히 빠져나올 수 있어요."

단예는 고개를 가로저었다.

"목 낭자는 당신을 구하러 온 것인데 이대로 버리고 간다면 어찌 마음이 편할 수 있겠소?"

종영이 발을 동동 굴렀다.

"이런 책벌레 같으니라고! 오라버니가 여기 남아 있다고 목 언니한테 도움이 될 것 같아요? 아유, 내 섬전초가 있었다면 이런 일이 없었을 텐데."

목완청은 서 파파를 비롯한 네 사람과 계속된 사투를 벌였다. 서 파파의 철괴와 흰 수염 노인의 철산 모두 길이가 긴 무기이다 보니 휘두를 때마다 쉭쉭 하는 바람 소리가 들렸지만 목완청은 사방팔방으로 귀를 기울이고 있어 단예와 종영이 하는 대화 소리까지 모두 듣고 있었다.

단예 목소리가 들려왔다.

"종 낭자, 먼저 가시오! 내가 목 낭자를 저버린다면 그건 사람의 도리가 아니오. 목 낭자가 저들한테 당해내지 못하고 있을 때 옆에서 좋은 말로 충고만 해줘도 확실치는 않지만 대세를 만회할 수는 있을 것이오."

종영이 다급하게 권했다.

"괜히 오라버니 목숨만 헛되이 낭비할 뿐 아무런 도움도 되지 못해요. 어서 가요! 목 언니도 오라버니 탓은 하지 않을 거예요."

"목 낭자가 호의를 베풀어 날 구하지 않았다면 난 이미 죽은 목숨이오. 반나절 늦게 죽는다면 곧 반나절을 더 산 셈이니 그나마 다행인 것 아니겠소?"

"책벌레 오라버니, 말로는 정말 안 되겠네요!"

이 말과 함께 다급하게 그의 손목을 잡아끌고 가기 시작했다.

단예가 소리쳤다.

"안 갈 거요! 안 가겠소!"

그러나 종영의 힘을 이기지 못한 단예는 그녀가 잡아당기는 대로 비틀거리며 질질 끌려갔다.

그때 목완청의 날카로운 목소리가 들려왔다.

"종영, 단예는 끌고 가지 말고 너 혼자 꺼져!"

종영은 단예를 더 빨리 끌고 갔다. 그때 갑자기 슉 소리와 함께 종영의 쪽머리가 흔들리며 단전 한 발이 그녀의 머리카락 사이에 꽂혔다. 목완청이 고함을 쳤다.

"당장 손을 놓지 않으면 네 눈에다 쏴주겠다!"

종영은 목완청이 한번 입으로 내뱉은 말은 그대로 하는 성미라는 사실을 잘 알고 있었다. 더구나 목완청과 알고 지낸 이후로 자신한테 호의적으로 대해주긴 했지만 그리 오래 알고 지낸 사이도 아닐뿐더러 깊은 정을 나눈 적도 없었다. 종영은 그녀가 자신의 눈을 쏠 것이라고 말을 한 이상 진짜 쏠지도 모른다는 생각에 단예의 손목을 놓아줄 수 밖에 없었다.

목완청이 소리쳤다.

"종영, 지금 당장 네 부모가 있는 곳으로 꺼져. 어서! 어서 꺼지란 말이야! 네 단예 오라버니 옆에 조금이라도 더 지체한다면 단전 세 발을 쏴줄 거야!"

목완청은 이 말을 하는 와중에도 손으로는 끊임없이 자신을 향해 공격하는 무기들을 막아내고 있었다.

종영은 감히 그녀의 말을 거스를 수 없어 단예를 향해 말했다.

"단 오라버니, 부디 몸조심하세요."

이 말을 하면서 손으로 얼굴을 감싸쥔 채 질풍처럼 몸을 날려 어둠 속으로 사라져버렸다.

종영을 쫓아버린 후 목완청은 네 사람 사이를 이리저리 찌르고 빠지기를 거듭하다 철구에 맞아 입은 다리 상처에 또다시 통증이 밀려왔다. 그녀는 검초를 변화시켰다. 순간 검광이 유성처럼 뿜어져 나오면서 여러 갈래로 변화무쌍하게 휘날리기 시작했다. 이때 흰 수염 노인의 비명 소리가 들려왔다. 옆구리가 목완청이 날린 검에 명중된 것이었다. 목완청은 휙휙휙 세 번의 검초를 날려 서 파파와 장검 사내가 이를 피하느라 포위를 풀도록 압박을 가했다. 검끝이 빙그르 회전하자 평 파파가 검광 속으로 빨려들어가 눈 깜짝할 사이에 평 파파에게 세 군데 검상을 입혔다.

그러나 그녀는 이에 아랑곳하지 않고 미친 호랑이처럼 목완청을 향해 달려들었다. 나머지 세 사람 역시 뒤돌아 달려와 다시 싸움에 가세하기 시작했다. 몸을 굴려 목완청 곁으로 접근한 평 파파가 오른손에 쥔 단도로 종아리를 그으려 하자 목완청은 다리를 날려 평 파파를 걷어찬 후 공중제비를 한 바퀴 돌았다. 바로 그때 서 파파의 철괴가 그녀의 미간을 향해 내리찍어가고 있었다. 목완청은 재빨리 장검을 회전시켜 철괴를 막고 그 여세를 몰아 가슴으로부터 손을 쭉 내밀어 적을 향해 찔러나갔다.

서 파파는 몸을 사선으로 움직여 횡으로 꺾어 돌며 위기를 모면했다. 이에 목완청은 가벼운 기합 소리와 함께 초식을 바꾸려 했지만 돌연 퍽 소리가 들려오며 왼쪽 어깨에 극심한 통증이 느껴졌다. 흰 수염 노인이 부상을 당한 후 철산을 사용할 수 없게 되자 강추鋼錐를 뽑아들고 달려와서는 빈틈을 노려 그녀의 어깨를 찔렀던 것이다. 목완청이 손을 뒤로 돌려 손바닥으로 노인의 얼굴을 피범벅이 되도록 후려치자 노인은 그 즉시 숨이 끊어져버렸다. 서 파파와 나머지 둘이 다시 협공을 해왔다. 평 파파가 소리쳤다.

"천한 년이 부상을 입었다. 산 채로 잡을 필요 없으니 그냥 죽여버려라!"

부상당한 목완청을 본 단예는 다급한 나머지 아까 사용했던 방법을 그대로 모방하기로 했다. 황급히 노인의 시신이 있는 곳으로 달려가 시신을 안고 두 사람을 밀어붙이려 한 것이다. 그러나 네 사람이 서로 간격을 유지한 채 대결을 펼치고 있어 쉽사리 다가갈 수 없었다. 조급한 마음에 몸에 걸치고 있던 두봉을 벗어 휘두르며 맹렬한 기세로 달려가 평 파파의 머리를 덮어버렸다. 평 파파는 앞이 보이지 않자 대경실색하며 다급하게 손을 뻗어 두봉을 벗어버리려 했다. 그러나 자기 손에 단도를 들고 있었다는 사실조차 잊은 채 그 단도로 자기 얼굴을 찌르고는 돼지 멱따는 소리를 내며 비명을 질렀다.

목완청은 왼쪽 어깨에 박힌 강추를 뽑을 겨를도 없었다. 그녀는 극한의 통증을 억지로 참아내며 서 파파를 향해서는 재빨리 두 번의 검초를, 장검의 사내를 향해서는 한 번의 검초를 날렸다. 이 세 번의 검초는 그 기세가 매우 오묘했던 터라 서 파파의 오른쪽 뺨에 그 즉시 한 줄기 혈흔이 생겨났고, 장검을 쓰는 사내의 목 주변으로는 검끝이 살짝 스쳐 지나갔다. 두 사람은 경미한 부상이긴 했지만 검에 맞은 부위가 급소였던지라 깜짝 놀라 옆으로 동시에 몸을 날리고 손을 뻗어 상처 부위를 감싸쥐었다.

목완청이 혼잣말로 소리쳤다.

"아깝다! 저 둘을 살려둬야 하다니!"

숨을 크게 들이마셔 소리 높여 휘파람을 불자 순식간에 흑매괴가 달려왔다. 목완청은 몸을 훌쩍 날려 말에 오르면서 단예의 목덜미를 잡아올려 말 등에 태웠다. 두 사람을 태운 말은 곧 서쪽을 향해 질풍처럼 내달렸다.

10여 장 정도 달렸을까. 숲 뒤에서 함성 소리가 들리며 10여 명 정도 되는 사람들이 튀어나와 앞길을 가로막았다. 가운데 선 키 큰 노인이 호통을 쳤다.

"이 천한 계집아, 이 어르신이 여기서 기다린 지 오래다."

그는 흑매괴의 고삐를 잡아채려고 손을 뻗었다. 목완청이 오른손을 살짝 들어올리자 연이은 발사음과 함께 단전 세 발이 발사됐다. 무리 중 세 사람이 단전에 맞고 그 자리에서 쓰러지자 가운데 서 있던 노인이 깜짝 놀랐다. 그 틈을 탄 목완청이 고삐를 잡아당기자 흑매괴가 별안간 하늘로 뛰어올라 사람들 머리 위로 뛰어넘어가는 것이 아닌가? 사람들은 그녀의 무시무시한 독화살이 두려워 각자의 무기로 신변만 보호할 뿐 감히 쫓아갈 엄두를 내지 못했다. 이로 인해 두 사람이 탄 말과 점점 더 멀어질 뿐이었다. 무리 안에 있던 사람들이 연이어 욕하는 소리가 들렸다.

"빌어먹을 계집애 같으니! 또 빠져나갔구나!"

"네가 하늘 끝까지 도망친다 해도 널 잡아 가죽을 벗기고 힘줄을 뽑아버리고 말 것이다!"

"모두 뒤쫓아가라!"

목완청은 흑매괴가 산속으로 내달리도록 가만 내버려두었다. 이윽고 한 산등성이에 당도해 전방에 깊은 골짜기만 보이자 하는 수 없이 고삐를 늦추고는 출로를 찾아 하산하기 시작했다. 무량산 내 산길은 빙글빙글 돌아가는 우회 길이 대부분이라 동쪽으로 돌아가겠다고 가면 서쪽으로 돌아나가기가 일쑤여서 방향을 가늠하기 어려웠다.

느닷없이 전방에서 사람들 목소리가 들려왔다.

"그 말이 달려온다!"

"이쪽으로 쫓아가라!"

"천한 년이 다시 돌아왔다!"

중상을 입은 목완청은 다시 싸울 기력이 없었다. 그녀는 황급히 말머리를 돌려 오른쪽 비탈길로 내달렸다. 때가 때인지라 길을 가려가며 나아갈 경황조차 없이 어쩌다 들어선 곳은 이미 길이 아니었다. 다행히도 흑매괴는 신비의 준마인지라 바위가 널려 있는 산비탈에서도 여전히 하늘을 나는 듯 내달렸다. 다시 한참을 내달리던 흑매괴가 돌연 앞발이 구부러지면서 오른쪽 무릎을 암석 위에 부딪혀버렸다. 이에 질주 속도 역시 줄어들어 다리를 절뚝거리며 비틀거리기 시작했다.

단예가 초조한 마음에 외쳤다.

"목 낭자, 날 내려주시오! 당신 혼자라면 쉽게 벗어날 수 있을 것이오. 저자들은 나와 그 어떤 원한 관계도 없으니 날 잡는다 해도 아무 문제 없을 것이오."

"흥! 뭘 안다 그래? 넌 대리국 사람이라 저자들한테 잡히면 한칼에 베이고 말 텐데."

"그것 참 기이한 일이오. 대리국 사람이 얼마나 많은데 그 사람들을 어찌 다 죽일 수 있겠소? 아무래도 낭자 먼저 가는 게 좋을 것 같소."

목완청은 왼쪽 어깨에 극심한 통증이 느껴지는 상황에서 단예가 여전히 헛소리를 늘어놓자 화가 머리끝까지 치밀어올랐다.

"입 닥치지 못해? 그만 좀 해!"

"좋소. 그럼 날 당신 뒤에 앉게 해주시오."

"그건 왜?"

"내 두봉은 그 뚱뚱한 파파 머리에 씌워놓았지 않소?"

"그래서 그게 뭐?"

"내 바지에 커다란 구멍이 몇 개 나 있는데 낭자 앞에 앉아 그런 모습이 훠… 훤히 드러난다면… 낭자한테… 허허, 너… 너무 실례되는 일이 아니오?"

목완청은 상처 부위가 참기 힘들 정도로 아팠지만 웃기기도 한 데다 심기가 편치 않았던 터라 손을 뻗어 단예의 어깨를 붙잡고 이를 악물 정도로 힘을 주었다. 그녀는 단예의 어깨뼈에서 우두둑 소리가 날 정도로 움켜쥐다 고함을 쳤다.

"입 닥쳐!"

단예는 심한 통증이 느껴지자 다급하게 말했다.

"알았소! 알았소! 다시는 입을 열지 않겠소."

# 4

# 벼랑 끝에서 임을 기다리다

목완청이 단예를 향해 손짓했다.

"이리 와요!"

단예는 다리를 절뚝거리며 그녀 앞으로 다가갔다.

목완청은 단예 쪽으로 고개를 돌려 남해악신과 등을 진 채 나지막이 속삭였다.

"이제 당신은 이 세상에서 내 얼굴을 본 첫 남자예요!"

그녀는 천천히 면막을 벗었다.

수 마장을 내달린 끝에 흑매괴는 한 고갯마루에 도착했다. 고갯마루가 점점 험해지면서 흑매괴의 걸음도 더욱 느려졌지만 등 뒤에서 들려오는 고함 소리는 점차 어슴푸레 전해져왔다. 단예가 소리쳤다.

"흑매괴야, 오늘은 어쨌든 네가 고생 좀 해야겠다. 수고스럽지만 조금만 더 빨리 달리자!"

목완청이 흥 하고 콧방귀를 뀌며 나무랐다.

"헛소리!"

그렇게 다시 몇 마장을 더 나아가다 뒤를 돌아보니 칼날 빛을 번뜩이며 추격하는 자들이 점점 가까워졌다. 목완청은 계속해서 재촉했다.

"빨리! 빨리!"

흑매괴가 속도를 내며 질주하던 중 갑자기 눈앞에 깊은 산골짜기가 나타났다. 폭이 수 장가량에 어두컴컴해서 바닥조차 보이지 않을 정도로 아주 깊은 골짜기였다. 순간 흑매괴는 두려움에 울부짖으며 말발굽을 거두고 뒤로 몇 발짝 물러섰다.

더 나아갈 길은 보이지 않고 뒤로는 추격하는 자들이 가까워지자 목완청은 단예를 향해 물었다.

"말을 재촉해 여길 뛰어넘어야겠어. 나와 같이 모험을 할 거야? 아니면 여기 남을 거야?"

단예는 생각했다.

'말 위에서 한 명만 내려도 흑매괴가 건너뛰기 더 쉬울 거야.'

이런 생각에 목완청에게 권했다.

"낭자 먼저 건너간 다음 줄을 던져 날 끌어가시오."

목완청이 뒤를 돌아보니 추격하는 자들은 불과 수십 장 가까이 접근해 있었다. 그녀는 다급하게 소리쳤다.

"너무 늦었어!"

곧이어 말을 수 장 뒤로 물러서게 한 다음 소리쳤다.

"이랴! 건너가자!"

손바닥을 뻗어 말의 복부를 가볍게 두 번 치자 흑매괴는 네 발굽을 느슨하게 만들어 세차게 앞으로 내달리다 벼랑 끝에 이르자 온 힘을 다해 도약하더니 그대로 뛰쳐나갔다. 단예는 마치 운무를 타고 하늘을 나는 듯한 느낌이 들었고 심장이 가슴을 뚫고 튀어나오는 것 같았다.

흑매괴는 주인의 재촉에 전력을 다해 뛰어넘어갔다. 그러나 앞 두 발은 간신히 건너편 언덕을 디뎠지만 계곡 사이의 폭이 너무 넓었던 데다 다리에 부상을 당한 채 밤새 달려왔던 탓인지 뒷발은 건너편 바위 위로 오르지 못해 그만 깊은 골짜기 속으로 추락하고 말았다.

목완청의 순발력은 신기할 정도로 빨랐다. 그녀는 말 등 위로 몸을 솟구쳐 뛰어오르며 단예를 잡아채 앞으로 훌쩍 튀어나갔다. 단예가 먼저 바닥에 안착한 다음 이어서 목완청이 떨어졌는데 하필이면 단예의 가슴 위로 정확히 떨어지고 말았다. 단예는 그녀가 다칠까 두려워 두 손으로 그녀를 꽉 껴안았다. 저 멀리서 깊은 골짜기 아래로 추락한 흑매괴의 울부짖음 소리가 들려왔다.

목완청은 심히 괴로운 마음에 재빨리 단예의 품을 뿌리치고 벼랑 끝으로 달려갔지만 계곡 안은 희뿌연 안개만 가득할 뿐 흑매괴의 모습은 이미 보이지 않았다. 순간 목완청은 현기증이 나 천지가 뒤집히는 듯 빙빙 도는 느낌이 들면서 다리에 힘이 풀려 그 자리에서 혼절해버리고 말았다.

단예는 깜짝 놀라 그녀가 계곡 아래로 떨어지지 않도록 재빨리 달려가 붙들었다. 그러나 그녀는 이미 두 눈을 감은 채 기절해버린 뒤였다. 어찌할 바를 모르고 주저하던 차에 갑자기 계곡 건너편에서 누군가 고함을 질렀다.

"활을 쏴라! 활을 쏴! 활로 저 두 연놈을 없애버려라!"

고개를 들어보니 계곡 건너편에는 일고여덟 명이 서 있었다. 단예는 황급히 허리를 굽혀 목완청을 안아 들고 몸을 돌려 내달렸다. 순간 쉭 하는 소리와 함께 화살 한 발이 귓전을 스치고 지나갔다.

그는 비틀거리며 몇 발자국 달려가다 몸을 쭈그리고 앉은 채 목완청을 안고 걸어갔다. 다시 쉭 하는 소리와 함께 화살 한 발이 머리 위로 날아갔다. 단예는 왼쪽 편에 큰 바위가 있는 것을 보고 잽싸게 바위 뒤로 달려가 숨었다. 삽시간에 퍽 하는 소리가 연이어 들리며 수많은 암기가 바위에 부딪혀 튕겨져 나갔다. 단예가 꼼짝도 못하고 숨어 있는 와중에 휙 소리와 함께 주먹만 한 돌 하나가 바위 위를 넘어 날아와 옆에 떨어졌다. 돌을 던진 사람의 완력이 엄청나게 강한 것으로 보였다. 수 장이나 떨어진 그곳까지 그 큰 돌을 던지다니 어찌 놀라지 않을 수 있겠는가? 다행히 거리가 멀어 적중되지는 않았지만 이곳 역시 위기를 벗어날 수 있는 곳이 아니란 생각이 들자 단예는 목완청을 들고 단숨에 전방으로 질주하기 시작했다. 10여 장을 내달렸을까? 적의 화살과 암기들이 더 이상 날아올 수 없을 거라 생각되자 이내 걸음을 멈추었다.

그는 한숨을 몇 번 내쉬다 목완청을 살포시 풀밭 위에 내려놓고 몸을 돌려 바위 뒤에 숨어 후방을 살폈다.

벼랑 건너편에는 사람들이 새까맣게 모여 손짓 발짓을 해가며 논의를 하고 있었다. 이따금씩 산바람에 실려 말소리가 들려왔지만 하나같이 호통을 치며 욕하는 소리뿐이었다. 아마도 한동안은 추격해올 것 같지 않아 보였다.

'저자들이 만약 산길을 돌아 밑에서 올라온다면 우리 둘은 독수를 벗어날 방법이 없겠다.'

이런 생각에 재빨리 걸어나가 벼랑 건너편 끝 쪽을 바라봤다. 그는 너무 놀라 자신도 모르게 다리에 힘이 풀려 서 있을 수조차 없었다. 벼랑 밑으로 수백 장 되는 곳에는 거센 파도가 용솟음치고 쪽빛의 큰 강이 출렁대며 흐르고 있었다. 알고 보니 이미 난창강변에 이른 것이었다. 물살은 더없이 세차 이쪽 편에서는 무슨 수를 써도 올라올 수 없겠지만 적들이 바닥까지 내려가 골짜기를 넘어 벼랑 쪽으로 기어올라온다면 결국 꼼짝없이 당할 판국이었다. 한숨을 내쉬고 속으로 잠시라도 위기에서 벗어난 것이 다행이니 앞으로 어찌 되든 그건 그때 가서 생각할 일이라고 생각하자 조금 전 했던 말이 다시 머릿속에 떠올랐다.

'반나절을 더 산 셈이니 그나마 다행이야.'

목완청 곁으로 돌아온 그는 여전히 혼수상태인 그녀를 구할 방법을 찾던 중 그녀의 등 뒤 왼쪽 어깨에 강추가 박혀 옷의 절반 가까이가 선혈로 물들어 있는 모습을 발견했다. 단예는 순간 너무 놀랐다. 말 위에서는 그녀 앞에 타고 있었고 조금 전에는 다급히 도망치느라 이런 중상을 입었다는 사실을 알아채지 못했던 것이다. 순간 처음으로 떠오르는 생각은 '이미 죽은 건가?' 하는 것이었다. 해서 급히 그녀의 면막을 거두고 손가락을 뻗어 그녀의 코 밑에 대봤다. 다행히 미미하게 호흡이 남아 있었다.

'강추부터 뽑아 지혈을 해야겠다.'

그는 손을 뻗어 강추 자루를 잡고 이를 악문 채 온 힘을 모았다. 강추는 그대로 뽑혔지만 단예는 강추가 뽑힌 자리에서 뿜어져 나온 선혈을 피하지 못해 얼굴 가득 뒤집어쓰고 말았다.

목완청은 너무 아픈 나머지 큰 소리로 비명을 지르며 정신을 차렸다가 이내 다시 기절해버렸다.

단예는 선혈이 흘러나오지 못하도록 죽을힘을 다해 부상 부위를 막았다. 하지만 피가 샘솟듯 흘러나오는데 무슨 수로 막을 수 있겠는가? 그는 달리 방법이 없자 땅바닥에 있던 풀을 뜯어 잘근잘근 씹은 다음 상처 부위에 발랐다. 그러나 선혈이 용솟음치며 짓이긴 풀마저 씻겨 내려가 버리고 말았다. 그때 갑자기 떠오른 생각이 있었다.

'지난번 갈고리에 상처를 입었을 때도 품속에서 약을 꺼내 바르니까 곧 지혈이 됐었잖아?'

그는 살며시 손을 뻗어 그녀의 품속을 더듬어서 손에 닿는 물건들을 일일이 끄집어냈다. 종영의 사주가 든 그 작은 황금 상자 외에 회양목 빗과 작은 구리거울 하나, 분홍색 손수건 두 장 그리고 작은 나무상자 세 개와 도자기 병 하나가 있었다. 그는 규방에서나 쓰는 이 물건들을 멍하니 바라보다가 비로소 눈앞에 있는 사람이 젊은 처녀인데 자신이 함부로 그녀의 의복 안에 손을 넣어 뒤적거린 일이 너무 무례한 행동임을 깨달았다. 그러나 이 빗과 거울, 손수건, 상자 같은 물건들은 눈 하나 깜짝하지 않고 살인하는 이 마녀 같은 여인과 전혀 어울리지 않는다는 생각이 들었다.

목완청이 전에 어떤 약으로 상처를 치료했는지 잘 기억나진 않았지만 그녀가 도자기 병에 있던 녹색 가루를 사공현에게 부어주며 그게 동모의 영약이라고 속이던 모습을 본 적은 있다. 하지만 그 녹색 가루로 지혈을 할 수 있을지는 알 수 없었다. 상자 하나를 열자 은은한 향기가 코를 찌르는데 상자 속에 담긴 것은 연지처럼 보였다. 두 번째 상자에는 흰색 가루가 반쯤 담겨 있고 세 번째 상자에는 노란색 가루가 담겨 있었다. 그는 이 가루들을 코끝에 가져다 대고 냄새를 맡아보았다. 흰색 가루는 냄새가 전혀 없고 노란색 가루는 극히 매워서 냄새를 맡자마자 곧 재채기가 났다.

'이게 금창약인지 아니면 살인에 쓰는 독약인지 모르겠군. 약을 잘못 썼다가는 낭패가 아닌가?'

이런 생각을 하다 손가락을 뻗어 목완청의 인중을 힘껏 누르자 잠시 후 그녀가 살포시 눈을 뜨기 시작했다.

단예는 너무 기쁜 나머지 다급하게 물었다.

"목 낭자, 어느 상자에 있는 약이 지혈에 쓰는 것이오?"

"빨간색."

이 말 한 마디를 하고는 다시 눈을 감았다. 단예는 재차 물었다.

"빨간색?"

그녀가 대답을 하지 않자 단예는 이상하게 여겼다.

'빨간색 상자는 분명 연지인데 어떻게 상처를 치료한다는 거지?'

속으로 이런 생각을 했지만 그녀가 그렇게 말을 한 이상 일단 시험해볼 수밖에 없었다. 상처에 독약을 바르는 것보다는 낫지 않은가?

단예는 그녀의 옷을 약간 찢어낸 뒤 손가락으로 연지를 좀 집어 가볍게 발라봤다. 손가락이 그녀의 상처 부위에 닿자 목완청은 여전히 혼미한 상태임에도 통증을 느끼며 몸을 움츠렸다. 단예가 위로를 하며 말했다.

"겁내지 마시오, 괜찮소. 일단 지혈부터 합시다."

말이 끝나기 무섭게 기이한 일이 일어났다. 뜻밖에도 연지의 효과가 탁월해 상처에 바른 지 얼마 되지 않았음에도 흐르는 피가 점점 줄어들기 시작했고 잠시 후 상처 안에서 노란색 거품이 배어나왔다. 단예는 혼자 중얼거렸다.

"금창약도 연지 모양으로 만들어 설백의 피부 위에 바르니까 정말 보기 좋구나."

반나절을 힘들게 보내다 상처까지 치료하고 나니 심신에 안정을 찾을 수 있었다. 건너편 벼랑에서 떠들어대던 욕설도 더 이상 들리지 않았다.

'혹시 계곡 밑에서 공격해오는 건 아닐까?'

이런 생각을 하고는 바닥에 엎드려 벼랑가로 기어가 살펴봤다. 아니나 다를까? 과연 건너편 벼랑에 서 있던 10여 명이 천천히 골짜기 아래로 기어내려가고 있었다. 산골짜기가 깊기는 하지만 언젠가는 끝에 다다를 것이고 그들이 골짜기 바닥에 이르기만 하면 이쪽 벼랑 위로 기어올라올 것이다. 보아하니 길어야 두세 시진 정도면 적들이 공격해올 수 있을 것 같았다.

비록 궁지에 몰리기는 했지만 속수무책으로 당할 수는 없는 일이었다. 사방의 지세를 살펴보니 지금 있는 위치가 높은 낭떠러지 위인 데다 한 면은 강을 끼고, 다른 삼면은 모두 깊은 골짜기라 도망칠 곳이라고는 없었다. 그는 긴 한숨을 내쉬고 목완청을 안아 불룩 튀어나온 바위 밑에 눕혀 산바람과 암기를 피할 수 있도록 했다. 그리고 몸을 구부린 채로 돌덩어리들을 날라 벼랑가의 움푹 파인 곳에 모아놓았다. 벼랑 위에는 곳곳에 돌덩어리가 널려 있어 짧은 시간 안에 500~600개를 옮겨놓을 수 있었다. 모든 준비가 끝나자 곧 목완청 곁에 앉아 눈을 감고 정신을 가다듬었다.

그렇게 앉아 있으니 모래와 자갈 때문에 맨 엉덩이가 따끔따끔 찔리는 통증이 느껴졌다.

'우리 두 사람은 쾌괘夬卦[14]야. "엉덩이에 살이 없으니 그 행동이 계속 머뭇거린다. 양을 끌고 가면 회한이 사라질 테지만 말을 들어도 믿지 않음이라臀無膚 其行次且 牽羊悔亡 聞言不信." 여기서 '차저次且'는 머뭇거리고 가는 길이 순조롭지 못하다는 뜻이니 이 괘야말로 그 얼마나 정확한가? "엉덩이에 살이 없는臀無膚" 건 나야. 여기서 살이란 뜻의 부膚자 대신 바지란 뜻의 고褲 자로 바꾸면 더욱 오묘해지지. 목 낭자가 사내는 늘 거짓말만 한다고 말했는데 그건 바로 "말을 들어도 믿지 않는 것聞言不信"이란 말에 부합돼. 근데 그녀는 "양을 끌고 가듯 하면 회한이 사라진다牽羊悔亡"란 구절과 맞아떨어지는데 그렇다면 내가 양이란 말 아닌가? 하지만 목 낭자가 후회를 하는지 안 하는지는 모르겠군.'

단예는 밤새 잠을 자지 못해 피로가 극에 달했다.《역경》 몇 구절을 생각하면서 잠을 이루려 노력해도 머지않아 적들이 당도할 것이란 사실을 아는 마당에 잠이 올 리 만무했다. 목완청의 몸에서 이따금씩 풍겨오는 은은한 향기만이 느껴질 뿐이었다. 조금 전 의식이 있는지 살필 때 그녀의 코 밑에 있던 면막을 들춰보긴 했지만 생사가 염려되는 때였던지라 그녀의 입과 코가 어떻게 생겼는지 유심히 살펴볼 수는 없었다. 그렇다고 지금 다시 함부로 그녀의 면막을 들춰 자세히 살펴볼 수도 없는 노릇이었다. 돌이켜 생각해보니 그녀의 얼굴은 백옥같이 희고 보드라운 피부를 가진 것 같았고 적어도 그녀가 말했던 것처럼 곰보투성이 얼굴은 전혀 아니었다.

지금은 목완청이 인사불성 상태이니 몰래 면막을 들춘다면 절대 알리가 없을 터였다. 그는 한편으로는 보고 싶고 한편으로는 감히 볼 엄두가 나지 않는 상념에 휩싸이고 말았다.

'나와 그녀는 이대로 생사를 함께하다 열아홉에 함께 생을 마감할지도 모르는데 일순간 황천길로 함께 가게 될 처지에 얼굴 한번 보지 못한다면 어찌 죽어서 억울하지 않겠는가?'

마음속 깊은 곳에서는 정말 곰보투성이 얼굴일까 두렵기도 했다.

'목 낭자가 남들보다 추하게 생긴 것이 아니라면 어찌해서 늘 면막을 쓰고 다니며 자신의 진면목을 드러내려 하지 않는 것일까? 이 낭자의 흉악한 행동을 봐서는 수목처럼 아름다우며 맑고 투명하다는 그녀의 이름과 전혀 어울릴 것 같지 않으니 그냥 보지 않는 게 좋겠어.'

단예는 마음의 결정을 내리기 어려워 잠시 갈등에 빠져 있다 점괘를 뽑아 의문을 풀어야겠다는 생각이 들었다. 하지만 점점 피곤이 몰려와 몽롱한 상태에서 그만 잠이 들어버리고 말았다.

얼마나 잤을까? 갑자기 또르르 하는 소리가 들려왔다. 순간 놀라서 잠에서 깨어 다급하게 벼랑가로 달려가니 대여섯 명 정도 되는 사내들이 아무 기척도 없이 은밀하게 절벽 아래로부터 기어올라오고 있는 모습이 보였다. 그 소리는 돌멩이들을 건드려 돌이 떨어지면서 내는 소리였던 것이다. 절벽이 워낙 험하다 보니 그자들은 아주 힘겹게 올라오고 있었다. 단예는 속으로 생각했다.

'큰일이군. 올 것이 왔어!'

그는 돌을 하나 집어들어 절벽 밑으로 내던지며 소리쳤다.

"올라오지 마라! 당장 내려가지 않으면 살려두지 않을 것이다!"

고지에 위치하고 있는 단예는 돌을 던지는 게 수월했지만 산 위로 기어오르는 사내들은 단예와 수십 장 위치에 있다 보니 암기를 사용하려 해도 사정거리에 미치지 못했다. 단예의 고함 소리를 듣고 이내 걸음을 멈췄지만 머뭇거리는 것도 잠시, 곧 바위 뒤쪽에 숨어 계속해서 올라왔다. 단예가 돌을 대여섯 개 더 내던지자 악, 으악 하는 비명 소리가 들렸다. 돌에 맞은 두 명의 사내는 필시 깊은 골짜기로 추락해 온몸이 박살이 나 죽었을 터였다. 나머지 사내들은 상황이 아니다 싶었는지 앞다투어 오던 길로 내려가다 그중 하나는 다급한 나머지 절벽에서 실족을 하고 말았다. 필시 그 사내도 골짜기에 떨어져 온몸이 산산조각 나고 말았을 것이다.

어릴 때부터 고승에게 불도를 수학하면서 무예를 멀리했던 단예가 아니었던가? 난생처음 사람을 죽인 셈이다 보니 자기도 모르게 깜짝 놀라 얼굴이 사색으로 변하고 말았다. 원래 돌을 몇 개 던져 겁만 주려 했지만 의도치 않게 두 사람을 연달아 죽이고 또 다른 한 사람은 떨어져 죽는 빌미를 제공하게 된 것이다. 적을 막지 않는다면 적들이 산 위로 올라와 자신과 목완청이 온전할 리 없으리란 사실을 알았지만 어쨌든 심히 괴로운 마음을 지울 수 없었다.

한동안 멍하니 있다가 목완청 곁으로 돌아오자 그녀는 이미 바위에 몸을 기댄 채 앉아 있었다. 단예는 놀랍고도 반가운 마음에 소리쳤다.

"목 낭자, 저… 정신이 들었소?"

목완청은 대꾸도 하지 않고 면막에 나 있는 두 구멍을 통해 쏟아내는 눈빛으로 그를 응시했다. 그 눈빛 속에는 극히 준엄하면서도 무척이나 흉악한 느낌이 담겨 있었다. 단예는 부드러운 목소리로 권했다.

"조금 더 누워서 쉬시오. 내가 가서 물 좀 구해오겠소."

"누가 산을 올라오려고 했군. 맞아?"

단예는 눈물을 왈칵 쏟아내고 소맷자락으로 눈물을 닦아가며 흐느꼈다.

"내가 실수로 사람 둘을 죽였소. 또… 또 겁을 주려다… 또 한 사람이 발을 헛디뎌 죽게 만들었소."

목완청은 그가 흐느껴 우는 모습을 보고 이상하게 여겨 물었다.

"그게 뭐?"

단예가 구슬피 울며 말했다.

"'하늘에는 살아 있는 것을 아끼어 함부로 살생하지 않는 품덕이 있다'라고 했는데 내… 내가 무고한 살인을 했으니 그 죄과가 어찌 적다 할 수 있겠소?"

그러다 발을 동동 구르며 다시 말했다.

"그 세 명 중에는 부모와 처자가 있는 이도 있을 텐데 가족들이 사망 소식을 듣는다면 비통함에 빠질 것이 분명한 사실 아니겠소? 한데 내… 내가 어찌 그들과 그 가족들에게 떳떳할 수 있단 말이오?"

목완청이 냉소를 머금으며 비웃었다.

"당신도 부모와 처자가 있나 보군. 아니야?"

"부모님은 있지만 처자는 아직 없소."

목완청의 눈빛에는 기이한 기색이 맴돌았다. 잠시 후 이런 눈빛은 사라지고 이내 칼처럼 예리하면서도 얼음처럼 차가운 원래의 안색으로 돌아왔다.

"그자들이 오면 당신이나 나를 죽일까? 죽이지 않을까?"

"그야 죽이려들 게 틀림없소."

"흥! 그럼 남한테 죽임을 당할지언정 남을 죽이진 않겠다는 거야?"

단예가 잠시 머뭇거렸다.

"그저 나 자신을 위해서라면 결단코 사람을 죽이고 싶지 않소. 다만… 다만 그자들이 당신을 해치게 둘 수는 없었소."

목완청이 사나운 목소리로 외쳤다.

"왜?"

"낭자가 날 구해줬으니 낭자를 구하는 건 당연한 것 아니오."

"하나만 묻겠어. 만일 일말의 거짓이 있는 날에는 내 소매 속의 단전이 용서치 않을 거야."

이 말을 하면서 오른팔을 살짝 들어 단예를 향해 겨누었다.

단예가 말했다.

"그 많은 사람을 죽인 단전이 낭자 소매 속에서 나왔던 게로군."

"바보, 내가 두렵지 않아?"

"낭자가 날 죽일 일이 없는데 왜 두려워하겠소?"

목완청은 더욱 사나운 목소리로 말했다.

"날 화나게 한다면 죽이지 않으리란 보장은 없지. 말해봐! 내 얼굴 봤어, 안 봤어?"

단예가 고개를 가로저으며 말했다.

"안 봤소."

"정말 안 봤어?"

목소리가 갈수록 작아지고 이마 위의 면막이 흠뻑 젖은 걸로 보아 그녀는 기운이 많이 쇠한 듯했다. 그러나 끊임없이 식은땀을 흘리면서도 목소리에는 여전히 기세가 넘쳤다.

단예가 말했다.

"낭자를 속여 무엇 하겠소? 애써 믿지 않으려 할 필요는 없지 않소?"

"네가 혼절했을 때 내 면막을 왜 들추지 않았지?"

단예는 고개를 가로저었다.

"당신 등에 있는 상처를 치료하느라 그 생각은 하지 못했소."

목완청은 노기가 충천해 숨을 몰아쉬며 말했다.

"아니… 내 등을 봤다고? 당신이… 내 등에 약을 발랐단 말이야?"

"그렇소, 낭자 연지 고약은 효과가 정말 대단하더군. 그런 대단한 금창약이 있을 줄은 상상도 하지 못했소."

"이리 와서 날 좀 부축해줘."

"알았소. 말을 너무 많이 하면 좋지 않소. 좀 더 쉬다가 도망칠 방법을 강구해봅시다."

단예는 이렇게 말하며 그녀를 부축하러 다가갔다. 그러나 그의 손이 그녀의 손목에 닿기도 전에 느닷없이 찰싹 소리와 함께 왼쪽 뺨을 세차게 얻어맞고 말았다. 그녀는 중상을 입은 몸이었지만 손놀림은 여전히 매서웠다. 얼마나 심하게 맞았는지 순간 현기증이 나고 눈이 가물거리면서 몸이 빙글 돌아갈 정도였다. 그는 두 손으로 얼굴을 감싸 쥐고 화를 내며 소리쳤다.

"아니! 어찌 때리는 거요?"

"겁도 없는 도적놈 같으니! 네… 네가 감히 내 속살을 건드려? 감히… 감히 내 등짝을 훔쳐봐?"

목완청은 갑자기 격노한 나머지 이 말을 마치자마자 곧바로 정신을 잃고 바닥에 쓰러져버렸다.

단예는 너무 놀라 따귀를 맞은 모욕감마저 잊고 다급하게 달려가 그녀를 부축해 일으켰다. 그녀의 등에서는 또다시 피가 배어나와 흥건하게 젖고 말았다. 조금 전 뺨을 때릴 때 지나치게 힘이 들어간 나머지 조금씩 아물어가던 상처 부위가 다시 터지고 만 것이다.

단예는 깜짝 놀랐다.

'목 낭자가 자기 몸에 손을 댔다고 나무라긴 했지만 지금 당장 치료하지 않으면 필시 출혈이 과다해 죽고 말 것이야. 어차피 이리된 이상 내 생각대로 할 수밖에… 기껏해야 따귀 몇 대 맞으면 그만인데 뭐.'

그는 옷자락을 찢어 상처 주변의 핏자국을 깨끗이 닦아냈다. 그녀의 피부는 정말 백옥처럼 영롱하고 눈처럼 새하얗게 빛났으며 은은하고 그윽한 향기마저 풍겼다. 단예는 감히 더 볼 수 없어 황급히 연지

고약을 집어 상처 부위에 바르고 혼자 중얼거렸다.

"당신 등을 보기는 봤지만 훔쳐보진 않았소."

얼마나 지났을까? 목완청은 곧 정신이 들었다. 그녀는 눈을 뜨자마자 그를 표독한 눈빛으로 째려봤다. 단예는 또 때릴까 두려워 멀찌감치 물러났다.

"네… 네가 또…."

등짝에 난 상처에서 간간이 시원한 느낌을 받은 목완청은 단예가 또 자신한테 약을 발라줬다는 사실을 알아차렸다.

"당신이… 죽어가는 걸 보고만 있을 수는 없었소."

목완청은 계속 숨을 헐떡였지만 기력이 없는 듯 아무 말도 하지 않았다.

단예는 왼쪽 편에서 졸졸 물 흐르는 소리가 들리자 그리로 달려갔다. 그곳에는 맑은 계곡물이 있었다. 그는 두 손을 깨끗이 씻고 몸을 숙여 몇 모금 마신 다음 두 손에 맑은 물을 듬뿍 떠서 목완청 곁으로 다가갔다.

"입을 벌려보시오. 물 좀 마셔요!"

목완청은 살짝 주저하는 듯했지만 피를 워낙 많이 흘린 후였고 몹시 목이 말랐던 터라 면막의 한쪽 끝을 거두고 입을 드러냈다.

이때는 해가 중천에 떠 있던 시각이다 보니 밝게 빛나는 햇빛이 그녀의 얼굴 아래쪽을 비추었다. 단예는 갸름한 턱에 등짝 살결처럼 빛나고 투명하며 곰보 자국이라고는 반 톨도 없는 백옥같이 희고 매끈한 얼굴, 가녀리고 반듯한 앵두같이 작은 입과 아주 얇은 입술 그리고 두 줄로 가지런히 나 있어 마치 작은 옥처럼 빛나는 치아를 보고는 자신도 모르게 심장이 쿵쾅쿵쾅 요동치기 시작했다.

'그… 그야말로 절세미인이로구나!'

이때 계곡물이 이미 손가락 틈 사이로 흘러내려 목완청의 얼굴 반쪽은 온통 물방울로 가득했다. 그러자 그녀의 피부는 마치 빛 고운 구슬을 떠받치고 있는 옥, 새벽이슬을 머금은 꽃과도 같았다. 단예는 일순간 넋이 빠져 있다가 감히 더 쳐다볼 수 없어 고개를 다른 곳으로 돌리고 말았다.

목완청은 단예가 떠온 계곡물을 다 마시고 나자 입을 열었다.

"조금 더! 다시 가서 조금 더 가져와."

단예는 그녀 말대로 다시 물을 떠서 연이어 세 번이나 먹이고 난 뒤에야 비로소 그녀의 갈증을 해결해줄 수 있었다.

벼랑가로 기어가 주변을 살펴보니 건너편 절벽 위에는 아직 일고여덟 명의 사내가 남아 각자 활을 들고 이쪽을 감시하고 있었고 산골짜기 밑에서 기어올라오던 자들은 더 이상 보이지 않았다. 그러나 적들은 절대 이대로 단념하지 않고 산을 공략할 다른 대책을 세울 것이 틀림없었다.

그는 고개를 가로저으며 다시 계곡가로 다가가 두 손으로 물을 떠서 마신 다음 목완청의 상처를 치료하느라 얼굴에 묻은 핏자국까지 모두 씻어냈다.

'단장산 해약을 먹든 안 먹든 상관은 없겠지만 그래도 일단 먹어두는 게 낫겠지?'

그는 품속에서 도자기 병을 꺼내 해약을 조금 입에 집어넣고 계곡물을 이용해 삼켜버렸다.

'정말 입에 쓴 해약이로구나. 달달하고 맛있는 단장산과는 전혀 달라. 나 참! 목 낭자가 그 정도로 미모가 출중할 줄은 몰랐네. 규괘睽卦[15] 초구初九에 나오는 "말을 잃고 악한 사람을 보면 허물이 없으리라"… 이 괘와 아주 잘 맞아떨어지는구나. 그보다 절벽 정상에 물은 있어도 먹을 게 없으니 적들이 산을 공격할 필요가 없다고 여길 것이다. 며칠만 지나면 우리 둘이 알아서 굶어 죽을 테니 말이야.'

이런 생각에 의기소침해하면서 목완청 곁으로 돌아왔다.

"애석하게도 이 산에는 열매 같은 게 없소. 그런 게 있다면 몇 개 따다 낭자의 허기를 달래줬을 텐데 말이오."

"그런 쓸데없는 말을 해야 무슨 소용이야?"

이 말을 하고는 잠시 후 다시 단예에게 물었다.

"근데 그 종가네 계집아이는 어떻게 알게 된 거지?"

단예는 검호궁에서 어떻게 처음 종영을 만났고 자신이 어떤 수모를 당해 종영을 구하기로 했는지 그간의 사정을 모두 얘기해주었다.

목완청은 아무 말 없이 그 말을 다 듣고 난 뒤 냉소를 머금었다.

"무공도 모르는 주제에 쓸데없이 강호 일에 끼어들다니, 살고 싶은 마음이 없나 보지?"

단예는 겸연쩍은 모습으로 답했다.

"자업자득이니 뭐라 할 말이 없소. 다만 낭자를 연루시킨 점에 대해서는 가슴 깊이 미안해하고 있소."

"날 연루시키다니 뭘? 저자들하고 원한을 맺은 건 나야. 이 세상에 당신이 없었어도 저자들은 똑같이 날 공격했을 거라고. 다만 당신이 없었다면 난 딸린 식구가 없어서 마… 마음껏 죽어버릴 수 있었을 거야. 차라리 놈들한테 난도질을 당해 죽는 게 이 황량한 산 위에서 굶어 죽는 것보다는 낫지."

그녀는 '딸린 식구가 없다'는 대목에 이르러서 말을 잠시 더듬었다. 자신의 입으로 그를 걱정한다는 사실을 인정하는 셈이 되는 것이라 절대 그래선 안 된다고 느꼈는지 자기도 모르게 얼굴이 벌겋게 달아오르고 말았다. 다만 면막이 그녀의 얼굴을 가리고 있어 단예는 전혀 눈치채지 못했다. 목소리가 조금 다르기는 했지만 그조차도 신경을 쓰지 않았던지라 단예는 그저 그녀를 위로할 따름이었다.

"낭자, 며칠 더 쉬고 계시오. 등에 있는 상처가 다 나은 뒤에 포위를 뚫고 나간다면 저자들도 당신을 막을 수 없을 것이오."

목완청이 빈정거리는 투로 말했다.

"말은 아주 쉽게 하네. 내 상처가 며칠 내로 좋아질 것 같아? 상대방에 고수들이 얼마나 많은데…."

그때 건너편 절벽에서 강렬한 휘파람 소리가 들려와 온 산에 메아리치며 진동을 했다. 목완청이 온몸을 움찔하더니 떨리는 목소리로 말했다.

"저… 저건 누구지? 누군데 내공이 저토록 강하단 말이야?"

이 말을 하고는 손을 뻗어 단예의 손목을 잡았다. 온 천지를 휘돌아 감는 휘파람 소리가 끊임없이 이어지자 메아리 소리가 온 산에서 뿜어져 나오며 여기저기 세차게 충돌하는데 마치 한밤중에 귀신 무리들이 몰려와 목숨을 내놓으라고 울부짖는 듯했다. 백주 대낮이었건만 이 순간만큼은 단예도 눈앞의 하늘마저 어두컴컴해지는 느낌이 들었다. 휘파람 소리는 한참이 지난 후에야 비로소 잠잠해졌다.

목완청이 입을 열었다.

"저자의 무공은 정말 보통이 아니야. 난 아무래도 살아남지 못할 거 같아. 당신은… 어서 도망갈 방법을 강구해. 난 상관하지 말고."

단예가 미소를 지었다.

"목 낭자, 낭자가 이 단예를 우습게 본 것 같소. 나 단예가 비록 낭자 말대로 명예가 형편없기는 하지만 그렇게까지 형편없지는 않소."

목완청은 반짝이는 눈으로 그를 한참 동안 뚫어져라 쳐다봤다. 그녀는 애처로운 감정이 서린 눈빛으로 부드럽게 말했다.

"'명예가 형편없다'고 운운한 건 그냥 장난삼아 했던 말이니까 마음속에 담아두지 말아요. 근데 왜 굳이 나랑 같이 죽으려 하는 거죠? 그… 그게 무슨 소용 있다고? 도망가서 목숨을 부지할 수 있다면 가끔 한번씩 날 생각하는 걸로도 족한데."

단예는 목완청이 이렇게 부드럽게 말하는 소리를 들어본 적이 없었다. 휘파람 소리가 들린 다음부터 그녀가 갑자기 다른 사람이 된 것처럼 보였다. 악랄하고 냉혹하기만 한 말투에 익숙했는데 이렇듯 우아하게 말하는 소리를 들으니 생경하기 그지없어 미소를 띠어 보였다.

"목 낭자, 그렇게 말을 하니 듣기가 매우 좋소. 이제야 우아한 미모의 여인답게 보이는구려. 가끔 한번씩 생각하는 데 그치지 않겠소. 시시때때로 생각할 것이오."

목완청이 코웃음을 쳤다.

"시시때때로 날 생각하면 너무 힘들지 않을까요?"

"아니오, 힘들지 않소. 낭자 생각을 하면 달콤하기 그지없을 거요."

목완청은 자신의 볼을 어루만지다 냉소를 머금었다.

"내가 때린 게 생각나면 많이 아프겠지요…."

그러다 갑자기 다그치듯 물었다.

"우아한 미모라니요? 그걸 어떻게 알았죠? 내 얼굴을 봤군요? 그렇죠?"

이 말을 하면서 손에 힘을 주어 마치 무슨 쇠테처럼 단예의 손목을 꽉 움켜쥐었다. 단예는 한숨을 몰아쉬었다.

"낭자한테 물을 가져다 먹일 때 얼굴 반쪽을 봤소. 얼굴의 반쪽만 보았는데도 세상에 보기 드문 미인이었소."

목완청이 흉악하기는 해도 어쨌거나 영락없는 소녀였기에 남의 칭찬을 들으니 속으로는 기분이 안 좋을 수 없었다. 하물며 그녀는 늘 면막을 하고 있었기에 여태껏 남들한테 자신의 무공이 대단하다는 칭찬만 들었을 뿐 용모에 관한 칭찬은 들어본 적이 없었던 터였다. 그녀는 속으로 너무 기쁜 나머지 손목을 풀어주었다.

"지금 빨리 가서 숨어 있어요. 뭘 보든 간에 나서지 말고. 아마 놈들이 조만간 올라올 거예요."

단예가 깜짝 놀라 말했다.

"올라오게 놔둘 순 없소."

그는 당장 몸을 일으켜 벼랑가로 달려갔다. 그때 별안간 눈앞이 흐릿해지더니 황색 인영 하나가 쾌속무비하게 산으로 올라오고 있는 것이 아닌가? 지극히 험준한 산비탈이었지만 그자는 무슨 원숭이보다 더 민첩하게 마치 평지를 걷듯 산을 오르고 있었다. 단예는 속으로 너무 놀라 고함을 쳤다.

"이것 보시오, 더 올라오면 내가 돌을 던질 것이오!"

그자는 큰 소리로 웃더니 오히려 더 빠른 걸음으로 올라왔다.

웃고 있는 동안에도 1장 넘게 더 올라오는 모습을 본 단예는 어찌 됐건 산 위로 올라오게 놔둘 수는 없다는 생각이 들었다. 그러나 더 이상 인명 살상은 하고 싶지 않은 마음에 돌멩이를 주워 그자의 몸 옆 수 장 바깥쪽을 향해 내던졌다. 돌멩이가 크진 않았지만 워낙 높은 곳에서 떨어지는지라 휙휙 소리가 나는 기세만으로도 겁을 주기에 충분했다.

"이보시오, 잘 보셨소? 당신 몸에 이 돌을 던지면 목숨이 남아나질 않을 것이오. 허니 어서 돌아가시오."

그자는 냉랭한 웃음을 지으며 소리쳤다.

"이놈의 자식! 네놈이 죽고 싶어 환장을 했구나! 감히 이 어르신한테 무례를 범한단 말이야!"

단예는 그자가 다시 수 장을 더 올라오는 걸 보자 상황이 급박하다 느껴 당장 돌멩이 몇 개를 집어들어 그자의 정수리를 향해 내던졌다. 다만 그자가 절벽 아래로 추락해 죽는 참상을 볼 수 없어 두 눈을 질끈 감아버렸다. 휙 휙 하고 돌멩이가 떨어지는 소리가 들리자마자 그자의 기나긴 웃음소리가 들려왔다. 단예가 이상히 여겨 눈을 뜨자 자신이 던진 돌멩이는 깊은 골짜기 속으로 사라지고 그자는 아무 이상 없다는 듯 웃고 있는 것이 아닌가? 이에 더욱 다급해진 단예는 연거푸 돌멩이를 내던졌다.

그러나 그자가 돌멩이가 머리 위로 떨어질 때를 기다렸다 손바닥을 뻗어 밀어내자 돌멩이는 그 옆으로 비켜 지나갔다. 때로는 살며시 뛰어 돌을 피하기도 했다. 단예가 30개가 넘는 돌멩이를 한꺼번에 집어던졌지만 올라오는 속도만 약간 늦출 뿐 그자의 털끝 하나 건드릴 수 없었다. 단예는 그자가 점점 가까이 올라오는 모습을 보고 더 이상 어쩔 도리가 없다는 것을 깨달았다. 그자의 험상궂은 생김새를 흐릿하게 분별할 수 있는 정도가 되자 황급히 목완청이 있는 곳으로 달려와 외쳤다.

"목… 목 낭자! 저… 저자가 보통 무시무시한 게 아니오. 빨리 도망갑시다."

목완청이 냉랭한 말투로 답했다.

"이미 늦었어요."

단예가 무슨 말을 더 하려는 찰나 돌연 등 뒤에서 거대한 힘이 밀려왔다. 단예는 곧 하늘 높이 솟구쳐오르며 공중에서 한 바퀴를 돌아 숲속으로 내팽개쳐지고 말았다. 바닥에 곤두박질치는 순간은 정신이 아찔했지만 다행히 바닥은 키 작은 나무들로 가득해 얼굴 몇 곳에 찰과상을 입은 것 외에 별다른 부상을 입지는 않았다. 발버둥을 치며 기어가다 가까스로 일어나보니 그자가 목완청 앞에 서 있었다.

단예는 재빨리 그 앞으로 달려가 목완청 앞을 막아서서 물었다.

"귀하는 누구시오? 어찌 사람을 해치려 하는 거요?"

목완청이 깜짝 놀라 말했다.

"아니… 어서 도망쳐요! 여기 있지 말고."

그자가 껄껄대고 큰 소리로 웃어젖혔다.

"도망은 못 간다! 이 몸께선 남해악신南海鰐神이시다. 무공이 천하에서 제… 하하! 너희 같은 풋내기들도 아마 내 명성은 들어서 알고 있을 테지. 안 그래?"

단예는 심장이 두근거렸지만 애써 진정을 시키고 그자를 면면히 살폈다. 우선 한눈에 봐도 그의 머리통은 유난히 컸다. 새하얗고 날카로운 이빨이 드러나 있는 넓데데한 주둥이에 마치 완두콩처럼 동글동글하고 작은 눈이, 그리고 두 눈 밑으로 간격이 꽤 먼 곳에는 둥근 들창코가 있었다. 사방으로 강렬한 안광이 뿜어져 나오는 눈으로 눈알을 떼굴떼굴 굴리며 자신을 뚫어지게 바라보는 모습에 단예는 자신도 모르게 진저리를 쳤다. 평범한 몸집이지만 굵고 튼실한 상반신과 마르고 가느다란 하반신을 지녔으며 턱 밑에는 강철 솔처럼 하나하나 빳빳하게 튀어나온 수염이 덥수룩하게 나 있었다. 그러나 나이가 얼마나 되는지는 도저히 가늠할 수 없었다. 몸에 걸친 무릎에 닿을 정도로 긴 황포는 고급 비단으로 만들어 매우 호화스러워 보였지만 하반신의 광목으로 만든 바지는 무슨 색인지 분간조차 어려울 정도로 더럽고 남루했다. 또한 열 손가락이 모두 뾰족하고 길어서 흡사 닭발을 연상케 했다. 처음 볼 때는 생김새가 매우 추하다고만 느꼈지만 보면 볼수록 오관의 형상이나 신체 사지, 심지어 옷차림까지 어느 하나 제대로 조화를 이룬 곳이 없었다.

목완청이 말했다.

"이리 와서 내 옆에 서요!"

"저… 저 사람이 해치면 어쩌려고 그러시오?"

목완청이 코웃음을 쳤다.

"당신의 미미한 재간으로 남해악신을 막을 수 있을 거라 생각하나요?"

그녀는 이 말을 하면서도 단예가 목숨을 돌보지 않고 자기를 보호하려는 모습에 감동하지 않을 수 없었다.

단예는 그 말이 옳다고 생각했다. 이 괴인이 자신을 쫓아내려고 마음만 먹는다면 손가락 하나만 놀려도 될 터인즉 괜스레 화를 돋우지 않는 게 상책이라 느껴져 목완청 옆으로 물러섰다.

"이제 보니 귀하께선 남해악신이셨군요. 무공이 천하에서 제… 제… 거시기… 귀하의 고명은 익히 들어 알고 있습니다. 명성이 자자하더군요. 재하가 요 며칠 수많은 영웅호한을 만났지만 실로 귀하의 무공이 최고인 것 같소. 돌멩이를 수십 개나 던졌는데 하나도 맞히질 못하지 않았습니까? 귀하의 무공은 정말이지 고강하기 그지없소."

이 말을 내뱉고는 속으로 생각했다.

'지나치게 띄워주는 건 비열한 짓이지만 저자는 고강한 무공을 지닌 자가 틀림없으니 이 정도 아첨은 본심에 어긋난다고 할 수 없지.'

남해악신은 자신의 무공이 대단하다고 칭찬하는 단예의 말을 듣고 퍽이나 만족스러운 듯 두어 번 억지웃음을 흘렸다.

"실력은 형편없는 녀석인 것 같은데 보는 눈은 제법 있구나. 넌 물러서라! 네놈의 목숨은 살려줄 것이다."

단예가 크게 기뻐 말했다.

"그럼 어르신, 여기 이 목 낭자도 함께 살려주시오!"

남해악신은 순간 동그란 눈을 부릅뜨고 손을 뻗어 단예를 턱, 턱, 턱 뒤로 몇 보 물러가도록 밀어낸 뒤 가라앉은 목소리로 외쳤다.

"한 발짝만 앞으로 나오면 너 역시 살려두지 않을 것이다."

단예가 생각했다.

'저런 강호인들은 한번 내뱉은 말은 꼭 지키니까 난 그냥 꼼짝 말고

있는 게 좋겠다.'

남해악신은 작은 눈을 부릅뜨고 목완청을 아래위로 훑더니 물었다.

"네가 소살신小煞神 손삼패孫三霸를 죽였지? 맞지?"

"그렇다."

"그 녀석은 내가 사랑하는 제자였다는 것을 알고 있었느냐?"

단예는 큰일이다 싶어 속으로 부르짖었다.

'큰일 났다, 큰일 났어! 목 낭자가 저자의 애제자를 죽였으니 쉽게 끝날 일이 아니로구나. 저자한테 아무리 치켜세우는 말을 해도 전혀 도움이 되지 않겠어.'

목완청이 답했다.

"죽일 때는 몰랐다. 며칠 지나고 나서 안 것이다."

"내가 두렵지 않으냐?"

"두렵지 않다."

남해악신은 버럭 화를 내며 천지가 진동하는 듯한 목소리로 고함을 쳤다.

"네가 감히 날 두려워하지 않는다고? 네… 네년이 간덩이가 부었구나! 도대체 누굴 믿고 그러는 것이냐?"

목완청이 그를 비웃듯 냉랭한 어조로 말했다.

"당신을 믿고 그러는 거지."

남해악신은 그 말이 이해가 안 간다는 듯 소리쳤다.

"헛소리 마라! 네년이 어찌 날 믿을 수 있단 말이냐?"

"당신은 사대악인 중 한 사람이잖아? 그렇게 명망이 높은 사람이 나처럼 중상을 입은 아녀자한테 손을 쓸 수 있겠어?"

이 말 속에는 상대를 치켜세우는 뜻이 들어 있는지라 남해악신도 너무 놀란 나머지 앙천대소하며 말을 이었다.

"일리 있는 말이로군."

단예는 사대악인이라는 말을 듣고 속으로 저자가 종영의 부친인 종만구가 청해서 온 친구라는 사실을 깨달았다. 그는 종만구와의 교분을 끌어들인다면 혹시 쓸데가 있지 않을까 하는 생각에 그의 "일리 있는 말이로군"이란 말이 끝나기 무섭게 다급하게 끼어들었다.

"강호에서는 어디를 가도 남해악신이 위대한 영웅호한이라고 말합니다. 허니 부상당한 아녀자를 우롱하는 일은 절대 있을 수 없는 일일뿐더러 부상을 당한 남자조차 건드리지 않는 게 당연하겠지요. 이런 말도 들었습니다. 남해악신은 남자 한 명과는 싸우지도 않는다고 말입니다. 상대가 많으면 많을수록 싸움도 즐거워진다고 하니 이는 어르신의 무공이 고강하다는 걸 증명하는 말이 아니고 무엇이란 말입니까?"

남해악신은 동그란 두 눈을 가느다랗게 뜨고는 빙그레 미소를 지으며 듣다가 연신 고개를 끄덕였다.

"그 역시 일리 있는 말이로군. 그런 말은 누구한테 들었지?"

"무량검 동종 장문인 좌자목, 서종 장문인 신쌍청, 신농방 방주 사공현, 만겁곡 곡주 견인취살 종만구, 그의 부인 소약차 감보보 그리고 강남에서 건너온 서 파파, 평 파파… 헤헤… 너무 많군요. 너무 많아서 저도 다 기억하지 못할 정도입니다."

남해악신이 고개를 주억거렸다.

"아주 재미있는 녀석이로구나. 다음에도 누가 노부를 대단한 영웅이라고 말하는 소릴 듣거든 그 사람 이름을 꼭 기억해두도록 해라."

그러고는 고개를 돌려 목완청에게 물었다.

"듣자 하니 네 무공도 쓸 만하다고 하던데 어쩌다 중상을 입은 게냐? 누가 너한테 부상을 입혔지?"

목완청은 씩씩거리며 답했다.

"네 명이 나 하나를 공격했어. 만일 남해악신 당신이었다면 전혀 두려워하지 않았겠지. 적이 많은 걸 좋아하니까. 하지만 난 아니야."

"그 말도 일리가 있군. 넷이서 여자 하나를 공격하다니 정말 염치없는 것들이로구나."

단예가 재빨리 끼어들며 말했다.

"맞습니다! 진정한 영웅호한이라면 단타독투조차 하려 하지 않았을 텐데 4대 1이라니 말이 되는 소리인가요? 어르신이 현장을 목격하지 못해 애석할 뿐입니다. 어르신이 봤다면 한 손에 한 놈씩 잡아서 그 자들의 힘줄을 뽑고 뼈를 박살내버렸을 텐데 말입니다."

남해악신이 고개를 가로저었다.

"아니지, 아니야! 아니야!"

그가 큰 머리를 흔들어대며 "아니야!"를 외치자 단예는 속으로 흠칫 놀랐다. 그가 연달아 세 번의 "아니야!"를 외치자 단예 역시 연이어 세 번 놀란 것이다. 그는 뭐가 잘못됐는지 알 수 없어 잠자코 그가 하는 말을 들었다.

"난 힘줄을 뽑고 뼈 같은 걸 박살내지는 않아. 그저 후레자식 같은 놈들의 목을 비틀어 꺾어버리지. 힘줄을 뽑고 뼈를 박살내봐야 죽는다는 보장도 없고 재미도 없지만 목을 비틀면 절대 살아남지 못해! 못 믿겠으면 네 목을 한번 비틀어 꺾어줘볼까?"

단예가 다급하게 말렸다.

"믿습니다! 믿어요! 그럴 필요까지는 없습니다."

그는 종만구의 하인인 진희아가 사대악인 중 하나인 악노이를 영접하다 '셋째 나리'라고 호칭을 잘못하고 또 '악인이 아니라 대단한 호인'이라고 말했다가 그에게 목이 비틀려 부러졌다는 말이 기억났다. 이제 보니 이자가 바로 악노이였던 것이다.

"맞아요, 어르신은 더 이상 악할 수 없는 천하의 대악인이십니다. 어떤 이들은 어르신을 악노이라고 하던데 제가 볼 때 첫째를 뜻하는 대大 자를 써서 악노대라고 칭해야 옳지요. 악노대 어르신이 목을 비틀어 꺾어버리는데 그런 자들이 어찌 목숨을 부지하겠습니까?"

남해악신은 얼마나 기쁜지 그의 두 어깨를 계속 흔들어대며 껄껄대고 웃었다.

"맞다, 맞아! 아주 총명한 녀석이로다. 내가 더 이상 악할 수 없는 천하의 대악인이란 걸 알다니 말이야. 악노대까지는 몰라도 악노이는 틀림없지."

단예는 그에게 잡힌 양어깨가 뼛속 깊이 아팠지만 여전히 억지웃음을 지었다.

"누가 그럽니까? 악노대란 호칭을 붙여도 전혀 손색이 없는데 말입니다."

이 말을 하면서도 너무도 부끄러운 마음에 속으로 되뇌었다.

'단예야, 단예야! 목 낭자를 구해보겠다고 말을 너무 뻔뻔스럽게 하는구나. 갖은 아첨이란 아첨은 다 하다니 정말 넌 줏대도 없다. 옛 성현들의 책을 읽은 게 다 무슨 소용이더냐?'

이런 생각도 했다.

'만약 날 위해서라면 본심에 어긋나는 말은 결단코 일언반구조차 하지 않았을 것이야. 구차한 목숨을 위해 죽음을 두려워한다면 어찌 대장부라 할 수 있을까? 오로지 목 낭자를 위해 부득이하게 굴욕을 참는 것일 뿐이다.《역경》을 풀이한《단사彖辭》에서 이르길 "유순하고 정조가 굳으니 군자가 나아갈 바이다"라 했으니 이는 부드러움으로 강함을 극복한다는 군자의 도리라 할 수 있지.'

생각이 여기까지 이르니 마음속으로 약간의 위안이 됐다.

남해악신은 단예의 어깻죽지를 풀어주고 목완청을 향해 말했다.

"악노이는 영웅호한이라 부상당한 여인을 죽이지 않는다…."

'저자가 시종 첫째를 자처하지 않는 걸 보면 도대체 첫째는 얼마나 악인인지 모르겠구나.'

단예는 이런 생각을 하면서도 그에게 미움을 살까 두려워 감히 물어보진 못하고 계속되는 그의 말만 들을 뿐이었다.

"… 다음에 너희들이 무더기로 모여 있을 때를 기다렸다 그때 죽여주도록 하고 오늘은 목숨만 부지하게 해줄 것이다. 하나만 더 묻겠다. 듣자 하니 네가 다년간 면막을 쓰고 다니며 남들한테 네 얼굴을 보여주지 않고, 누구든 얼굴을 보면 죽여버리거나 아니면 그에게 출가를 할 것이라 했다던데 그 말이 사실이더냐?"

단예는 소스라치게 놀랐다. 더구나 목완청이 고개를 끄덕이는 모습을 보고는 자연히 의구심이 깊어질 수밖에 없었다.

남해악신이 말했다.

"그런 해괴한 규칙은 어찌 정한 것이냐?"

"그건 우리 사부님 앞에서 다짐한 극한의 맹세였다. 그렇게 하지 않으면 사부님께서 무공을 전수해주지 않으셨으니까."

목완청의 대답에 남해악신이 재차 물었다.

"네 사부님이 누구기에 그런 해괴망측한 맹세를 강요했다는 것이냐? 이런 썩어빠질 놈! 이런 썩어빠질 놈!"

목완청이 꼿꼿한 표정으로 말했다.

"난 그래도 당신을 선배로 생각해 어르신으로 존중해줬는데 그런 불손한 언사로 우리 사부님을 모욕하는 건 안 되는 거 아닌가?"

이 말을 듣고 있던 남해악신이 한쪽 손으로 옆에 있던 큰 바위를 내리치자 바위는 그 즉시 산산조각이 났고 돌가루 파편들은 단예의 얼굴에도 튀어 심한 고통을 주었다.

'사람의 무공이 이런 경지에 이를 때까지 연마할 수 있다니… 만약 사람의 몸을 내리쳤다면 과연 살아남을 수 있었을까?'

이런 생각에 잠긴 단예와는 달리 목완청은 눈 하나 깜빡거리지 않은 채 두려움 없는 표정을 짓고 있었다.

남해악신은 그녀를 한참 동안 부릅뜨고 쳐다보다 말했다.

"좋아! 네 말에 일리가 있는 셈 치겠다. 그래서 네 사부가 누군데? 흐흐… 이런… 이런 썩… 흐흐…."

남해악신은 차마 아까 한 욕을 다시 못하고 말을 흐렸다. 그러자 목완청은 답했다.

"우리 사부님은 유곡객幽谷客이란 분이시다."

남해악신이 잠시 주저하다 물었다.

"유곡객? 못 들어봤는데? 명성이라고는 없는 자가 아니냐?"

단예가 끼어들며 말했다.

"목 낭자의 사부님은 깊은 골짜기에 은거하고 계시어 유곡객이라 불리시는 겁니다! 어찌 어르신처럼 명성이 자자한 인물에 비할 수 있겠습니까?"

남해악신이 고개를 끄덕였다.

"그 말도 일리가 있군."

이 말이 끝나자 갑자기 목소리를 높여 목완청을 향해 고래고래 소리를 질렀다.

"내 제자인 손삼패 그 녀석도 네 얼굴을 보려다 너한테 죽임을 당한 것이냐?"

목완청이 쌀쌀맞은 표정으로 대답했다.

"당신 제자 성격은 잘 알 거 아냐? 그 자식이 당신 솜씨를 10분의 1만 배웠어도 내가 죽이지 못했을 테지."

남해악신은 고개를 끄덕였다.

"그 말도 일리가 있군."

그는 문득 평생 한 명의 제자에게만 전수해야 한다는 자기 문파의 규율이 생각났다. 손삼패가 죽어버렸으니 무공 전수를 위해 10여 년 동안 심혈을 기울인 노력이 헛수고가 되어버렸기에 생각할수록 부아가 치밀었다. 그는 대갈일성을 내질렀다.

"제기랄!"

목완청과 단예는 그의 낯가죽이 돌연 노래지면서 험상궂은 표정으로 변하는 모습을 보고 똑같이 놀라 가만히 그의 고함 소리만 들을 뿐이었다.

"제자의 원수를 갚아주겠다!"

단예가 말했다.

"둘째 나리! 목 낭자는 건드리지 않겠다고 말씀하셨지 않습니까? 더구나 나리 제자는 나리 무공의 1할도 배우지 못했으니 죽은 것이 오히려 잘된 일입니다. 세상에 살아남아 나리 체면에 먹칠을 하는 일은 피한 셈이 아닙니까?"

남해악신이 고개를 끄덕였다.

"그 말도 일리가 있군. 악노이의 체면에 먹칠을 하는 건 절대 안 되고말고."

곧이어 목완청에게 물었다.

"내 제자가 네 얼굴을 봤더냐?"

목완청이 이를 악물고 대답했다.

"아니!"

"좋아! 삼패 그 녀석이 죽어서도 눈을 감지 못할 테니 나라도 대신 네 얼굴을 봐야겠다. 도대체 추한 몰골의 못난이인지 아니면 선녀 같은 미인인지 말이야."

목완청은 그 말에 이만저만 놀란 것이 아니었다. 과거 사부 앞에서 한 극한의 맹세에 따르자면 남해악신이 자신의 면막을 강제로 벗겼을 때 저자를 당장 죽일 수도 없는 지금 상황에서는 저자와 혼인을 할 수밖에 없다는 말이 아닌가? 이런 생각에 다급하게 말했다.

"무림에서 명성이 드높은 고인이 어찌 그런 비속하고 저질스러운 행동을 할 수가 있지?"

남해악신은 냉소를 머금으며 말했다.

"비열하고 저질스럽다고? 그게 뭐 어때서? 난 더 이상 악할 수 없는 천하의 대악인이야. 일을 행함에 있어 악하면 악할수록 난 더 좋아. 노부에겐 평생 한 가지 규칙뿐이다. 바로 반격할 힘이 없는 자는 죽이지 않는다는 것이야. 그 외에는 그 무슨 일이든 악행이라면 뭐든 못할 것이 없어. 천지자연의 이치로도 용납 못하는 악행까지. 좋은 말 할 때 순순히 면막을 벗어라. 괜히 노부가 나서게 만들지 말고!"

목완청이 떨리는 목소리로 말했다.

"정말 보지 않으면 안 되겠어?"

남해악신이 화를 내며 말했다.

"한 번만 더 잔소리를 늘어놓으면 그 면막뿐만 아니라 네 몸에 걸치고 있는 옷까지 젠장, 깡그리 벗겨버리고 말 테다! 노부가 네 목만은 비틀어 꺾지는 않겠다만 네 두 손과 두 발은 모조리 비틀어 꺾어버릴 것이야. 그럼 되겠느냐?"

목완청이 생각했다.

'놈을 죽이지 못한다면 자결하는 수밖에….'

이런 생각을 하며 단예한테 눈짓으로 빨리 노망가라는 신호를 보냈지만 단예는 고개만 가로저을 뿐이었다. 그때 남해악신의 강철같이 빳빳한 수염이 부르르 떨렸다.

"헛!"

남해악신이 닭발 같은 손가락을 뻗어 그녀의 면막을 잡아채려는 순간 목완청이 소매 안에 있는 기괄機括을 눌렀다.

"슉! 슉! 슉!"

세 발의 단전이 마치 번개처럼 발사되어 나가면서 동시에 남해악신의 아랫배를 적중시켰다. 그러나 곧이어 퍽, 퍽, 퍽 하는 소리와 함께 마치 옷 안에 무슨 호신 철갑이라도 두른 듯 세 발의 화살이 땅바닥에 떨어지는 것이 아닌가? 목완청은 흠칫하고 몸을 떨더니 다시 세 발의 단전을 더 발사했다. 두 발은 그의 가슴팍을 향해서 그리고 마지막 한 발은 면전을 향해 날아갔다. 그의 가슴을 향하던 두 발의 단전은 마치 딱딱한 철갑에 부딪힌 듯 땅바닥에 떨어져버렸고, 면전을 향하던 세 번째 화살은 남해악신이 중지中指를 뻗어 가볍게 화살대를 튕겨내자 종적도 없이 사라져버렸다.

목완청은 장검을 뽑아 들어 자신의 목을 그으려 했지만 중상을 입은 몸이라 출수 속도가 느려 남해악신에게 자루를 붙잡힌 채 바닥에 내동댕이쳐졌다.

"흐흐…."

그는 냉소를 머금으며 말했다.

"반격할 힘이 없는 상대를 죽이지 않는 건 나만의 규칙이다. 넌 나한테 여섯 발의 화살을 쏘았으니 그건 나를 향해 선수를 쓴 셈이 된다. 우선 네 상판대기부터 감상한 후에 네 목숨을 취할 것이다. 네가 먼저 선수를 쓴 것이니 내가 규칙을 어겼다고 할 수는 없지."

단예가 중간에 끼어들며 소리쳤다.

"아니에요!"

남해악신이 고개를 돌려 물어봤다.

"뭐가?"

"어르신 같은 영웅호한이 중상을 입은 여자를 우롱할 순 없어요."

"이 계집이 나한테 연달아 여섯 발의 독전을 쏘는 걸 못 봤단 말이냐? 중상을 입은 여자가 영웅호한을 우롱한 것이지, 영웅호한이 중상을 입은 여자를 우롱하는 건 아니지 않느냐?"

"그래도 아닙니다."

남해악신이 대로하며 무슨 말을 하려는 순간 단예가 말을 이었다.

"어르신 규칙은 반격할 힘이 없는 상대를 죽이지 않는다는 것 아닙니까? 아닌가요?"

남해악신이 완두콩 같은 눈을 부릅떴다.

"맞다!"

"그걸 바꿀 순 없나요?"

"노부의 규칙은 일단 정해진 이상 절대 바꿀 수 없다."

"한 글자도 못 바꾸나요?"

"반 글자도 고칠 수 없다."

"만약 고친다면 어떻게 되죠?"

"그야 염병할 후레자식이 되는 거지."

"좋아요. 아주 좋습니다. 어르신은 목 낭자를 공격하지 않았는데 목 낭자가 어르신한테 화살을 쐈으니 이는 반격이 아니라 선수를 날린 겁니다. 만약 어르신이 먼저 공격을 했다면 목 낭자가 중상을 입은 상황에서는 절대 반격을 해서 막아낼 힘이 없어요. 왜냐하면 그녀는 선수를 날릴 힘은 있어도 반격할 힘이 없으니까요. 어르신이 목 낭자를 죽인다면 그건 어르신 규칙을 고치는 셈이 되고 규칙을 고치면 어르신은 염병할 후레자식이 되는 겁니다."

그는 어려서부터 유교 경전과 불경을 읽어왔던 터라 문장의 의미에 담긴 사소한 차이를 분석해내는 데 일가견이 있었다. 예를 들어 '할 수 없는 것이 아니라 하지 않는 것이다'라든가 '백마는 말이 아니며 단단한 돌은 돌이 아니다' 그리고 '겉모습만 있고 심성이 없다면 범인이 아니기에 과감하다' 같은 글월들을 깊이 연구했기에 절박한 순간에 남해악신의 말꼬리를 붙잡고 그에게 반박할 수 있었다.

남해악신은 미친 듯이 고함을 치며 단예의 양어깨를 부여잡았다.

"네가 감히 날 염병할 후레자식이라고 욕을 해?"

곧이어 손가락 다섯 개를 활짝 펴서 그의 목을 움켜잡으려 했다.

단예가 다급하게 말했다.

"어르신이 규칙을 고친다면 염병할 후레자식이지만 규칙을 고치지 않는다면 염병할 후레자식이 아닌 겁니다. 어르신이 염병할 후레자식이 되고 싶은지 되고 싶지 않은지는 규칙을 고치느냐 안 고치느냐에 달려 있는 거지요."

목완청은 단예가 목숨이 경각에 달려 있는 이런 험악한 분위기 속에서도 여전히 '염병할 후레자식'이라는 욕을 끊임없이 해대는 것을 보고 광기가 폭발한 남해악신이 분명 그의 목을 비틀어 꺾어버릴 것이라 생각했다. 이런 생각에 이르자 심히 견디기 어려웠던지 눈에서 눈물을 왈칵 쏟아내며 더 이상 볼 수 없다는 듯 고개를 돌려버렸다.

뜻밖에도 남해악신은 그의 이 몇 마디 말에 몸이 굳어버렸다. 그의 목을 비틀어 꺾어버리면 반격할 힘이 없는 상대를 죽이는 꼴이니 이 어찌 염병할 후레자식이 되는 것이 아니겠느냐고 생각한 것이다. 그는 조그만 두 눈으로 단예를 바라보다가 왼손에 힘을 주기 시작했다. 단예의 어깨뼈에서 거의 부러질 듯 우두둑 소리가 나자 단예는 금방이라도 기절할 정도로 아파 큰 소리로 외쳤다.

"난 반격할 힘이 없어요. 어서 날 죽여요!"

"내가 속아넘어갈 것 같아? 날 염병할 후레자식으로 만들려는 거지? 아니야?"

남해악신은 이 말을 하며 단예의 몸을 들어올려 땅바닥에 내팽개쳐 버렸다. 단예는 순간 눈앞이 번쩍하면서 오장육부가 모두 찢어질 듯한 고통을 느꼈다.

"안 속는다! 너희 둘은 절대 죽이지 않아."

혼잣말을 하던 남해악신은 한 손을 뻗어 목완청이 몸에 두르고 있던 녹색 두봉을 낚아채 찌익 하고 찢어버렸다. 목완청이 깜짝 놀라 뒤로 물러났다. 남해악신이 두봉을 들어올려 날려버리자 바람을 타고 날아간 두봉은 마치 거대한 연잎처럼 절벽으로 떠가다 난창강 위로 떨어져 하류 쪽을 향해 펄럭거리며 날아가버렸다. 남해악신이 섬뜩한 웃음을 지으며 말했다.

"면막을 벗지 않겠다면 네 옷을 벗겨버릴 것이다!"

목완청이 단예를 향해 손짓을 했다.

"이리 와요!"

단예는 다리를 절뚝거리며 그녀 옆으로 다가가 처연한 표정으로 고개를 저었다. 목완청은 단예 쪽으로 고개를 돌려 남해악신과 등을 진 채 나지막이 속삭였다.

"이제 당신은 이 세상에서 내 얼굴을 본 첫 남자예요!"

그녀는 천천히 면막을 벗었다.

단예는 순간 너무 놀라 온몸이 떨렸다. 그의 눈앞에 보인 것은 맑고 아름답게 빛나는 초승달과 백설이 쌓인 꽃나무 같은, 속세에서 보기 힘든 매우 수려한 얼굴이었기 때문이다. 다만 얼굴이 지나치게 창백해서 혈색이라곤 없어 보였고 오랜 세월 얼굴에 면막을 하고 다녔던 탓인지 아래위 두 얇은 입술 역시 지극히 엷은 혈색만 남아 있을 뿐이었다. 또한 두 눈은 청아하게 빛났지만 수심으로 가득한 얼굴에는 수줍은 기운을 머금고 있었다. 단예는 가냘프고 여리며 나긋나긋한 그녀의 모습을 보고 연민의 정이 느껴졌다. 그저 그녀를 품에 꼭 안고 세심하게 위로해주며 그녀를 기쁘고 편안하게 보호해주고 싶은 마음뿐이었다.

목완청은 면막을 다시 쓰고 남해악신을 향해 소리쳤다.

"내 얼굴을 보고 싶으면 우선 우리 낭군한테 물어봐."

남해악신이 이상하다는 듯이 물었다.

"네가 벌써 출가를 했다고? 네 신랑이 누구더냐?"

목완청은 단예를 가리키며 말했다.

"난 전부터 굳은 맹세를 했어. 어떤 놈이든 내 얼굴을 보는 남자는 그 자리에서 죽여버리거나 그놈에게 시집을 갈 거라고 말이야. 이 사람이 벌써 내 얼굴을 봤는데 죽이고 싶지 않으니까 시집가는 수밖에 없지."

단예가 깜짝 놀랐다.

"아니… 그… 그게…."

남해악신은 멍한 표정으로 고개를 돌려 단예를 바라봤다. 단예는 누에콩처럼 생긴 작은 눈으로 자신을 아래위로 이리저리 훑어가며 샅샅이 살피는 그의 모습을 보고 두려운 마음에 등골이 오싹해져 그저 바라만 보고 있을 수밖에 없었다. 아마도 그가 미친 듯이 노한 나머지 자신에게 달려들어 목을 비틀어 꺾을지도 모르는 일이었다.

"우와!"

갑자기 남해악신이 찬사를 아끼지 않는 환호성을 내지르며 희색이 만면한 채 말했다.

"절묘하구나, 절묘해! 어디 몸을 좀 돌려봐라!"

단예는 감히 저항할 수 없어 그의 말대로 몸을 돌렸다.

"절묘하구나, 절묘하기가 그지없어! 나를 꼭 닮았어! 어쩌면 이렇게 날 닮았지?"

그가 무슨 말을 하든 상관없었지만 "나를 꼭 닮았어!"라는 말은 단예와 목완청을 특히나 의아하게 만들었다. 두 사람 모두 똑같이 이런 생각을 했다.

'정말 희한하기 짝이 없는 말이로군. 당신처럼 고강한 무공에 추한 몰골을 가진 사람과 뭐가 닮았다는 거지? 더구나 꼭이란 말까지 붙여 가면서 말이야.'

남해악신은 몸을 훌쩍 날려 단예 옆으로 다가오더니 그의 뒷머리를 쓰다듬다가 다시 그의 손과 발을 만지작거렸다. 그러다 그의 옆구리를 꾹꾹 몇 번 누르고는 네모반듯한 큰 입을 헤벌린 채 껄껄대며 웃었다.

"나를 꼭 닮았구나, 꼭 닮았어!"

그러고는 단예의 손목을 잡아끌며 말했다.

"나랑 같이 가자!"

단예는 아무리 생각해도 이해가 되지 않아 물었다.

"어디를 같이 가자는 겁니까?"

"그냥 따라오기만 하면 돼. 어서 절을 올려라! 제자로 거두어달라고 말이야. 한 번만 청하면 내 당장 허락할 것이다."

이는 단예도 전혀 예상치 못한 일이라 우물거리며 제대로 말을 잇지 못했다.

"저… 그게… 그게…."

남해악신은 마치 세상에서 가장 진귀한 보배를 얻은 듯 기뻐서 어쩔 줄을 몰라 했다.

"손발이 길쭉길쭉하고 뒤통수도 적당히 튀어나온 데다 옆구리도 아주 유연하구나. 게다가 영리하고 민첩한 데다 나이도 그리 많지 않은 사내놈이니 무공을 배우기에는 아주 훌륭한 재목이로다. 봐라, 내 뒤통수가 너와 똑같지 않으냐?"

이 말을 하면서 자기 몸을 뒤로 돌렸다. 단예는 그의 뒤통수가 튀어나온 것을 보고 자기 뒤통수를 한번 만져보니 과연 뒤통수가 닮은 것처럼 느껴졌다. 그가 "나를 꼭 닮았어!"라고 한 말이 두 사람의 뒤통수가 닮아서 한 말임을 누가 알았겠는가?

남해악신은 빙긋이 웃으며 몸을 돌렸다.

"우리 남해파에는 예로부터 엄격한 규칙이 있다. 각 대에 단 한 사람에게만 전수가 가능해 제자를 오직 한 명만 받을 수 있지. 죽은 내 제자 소살신 손삼패는 뒤통수가 너만큼 잘생기지도 않았고 내 능력의 10분의 1도 배우지 못했다. 차라리 죽어서 다행이야. 새로 시작할 수 있으니 말이야. 아니었다면 내 손으로 그놈을 죽이고 널 제자로 받아들였을 것이다."

단예는 몸서리를 치지 않을 수 없었다.

'정말 잔인하고 악랄한 자다. 누구든 자질이 좋은 사람이 나타나기만 하면 자기 제자를 죽여버리고 새로운 제자를 받아들인다는 말이 아닌가? 물론 무공을 배우고 싶은 마음이 없긴 하지만 무공을 배우겠다고 해도 절대 이런 자를 사부로 모실 수는 없는 일이다. 다만 내가 거절을 한다면 큰 화를 면치 못할 텐데….'

이렇게 아무 대책 없이 고민을 하는 동안 남해악신이 갑자기 큰 소리로 고함을 쳤다.

"거기 숨어서 뭣들 하는 것이냐? 당장 이리 나오지 못해?"

그러자 숲속에서 10여 명이 모습을 드러냈는데 그 안에는 서 파파와 평 파파 그리고 검을 쓰는 사내가 포함되어 있었다. 남해악신이 벼랑 위로 올라온 이후 돌을 던져 올라오는 자들에 대한 방어조차 할 수 없는 상황이다 보니 그 틈을 타서 벼랑 위로 올라왔던 것이다.

이자들은 숲속에 매복해 숨죽이고 있긴 했지만 남해악신의 귀를 피하지는 못했다. 그는 단예같이 훌륭한 인재를 얻어 너무 기뻤던 터라 잠시 성질을 죽이고 만면에 웃음을 지은 채 서 파파 일행을 향해 눈을 흘기며 소리쳤다.

"여기는 뭐 하러 올라온 것이냐? 노부가 좋은 제자를 거두었다고 축하라도 해주러 온 것이냐?"

서 파파가 목완청을 가리키며 말했다.

"우린 동료들의 복수를 위해 저 천한 년을 잡으러 왔다."

남해악신이 대로했다.

"저 낭자는 내 제자의 마누라인데 누가 감히 잡아간단 말이냐? 제기랄, 모두 다 꺼져!"

서 파파 일행은 하나같이 의아해하는 표정으로 서로 얼굴만 쳐다볼 뿐이었다.

단예가 용기를 내서 말했다.

"난 어르신을 사부로 모실 수 없습니다. 전 이미 사부가 있어요."

남해악신이 대로해서 고함을 쳤다.

"사부가 누구냐? 나보다 실력이 뛰어나기라도 하단 말이냐?"

"우리 사부님 공력을 말씀드리자면 어르신은 흉내도 못 낼 겁니다. 《주역》의 괘상卦象[16]과 계사系辭[17]를 아십니까? 그 명이明夷[18]와 미제未濟[19]의 이치에 관해 한번 얘기해보십시오."

남해악신은 머리를 긁적였다. 괘상, 계사니 명이, 미제니 하는 말들은 들어본 적도 없던 터라 그게 무슨 신기의 무공인지 알 수 없는 노릇이었기 때문이다.

단예는 난색을 표하는 그의 모습을 보고 말했다.

"이제 보니 그런 심오한 기술은 전혀 모르시나 보군요. 허면 노영웅의 호의에 대해서는 마음으로 받도록 하겠습니다. 후에 저희 사부님께 청해 어르신과 기량을 겨룰 수 있는 기회를 마련하도록 하지요. 누구 실력이 더 훌륭한지 살펴보도록 하겠습니다. 만일 어르신이 우리 사부님을 이긴다면 제가 그때 가서 사부로 모셔도 늦지 않습니다."

남해악신이 대로해서 물었다.

"네 사부가 누구냐? 내가 네 사부 따위를 두려워할 줄 아느냐? 언제 겨룰 수 있느냐?"

단예는 시간을 벌어보기 위해 내놓은 계책이었으니 당장 비무 약속까지 잡자고 할 줄은 몰랐던 터라 이렇다 할 대답을 하지 못하고 망설이고 있었다. 그때였다. 갑자기 저 멀리서 날카롭고 긴 쇠피리 소리가 들려왔다. 그 소리는 수많은 산봉우리를 넘어 허공을 뚫고 전해져왔다. 끊임없이 이어지는 소리로 보아 피리 부는 사람은 영원히 끊어지지 않는 호흡을 가진 것처럼 폐활량이 무궁무진한 것 같았다. 절벽 위에 있던 이들 모두가 처음 들었을 때는 고막을 자극하는 스산한 피리 소리로만 느꼈지만 들으면 들을수록 경이로운 소리에 서로를 마주보며 어리둥절해할 수밖에 없었다.

남해악신이 자신의 뒤통수를 철썩철썩 때리며 부르짖었다.

"큰형님께서 부르시는군. 더 얘기할 시간이 없다. 네 사부와는 언제 대결할 수 있느냐? 장소는? 어서 말해! 어서!"

단예는 우물쭈물하며 말을 얼버무렸다.

"그게… 제가 사부님을 대신해 약속을 잡기는 좀 그렇습니다. 더구나 어르신이 가면 저자들이 우리 둘을 죽일 텐데 제가 어찌… 어찌 사부님께 고할 수 있겠습니까?"

이 말을 하면서 손가락으로 서 파파 일행을 가리켰다.

남해악신이 뒤도 돌아보지 않고 왼손을 뒤집어 내밀자 그의 손은 이미 검을 쓰는 사내의 멱살을 붙잡고 있었다. 곧이어 몸을 왼쪽으로 기울이고 오른손 손가락을 모두 펴서 그의 두개골을 쥔 채, 왼손은 오른쪽으로, 오른손은 왼쪽으로 돌려 두 손을 교차해 비틀었다. 우두둑 소리와 함께 사내의 목이 비틀어 꺾이자 그자의 얼굴은 등 쪽을 향해 맥없이 쏟아져 버렸다. 그의 오른손에는 이미 반쯤 뽑아 든 검이 들려 있었고 출수도 매우 빠른 편이었지만, 검을 채 뽑기도 전에 얼굴이 등을 향한 채 죽어버리고 만 것이다. 그 죽은 모습은 실로 기괴하기 짝이 없었다.

그 사내는 앞서 목완청과 대결을 벌일 때 매우 민첩한 몸놀림으로 목완청이 근거리에서 발사한 독전조차 검으로 막아냈던 자였다. 하지만 남해악신의 번개 같은 목 비틀기 앞에서는 그 어떤 기량도 발휘하지 못했다. 이를 바라보고 있던 나머지 사람들 모두 공포에 질려 얼음이 되어버리고 말았다. 남해악신은 잡고 있던 손을 놓으며 시신을 한쪽에 내동댕이쳐버렸다. 서 파파의 수하 사내 셋이 일제히 함성을 지르며 달려들었지만 남해악신이 오른발로 발길질을 연이어 세 번 날리자 세 명 모두 하늘 높이 날아올라 골짜기 안으로 떨어져버렸다. 끔찍한 비명 소리가 골짜기 밑에서 울려 온 산에 메아리치자 단예는 그저 온몸의 털이 곤두서서는 가만히 듣고만 있을 뿐이었다. 서 파파 일행 역시 너무 놀란 나머지 뒷걸음질 치기 시작했고 이런 모습을 본 남해악신은 껄껄대고 웃었다.

"모가지를 비틀어 우두둑하는 소리가 날 때가 난 가장 재미있어. 정말 재미있어. 허나 모가지 하나로는 부족해. 둘은 더 비틀어줘야 제맛이지. 누구든 여기서 가장 늦게 도망가는 놈은 노부가 모가지를 비틀어 꺾어줄 것이다."

서 파파와 평 파파 일행이 그 말에 혼비백산해서는 재빨리 벼랑가로 달려가 뿔뿔이 기어내려가기 시작했다.

남해악신은 기괴한 웃음소리를 연발하며 단예를 향해 말했다.

"네 사부에게도 이런 무공이 있더냐? 날 사부로 모신다면 내가 당장 이 무공을 전수해줄 것이다. 네 마누라 무공이 쓸 만하니 마누라가 네 말을 듣지 않는다면 네가 우두둑하면서 그 모가지를 비틀어 꺾어버리면 될 것이야…."

갑자기 쇠피리 소리가 다시 들리는데 이번에는 삑삑, 삑삑 하는 다급한 소리로 끊기지 않고 계속해서 이어졌다. 남해악신이 부르짖었다.

"가요! 가! 젠장맞을! 우라지게 재촉하네."

그는 다시 단예에게 말했다.

"여기 얌전히 기다리고 있어라! 어디 가지 말고!"

남해악신은 발걸음을 재촉해 뛰어가 벼랑 밑으로 몸을 날렸다.

단예는 놀랍고도 기쁜 나머지 생각했다.

'저대로 훌쩍 뛰면 죽지 않을까?'

이런 생각을 품고 벼랑가로 달려가보니 그는 그대로 절벽 밑으로 수직 강하하며 수 장을 추락하다 곧 손을 뻗어 절벽 옆에 붙였다가는 훌쩍 몸을 날리고 다시 또 수 장을 추락하다 얼마 지나지 않아 골짜기 입구의 흰 구름 속으로 사라져버리는 것이었다.

단예는 목완청 곁으로 돌아와 웃음 띤 얼굴로 말했다.

"낭자의 기지 덕분에 저런 대악인을 속일 수 있었소."

"속이다니 뭘요?"

"그… 낭자가 말했지 않소? 낭자 얼굴을 처음 본 남자가 바로 낭자의… 낭자의…."

"누가 속였다 그래요? 내가 한 굳은 맹세를 어찌 헤아리지 못하는 거죠? 오늘 이후로 당신은 내 낭군이에요. 하지만 저 악인을 사부로 모시는 건 절대 안 돼요. 그자의 무공을 배워오면 내 목을 비틀 것 아니에요?"

단예가 어리둥절해하다 입을 열었다.

"위급한 상황이라 그 악인한테 거짓말을 했던 거요. 어찌 진짜 그럴 수 있겠소? 그리고 내가 어찌 낭자의… 낭자의… 나… 낭군이 될 수 있겠소? 또 그렇게 되고 안 되고를 떠나 절대 당신 목을 비트는 일은 없을 것이오."

목완청은 비틀거리며 일어나 떨리는 목소리로 말했다.

"뭐요? 날 원치 않는다고요? 내가 싫은 거예요? 그런 거예요?"

단예는 노기충천한 그녀를 보고 살짝 당황했다.

"낭자가 위중한 상황에서 한 농담을 어찌 마음에 담아두겠소?"

목완청은 앞으로 한 발 나아가 철썩하고 그의 한쪽 뺨을 세차게 후려쳤다. 그러나 부상당한 다리에 힘을 싣지 못한 목완청은 더 이상 서 있지 못하고 그대로 그의 품 안으로 쓰러져버렸다. 단예는 재빨리 손을 뻗어 부축했다.

단예의 품에 안긴 목완청은 그가 자신의 낭군이란 생각에 온몸이 달아오르면서 노기도 가라앉았다.

"어서 이거 놔요."

목완청의 부드러운 몸을 안자 단예는 마음속으로 왠지 모를 따뜻한 정이 느껴졌다.

"화내지 말고 천천히 생각해봅시다."

그는 목완청을 부축해 암벽에 기댈 수 있도록 앉혔다.

'원래 괴팍한 성격이었는데 중상을 입고 난 뒤로 좀 흐릿해진 것 같구나. 지금은 그냥 원하는 대로 무슨 말을 하든 들어줘야겠다. 곤괘困卦[20] 중에 "말을 해도 믿지 않는다"라는 말이 있지 않나? 지금은 곤경에 처했으니 말을 해도 믿지 않는 건 당연한 이치지. 안 그러면 난 이제 대악인의 제자이자 이 고약한 낭자의 신랑이 된다는 것인데, 그럼 나 단예 또한 소악인이 되는 셈이 아닌가? 명예에 손상을 입지 않는다고 가질 수는 없는 법이다.'

이렇게 생각하고 혼자 웃음을 짓다 목완청을 향해 부드러운 목소리로 말했다.

"좀 쉬고 계시오. 난 가서 먹을 것 좀 구해오겠소."

"이 헐벗은 산꼭대기 위에 먹을 것이 뭐가 있겠어요? 다행히 그자들이 모두 도망갔잖아요. 좀 쉬다가 기력을 회복하면 당신을 업고 하산하겠어요."

단예가 황급히 손사래를 쳤다.

"그… 그건… 절대 아니 되오. 걸음도 제대로 못 걸으면서 어찌 날 업고 내려간다는 말이오?"

"내 목숨을 버릴지언정 날 떠나서는 절대 안 돼요. 낭군, 나 목완청이 비록 눈 하나 깜짝하지 않고 살인을 하는 여자이긴 하지만 낭군을 위해서는 목숨까지 바칠 각오가 되어 있어요."

이 말속에는 단호함이 가득 배어 있었다.

"정말 고마운 말이기는 하나 기운부터 차리고 다시 얘기합시다. 앞으로 다시는 면막을 쓰지 마시오. 알겠소?"

"낭군이 쓰지 말라면 안 쓰겠어요."

그녀는 당장 면막을 벗어버렸다.

순간 면막 뒤에 드러난 그녀의 청아하고 미려한 얼굴을 마주한 단예는 또다시 넋을 잃고 말았다.

"으악!"

그때, 단예는 난데없이 복부에 극렬한 통증이 느껴져 자기도 모르게 비명을 내질렀다. 마치 단도로 배 속을 끊임없이 난자하며 창자를 마디마디 자르는 것 같은 고통이었다. 두 손으로 배를 움켜쥔 단예의 이마에는 콩알 같은 구슬땀이 알알이 배어나오기 시작했다.

목완청이 깜짝 놀라 물었다.

"아니… 왜 그래요?"

단예가 신음 소리를 내며 답했다.

"그… 그 단장산… 단장산이…."

"저런, 아직 해약을 안 먹은 거예요?"

"먹었소."

"양이 모자랐나 봐요."

목완청은 품 안에서 도자기 병을 꺼내 해약을 덜어 단예에게 먹였다. 그러나 단예가 여전히 죽을 듯이 아파하자 곧 자기 옆에 끌어다 앉히고 다독거리며 말했다.

"이제 좀 나아졌나요?"

단예는 눈앞이 깜깜해질 정도로 아파 계속해서 신음 소리를 냈다.

"갈수록 더 아프오… 더 아파. 해약이 가… 가짜인 것 같소."

목완청이 화를 내며 말했다.

"사공현 그자가 감히 가짜 약을 내주다니… 나중에 가서 신농방 놈들을 모조리 죽여버려야겠어요."

"우… 우리가 준 것도… 가짜 약 아니었소? 사공현이나 우리나 피차일반이니 어쩔… 어쩔 도리가 없소."

목완청은 노기를 참지 못했다.

"뭐가 어쩔 도리 없어요? 우리가 그자한테 가짜 약을 주는 건 상관없지만 그자가 어찌 우리한테 가짜 약을 줄 수가 있단 말이에요?"

목완청은 소매를 뻗어 그의 땀을 닦아냈다. 그녀는 그의 창백한 안색을 보고 가슴이 아팠는지 흐느껴 울기 시작했다.

"이… 이대로 죽으면 안 돼요!"

이 말을 하며 자신의 오른뺨을 그의 왼쪽 뺨에 붙이고 떨리는 목소리로 말했다.

"낭… 낭군, 죽지 마세요!"

단예는 그녀의 품에 자신의 상체를 내줬다. 이런 젊은 여인과 가까이 접촉을 해본 것은 난생처음이었다. 얼굴은 그녀의 부드럽고 여린 뺨에 붙어 있고 귀에서는 "낭군! 낭군!" 하는 나긋나긋한 외침이 들리며 코에서는 그녀의 몸에서 미세하게 풍겨오는 은은한 향기가 나는데 어찌 그녀에게 정신을 뺏기지 않을 수 있겠는가? 얼마나 지났을까? 복부의 통증은 점차 가라앉기 시작했다. 원래 사공현이 내준 것은 가짜 약이 아니었다. 단장산이 워낙 극한의 기운을 가진 독약이고 발작할 시기가 점차 가까워지던 때였기에, 비록 해약을 복용해 독성이 점차 사라지기는 했지만 배 속에서 간간이 어이지는 통증을 피할 수는 없었다. 이런 사정을 사공현도 알고 있었지만 당시에는 감히 영취궁 사자를 노하게 하고 싶지 않아 명확하게 말하지 않았던 것이다.

목완청은 단예가 더 이상 신음 소리를 내지 않자 물었다.

"이제 아프지 않아요?"

"조금 괜찮아졌소. 허나… 허나…."

"허나 뭐요?"

"당신이 내 곁을 떠나면 다시 또 아플 것 같소."

목완청은 붉게 물든 얼굴로 그의 몸을 밀어내며 나무랐다.

"이제 보니 꾀병이었군요."

단예는 만면에 홍조를 띠고 부끄러워 어쩔 줄 몰랐다. 그때 또다시 배 속에서 극렬한 통증이 느껴지자 이를 참지 못하고 다시 신음 소리를 냈다.

목완청은 그의 손을 꽉 붙잡고 말했다.

"낭군, 당신이 죽으면 나도 살고 싶지 않아요. 우리 둘이 함께 저승에 가서도 꼭 다시 부부의 연을 맺어요."

단예는 그녀가 자신을 위해 순정을 바치길 원치 않았다.

"아니! 아니오! 낭자는 우선 내 원수를 갚아주시오. 그리고 매년 내 무덤에 와서 제나 올려주시오. 낭자가 내 무덤에서 30~40년 동안 제를 올려주기만 한다면 난 죽어도 여한이 없겠소."

"정말 이상한 분이군요. 죽은 사람이 뭘 안다고 그런 말을 하죠? 내가 제를 올려준다고 당신한테 좋을 게 뭐 있다고요?"

"낭자가 나와 함께 죽는 건 더 좋을 게 없소. 솔직히 말해 낭자같이 아름다운 여인이 매년 내 무덤에 한 번씩 와서 제를 올려준다면 난 지하에서 그걸 알고 당신을 바라보며 기뻐할 것이오. 당신이 오기 전에 당신을 기다리고 있다면 얼마나 기쁘겠소? 한데 낭자가 나와 함께 죽어버린다면 우리 둘 다 백골로 변해버릴 테니 그리 보기 좋지는 않을 것이오."

목완청은 단예가 자신을 칭찬하는 소리에 속으로 기분이 좋았다. 그러나 이제 막 그에게 자기 평생을 맡겼는데 그런 사람이 죽어버린다고 생각하니 자신도 모르게 주르륵 눈물이 흘러내렸다.

단예는 손을 뻗어 그녀의 가녀린 허리를 껴안았다. 아주 따뜻하고 뼈가 없는 듯 부드러운 느낌이 손에 느껴지자 또다시 가슴이 쿵쾅쿵쾅 뛰기 시작했다. 그는 곧 고개를 낮춰 그녀의 입술에 입을 맞추었다. 그에게는 평생 첫 입맞춤이었다. 그는 길게 입을 맞출 수가 없어 입을 붙이자마자 떼고는 곧 고개를 들어 그녀의 아름다운 얼굴을 물끄러미 바라보다 한숨을 내쉬었다.

"애석하게도 내 명이 길지 않아 이렇듯 아름다운 얼굴을 얼마 더 못 보겠구려."

목완청은 그에게 입술을 내주고 가슴이 쿵쾅거리지 않을 수 없었다. 부끄러운 마음에 두 뺨이 홍조로 물들어 혈색이라고는 없던 얼굴이 몇 배 더 아름답고 화사하게 변했다.

"당신은 이 세상에서 내 얼굴을 가장 처음 본 남자예요. 당신이 죽고 나면 난 내 얼굴을 칼로 그어 다시는 다른 남자에게 내 진면목을 보여주지 않을 거예요."

단예는 그 말을 못하게 막으려 했지만 왠지 모르게 질투심이 불타올랐다. 그는 다른 남자가 이 아름다운 절색의 얼굴을 보지 못하게 만들고 싶은 마음에, 그러지 말라는 말이 목구멍까지 올라왔지만 입으로 내뱉을 수 없었다.

"과거에는 어쩌다 그런 독한 맹세를 하게 된 것이오? 그 맹세가 좀 이상하긴 하지만 오히려… 오히려 잘된 것 같소!"

"당신은 이미 내 낭군이 됐으니 사실을 말해줘도 아무 문제 없을 것 같네요. 난 부모가 없어요. 세상에 태어나자마자 황량한 들판에 버려졌지만 다행히 우리 사부님께서 구해주셨어요. 사부님께서는 갖은 고생을 하시며 절 키우고 무예까지 가르쳐주셨죠. 사부님께서 그러셨어요. 천하의 남자들은 하나같이 무정해서 내 얼굴을 보면 갖은 술수를 써가며 날 유혹에 빠트리고 말 거라고 말이에요. 그래서 사부님께선 제가 열네 살 되던 해부터 면막으로 얼굴을 가리고 다니게 하셨죠. 18년을 살아오면서 난 늘 사부님과 함께 깊은 산속에 살았어요. 원래는…."

단예가 말을 끊었다.

"음… 열여덟 살이면 나보다 한 살 적군."

목완청이 고개를 끄덕이며 말을 이었다.

"올봄에 우리가 있는 산속으로 누군가 왔는데 바로 우리 사부님 사매인 소약차 감보보의 서찰을 가지고 온 사람이었어요…."

단예가 다시 말을 끊었다.

"소약차 감보보? 종영의 어머님이 아니오?"

"맞아요, 그분이 내 사숙이에요."

목완청은 돌연 안색이 굳어졌다.

"자꾸 종영 그 계집애 좀 떠올리지 말아요. 당신은 내 낭군이니까 나만 생각해야 해요."

단예가 혀를 내밀며 익살스러운 표정을 짓자 목완청이 화를 내며 말했다.

"내 말 안 들려요? 나도 당신 아내니까 당신 한 사람만 생각할 거예요. 다른 남자는 개돼지 같은 짐승으로 여길 거라고요."

단예는 빙긋이 미소를 지어 보였다.

"그럴 수는 없소."

목완청은 손을 뻗어 때리는 시늉을 하다 격앙된 목소리로 물었다.

"왜죠?"

단예가 빙긋 웃었다.

"당신 말대로라면 우리 어머니나 당신 사부님도 다른 여자에 속하지 않소? 한데 내가 어찌 그분들을 짐승으로 여길 수 있겠소?"

목완청은 아연실색하고는 결국 고개를 끄덕였다.

"그래도 종영 그 계집애를 자꾸 떠올리는 건 안 돼요."

"자꾸 떠올린 적 없소. 당신이 종 부인을 거론하니 종영이 생각났을 뿐이오."

곰곰이 생각해보니 지금 이 순간 종영 생각은 전혀 나지 않아 왠지 꺼림칙한 기분을 금할 길 없었다.

"당신 사부님이 받은 서찰은 어떤 내용이었소?"

"모르겠어요. 사부님께서는 그 서찰을 보자마자 화가 머리끝까지 나서 서찰을 갈기갈기 찢어버렸어요. 서찰을 전달한 사람한테는 알았으니 그만 가보라고 말하며 보내버렸지요. 그 사람이 간 뒤로 사부님께선 며칠 동안 식음을 전폐하고 울기만 하셨어요. 내가 심려 마시라고 위로도 해봤지만 아랑곳하지 않으셨어요. 이유가 뭔지에 대해서도 아무 말씀 안 하시고 말이에요. 그저 어떤 두 여인이 사부님께 잘못했다고만 하시기에 내가 이렇게 말씀드렸어요. '사부님, 고정하십시오. 그 못된 여인 둘이 사부님을 그토록 힘들게 했다면 우리가 가서 죽여버리면 되지 않습니까?' 그러자 사부님이 '그래!' 하고 대답하셨어요. 그렇게 우리 사제 두 사람은 그 못된 여인 둘을 죽이러 가기 위해 하산을 하게 됐어요. 사부님 말씀으로는 지난 몇 년 동안 그 못된 여인 둘이 사부님을 그렇게 힘들게 했다는 사실을 전혀 모르고 있었는데 다행히 사숙이 그런 사실은 물론 두 여인의 소재지까지 알려준 거라고 하더군요."

단예는 속으로 생각했다.

'아마 종 부인 자신이 그 두 여인을 미워했겠지. 그래서 낭자 사부님을 이용해 그 두 사람을 죽이려고 했을 거야. 종 부인이 천진난만하고 애교가 넘쳐 아무것도 모르는 사람처럼 보이지만 실은 보통 사람이 아니거든. 자기 남편을 쩔쩔매게 만드는 걸 보면 알 수 있지.'

목완청이 말을 이었다.

"우리가 하산할 때 사부님께서는 나한테 굳은 맹세를 하라고 명했어요. 내 얼굴을 본 누군가에 대해 만일 내가 죽이지 않는다면 그 사람한테 시집을 가겠다는 내용의 맹세를 말이에요. 그 사람이 절 아내로 삼길 원치 않거나 날 아내로 삼았다가 다시 날 떠난다면 내 손으로 직접 그 정분을 저버린 사람을 죽여야 해요. 내가 이 맹세를 어겼다가 사부님이 아시면 자결을 하겠다고 하셨죠. 사부님께서는 한번 내뱉은 말은 책임을 지는 성격이라 입에서 나오는 대로 협박을 하진 않으시거든요."

단예는 목완청의 이 말에 심히 놀라지 않을 수 없었다.

'천하의 그 어떤 맹세도 이런 예는 없다. 자신이 어떤 행동을 했을 때 스스로 어떤 대가를 받겠다고 하는 게 일반적인데 그녀 사부는 오히려 자결로 협박을 하는 셈이니 이는 절대 거역할 수 없는 맹세가 아닌가?'

목완청이 말을 이었다.

“사부님께서는 나에겐 부모님이나 마찬가지라 그 은혜가 태산과도 같은데 내가 어찌 그분의 분부를 거역할 수 있겠어요? 하물며 사부님의 이 당부는 다 저를 위해서였어요. 해서 난 추호의 망설임도 없이 무릎 꿇고 맹세를 했죠. 하산을 한 우리 사제는 우선 못된 여인 중 하나인 왕씨를 죽이러 소주로 갔어요. 한데 그 여자가 머물던 곳은 기괴하기 짝이 없는 곳이었어요. 이리저리 갈림길이 나 있는 작은 강에 부둣가가 늘어서 있어 왕씨 여인 수하들을 몇 명 죽이긴 했지만 정작 왕씨 본인은 만날 수조차 없었죠. 후에 사부님이 그러셨어요. 둘이 각자 흩어져서 찾아보고 한 달 후에 회합하지 못하면 각자 대리로 가자고 말이에요. 또 다른 못된 여인 하나가 바로 대리에 살고 있었기 때문이에요. 한데 그 못된 왕씨라는 여인 수하에는 뛰어난 무공 실력을 지닌 남녀 노비들이 많았어요. 서 파파와 평 파파 두 늙은이들이 바로 그 노비들 우두머리예요. 중과부적이다 보니 싸우고 도망치기를 반복하다 감 사숙을 찾아 대리까지 오게 됐고, 감 사숙은 나한테 만겁곡 밖에 있는 한 장원에 살도록 조치해주셨어요. 그곳에서 사부님이 오길 기다렸다가 다 같이 대리에 사는 못된 여인을 죽이러 가자면서 말이에요. 한데 뜻밖에도 사부님이 오시기도 전에 서 파파를 비롯한 노비 일당이 먼저 도착을 한 거예요. 그 이후의 일은 아마 당신도 다 알 거예요.”

그녀는 더 말을 잇기 힘든 듯 잠시 눈을 감고 정신을 가다듬었다. 그러다 다시 말을 이어갔다.

“처음에는 당신도 사부님이 말씀하셨던 세상의 모든 남자처럼 무정하고 의리 없는 사람으로만 알았어요. 한데 내 흑매괴를 빌려갔다가 뜻밖에도 나한테 기별을 전하러 급히 돌아왔잖아요? 그게 어디 쉬운 일인가요? 그 노비들이 절 포위한 상황에서 당신은 무공도 모르면서 날 지켜줬어요. 나… 나도 양심이 있는 사람이다 보니 마음속으로는 감격해하고 있었죠."

단예는 혼자 생각했다.

'낭자가 날 말 뒤에 끌어올려서 개울물에 빠뜨리고 걸핏하면 따귀를 날린 것도 마음속으로 감격해서 그랬다는 말이군. 맞아. 감격하지 않았다면 벌써 단전을 쏴서 날 죽여버렸겠지.'

목완청이 말을 이었다.

"당신은 내 상처를 치료하면서 내 등을 봤고, 난 또 당신 엉덩이를 봤잖아요. 그래서 당신한테 시집가지 않으면 안 되겠다고 생각했어요. 그 뒤로도 남해악신이 하도 몰아붙이기에 하는 수 없이 당신한테 내 얼굴을 보여준 거예요."

여기까지 이야기하고는 고개를 돌려 단예를 응시했다. 목완청의 아름다운 눈 속에는 따뜻한 정이 담겨 있었다.

단예는 문득 이런 생각이 들었다.

'설마… 설마 나한테 정말 정을 준 것인가?'

"내 어… 엉덩이를 본 것은 마음에 둘 것 없소. 조금 전에는 워낙 긴박한 사태에 처해 어쩔 수 없어 그런 것이니 당신이 맹세를 어겼다고 볼 수는 없을 것이오."

목완청은 크게 화를 내며 다그치듯 말했다.

"내가 한 맹세를 어떻게 바꿀 수 있어요? 당신 엉덩이는 뭐 보기 좋았는지 알아요? 얼마나 추해 보였는데요. 날 받아들이고 싶지 않다면 지금이라도 확실히 말해요. 단전으로 당신을 죽여버려서 맹세에 위배되는 일이 없게 하겠어요."

단예가 이에 대한 변명을 하려는 순간 배 속에 또다시 극렬한 통증이 밀려왔다. 그는 두 손으로 배를 움켜쥐고 큰 소리로 신음 소리를 내기 시작했지만 목완청은 이에 아랑곳하지 않고 물었다.

"어서 말해요. 날 아내로 맞을 거예요? 말 거예요?"

"배… 배가 너무 아프오!"

"내 남편이 되길 원해요? 원치 않아요?"

단예는 속으로 생각했다.

'어쨌든 이런 통증이 계속된다면 결국 얼마 살지 못할 텐데 굳이 죽기 전에 그녀를 상심하게 해서 평생 한을 품게 만들 필요는 없지 않은가? 더구나 이렇게 아름다운 여인을 처로 맞는다면 그 얼마나 행복한 일인가? 주역의 귀매괘歸妹卦에도 이런 말이 있다. "누이동생을 시집보내는 데 있어 시기를 미루니 늦은 혼인도 때가 있기 때문이다." 흠… 지금 당장 시집을 올 수는 없고 시기를 늦춰야 한다고 말하면 문제없겠지.'

돌연 신선 누님이 생각났다. 그러나 신선 누님은 사부님이나 경배의 대상이 될 순 있어도 아내가 될 수는 없다고 생각하니 결코 모순이라고 할 수는 없었다.

"다… 당신을 아내로 맞이하겠소."

목완청은 이미 소매 안에 있는 독전 발사 장치에 손가락을 대고 있었지만 그의 이 말을 듣자 기쁨에 넘쳤다. 그녀는 이제 갓 핀 봄꽃같이 고운 얼굴로 기괄에서 손을 떼고 배시시 웃으며 그의 품에 안겼다.

"낭군, 내가 배를 문질러줄게요."

"아니, 아니오! 우린 아직 성혼한 사이가 아니오! 남… 남녀가 유별한 법인데… 그… 그럴 수는 없소."

"칫! 그럼 왜 조금 전에 나한테 입을 맞췄죠?"

"너무 예쁜 당신을 보고 참을 수가 없었소. 송구하게 됐소."

"송구할 것까지는 없어요. 입맞춤을 해서 저도 기분 좋았어요."

단예는 생각했다.

'정말 천진난만하구나. 진심을 그대로 드러내다니… 정말 귀여운 여자야.'

목완청은 그의 뺨을 쓰다듬으며 부드러운 목소리로 속삭였다.

"단랑段郎, 당신을 때리고 욕하고 또 바닥에 내동댕이치기까지 해서 정말 미안해요. 부디 날 나무라지 말아요!"

"당신이 사랑스러워 입을 맞추었듯이 나무라고 싶은 마음도 전혀 없소. 다만 당신한테 이 말만은 하고 싶소. 오늘 이후로 절대 함부로 살인을 하지 않았으면 좋겠소. 공자께서 그러셨소. '자신이 원치 않는 일을 남에게 시키지 말라'고 말이오. 남에게 죽고 싶지 않다면 살인을 해서도 안 되는 것이오. 남이 위난과 고초를 겪고 있을 때 손을 써서 돕는 것이야말로 사람됨의 도리인 것이오."

"그럼 제가 위난과 고초를 당할 때 남들도 날 도와줄까요? 왜 내가 만난 사람들은 사부님하고 당신 외에는 하나같이 죽이려 들고 해치려 하고 능욕하려 드는 거죠? 그 누구 하나 잘 대해주는 사람 없이 말이에요. 호랑이나 표범은 날 물어서 잡아먹으려고 하니까 죽이는 거잖아요? 그 사람들도 날 해치려 하고 죽이려 하니까 죽이는 것뿐이에요. 그게 뭐가 다른 거죠?"

그녀의 이 말에 단예는 말문이 막혀 복부의 통증마저 잊고 말았다.

"악인이 당신을 해치려 하면 방어를 위해 부득이 살인을 할 수는 있지만 호인好人은 함부로 죽여서는 아니 되오. 만일 그 사람이 호인인지 악인인지 모른다면 함부로 죽여서는 안 되는 것이오."

"그 사람이 호인인지 악인인지 확인할 때까지 기다렸다가는 먼저 죽어버리고 말 텐데 그게 될 것 같아요?"

단예가 고개를 끄덕이며 씁쓸한 웃음을 지어 보였다.

"그 말도 일리가 있군."

목완청이 흥 하며 비웃었다.

"뭐가 '그 말도 일리가 있군'이에요? 아직 사부로 모시지도 않았는데 벌써 사부 말투를 배운 거예요?"

"남해악신은 그래도 도리가 있고 없고를 이해하는 사람이오. 그러니 악인이라고 볼 수는 없…."

"악!"

순간 목완청이 비명을 지르며 단예의 품으로 뛰어들었다.

"그… 그자가 또 왔어요…."

단예가 고개를 돌려보니 벼랑가에서 누런 인영이 번뜩이며 남해악신이 훌쩍 뛰어올라왔다.

그는 단예를 보자마자 입을 헤벌리고 웃었다.

"네가 아직 날 사부로 모신다는 절을 하지 않아 안심이 되질 않았다. 어떤 염치없는 놈이 먼저 데려가 제자를 삼을까 두려웠단 말이다.

우리 큰형님이 그러셨지. 만사에 선수를 쓰는 놈이 강자가 되고 그 뒤에 손을 쓰는 놈은 재앙을 입는다고 말이야. 좋은 건 손에 넣어야 자기 것이 되는 것이다. 남한테 뺏기고 난 뒤에 다시 뺏어오는 건 쉽지가 않아. 큰형님 말씀은 언제나 옳아. 더구나 싸움으로 이길 수 없으니 큰형님 말을 들을 수밖에. 이 녀석! 어서 사부님께 절을 해봐라!"

단예가 생각했다.

'이자는 승부욕이 강하고 치켜세워주는 걸 좋아하긴 하지만 큰형님한테 진다는 사실에 대해서는 숨김없이 말을 하는구나. 왼쪽 눈이 시퍼렇게 부어올라 있고 입가에도 크게 얻어터진 흔적이 있는 걸 보니 큰형님이라는 자한테 맞은 게 분명하다. 세상에 이자보다 무공이 강한 자가 있다니 정말 놀라운 일이로군. 사부로 모시는 건 절대 못 할 일이니 그냥 시간을 끄는 수밖에 없겠다.'

"조금 전에 큰형님께서 피리를 불어 호출한 건 어르신과 한판 붙자는 거였나요?"

"그래."

"그럼 이기셨겠네요. 큰형님이 어르신한테 맞고 도망갔나 보군요. 그런가요?"

남해악신이 고개를 가로저었다.

"아니, 아니야! 큰형님 무공은 나보다 훨씬 고강하다. 몇 년간 대결한 적이 없던 까닭에 이번만은 내가 이겨서 사대악인 큰형님 자리를 뺏을 수는 없어도 최소한 일이백 합 정도는 겨룰 수 있으리라 생각했지. 한데 큰형님이 몇 수 쓰지도 않았는데 내가 바닥에 쓰러져 일어나지 못할 줄 누가 알았겠느냐? 큰형님 노릇은 큰형님이 계속하라 하고 난 그냥 둘째나 해야겠다. 그래도 내가 큰형님 사타구니를 아주 세게 걷어차기는 했어. 그랬더니 그러시더군. '악노삼, 무공이 아주 많이 늘었구나.' 큰형님께서 내 무공이 늘었다고 칭찬하시는 걸 보면 큰형님 말씀은 언제나 옳다고 할 수 있지."

"어르신은 악노삼이 아니라 악노이잖아요?"

남해악신은 멋쩍은 얼굴을 하고 말했다.

"한동안 못 봤더니 큰형님이 입에서 나오는 대로 말한 거지. 아마 깜빡했을 거야."

"큰형님 말씀은 언제나 옳다고 하셨잖아요? 설마 차례를 잘못 부르셨을까요?"

이 말은 뜻밖에도 남해악신의 아픈 곳을 찌르는 결과를 가져와 남해악신이 버럭 고함을 지르며 화를 내기에 이르렀다.

"난 셋째가 아니라 둘째야! 빨리 바닥에 무릎 꿇고 제자로 거두어달라고 사정이나 해! 그럼 내가 응하지 않는 체할 테니까 그때 다시 크게 고두를 하고 세 번 더 사정을 해. 그럼 내가 실제로는 매우 기쁘지만 못 이기는 척하며 허락을 할 것이다. 이는 우리 남해파의 규율이다. 앞으로 네가 제자를 거둘 때도 그렇게 해야 하니 잊지 말도록 해라."

"규칙을 고칠 수 없나요?"

"당연히 안 된다."

"만약 고치면 어르신은 또 염병할 후레자식이 되는 건가요?"

"그렇다."

"그 규율은 괜찮기는 한데 역시나 절대 고칠 수는 없다는 거군요. 고치면 염병할 후레자식이 되니까."

"그래. 어서 무릎 꿇고 사정이나 해!"

단예는 고개를 가로저으며 말했다.

"전 바닥에 무릎 꿇고 큰절을 하지 않을 겁니다. 제자로 거두어달라고 사정도 하지 않을 것이고 말입니다."

남해악신은 극도로 노해 얼굴이 누렇게 변했다. 헤벌어진 큰 입에는 날카로운 치아가 드러나 있어 마치 당장이라도 덮쳐서 물어뜯을 듯한 표정이었다. 그는 냅다 고함을 내질렀다.

"큰절도, 사정도 하지 못하겠다고?"

"큰절도 안 하고 사정도 못합니다."

남해악신이 한 발짝 다가와 소리쳤다.

"네 모가지를 비틀어 꺾어놓을 것이다!"

"비틀어보세요. 전 반격할 힘이 없습니다."

남해악신은 왼손을 뻗어 그의 가슴을 잡아쥐고 오른손으로는 그의 머리통을 움켜쥐었다.

단예가 다급하게 외쳤다.

"전 반격할 힘이 없는데 절 죽이면 어르신은 뭐가 됩니까?"

"염병할 후레자식이 되는 거지."

"바로 그겁니다."

남해악신은 그렇게 할 수가 없다는 생각이 들었다.

'이 녀석을 죽여버릴 수도 없고 그렇다고 나한테 사정도 하지 않겠다니 정말 난감하기 짝이 없군.'

그리고 힐끗 옆을 보니 목완청이 얼굴 가득 걱정스러운 기색을 하고 있었다. 남해악신은 문득 뭔가 생각난 듯 훌쩍 몸을 날려 그녀에게

다가가 뒷덜미를 움켜잡고 그녀를 하늘 높이 치켜들었다. 그리고 몸을 돌려 몇 번 뛰어오르자 이미 벼랑가에 다다랐다. 그는 곧 왼발은 추켜올리고 오른발로만 지탱해 금계독립金鷄獨立 자세를 취한 채 천 길 낭떠러지가 있는 벼랑 위에서 목완청과 함께 떨어질 것처럼 비틀거리며 섰다.

단예는 그가 무공을 과시하는 거라면 모르겠지만 잘못하다 목완청에게 해가 미칠까 두려운 나머지 기겁을 했다.

"조심하세요. 어서 이리 오십시오! 어… 어서 손을 놓으세요!"

남해악신이 섬뜩한 웃음을 지었다.

"이봐! 넌 날 닮았기 때문에 내가 제자로 거두지 않으면 안 돼. 난 저 산꼭대기에 가서 사람들을 기다려야 한다."

그는 저 멀리에 있는 높은 봉우리를 가리키며 말을 이었다.

"여기서 이럴 시간이 없어. 당장이라도 제자로 거두어달라고 사정한다면 네 마누라 목숨만은 부지하게 해줄 것이다. 그러지 않으면 흥! 우두두둑! 컥!"

남해악신은 두 손으로 목완청의 목을 비틀어 꺾는 시늉을 하고 대뜸 몸을 돌려서는 절벽 아래로 훌쩍 몸을 날렸다. 곧이어 왼손 손바닥을 절벽에 붙여 목완청을 데리고 미끄러지듯 내려가기 시작했다.

"이봐요, 이봐요! 조심하세요!"

단예가 다급한 목소리로 외치며 벼랑가로 달려갔지만 그는 이미 목완청을 들어올린 채 10여 장을 미끄러져 내려갔다. 순간 맥이 빠진 단예는 땅바닥에 털썩 주저앉았다. 이때 다시 복부에서 통증이 몰려오기 시작했다.

목완청은 남해악신에게 등을 잡힌 상태로 절벽 밑으로 미끄러져 내려갔다. 그가 손바닥을 절벽에 붙일 때마다 미끄러지는 속도는 더욱 빨라졌지만 얼마 후 속도가 서서히 줄어들기 시작했다. 아마도 그가 장력으로 미끄러지는 속도를 제어하는 듯이 보였다. 이때 목완청은 반항할 힘도 없었거니와 힘이 있었더라도 몸이 공중에 떠 있는 상태였던 터라 감히 발버둥조차 칠 수 없었다. 그녀는 목적지에 도착할 때까지 아예 눈을 감아버렸다. 한참 후에 몸이 갑자기 위로 튕겨올라가는 듯한 느낌과 함께 땅바닥에 도착했다. 남해악신은 바닥에 도착한 즉시 추호의 지체함도 없이 길을 나섰다. 그는 보통 키였지만 목완청은 여자치고 비교적 큰 키에 속해 두 사람이 어깨를 나란히 하고 서자 거의 차이가 없었다. 그러나 남해악신은 팔을 치켜들어 그녀를 들어올리는데 마치 갓난아이를 들어올리는 듯 전혀 힘들이지 않았다.

그는 바위 더미가 어지럽게 널려 있는 물보라 자욱한 계곡 바닥에서 종횡무진 몸을 날려가며 앞으로 나아갔다. 그러자 순식간에 계곡을 헤치고 지나가 계곡 반대편 끝에 이르렀다.

"넌 내 제자의 마누라이니 잠시 동안은 힘들게 하지 않겠다. 그 녀석이 날 사부로 모시러 오지 않는다면 흐흐… 그때는 그 녀석이 내 제자가 아니니까 너도 내 제자의 마누라가 아닌 셈이 된다. 나 남해악신은 미모의 계집들을 보면 늘 겁탈을 한 다음 죽여버렸다. 그건 절대 무례한 게 아니야."

목완청은 자신도 모르게 몸서리를 쳤다.

"우리 낭군은 무공이라고는 모르는데 어찌 저 높은 절벽 위에서 내려오겠어요? 우리 낭군은 절 그리워하는 마음에 목숨을 마다치 않고 당신을 사부로 모시러 올 게 분명해요. 하지만 무공도 모르는 사람이 실족이라도 하는 날에는 절벽 밑으로 떨어져 가루가 될 텐데 그때는 제자고 뭐고 다 잃고 말 거예요. 그럼 당신은 당신과 꼭 닮은 뛰어난 인재를 평생 다시 찾지 못하게 될 테지요."

남해악신이 고개를 끄덕였다.

"그 말도 일리가 있군. 그 녀석이 산을 내려오지 못한다는 생각은 못 했다."

이 말을 하고는 갑자기 긴 휘파람을 불었다.

얼마 지나지 않아 산비탈 쪽에서 황포를 입은 사내 둘이 나타나 넙죽 몸을 굽혀 예를 올리자 남해악신이 큰 소리로 말했다.

"저쪽 산꼭대기에 올라가 그 녀석한테 가봐라. 그 녀석이 날 사부로 모시겠다고 하면 데려오고, 만약 못하겠다고 하면 시간 낭비할 필요 없다. 그래도 해치지는 마라. 녀석은 노부가 점찍어둔 제자이니 절대 다른 놈을 사부로 모시게 해서는 안 된다."

사내 둘은 대답과 함께 자리를 떴다.

남해악신은 지시를 끝내자 다시 목완청을 들어올려 걸어가기 시작했다. 목완청은 어느 정도 마음이 놓였다. 단예가 오기 전까지는 자신도 위험하지 않을 거라는 사실을 알았기 때문이었다. 다만 낭군의 고집이 워낙 세서 그가 남해악신 같은 흉악한 자를 사부로 모시는 일은 아마 죽어도 없을 것이라 여겼다.

'나한테는 무척이나 의협심이 강한 것 같은데 부부로서의 감정은 전혀 없는 사람이잖아. 필시 날 위해서 이런 악인의 제자가 되려 하지는 않을 거야. 음… 날 사랑하지 않는다면 어찌 그렇게 날 꼭 껴안고 입까지 맞출 수 있었겠어? 마치 한없이 사랑하는 것처럼 말이야. 에이! 그냥 평안무사하기만 바라자. 절벽 위에서 떨어지지만 않았으면 좋겠다. 배 아픈 건 또 어떻게 됐나 모르겠네.'

그녀가 속으로 이런저런 상념을 하는 동안 남해악신은 그녀를 들고 산봉우리 위로 올라갔다. 이자의 내공은 정말 한도 끝도 없었다. 산에 오른 후에도 잠시도 쉬지 않고 끊임없이 걸어가다 이내 다시 산을 내려갔다. 그렇게 잇달아 네 개의 봉우리를 넘어가서야 주변 산 중에서 가장 높은 봉우리 위에 이르렀다.

그는 목완청을 내려놓고 바지를 내려 큰 나무에 대고 볼일을 보기 시작했다. 목완청은 속으로 비루하고 무례하기 짝이 없는 자라는 생각이 들어 재빨리 몸을 돌려 자리를 피했다. 그녀는 면막을 꺼내 얼굴에 쓴 채 큰 바위 옆에 앉아 눈을 감고 운기조식運氣調息을 하기 시작했다.

남해악신은 볼일을 보고 난 후 바지를 추켜올리고 그녀 곁으로 다가갔다.

"면막을 쓰니까 훨씬 낫구나. 그러지 않고 내가 좀 더 보게 놔뒀다면 아마 불손한 일이 일어났을 것이다."

목완청은 생각했다.

'그래도 자기 자신은 정확히 파악하고 있군.'

"왜 아무 말도 안 하느냐? 또 눈을 감고 자는 척을 한다면 날 무시하는 처사다. 그렇지 않으냐?"

목완청은 고개를 끄덕이며 눈을 떴다.

"악노 선배님! 이름이 어찌 되시죠? 훗날 우리 낭군이 선배님 제자가 될 텐데 이름이라도 알아야 하지 않겠습니까?"

"내 이름은… 악… 이런 젠장! 내 이름은 우리 아버지가 지어주셔서 듣기에 그리 좋지 않다. 우리 아버지는 잘한 일이라곤 하나도 없어. 한마디로 개 후레자식이지!"

목완청은 하마터면 웃음이 쏟아질 뻔했지만 간신히 참으며 생각했다.

'네 아버지가 개 후레자식이면 넌 뭐야? 자기 아버지한테까지 욕을 하다니 정말 비뚤어져도 보통 비뚤어진 작자가 아니로군.'

그녀는 자기 역시 아버지가 누군지 모른다는 생각을 떠올렸다. 사부님 말로는 아버지가 그저 도의를 저버린 사내라고만 했으니 아마 남해악신보다 더 나을 것도 없을 것이다. 이런 생각에 의기소침해졌지만 다시 단예를 생각하자 한편으로는 행복하면서도 한편으로는 슬픔이 밀려왔다.

이때 느닷없이 허공에서 마치 거미줄같이 가느다란 곡성이 들려왔다. 구슬프기 그지없는 이 목소리는 들릴 듯 말듯 어렴풋하게 들렸지만 여인의 울음소리가 틀림없었다.

"우리 아들! 우리 아들!"

남해악신은 퉤하고 바닥에 침을 뱉었다.

"곡하는 인간이 왔구먼!"

그러고는 다시 소리 높여 고함을 질렀다.

"왜 또 곡을 하는 거야? 노부가 얼마나 기다렸는지 알아?"

여인의 목소리는 여전히 들릴 듯 말듯했다.

"우리 아들아, 어미가 얼마나 보고 싶었는지 아니?"

목완청은 이상하다는 듯 물었다.

"당신 어머니가 오신 건가요?"

남해악신이 성난 목소리로 말했다.

"어머니는 무슨 어머니? 헛소리하지 마라! 저년은 사대악인 중 하나인 무악부작無惡不作 섭이랑葉二娘이다. 우리 '악' 자를 쓰는 넷 중에 서열이 두 번째인 천하 제2의 악인이지."

"그럼 첫째 악인의 별호가 뭐죠? 넷째는 또 뭐고요?"

남해악신은 험악한 얼굴을 하고 말했다.

"질문 좀 작작 할 수 없어? 노부는 너랑 얘기하고 싶지 않다."

갑자기 가냘픈 여자 목소리가 들려왔다.

"노대는 악관만영惡貫滿盈이고 넷째는 궁흉극악窮兇極惡이라고 하지."

목완청은 이름이 언급되기 무섭게 당장 섭이랑이 나타나리라고는 꿈에도 생각지 못했다. 더구나 산꼭대기에서 아무 기척도 없이 거짓말처럼 나타나자 목완청은 깜짝 놀라 재빨리 고개를 돌려 목소리가 들리는 쪽을 바라봤다. 담청색의 장삼을 걸친 그 사람은 얼굴을 뒤덮은 긴 머리에 빼어난 미모를 지닌 마흔 살가량 된 여인이었다. 두 뺨 위에는 검붉은 혈흔이 세 줄 나 있었는데 눈에서부터 밑으로 턱까지 그어져 있어 누군가에게 방금 손톱으로 할퀸 자국처럼 보였다. 손에는 두세 살가량의 남자아이가 안겨 있었다. 아이는 얼굴이 토실토실하고 매우 귀여웠으며 몸은 커다랗고 붉은 천으로 싸매져 있었다.

목완청은 이 무악부작 섭이랑의 서열이 흉신악살兇神惡煞 남해악신의 위에 있다는 말에 매우 악독하고 무시무시한 인물로만 생각했지 이토록 자색이 뛰어난 여인일 줄은 상상도 하지 못하고 있었던 터라 자기도 모르게 몇 번이나 그녀를 쳐다봤다. 섭이랑은 목완청을 향해 우아한 미소를 지으며 전신을 힐끗 훑어봤다. 그녀의 이런 미소 속에는 끝없는 고뇌와 무한한 상심이 숨겨져 있는 듯 보는 사람으로 하여금 눈물을 쏟게 만들어 목완청은 왠지 두려운 마음에 재빨리 고개를 돌려버렸다.

남해악신이 말했다.

"셋째 누이! 큰형님과 넷째는 왜 안 오는 거야?"

섭이랑이 가냘픈 목소리로 말했다.

"코가 시퍼렇고 눈이 부은 걸 보니 노대한테 크게 혼쭐이 났나 보구나? 그런데도 그렇게 뻔뻔스럽게 모른 척하면서 큰형님은 왜 아직 안 오느냐고 물어봐? 그리고 넌 셋째가 확실한데 어쩌면 그렇게 눈만 뜨면 내 머리 꼭대기 위에 기어오르려고 하는 거지? 한 번만 더 날 셋째 누이라고 칭하면 이 누님께서 절대 용서하지 않을 거야."

남해악신이 노발대발했다.

"용서하지 않겠다면 마음대로 해봐라! 그래서 한판 붙어보자는 것이냐?"

섭이랑이 씩 웃었다.

"네가 원한다면 언제든 상대해주지!"

섭이랑이 안고 있던 아기가 갑자기 울음을 터뜨리기 시작했다.

"엄마! 엄마! 엄마한테 갈래!"

섭이랑이 아이를 토닥거리며 달랬다.

"착하지? 내가 네 엄마야."

아이의 울음소리가 갈수록 커졌다.

"엄마한테 갈래! 엄마한테 갈래! 우리 엄마 아냐!"

섭이랑은 아이를 가볍게 흔들면서 노래를 부르기 시작했다.

"흔들 흔들 흔들, 흔들거리면서, 외할머니 댁, 다리로 가보자! 외할머니께선, 날 귀염둥이라고 부르지…."

아이는 그래도 울음을 그치지 않았다.

남해악신이 안절부절못하며 듣고 있다가 고함을 쳤다.

"달래긴 뭘 달래? 어차피 죽일 건데 일찌감치 죽여버리면 될 것 아니냐!"

섭이랑은 미소를 머금은 채 계속 노래를 불렀다.

"… 사탕 한 봉지, 과자 한 봉지, 먹고 나서 한 봉지는 남겨놓을 거야…."

목완청은 이들이 하는 얘기를 듣고 모골이 송연해지면서 생각할수록 두려움이 느껴졌다. 남해악신의 말대로라면 섭이랑은 아이를 가지고 놀다 죽인다는 뜻이 아닌가? 그녀는 자신도 모르게 분노가 치밀어 오르고 한편으로는 겁도 났다. 아이를 달래는 섭이랑의 목소리가 계속 들렸다.

"우리 귀염둥이, 엄마가 토닥거려주면 귀염둥이는 어서 자거라."

그 말속에는 자상함이 가득해 남해악신의 말이 사실이 아닐 거라는 생각이 들었다.

남해악신이 대로했다.

"매일같이 아이를 납치해서 반나절 동안 아이가 죽나 안 죽나, 사나 안 사나 가지고 놀다가, 저녁이 되면 전혀 모르는 사람한테 줘버려 아이 부모들 애간장을 태우고 도저히 찾을 수 없게 만드는 주제에 어디서 그런 가식적인 행동을 하는 거야? 차라리 내가 대신 죽여주는 게 낫겠다!"

섭이랑이 부드러운 목소리로 말했다.

"그렇게 큰 소리로 고함 좀 치지 마! 우리 귀여운 아이가 놀라잖아? 내가 이렇게 사랑하는데 어떻게 너한테 죽게 만들 수 있겠어?"

남해악신이 냅다 손을 뻗어 아이를 잽싸게 낚아채려 했다. 정신이 사나울 정도로 쉴 새 없이 울어대는 아이를 잡아채 내동댕이쳐 죽일 생각이었다. 남해악신의 출수가 매우 빠르긴 했지만 섭이랑은 그보다 더욱 빨라 마치 귀매鬼魅처럼 몸을 한 바퀴 빙글 돌리자 남해악신의 손은 허공을 잡아쥐고 말았다. 섭이랑이 교태를 부리며 말했다.

"아이 셋째, 왜 아무 이유도 없이 우리 아이를 못살게 구는 거야?"

남해악신이 고함을 쳤다.

"그 꼬맹이 녀석을 내팽개쳐서 죽여야겠다! 왜?"

섭이랑이 다시 부드러운 목소리로 아이를 달랬다.

"우리 소중한 귀염둥이야, 착하지? 엄마가 널 얼마나 아끼고 사랑하는지 알지? 저 추팔괴丑八怪 삼숙三叔은 겁낼 것 없어. 이 엄마한테 못 당하거든. 새하얗고 토실토실한 네가 얼마나 예쁜데! 엄마가 저녁때까지 놀다가 누군가에게 넘겨줘야 할 텐데 그때 엄마가 너무 섭섭해서 어떡하니?"

목완청은 그녀의 말을 듣고는 겁에 질려 부르르 떨며 생각했다.

'저 여자는 아이가 초주검이 될 때까지 데리고 놀다가 다시 생면부지의 사람한테 보내 아이 부모를 평생 상심하도록 만드는 거야. 그렇게 아무 이유도 없는 악행을 저지른다는 것을 보면 남해악신보다 서열이 위에 있는 건 어쩌면 당연한 일이지. 악노삼은 흉신악살이 자신

의 운명으로 정해진 거야. 평생 저 여자 머리 위에 기어오를 생각은 말아야 해.'

남해악신은 아이를 한번 잡으려 했다 놓쳐버리자 다시 또 손을 써봐야 소용없다는 것을 알고 이리저리 서성대며 안절부절못했다. 그러다 혼자 중얼거리며 욕설을 퍼붓더니 갑자기 큰 소리로 호통을 쳤다.

"이리 나오지 못하겠느냐? 그 자식은? 끌고 와서 절을 시키라니까 어찌 데려오지 않은 것이냐?"

황의를 입은 두 사내가 바위 뒤에서 겁에 질린 채 벌벌 떨며 나와 멀찌감치 섰다. 남해악신한테 단예를 업어서 데려오라는 지시를 받은 두 사람이었다. 그중 하나가 겁에 질려 더듬거리며 말했다.

"소… 소인이 그쪽 절벽 위에 올라갔지만 아… 아무도 없었습니다. 주… 주변을 샅샅이 뒤졌지만 도저히 찾을 수 없었습니다."

목완청은 깜짝 놀랐다.

'설마… 낭군이 정말 떨어져 죽은 건가?'

그때 남해악신의 호통 소리가 들렸다.

"너희들이 늦게 간 것 아니더냐? 정말 박복한 놈이로군. 골짜기 아래로 떨어져 죽었다는 건가?"

두 사내는 감히 가까이 다가서지 못했다. 또 다른 사내가 나서서 말했다.

"소인 둘이 산 위와… 계곡 안을 샅샅이 살펴봤지만 시신은 발견하지 못했습니다."

남해악신이 소리쳤다.

"그 녀석한테 날개가 있어서 하늘 위로 날아가기라도 했다는 말이냐? 너희 두 놈이 감히 날 속이려 들어?"

두 사내는 곧 무릎을 꿇고 퍽, 퍽 소리를 내면서 크게 고두를 하며 목숨만 살려달라고 애원을 했다.

"휙! 휙!"

남해악신은 커다란 바위 두 개를 집어던져 두 사내의 머리를 박살내 죽여버렸다.

두 사내가 단예를 찾지 못했다는 말에 목완청 역시 일을 그르친 그들을 심히 증오하고 있던 차였다. 남해악신이 그들을 돌로 쳐서 죽이자 그녀 역시 순간 통쾌하다 느꼈지만 곧 조바심이 나기 시작했다.

'절벽 위에도 없고 계곡에도 시신이 없다면 대체 어디로 간 거지? 외진 곳에 떨어져서 저 두 사람이 찾지 못했거나, 아니면 시신을 명백히 보고도 후환이 두려워 직언하지 못했던 것 아닐까?'

그녀는 벌써 생각을 정리하고 있었다. 단예가 죽었다면 자신도 더 이상 살 필요가 없었다. 더구나 자신은 지금 남해악신 수중에 있으니 죽지 않는다면 얼마나 많은 고통에 시달려야 할지 모르는 일이었다. 다만 단예의 시신이 보이지 않는다고 했으니 한 가닥 희망이 남아 있었다. 더욱이 이대로 정확히 알지도 못한 상태에서 죽을 수는 없지 않은가?

남해악신은 걱정이 극에 달해 쉬지 않고 중얼거렸다.

"큰형님, 넷째 이 두 후레자식들은 왜 아직까지 오질 않는 거야? 난 이제 더 이상 기다리기 힘들다고!"

섭이랑이 말했다.

"네가 감히 노대를 기다리지 않겠다고?"

"큰형님이 나한테 그랬다. 우리더러 이 산 정상에서 기다리되 딱 이레만 기다리라고 말이야. 이레가 지났는데도 오지 않는다면 서로 만날 때까지 만겁곡 종만구 집에 가서 기다리고 있으라고 했다고!"

섭이랑이 배시시 웃었다.

"내가 노대한테 흠씬 두들겨 맞았을 거라고 했지? 이래도 발뺌을 할 작정이야?"

남해악신이 성질을 냈다.

"누가 발뺌한다고 그래? 큰형님한테는 상대가 안 되는 거 맞아! 내가 얻어맞은 것도 맞고! 그래도 심하게 맞지는 않았다."

섭이랑이 말했다.

"그래? 심하게 맞지는 않았구나. 그렇구나… 귀여운 아가야, 울지 마라. 엄마가 얼마나 널 사랑하는데 그래… 음? 가볍게 얻어터졌구나?… 우리 귀여운 아가…."

남해악신은 화가 머리끝까지 나서 씩씩거렸다.

"가볍게 얻어터진 것도 아니다. 너도 조심해. 큰형님이 한번 나서면 너도 도망치지 못할 테니까."

"내가 섭대낭葉大娘이 되겠다는 것도 아닌데 노대가 뭐 하러 나와 겨루자고 하겠어? 우리 귀여운 아가…."

"제발 그 '우리 귀여운 아가' 소리 좀 그만할 수 없어?"

"셋째, 신경질 좀 부리지 마. 넷째가 어젯밤에 길에서 임자를 만난 거 알아? 망신을 아주 톡톡히 당했나 봐."

남해악신이 신기한 듯 물었다.

"뭐? 넷째가 임자를 만나? 누군데?"

"저 계집은 생긴 게 마음에 안 들어. 속으로 매일 어린애 하나씩을 해치운다고 욕을 하고 있어. 일단 저년부터 잡아 죽여! 그럼 내가 말해 줄게."

"저 여자는 내 제자 마누라야. 내가 저 여자를 죽여버리면 내 제자는 날 사부로 모시려 하지 않을 거라고!"

"네 제자는 계곡에 떨어져 죽었다고 하지 않았어?"

"그야 아직 모르지. 떨어져 죽었다면 어딘가 시신이 있었겠지. 아마 어딘가에 숨었을 거야. 얼마 있으면 제 발로 걸어와서 제자로 거두어 달라고 싹싹 빌 거라고!"

"그럼 내가 손을 쓸 테니까 네 제자한테 날 찾아오라고 해. 저년의 눈이 너무 예쁘게 생겨서 보는 사람을 부러워하게 만들어. 나도 저런 눈을 가졌으면 좋았을 텐데 말이야. 일단 저년의 눈알부터 파내야겠어."

목완청의 등골에서 식은땀이 흘러내렸다. 그때 남해악신의 목소리가 들렸다.

"안 돼! 당장 혼수혈昏睡穴을 짚어서 하루 이틀 정도 재워야겠다."

남해악신은 섭이랑이 대답도 하기 전에 손가락을 뻗어 목완청의 허리춤과 옆구리 밑쪽을 연달아 두 번 찔렀다. 목완청은 곧바로 의식을 잃고 말았다.

의식을 잃은 지 얼마나 됐을까? 목완청은 점차 정신이 들기 시작했다. 몸에서 한기가 느껴지고 귀에서는 껄껄대는 웃음소리가 들렸다. 이 웃음소리는 말이 웃음소리일 뿐 웃음기라고는 전혀 없고 날카롭다가 굵어지는 소리가 반복되는 특이한 목소리여서 귀에 매우 거슬렸다. 목완청은 자신이 몸을 움직이기만 하면 상대가 곧바로 알아챌 것이며 그럼 잔혹한 방법으로 자신을 대할지 모르는지라 비록 사지가 마비된 느낌은 있었지만 감히 운기를 조절해 피를 돌게 할 엄두가 나지 않았다.

그때 남해악신의 목소리가 들려왔다.

"넷째, 허풍 떨 것 없어. 셋째 누이한테 들었다. 네가 망신을 톡톡히 당했다고 말이야. 그래도 잡아떼려는 게냐? 도대체 상대가 몇 명이었는데 그래?"

날카롭다가 굵어지는 소리가 반복되는 목소리를 가진 그자가 대답했다.

"나 혼자 일곱 명을 상대했는데 하나같이 최고의 고수들뿐이었소. 내 무공이 아무리 강하다 해도 고수 일곱 명을 깡그리 없애버릴 수는 없지 않겠소?"

목완청이 속으로 생각했다.

'이제 보니 넷째인 궁흉극악이 왔군.'

그녀는 궁흉극악이란 자가 어떻게 생겼는지 보고 싶었지만 감히 눈을 뜰 수가 없었다.

섭이랑 목소리가 들렸다.

"넷째는 허풍도 참 잘 떨어. 상대는 분명 둘뿐이었는데 나머지 다섯 명의 고수가 어디서 나타났다는 거지? 천하에 고수들이 그렇게 많다고?"

악노사가 화를 내며 말했다.

"둘째 누님이 그걸 어떻게 아시오? 직접 목격이라도 했다는 거요?"

섭이랑이 씩 웃었다.

"내가 직접 목격하지 못했다면 당연히 알 리가 없겠지. 그 두 사람 중 하나는 낚싯대를 썼고 다른 하나는 판부板斧 한 쌍을 사용했잖아? 아니야? 흐흐… 네가 날조해낸 나머지 다섯 명은 또 어떤 무기를 사용했나 모르겠네?"

악노사가 버럭 화를 냈다.

"옆에서 보고 있었다면 어찌 와서 돕지 않았소? 내가 그자들 손에 죽어야 직성이 풀린단 말이오? 그런 거요?"

섭이랑이 웃으며 말했다.

"궁흉극악 운중학雲中鶴이잖아? 네 경공이 뛰어나다는 사실은 누구나 다 아는데. 싸움으로 안 되면 줄행랑을 쳐버리면 그뿐 아닌가?"

목완청이 생각했다.

'넷째 이름이 운중학이었구나.'

운중학은 화가 치밀어오르면서 목소리도 갈수록 높아졌다.

"나 넷째 운중학이 그놈들 손에 망신을 당하면 누님 체면은 또 뭐가 되겠소? 우리 사대악인이 이번에 모이는 게 무엇 때문이오? 설마 그 쓰잘머리 없는 종만구를 위해 목숨을 바치겠다는 거요? 그 인간은 나한테 자기 마누라나 딸자식 한번 보내서 같이 자보라고 한 적도 없단 말이오. 대리 황부皇府와 뼈에 사무친 원한이 있는 큰형님이 우릴 불러 힘을 합쳐 공격하자고 해서 모인 것 아니오? 내가 싸움에 휘말려 불리한 상황인데 누님은 강 건너 불 보듯 남의 불행을 즐기고 있었다니 어디 내가 큰형님께 고하지 않나 두고 보시오."

섭이랑이 조용히 웃었다.

"넷째 아우, 난 아우처럼 경공에 능한 사람은 평생 보지 못했어. '구름 속의 학'이란 뜻을 가진 아우 이름은 그야말로 명불허전이거든. 마치 연기처럼 사라지고 학처럼 사뿐히 내려앉을 수 있으니 말이야. 그러니 아우하고 싸움을 하던 두 녀석도 아우를 멍하니 바라보기만 하고 따라잡지 못할 수밖에 없지 않았겠어? 이 누나도 따라잡지를 못했다니까? 안 그랬으면 내가 어찌 수수방관만 하고 있었겠어?"

그녀는 악노대한테 고하겠다는 운중학의 말이 두려운 듯 잽싸게 운중학의 비위를 맞추려 애썼다. 운중학이 흥 하고 코웃음을 쳤다. 노기가 어느 정도 가라앉은 모양이었다.

남해악신이 물었다.

"넷째, 널 힘들게 한 놈들이 대체 어떤 놈들인데 그래? 황부의 앞잡이라도 돼?"

운중학이 화가 나서 씩씩댔다.

"십중팔구 황부 놈들일 거요. 대리국 경내에 그놈들 말고 그 정도 대단한 고수들이 있다는 얘긴 들어본 적이 없소."

섭이랑이 나섰다.

"황부 하나 아수라장으로 만들어놓는 것쯤은 식은 죽 먹기라고 아우들이 노상 말했었잖아? 게다가 대리국 황제 대갈통을 부숴버리는 것쯤은 누워서 떡 먹기라고도 했고 말이야. 놈들을 너무 만만히 보면 안 된다고 내가 그랬잖아? 이제 내 말을 믿겠어?"

운중학이 말했다.

"한데 약속 기일이 벌써 사흘이나 지났는데 큰형님께선 어찌 지금까지 안 오시는 거요? 이런 적이 한 번도 없었는데 말이오. 혹시… 혹시…."

섭이랑이 말했다.

"혹시 무슨 사고라도 났을까 봐?"

남해악신이 버럭 화를 냈다.

"흥! 큰형님이 이레를 기다리라고 했으니 아직 나흘이나 남았지 않느냐? 뭐가 그리 급해서 그래? 우리 큰형님이 어떤 인물인데. 설마 넷째 너처럼 싸움이 안 돼 도망가기라도 할까 봐?"

섭이랑이 말했다.

"싸움이 안 돼 도망치는 사람이야말로 '시류를 아는 자가 준걸'이라는 옛말에 부합되는 사람이지. 난 큰오라버니가 정말 칠대고수, 팔대호한한테 둘러싸일까 봐 걱정이 되긴 하지만 설령 힘에 부친다 해도 아마 굴복하진 않을 거야. 악관만영이란 별호를 괜히 붙인 게 아니잖아?"

남해악신은 연이어 침을 뱉으며 말했다.

"퉤! 퉤! 퉤! 큰형님이 천하를 호령하면서 누굴 두려워한 적 있었어? 이 조그만 대리국에서 무슨 실수를 한다고 그래? 스스로를 악관만영이라 칭한 건 수천수만 가지 대악행을 저지르겠다는 의지를 보인 거야. 자신은 고통조차 받지 않고 죽겠다는 결심이라고! 지금까지 얼마나 많은 악행을 저질렀다고? 아직 멀었단 말이야! 이런 제기랄! 배가 또 고프잖아!"

이 말을 하고 바닥에 있던 쇠고기 다리 하나를 들어 곁에 있는 장작더미 위에서 굽기 시작하자 얼마 지나지 않아 구수한 냄새가 조금씩 풍겨나왔다.

목완청이 생각했다.

'저자들 말을 들어보니 내가 이 산꼭대기에서 벌써 사흘 동안이나 곯아떨어져 잤구나. 단랑한테 무슨 소식이 있는지 모르겠네?'

그녀는 벌써 나흘이나 굶어 허기가 극에 달한 상태였던 터라 쇠고기 굽는 냄새를 맡자 배에서 꼬르륵 소리가 나버렸다.

섭이랑이 웃었다.

"아가씨가 배고픈 모양이네, 그렇지? 벌써 정신을 차렸는데 왜 아닌 척하면서 꼼짝도 안 하고 누워 있는 거야? 우리 넷째 궁흉극악 운중학이 보고 싶지도 않니?"

남해악신은 천하의 호색한인 운중학이 목완청의 미모를 보기만 하면 목숨도 마다치 않고 넘볼 것이란 사실을 잘 알고 있었다. 자기 자신처럼 성욕이 넘칠 때만 겁탈을 하고 살인하는 성격과는 전혀 달랐던 것이다. 그는 재빨리 반쯤 익다가 만 쇠고기 다리를 한 조각 찢어 목완청 앞으로 던졌다.

"넌 저쪽으로 가라! 가능한 한 멀리 가란 말이야! 우리가 하는 말 엿듣지 말고!"

목완청은 목에 힘을 주어 굵게 만든 다음 억지로 듣기 싫은 목소리로 가장해 물었다.

"우리 남편은 왔나요?"

남해악신이 버럭 성을 냈다.

"제기랄! 내가 직접 그쪽 산 절벽하고 계곡까지 가서 샅샅이 뒤졌지만 어디로 갔는지 종적을 알 수가 없다. 누가 구해줬는지 모르지만 죽지는 않았을 게야. 우린 여기서 사흘을 머물렀고 앞으로 나흘간 더 머물 예정이다. 이레 안에 그 자식이 나타나지 않는다면 흐흐… 널 구워 먹고 말 것이야."

목완청은 안도의 한숨을 내쉬며 사색에 잠겼다.

'남해악신이 어디 평범한 인물이던가? 저자가 샅샅이 뒤졌다면 필시 단랑은 아직 죽지 않은 거야. 틀림없어. 흠… 그렇다면 날 마음에 둔 단랑이 이곳으로 와서 날 구할지도 모르겠구나.'

그녀는 땅바닥에 떨어진 쇠고기를 주워 천천히 바위 뒤편으로 걸어갔다. 지나치게 오래 굶은 나머지 기력이라고는 전혀 없었지만 사흘간 가만히 누워 있는 동안 등에 있던 상처가 이미 씻은 듯이 나은 것 같았다.

그때 섭이랑 목소리가 들려왔다.

"그 녀석이 도대체 뭐가 그렇게 좋아서 아우가 그 정도까지 아끼는 거야?"

남해악신이 싱글벙글 웃었다.

"나를 정말 닮았어. 우리 남해파 무공을 배우면 청출어람이란 말에 꼭 들어맞을 거라고. 하하하! 천하 사대악인 중에서 나 악노… 악노이는 2인자로 만족하지만 훗날 문하의 제자들을 놓고 본다면 내 제자가 그 누구도 비할 수 없는 최고의 자리에 오르게 될 거야."

목완청은 점점 더 멀리 걸어갔다. 단예가 세간에 보기 드문 뛰어난 자질을 지녔다고 치켜세우는 남해악신의 말을 듣고 희비가 교차됐지만 한편으로는 우습기도 했다.

'단랑 같은 책벌레가 무슨 무공을 배운다고? 배짱이 두둑하다는 점 외에는 아무것도 못하는데… 남해악신이 그 어린애 같은 제자를 거둔

다면 남해파는 정말 불운한 거지.'

이런 생각을 하면서 큰 바위 밑의 구석진 곳에 앉아 쇠고기를 뜯어 먹기 시작했다. 배가 몹시 고팠지만 서너 근은 족히 넘을 만한 커다란 고깃덩어리였기에 반도 채 먹지 못했음에도 배가 불러왔다.

'이레가 지난 다음에도 단랑이 정분을 저버리고 날 찾으러 오지 않는다면 도망칠 방법을 강구해야 한다.'

이런 생각에 미치자 마음이 쓰렸다.

'목숨 걸고 도망을 친다 한들 난 앞으로 어찌 살아갈 수 있을까?'

이렇듯 심신이 불안한 가운데 다시 며칠이 지나갔다. 마치 하루가 1년 같은 이 며칠은 혹독하기 그지없어 낮이나 밤이나 그저 산봉우리 밑에서 들려오는 조그만 소리에 귀를 기울일 뿐이었다. 설령 단예가 나타나지 않더라도 그렇게 하는 것이 막막한 백주 대낮과 기나긴 밤의 고통보다는 나았기 때문이다. 한 시진이 지날 때마다 마음속으로 느끼는 고통은 배가됐고 머릿속에서는 수많은 갈등이 교차했다.

'당신이 정말 날 구하러 올 마음이 있다면 아무리 험산준령을 넘는 게 힘들다 할지라도 이튿날이나 사흗날에는 왔어야 맞아요. 따라서 오늘까지 안 온다면 절대 안 온다는 거예요! 저 남해악신을 사부로 모시기 싫다는 건 알겠지만 나란 사람한테까지 일말의 정과 도리도 없다는 건가요? 한데 왜 나한테 입을 맞추고 포옹을 했던 거죠? 왜 날 아내로 맞겠다고 대답을 했느냐고요?'

어린 소녀의 몸으로 이제 막 사랑에 눈을 뜬 목완청은 단예를 이미 낭군으로 인정했기에 모든 일념이 그에게 맞춰져 있었다. 그러나 기다리면 기다릴수록 고통이 배가되자 문득 사부가 얘기했던 '세상 남자들은 하나같이 무정하다'란 말이 끊임없이 귓가를 맴돌았다. 단랑만은 절대 그렇지 않을 것이라 속으로 되뇌었지만 결국에는 스스로에 대한 기만일 뿐이란 사실을 알게 됐다. 다행히도 이 며칠 동안 남해악신과 섭이랑, 운중학은 그녀에게 아무 짓도 하지 않았다.

그 세 사람은 초조한 심정이 목완청에 비할 바는 못 됐지만 천하제일 악인인 악관만영이 오기만 기다리고 있었던 터라 뜨거운 가마솥 안의 개미처럼 무척이나 초조해하고 있었다. 목완청은 이들 세 사람과 먼 거리에 자리 잡고 있었음에도 시시때때로 큰 목소리로 다투는 소리를 들을 수 있었다.

엿새째 되는 날 밤 목완청은 혼자 곰곰이 생각했다.

'내일이 마지막 날인데 무정한 낭군은 끝끝내 오지 않는구나. 오늘 밤 어둠을 틈타 몰래 도망가야겠다. 이러다 날이 밝으면 다시는 빠져나갈 수 없을 거야.'

그녀는 몸을 일으켜 살짝 움직여봤다. 정신적인 피로는 남아 있었지만 엿새 밤낮 동안 푹 요양을 해서인지 상처 부위가 금창약의 효능 덕분에 7, 8할 정도 나은 것 같았다.

'저 세 사람이 말다툼을 하느라 정신 팔려 있을 때 몰래 수십 장을 도망가서 동굴 같은 데를 찾아 숨는 수밖에 없어. 그럼 저 셋은 저 멀리 수십 리 밖으로 뒤쫓을 생각만 하고 내가 여전히 이 봉우리 위에 있다는 건 생각지도 못할 거야. 난 저자들이 먼 곳으로 뒤쫓아갔을 때 그때 도망가면 된다.'

그러다 생각을 고쳐먹었다.

'에이, 저자들은 나랑 아무 원한도 없는데 날 뒤쫓아와서 뭐 하겠

어? 내가 도망치든 도망치지 않든 나 같은 건 전혀 염두에 두지 않을 거야.'

고민을 거듭하던 끝에 막상 행동에 옮기려다 다시 단예가 마음에 걸렸다.

'이 무정한 낭군이 내일 와서 날 찾으면 어쩌지? 그 사람과 내일 상봉하지 못한다면 이후로 영원히 다시 볼 수 없을 거야. 나와 생사를 함께하기로 약속했는데 오늘 내가 가버리면 그 사람이 날 저버리는 것이 아니라 오히려 내가 그 사람을 저버리는 꼴이 되는 거잖아?'

이런저런 상념에 휘말려 끝내 미련을 떨쳐버리지 못한 목완청은 먼동이 밝아올 때까지 결정을 내리지 못했다.

# 5

# 파문이 이는 능파미보

우광표는 몸에 기운이 빠지고 정신이 혼미해지는 느낌이 들자 깜짝 놀라 비명을 내질렀다.

"전 사제! 전광승! 빨리, 빨리 와!"

측간에 있던 전광승은 우광표의 다급한 비명 소리를 듣고 재빨리 두 손으로 바지를 부여잡은 채 안으로 뛰어들어왔다.

날이 밝자 오히려 목완청의 난제가 모두 풀려버렸다. 더 이상 도망칠 방법이 없게 된 것이다.

'무정한 낭군이 오든 안 오든 난 여기서 죽을 때까지 기다릴 수밖에….'

이런 처량한 생각에 잠겨 있던 순간 느닷없이 바위틈 사이에서 운중학의 날카로운 음성이 들려왔다.

"둘째 누님, 어디 가시오?"

섭이랑 목소리가 저 멀리에서 들렸다.

"이 아이랑 노는 게 지겨워졌어. 가서 아무한테나 줘버리고 다른 아이로 바꿔와서 놀아야겠어."

"큰형님이 오시면 어쩌려고 그러시오?"

"넌 상관할 것 없어. 금방 돌아올 거야."

목완청이 벼랑가로 다가가니 새처럼 날렵한 인영 하나가 마치 귀매의 움직임처럼 올라갔다 내려갔다를 자유자재로 시전하면서 산 밑을 향해 질주해갔다. 무악부작 섭이랑이었다. 그녀의 품 안에서 붉은 천이 휘날렸다. 아직 그 아이를 안고 있는 것으로 보였다. 섭이랑이 매서운 속도로 신속하게 질주하는 모습을 본 목완청은 자기 사부조차도 그에 미치지 못할 것이란 생각이 들었다. 순간 만감이 교차하는 기분이 든 그녀는 땅바닥에 주저앉고 말았다.

돌연 등 뒤에서 서늘한 기운이 느껴졌다. 목완청은 재빨리 왼발을 딛고 앞으로 뛰쳐나갔다. 그때 날카롭다 굵어졌다 하는 기괴한 웃음소리가 등 뒤에서 울려퍼지더니 곧 누군가의 목소리가 들려왔다.

"낭자! 네 신랑이 널 이렇게 내팽개쳐둔 걸 보니 네가 필요 없는 것 같아. 그냥 나랑 가는 게 어때?"

바로 궁흉극악 운중학이었다.

목소리와 함께 나타난 그가 손을 뻗어 목완청의 어깨에 걸치려는 순간 측면에서 손바닥 하나가 튀어나와 그의 손을 막았다. 다름 아닌 남해악신이었다. 그는 버럭 화를 내며 고함을 쳤다.

"넷째, 우리 남해파 문하 사람은 절대 능욕할 수 없다."

운중학이 아래위로 몇 번 몸을 날리자 그는 이미 10여 장 밖으로 멀어져 그곳에서 실실 웃고 있었다.

"제자를 거두지 못하면 저 낭자는 남해파 문하가 아니지 않소?"

목완청이 힐끗 보니 이자는 마치 대나무 줄기처럼 매우 크고 비쩍 마른 몸매에 놀라울 정도로 긴 얼굴을 가지고 있었다.

남해악신이 고함을 쳤다.

"내 제자가 안 올지 네가 어찌 아느냐? 네가 죽인 게로구나, 그렇지? 맞아. 내 제자가 뛰어난 자질을 지닌 걸 보고 네가 잡아간 것이 틀림없어. 억지로 제자를 거둘 생각에 말이야. 네가 대사를 그르쳤으니 네놈부터 없애버려야겠다."

그는 운중학이 정말 암암리에 그런 짓을 했는지 여부도 묻지 않고 곧바로 그를 향해 달려들었다.

운중학이 다급하게 부르짖었다.

"형님 제자가 도대체 어떻게 생겨먹었는지 얼굴 한 번 본 적 없는데 내가 어찌 잡아갔다고 하시는 거요?"

이 말을 하면서 극히 민첩한 동작으로 남해악신이 날린 두 번의 공격을 연달아 피했다.

남해악신이 화가 머리끝까지 나서 욕설을 퍼부어댔다.

"헛소리! 귀신 씻나락 까먹는 소리 하지 마라! 틀림없이 네가 싸움에 지니까 그 분풀이를 내 제자한테 한 게 아니더냐?"

"형님 제자가 사내요? 계집이오?"

"당연히 사내지! 내가 여제자를 거둬서 뭘 하겠다고?"

"그거 보시오! 나 운중학이 계집을 뺏으면 뺏었지 평생 사내를 탐하지는 않았소. 그걸 모른단 말이오?"

남해악신은 이미 운중학을 덮치려고 허공에 떠 있는 상태였다. 한데 그의 말을 듣고 일리가 있다고 여기고는 급히 천근추千斤墜를 펼쳐서 바닥으로 내려와 오른발로 바위를 짚었다.

"그럼 내 제자가 어디 간 게냐? 왜 아직까지 사사師事하겠다고 오질 않는 게야?"

"흐흐흐… 형님 남해파 일을 내가 어찌 상관하겠소?"

남해악신은 단예를 기다리느라 극히 초조해하고 있었기에 가슴 깊이 가득 찬 노기를 발설할 곳이 없었다.

"네가 감히 날 조롱한단 말이냐?"

이때 목완청이 끼어들었다.

"맞아요. 어르신 제자는 저 운중학이 해친 게 틀림없어요. 그게 아니라면 그 높은 절벽 위에서 우리 단랑이 어떻게 혼자 내려올 수 있겠어요? 운중학은 경공이 뛰어나니 절벽 위로 올라가 어르신 제자를 외진 곳에 끌고 가서 죽인 게 틀림없어요. 남해파에서 뛰어난 인물이 나오지 못하게 하기 위해서 말이에요. 그게 아니라면 어째서 시신조차 찾지 못했겠어요?"

남해악신은 손을 뻗어 자기 이마를 퍽 하고 치며 운중학을 향해 말했다.

"봐라, 내 제자의 색시마저 저렇게 말하지 않느냐? 네가 그래도 억울하다고 할 테냐?"

목완청이 말했다.

"우리 낭군이 그랬어요. 어르신같이 뛰어난 사부님을 모실 수 있다면 정말 평생의 행운이라고 말이에요. 또 앞으로 온 힘을 다해 무공을 익히고 남해악신의 명성을 만천하에 널리 떨쳐서 악관만영이나 무악부작 같은 사람들이 어르신을 부러워하게 만들겠다고 했어요. 한데 궁흉극악 저 사람이 어르신을 시기해서 제자를 죽일지 누가 알았겠어요?"

그녀의 이 말에 남해악신은 다시 자신의 이마를 퍽 하고 쳤다.

목완청이 말을 이었다.

"우리 낭군의 뒤통수는 어르신과 꼭 닮은 데다 천부적인 자질도 어르신처럼 매우 영명해요. 이렇게 완벽한 남해파 후계자는 천하에서는 다시 찾기 힘들 겁니다. 저 운중학은 어르신을 일부러 힘들게 만든 거예요. 그러니 어르신의 애제자를 위해 어서 복수를 해주세요."

남해악신은 여기까지 듣고는 눈에서 흉악한 눈빛이 타오르기 시작했다. 곧 휙 하는 소리와 함께 몸을 훌쩍 날리며 운중학을 덮쳐갔다. 운중학은 그가 목완청의 이간질에 당하고 있다는 것을 알았지만 순식간에 벌어진 일이라 설명할 틈이 없는 데다 자신의 무공이 그에 비해 약하다는 사실도 알고 있었기에 그가 덮쳐오자 당장 발을 빼고 부리나케 도망쳤다. 남해악신은 두 발을 땅에 살짝 댔다가 다시 훌쩍 뛰어 덮쳐갔다.

목완청이 부르짖었다.

"저자가 도망가는 건 찔리는 게 있어서예요. 저자가 어르신 제자를 죽이지 않았다면 왜 도망치겠어요?"

남해악신이 호통을 쳤다.

"맞아! 맞아! 그 말도 일리가 있다! 내 제자의 목숨을 살려내라!"

쫓고 쫓기는 추격전이 계속되면서 두 사람은 순식간에 산 뒤쪽으로 돌아갔다. 목완청이 내심 기뻐하고 있는 사이, 순식간에 남해악신의 고함 소리가 먼 곳에서 점점 가까워지더니 두 사람이 산 뒤편으로부터 추격전을 벌이며 다가왔다.

운중학의 경공은 남해악신에 비해 훨씬 뛰어났다. 그의 대나무 줄기처럼 마르고 긴 몸이 동에 번쩍 서에 번쩍 흔들거리자 남해악신은 계속해서 뒤처졌다. 두 사람은 조금 전 목완청 눈앞을 지났는가 하면 삽시간에 또 산 뒤편으로 돌아나갔다. 두 번째 추격전에서 돌아올 때쯤 운중학은 순식간에 방향을 바꿔 목완청 앞으로 몸을 날렸고 곧바로 손을 뻗어 그녀의 어깨를 거머쥐었다. 목완청이 깜짝 놀라 재빨리 오른손을 휘둘러 슉 하고 그를 향해 독전 한 발을 쏘았다. 운중학은 왼쪽으로 슬쩍 반 척 정도 이동해 독전을 피한 뒤 신형을 어찌 움직였는지는 몰라도 다시 기다란 팔로 목완청의 얼굴을 잡아쥐려 뻗쳐왔다. 목완청이 황급히 피하려 했지만 이미 한발 늦은 뒤였다. 갑자기 얼굴이 시원해지면서 그의 손에 의해 면막이 벗겨지고 말았다.

운중학은 그녀의 수려한 용모를 보고 한동안 멍하니 바라보다 음탕하기 짝이 없는 미소를 지었다.

"의외로구나! 꼬마 아가씨가 아주 반반하게 생겼는데 그래? 다만 음기가 좀 부족해서 완벽하다고 보긴 어렵구나…."

이 말을 하는 사이 남해악신이 뒤쫓아오더니 휙 하며 손바닥을 내밀어 그의 등을 퍽 후려쳤다. 이에 운중학은 오른손 손바닥에 기를 모아 반격에 나섰다.

"펑!"

어마어마한 소리와 함께 두 사람의 장풍이 충돌하자 목완청은 마치 금방이라도 질식을 할 듯 제대로 숨을 쉴 수가 없었다. 1장이 넘는 주변에 흙먼지가 휘날릴 정도의 가공할 위력이었다. 운중학은 남해악신이 내뿜는 장풍의 힘을 빌려 앞으로 2장가량 멀찌감치 튀어나갔다. 남해악신이 호통을 쳤다.

"이제 내 삼장三掌 맛 좀 봐라!"

운중학이 웃었다.

"형님이 내 경신법輕身法을 따라올 수 없듯이 나도 형님한테 무공 대결로는 이길 수 없소. 하루 종일 싸운다 해도 결과는 마찬가지지요."

두 사람이 쫓고 쫓기는 추격전을 펼치며 멀리 사라질 때까지도 주변의 흙먼지는 여전히 가라앉지를 않았다. 목완청이 생각했다.

'운중학의 도주로를 차단하는 것이 상책이다. 안 그러면 도저히 잡

히지 않겠어.'

"슉슉슉슉…."

그녀는 두 사람이 세 번째로 산을 돌아오는 순간 허공으로 몸을 날려 연달아 예닐곱 발의 독전을 운중학에게 발사하며 소리쳤다.

"우리 낭군의 목숨을 살려내라!"

운중학은 허공을 가르는 단전 소리를 듣고 위협을 느꼈는지 하늘 높이 솟구쳤다 바닥에 엎드려가며 요리조리 피해나갔다. 목완청이 장검을 뽑아 들었다.

"써억, 써억!"

목완청은 그를 향해 두 차례 검을 찔러갔다. 그녀의 의도를 파악한 운중학은 이에 대항하지 않고 즉각 몸을 날려 피했다. 그러나 목완청의 저지를 받는 사이 이미 남해악신의 쌍장이 날아와 그의 전신을 장풍으로 에워싸버렸다.

운중학은 섬뜩한 웃음을 내뱉었다.

"셋째 형님, 내가 형님한테 몇 번 양보한 건 우리끼리 의가 상하고 싶지 않아서였소. 내가 정말 형님을 무서워하는 줄 아시오?"

그는 두 손을 허리춤에 넣어 뭔가를 꺼냈다. 그의 두 손에는 강조鋼爪가 한 자루씩 쥐어져 있었는데 이 한 쌍의 강조는 자루 길이가 3척에 달했고 끝부분에는 각각 사람의 손 모양을 한 강철 무기가 달려 있었다. 강철로 된 손가락은 넓게 펼쳐져 있어 손가락 마디 끝에서 시퍼런 빛이 번뜩이고 있었다. 그는 왼쪽 강조를 오른쪽으로, 오른쪽 강조를 왼쪽으로 펼쳐 전신을 가로막으며 수비만 하고 공격을 하지 않겠다는 자세를 취했다.

남해악신이 가소롭다는 듯 껄껄껄 웃었다.

"정말 기묘하구나! 얼굴을 안 본 지 7년 만에 괴상한 무기를 연마하다니 말이야! 그럼 이 노부 것도 좀 보거라!"

그는 등에 지고 있던 봇짐을 풀어 두 종류의 무기를 꺼냈다.

목완청은 뒤로 몇 걸음 물러섰다. 남해악신이 오른손으로 짧은 자루에 날이 긴 기이한 형태의 가위를 집어들었다. 전체가 톱니로 되어 있는 가위 날이 흡사 악어의 입 모양처럼 보였다. 왼손에는 악어 꼬리처럼 생긴 톱니 연편軟鞭인 악미편鱷尾鞭을 들고 있었다.

운중학은 곁눈질로 이 기괴한 무기들을 살펴보고 별안간 오른손 강조를 추켜세워 남해악신의 얼굴을 향해 할퀴어 들어갔다. 남해악신이 왼손의 악미편을 뒤로 젖혔다 휘두르며 운중학의 강조를 강타했다. 그러나 운중학의 출수 역시 무척이나 빨랐다. 그는 오른손 강조를 거두어들이기도 전에 왼손 강조를 내밀고 있었다.

"철커덕!"

악어 입 모양의 가위인 악취전鱷嘴剪이 솟구쳐오르며 운중학의 왼손 강조를 양날에 끼워 꽉 깨물어버렸다. 강조는 정련한 강철로 만들어졌지만 놀랍게도 악취전의 날은 이보다 더욱 예리해 강조의 다섯 손가락 중 두 개가 악취전에 의해 절단나버리고 말았다. 운중학이 재빨리 손을 거둔 덕에 다른 세 손가락은 그나마 겨우 보존할 수 있었다. 그러나 그가 연마한 조법抓法은 원래 열 손가락 모두 각자의 기능이 있었기에 손가락 두 개가 부족한 강조의 위력은 급격히 감소될 수밖에 없었다. 운중학은 순간 기가 죽고 말았다. 남해악신이 미친 듯이 웃어대며 악미편을 잽싸게 말아 공격에 박차를 가했다.

이때 별안간 푸른 그림자 하나가 두 사람 사이에 사뿐히 끼어들었다. 섭이랑이 돌아온 것이었다. 그녀는 왼손 손바닥을 가로로 펴서 악미편에 붙이고 비스듬히 바깥쪽으로 밀어버렸다. 운중학이 이 기회를 틈타 훌쩍 뛰어올라 자리를 피했다. 섭이랑이 말했다.

"셋째, 넷째! 무기까지 들고 뭣들 하는 짓이야?"

그녀는 눈을 돌려 목완청의 용모를 보고 안색이 확 바뀌어버렸다.

그녀의 손에는 다른 사내아이가 들려 있었다. 많아야 서너 살쯤 되는, 비단옷과 모자를 쓰고 붉은 입술에 뽀얀 얼굴을 한 귀여운 아이였다. 그 사내아이가 큰 소리로 울부짖기 시작했다.

"아버지, 아버지! 산산山山은 아버지한테 갈래."

섭이랑이 부드러운 목소리로 말했다.

"산산, 착하지? 아버지는 조금 이따 오실 거야."

목완청은 그렇게 자상하고 친절하게 위로하는 뜻밖의 말투를 듣고 그녀의 불손한 의도가 생각나 몸을 부르르 떨었다.

운중학이 싱긋 웃으며 말했다.

"둘째 누님, 셋째 형님이 새로 만든 악취전과 악미편은 아주 대단한 무기 같소. 해서 셋째 형님과 연습 삼아서 몇 수 겨뤄본 거요. 한데 정말 만만치가 않네요. 지난 7년 동안 누님은 어떤 무공을 연마하셨소? 셋째 형님의 저 무시무시한 무기들을 당해낼 수 있으시겠소? 누님도 안 될 것 같은데?"

운중학은 남해악신이 자기가 그의 제자를 죽였다며 억울한 누명을 씌웠다는 말은 하지 않고 얼렁뚱땅 몇 마디만 거들어 섭이랑과 남해악신의 대결을 부추기려 했다.

섭이랑은 여기 오기 전 이미 두 사람이 연습 삼아 한 것이 아니라 생사의 결투를 벌이는 모습을 봤기에 씩 하고 비소를 머금었다.

"난 7년 동안 내공 연마에만 힘쓰느라 무기를 이용한 무공이나 권각술拳脚術에 대해서는 관심을 두지 않았어. 분명 셋째나 넷째에게는 적수가 되지 못할 거야."

돌연 산중턱에서 누군가의 긴 외침이 들려왔다.

"게 섰거라! 내 아들은 왜 데려가느냐? 어서 내 아들을 내놔라!"

말소리가 끝나자마자 누군가 봉우리 위로 훌쩍 솟구쳐올라왔다. 신법이 매우 민첩한 자였다. 그는 고동색 비단 장포를 걸치고 손에 장검을 쥔 쉰 살가량의 남자였다.

남해악신이 고함을 치며 물었다.

"웬놈이기에 여기까지 와서 소란을 피우는 것이냐? 네놈이 내 제자를 데려갔느냐?"

섭이랑이 피식하고 웃었다.

"저분께서는 무량검 동종 장문인 좌자목 선생이야. 검법은 그저 그렇지만 아들 하나는 아주 토실토실하고 귀엽게 잘 낳았지."

목완청은 문득 깨달았다.

'섭이랑이 무량산 내에서 아이를 찾을 수 없으니 무량검 장문인의 아이를 잡아온 것이로구나.'

섭이랑이 말했다.

"좌 선생, 난 댁의 아들이 귀여워서 데려온 거예요. 내가 좀 안아주고 놀다가 내일 돌려드릴 테니 그리 보채지 말아요."

이 말을 하면서 산산의 뺨에 입을 맞추고는 예뻐 죽겠다는 표정을 하며 머리를 살살 쓰다듬었다. 좌산산은 아버지를 보자 부르짖기 시작했다.

"아버지! 아버지!"

좌자목은 왼손을 뻗어 몇 걸음 앞으로 다가갔다.

"우리 아이는 장난이 너무 심해 데리고 놀기에 적합지가 않소. 부디 돌려주신다면 재하가 이 은혜는 잊지 않을 것이오."

그는 아들을 보자 급속히 예를 차리기 시작했다. 여자가 손에 힘이라도 주는 날에는 아들이 큰 탈이라도 날까 두려워서였다.

남해악신이 웃었다.

"여기 이 무악부작 섭삼랑葉三娘으로 말할 것 같으면 일단 아이를 수중에 넣은 이상은 그게 일국의 태자나 공주라 해도 절대 돌려주지 않는다."

좌자목은 몸을 부들부들 떨었다.

"다… 당신이 섭삼랑이라고? 그럼 섭이랑… 섭이랑은 귀하와 어찌 되는 관계요?"

그는 일찍이 사대악인 중에 두 번째 서열의 여자인 섭이랑이 매일 새벽 어린아이 하나를 납치해 데리고 놀다가 저녁이 되면 모르는 사람한테 줘버리고, 다음 날이 되면 또 다른 아이를 납치해 데리고 논다는 얘길 들어본 적이 있었다. 후에 잃어버린 아이를 찾아내도 이미 학대를 받아 초주검이 되어 있다는 얘기와 더불어 말이다. 한데 지금 이 섭삼랑이 그런 섭이랑과 자매지간이라 생각하니 성격이 비슷할 것이란 짐작에 아이가 잘못이라도 될까 두려웠던 것이다.

섭이랑은 깔깔대며 웃기 시작했다.

"저 작자가 하는 헛소리는 들을 것 없어요! 내가 바로 섭이랑이거든. 천하에 섭삼랑이 어디 있다고?"

좌자목의 얼굴은 일순간 핏빛이 가신 창백한 모습으로 변해버렸다. 그는 아이가 납치됐다는 사실을 알아차리고 전력으로 뒤쫓아오긴 했지만 뒤쫓아오는 도중 이미 그녀의 무공이 자기보다 훨씬 고강하다는 걸 느낀 터였다. 처음에는 이 여자가 자신과는 일절 안면식도 없고 어떤 원한도 없는지라 아무 이유 없이 자기 아들을 괴롭힐 거라고는 생각지 않았다. 그러나 그녀가 뜻밖에도 무악부작 섭이랑이라는 말을 듣고는 욕을 퍼붓거나 간청을 하고 싶어도 말이 목구멍까지 올라왔다가 입 밖으로 나오지를 않았다.

섭이랑이 말했다.

"아이 피부가 얼마나 매끈한지 좀 봐, 얼마나 튼튼하게 키웠는지… 볼그스름한 혈색이나 맑고 투명한 살결까지 역시 무학 명가의 자제다워. 일반 농가의 아이들하고는 전혀 다르니 말이야."

이 말을 하면서 아이의 손바닥을 들어 햇빛에 비춘 뒤 혈색을 살펴보고는 혀를 내두르며 감탄을 했다. 그러다 아이의 손바닥을 자기 입술에 가까이 가져다 대고는 허연 치아를 드러내며 아이의 작은 손가락을 살며시 깨물었다.

좌자목은 금방이라도 자기 아들을 잡아먹을 것 같은 표정으로 군침을 흘리는 섭이랑의 모습을 보고 두려움과 분노의 불길이 타오르기 시작했다. 그는 그녀에게 적수가 되지 않는다는 것을 잘 알면서도 배수진을 치고 겨뤄야겠다는 마음을 품고 즉각 검을 뽑아 백홍관일百虹貫日 초식을 펼쳐 그녀의 목을 향해 찔러갔다.

섭이랑이 씨익 하고 웃으며 산산의 몸을 살며시 이동시켰다. 좌자목의 일검이 계속 뻗쳐갔다면 애지중지하는 그의 아들한테 적중했을 것이다. 다행히 좌자목은 심오한 검술 솜씨를 지닌 데다 동작 역시 민첩한 편이었던지라 뻗어나가던 검을 순식간에 거둬들일 수 있었다. 검끝이 허공에서 미미하게 떨리면서 한 떨기 검 꽃을 피웠다. 좌자목은 곧바로 초식을 바꿔 섭이랑의 오른쪽 어깨를 향해 비스듬히 찔러갔다. 섭이랑은 여전히 피할 생각조차 안 하고 산산을 움직여 자신의 몸을 막기만 했다. 삽시간에 좌자목이 상하좌우로 연달아 사검四劍을 날렸지만 섭이랑은 힘을 비축해가며 산산을 조금씩 움직이기만 했다. 네 번의 세차고 매서운 검초를 모두 반초에서 멈추도록 만든 것이다. 섭이랑이 품고 있는 산산만 기겁을 하고 대성통곡할 뿐이었다.

운중학은 남해악신에게 쫓기며 산을 세 바퀴나 돌아온 데다 비장의 무기인 강조의 두 손가락마저 절단나버려 화풀이를 할 곳이 없던 터였다. 그는 갑자기 하늘로 솟구쳐오르며 재빨리 왼손 강조로 좌자목의 머리를 움켜잡으려 했다. 그러나 좌자목은 장검을 위로 쳐들어 만훼쟁염萬卉爭豔 초식을 전개했다. 검광이 어지럽게 번뜩이며 좌자목의 머리 위를 단단히 틀어막았다.

"쨍!"

요란한 소리를 내면서 두 무기가 교차되자 좌자목은 재빨리 순수추주順水推舟 초식을 펼쳤다. 그의 검끝이 기세를 몰아 적의 인후부를 찔러가는 순간, 운중학의 강조 손가락들이 합체하며 검날을 움켜쥐어버렸다.

좌자목은 깜짝 놀랐지만 검을 놓칠 수는 없었기에 다급하게 내력을 운용해 강조 안에서 검을 빼내려고 애썼다.

"퍽!"

그러나 운중학의 왼손 강조가 이미 그의 어깨에 박혀버렸다. 다행히 왼손 강조는 남해악신에 의해 손가락 두 개가 절단나 있는 상태였던 덕에 좌자목이 입은 부상은 비교적 경미했다. 그러나 이미 선혈이 솟구쳐 흘렀고 세 개의 강철 손가락은 그의 어깨를 부여잡은 채 절대 놔주지를 않았다. 운중학은 이에 멈추지 않고 앞으로 달려가며 일각一脚을 날려 그를 쓰러뜨려버렸다. 몇 번의 거침없는 그의 동작에 일개 명문대파의 장문인도 막아낼 방법이 없었던 것이다.

옆에서 지켜보던 남해악신이 운중학을 칭찬했다.

"넷째, 지금 쓴 두 수는 아주 괜찮았어. 그래도 체면치레는 했는데 그래?"

섭이랑이 빙긋 웃었다.

"좌 장문, 우리 첫째 오라버니 혹시 보지 못했나요?"

좌자목은 운중학의 강조에 오른쪽 어깨뼈를 잡힌 상태로 꼼짝할 수 없었지만 고통을 참으며 말했다.

"당신네 첫째가 누구요? 못 봤소."

남해악신도 한마디 거들며 물었다.

"내 제자 혹시 못 봤느냐?"

좌자목이 대답했다.

"당신 제자는 누구요? 보지 못했소."

남해악신이 성을 냈다.

"넌 내 제자가 누군지도 모른다면서 어찌 보지 못했다고 하느냐?

그런 개방귀 같은 소리는 집어치워라! 셋째 누이, 어서 저놈 아들이나 잡아먹어!"
섭이랑이 말했다.
"네 둘째 누님께선 이런 어린아이는 안 먹는다. 좌 장문, 돌아가요. 당신 목숨 따위는 필요 없으니까."
좌자목이 말했다.
"고맙소. 섭… 섭이랑! 내 아들을 돌려주시오. 내가 가서 다른 애들로 서너 명 구해오겠소. 그럼 재하가 그 은혜는 잊지 않겠소."
섭이랑이 빙그레 웃었다.
"그것도 좋지! 그럼 가서 어린아이 여덟 명을 데려와요. 여기 네 명 있으니까 일인당 두 명씩 품게 말이에요. 여드레만 놀면 되니까. 넷째, 어서 놔줘라."
운중학이 씨익 하고 웃으며 강조 조종 장치를 풀자 강철 손가락이 벌어졌다. 좌자목이 이를 악물고 일어나 섭이랑을 향해 깊이 읍하고는 손을 뻗어 아이를 안으려 했다. 그러자 섭이랑이 피식하고 웃었다.
"당신 역시 강호인인데 어찌 이런 규칙도 제대로 모르죠? 아이 여덟 명을 데려오지 않고 내가 순순히 당신 아이를 돌려줄 것 같나요?"
좌자목은 아들이 섭이랑 품에 안겨 있는 것을 보고 내키지는 않았지만 상황을 고려해 하는 수 없이 고개를 끄덕였다.
"가장 통통하고 건장한 아이 여덟 명을 선별해 데려올 테니 내 아들을 잘 보살펴주시오."
섭이랑은 더 이상 상대도 하지 않고 나직이 콧노래를 부르기 시작했다.

"우리 착한 손자야, 네 할미가 널 얼마나 아끼는지 아니?"

좌자목이 코앞에 있는지라 섭이랑은 아이를 '우리 아가'라고 부르지는 않았다.

할미라는 호칭을 듣자 좌자목은 자신의 엄마라도 되겠다고 그런 호칭을 쓰는 건가 생각하고 어이가 없어 아들을 향해 말했다.

"산산, 착하지? 아비가 금방 와서 안아주마."

산산은 큰 소리로 울어젖히며 아버지 품으로 돌아가려고 발버둥을 쳤다. 좌자목은 못내 아쉬운 듯 아들을 몇 번이나 쳐다보다 왼손으로 어깨의 상처를 꽉 움켜쥐고 몸을 돌려 천천히 절벽 밑을 향해 내려갔다.

목완청은 처절하게 울부짖는 아이를 보고 생각했다.

'섭이랑은 아무 연유도 없이 저들 부자 사이를 강제로 갈라놓는구나. 별다른 이유도 없이 단지 남들로 하여금 가슴속에 비통함을 느끼게 만들 생각으로 말이야. 정말 악한 사람이다.'

갑자기 산봉우리 뒤에서 날카로운 쇠피리 소리가 끊이지 않고 들려왔다. 남해악신과 운중학이 동시에 기뻐했다.

"큰형님이 오셨다!"

두 사람은 몸을 날려 쏜살같이 쇠피리 소리가 들리는 곳을 향해 달려가 눈 깜짝할 사이에 바위 뒤로 사라져버렸다.

섭이랑만은 아무 일 없다는 듯 여전히 태연자약하게 아이를 가지고 놀다 목완청을 힐끗 쳐다보고 싸늘하게 웃었다.

"목 낭자, 낭자는 눈동자가 아주 예뻐. 눈동자가 그 아름다운 얼굴에 있으니 더욱 예쁜 것 같아."

그러고는 목청을 드높여 말했다.

"좌 장문, 나 좀 도와줄래요? 와서 이 낭자 눈알 좀 파줘요."

좌자목은 아들이 그녀의 손에 있다 보니 지시를 따르지 않을 수 없어 다시 돌아와 말했다.

"목 낭자, 아무래도 순순히 저분 말을 듣는 게 좋겠소. 괜한 고초 겪지 말고 말이오."

그러고는 목완청을 향해 검을 찔러갔다. 목완청이 호통을 쳤다.

"뻔뻔한 소인배 같으니!"

목완청은 검을 뽑아 들어 검끝으로 좌자목의 왼쪽 어깨를 노리고 들어갔다. 뒤이어 삼초를 날린 후 몸을 비스듬히 돌리고 갑자기 왼손을 뒤로 약간 들어 슉슉슉 세 발의 독전을 섭이랑에게 발사했다. 섭이랑의 허를 찔러 공격을 가하려 한 것이었다. 좌자목이 소리쳤다.

"내 아들은 해치지 마라!"

예상치 못한 세 발의 독전이 빠르긴 했지만 섭이랑이 왼손 소매를 펄럭이자 그 안에 감겼다가 이내 한쪽 옆에 내동댕이쳐졌다. 섭이랑은 손으로 산산의 오른쪽 신발을 벗겨 목완청의 등을 향해 내던졌다. 목완청은 휙 하는 바람 소리를 듣고 검을 돌려 가로막았지만, 중상을 입은 후유증 때문인지 출검이 정확지 않아 신발은 검끝을 타고 앞으로 미끄러져 퍽 하는 소리를 내며 그녀의 허리를 강타했다. 섭이랑이 신발에 내공의 기운인 음경陰勁을 사용하자 목완청은 재빨리 내력을 운용해 대처하려 했지만 이를 단숨에 끌어올리지 못해 막아낼 수 없었다. 그녀는 곧 반신이 마비돼버리고 말았다.

"쨍그랑!"

목완청이 장검을 떨어뜨리는 순간 산산의 나머지 신발이 날아와 이번엔 그녀의 가슴팍을 정통으로 가격했다. 목완청은 눈앞이 캄캄해지면서 더 이상 견디지 못하고 그대로 주저앉고 말았다. 좌자목은 검끝을 사선으로 내려 그녀의 가슴팍을 겨누고 왼손을 뻗어 그녀의 오른쪽 눈을 파내려 했다.

목완청이 나지막이 부르짖었다.

"단랑!"

그녀는 몸을 앞으로 일으켜 검끝을 향해 밀어붙였다. 차라리 그의 검 아래 죽을지언정 눈알이 뽑히는 참극을 면해야겠다고 생각한 것이다.

좌자목이 검을 뒤로 무르자 갑자기 손목에서 극심한 통증이 느껴지며 장검이 손에서 빠져나가 하늘로 날아올랐다. 좌자목 역시 그 바람에 뒤로 두 발짝 물러서야만 했다. 세 사람 모두 깜짝 놀라 마치 약속이나 한 듯 고개를 들어 장검 쪽을 쳐다보니 그의 검신이 가늘고 긴 밧줄에 감겨 있는 것이 보였다. 끝에 쇠막대기가 달린 밧줄은 황의를 입은 한 관병官兵 손에 쥐어져 있었다. 그는 나이가 서른 안짝으로 보이는 무척이나 호방한 기개를 지닌 모습을 하고 있었다. 섭이랑은 그가 이레 전에 운중학과 대결했던 자이며 무공 실력이 꽤 뛰어나긴 했지만 그래도 자기보다는 한 수 아래라는 걸 알았기에 별다른 두려움은 없었다. 그러나 그자가 일행을 데리고 왔을 수도 있기에 곁눈질로 주변을 살폈다. 과연 황의를 입은 또 다른 관병 하나가 왼쪽 편에 서 있었고 그자의 허리춤에는 판부 한 쌍이 꽂혀 있었다.

섭이랑이 입을 열려는 찰나 갑자기 등 뒤에서 미미한 기척이 들렸다. 몸을 돌리자 동남과 서남 구석 편에 앞선 두 사람과 똑같이 황의를 입고 적갈색 두건을 쓴 무관 차림의 사내들이 서 있었다. 동남쪽 구석에 있는 사람은 손에 판관필判官筆 한 쌍을 쥐고 있었고 서남쪽 구석에 서 있는 사람은 숙동제미곤熟銅齊眉棍을 손에 쥐고 있었다. 네 사람은 각기 사방 구석에 나뉘어서 은연 중 포위하는 형세를 취하고 서 있었다.

좌자목이 우렁찬 목소리로 외쳤다.

"궁중 저著·고古·부傅·주朱 사대호위들이 모두 납시었군요. 재하 무량검 좌자목이 예를 올리겠습니다."

이 말을 하면서 네 사람을 향해 한 명씩 돌아가며 읍을 했다. 판관필을 쥔 호위 주단신朱丹臣이 포권抱拳을 하며 답례를 했지만 나머지 셋은 거들떠보지도 않았다.

가장 먼저 도착한 호위인 저만리著萬里가 쇠막대기를 흔들자 밧줄에 감긴 장검이 공중에서 끊임없이 흔들리면서 밝게 빛나는 햇빛 아래 눈부시게 빛났다. 그는 냉소를 머금으며 말했다.

"그래도 무량검이 대리에서는 명문대파에 속한다 할 수 있거늘 그런 곳의 장문인 품행이 이 정도일 줄은 몰랐구나. 단 공자는 어디 있는 거지?"

목완청은 죽기를 각오하고 있던 차에 홀연히 구세주가 나타나자 기뻐 어쩔 줄 모르고 있었다. 그런데 그가 단 공자에 대해 묻는 것을 보고 더욱 관심을 가지게 됐다.

좌자목이 답했다.

"단… 단 공자? 맞습니다. 수일 전에 단 공자를 본 적이 있었습지요. 한데 지금… 지금은 어디 있는지 저도 모르겠습니다."

목완청이 나섰다.

"단 공자는 저 못된 여자 형제한테 죽임을 당했어요."

이 말을 하면서 손가락으로 섭이랑을 가리켰다.

"저자는 궁흉극악이라고 불리는 운중학이란 자예요. 저기 대나무 줄기처럼 키가 크고 마른 저자…."

저만리가 깜짝 놀라며 소리쳤다.

"사실이오? 바로 저자가?"

손에 숙동곤을 쥐고 있던 호위 부사귀傅思歸는 단예가 죽임을 당했다는 말을 듣고 비통함과 분노가 교차해 호통을 내질렀다.

"단 공자, 제가 원수를 갚아드리겠습니다."

이 말을 마치고는 곧 숙동곤으로 섭이랑의 머리를 내려쳤다.

섭이랑은 재빨리 몸을 피하며 외쳤다.

"에구, 대리국의 저·고·부·주 네 명의 호위 아들들아! 너희들이 명이 짧아 죽어버리면 어미 된 내가 얼마나 가슴이 아프겠니? 명 짧은 네 명의 우리 귀염둥이들아! 황천길에 가거들랑 너희들 친어미 섭이랑을 기다려주려무나."

저·고·부·주 네 사람은 나이가 섭이랑보다 얼마 적지도 않았다. 그런 섭이랑이 친엄마를 자칭하면서 "아들들아!" "명 짧은 우리 귀염둥이들아" 하며 어린아이 취급을 하는 것이 아닌가?

부사귀는 화가 머리끝까지 치밀었다. 곧 숙동곤을 들어 휙휙 바람 소리를 내자 삽시간에 누런 안개가 피어오르면서 그 안에 섭이랑이 갇혀버렸다. 좌자목이 다급하게 부르짖었다.

"두 분은 멈추시오! 어서 멈추시오! 단 공자는 아직 죽지 않았소."

그러자 또 다른 호위가 허리춤에서 넓적한 도끼인 판부를 꺼내 뽑아 들고 일갈했다.

"단 공자는 어디 있느냐?"

좌자목이 황급히 답했다.

"제 아들부터 구해주신다면 제가 단 공자를 구해오겠소."

그 호위가 말했다.

"좋다, 나 고독성古篤誠이 무악부작부터 처리할 것이니 그때 다시 얘기하자."

그러고는 바닥에 몸을 굴려 나아가 반곤착절십팔부盤根錯節十八斧라는 초식을 전개해 왼손과 오른손에 각각 도끼 한 자루씩을 들고 그녀의 하반신을 찍어가기 시작했다.

섭이랑이 씩 웃었다.

"아이가 거추장스럽구나. 우선 이 아이부터 찍어 죽여라!"

그러고는 들고 있던 아이를 도끼날 쪽으로 가져다 댔다. 고독성은 순간 깜짝 놀라 황급히 도끼를 거둬들였다. 그러나 예상치 못하게 섭이랑이 입고 있던 치마 밑에서 오른쪽 다리가 날아올라 그의 어깨를 강타했다. 다행히 고독성은 워낙 건장한 체구라 섭이랑의 발에 맞고도 약간 휘청하긴 했지만 부상을 당하진 않았고 곧바로 다시 덤벼들었다. 섭이랑이 아이를 방패막이로 삼고 있다 보니 고독성과 부사귀가 무기를 써서 공격할 때 상당한 제약이 있었다.

좌자목이 다급하게 소리쳤다.

"아이를 조심하시오! 그 아이가 내 아들이오, 조심하시오! 부 형, 숙동곤을 너무 높이 들었소. 고 형, 도끼날을 제발… 우리 아들 몸 쪽에 들이대지 마시오."

이렇게 혼란한 와중에 산등성이 뒤쪽에서 피리 소리가 들려왔다. 또렷하고 우렁찬 음색의 피리 소리는 순식간에 주변에 울려퍼졌다. 그때 산비탈 뒤에서 넓은 도포에 소맷자락도 넓은 관포대수寬袍大袖 차림을 한 중년 사내가 등장했다. 세 갈래의 긴 수염에 고아한 용모를 지닌 그는 두 손으로 쇠피리를 하나 쥔 채 여전히 입가에 대고 불어대고 있었다. 주단신이 재빠른 걸음으로 그의 옆으로 달려가 귓속말로 나지막이 뭐라고 속닥거렸다. 그러나 그는 연주를 멈추지 않고 계속 여유로운 곡조를 불어대며 느린 걸음으로 격투를 벌이고 있던 세 사람을 향해 걸어갔다. 순간 피리 소리가 빠르게 울려퍼지며 고막이 터질 듯 진동했다. 열 손가락으로 동시에 모든 피리 구멍을 누른 채 온 기를 불어넣어 세차게 불어대는 것이었다. 그러자 쇠피리 끝에서 거센 강풍이 날아가 섭이랑의 안면을 덮쳤다. 섭이랑이 재빨리 고개를 돌려 피했지만 쇠피리 끝은 이미 그녀의 인후부를 겨누고 있었다.

이 두 차례의 출수는 놀라울 정도로 빨라서 순발력이 무척이나 빠른 섭이랑도 어찌할 바를 몰라 허둥댈 뿐이었다. 그러나 섭이랑은 정신없는 와중에도 허리를 살짝 돌리며 상반신을 1척 정도 뒤로 물렸다. 그러고는 좌산산을 땅바닥에 내팽개치고 손을 뻗어 쇠피리를 붙잡으려 들었다. 관포대수 차림의 객은 아이가 땅에 떨어지기 전에 소맷자락을 휘둘러 둘둘 말았다. 섭이랑은 자신이 잡은 쇠피리가 마치 빨간 숯불처럼 뜨겁게 느껴지자 깜짝 놀랐다.

'피리에 독약을 발랐나?'

이런 생각을 하며 잡고 있던 피리를 재빨리 놓고 몇 걸음 뒤로 물러섰다. 관포객寬袍客은 소맷자락을 휘둘러 아이를 온전하게 좌자목한테 건넸다.

섭이랑이 힐끗 쳐다보니 관포객의 왼쪽 손바닥은 온통 검붉은 핏빛으로 물들어 있었다. 그녀는 다시 한번 놀랐다.

'피리에 독약을 바른 것이 아니라 최고 경지의 내력으로 쇠피리를 금방 용광로에서 꺼낸 것처럼 뜨겁게 달구어놓은 것이구나.'

그녀는 자신도 모르게 뒤로 몇 걸음 물러서 웃었다.

"귀하께선 대단한 무공을 지니셨군요. 이 작은 대리국에 이런 고인高人이 계신 줄은 몰랐습니다. 존성대명이 어찌 되시는지요?"

관포객이 씩 하고 웃었다.

"천하의 섭이랑께서 아국 경내에 왕림하시다니 이거 정말 영광이오. 우리 대리국에서 응당 주인의 도리를 다해야 옳을 것이오."

좌자목은 아이를 안고 있다가 순간 너무 놀랍고도 기쁜 마음에 불쑥 끼어들었다.

"귀하께선 그럼 고… 고高 군후君候신가요?"

관포객이 옅은 미소를 띠고는 대답 대신 섭이랑을 향해 물었다.

"단 공자는 지금 어디 있소? 부디 말씀해주시기 바라오."

섭이랑은 냉소를 머금었다.

"난 몰라요. 안다고 해도 말하지 않을 거예요."

이 말을 하고는 갑자기 위로 솟구쳐올라 산봉우리를 향해 훌쩍 날아갔다.

관포객이 다급하게 부르짖었다.

"잠깐!"

그러고는 몸을 날려 뒤쫓아가는데 별안간 눈앞에 섬광이 번뜩이면서 일고여덟 개의 암기가 연이어 날아들었다. 그의 얼굴 수 곳의 급소를 노린 것이었다. 관포객은 쇠피리를 휘둘러 일일이 가격해 떨어뜨렸다. 섭이랑은 눈 깜짝할 사이에 몸을 날려 저 멀리 달아나 더 이상 뒤쫓을 수가 없었다. 급히 고개를 돌려 땅에 떨어진 암기를 살펴보니 각 암기들은 각각 다른 물건들이었다. 하나같이 어린아이의 몸에 장식하는 금붙이나 은붙이들로, 장수하라는 뜻에서 달아주는 장명패長命牌나 조그만 자물쇠 조각 같은 것들이었다. 그는 언뜻 생각났다.

'이게 다 저 여자가 납치해서 가지고 놀던 어린아이들 물건이로군. 저런 골칫덩이를 제거하지 못한다면 대리국 내의 얼마나 많은 아이가 재앙을 입을지 모르는 일이야.'

저만리가 쇠막대기를 휘두르자 밧줄에 감겨 있던 장검이 땅을 차고 날아올라 검병을 앞으로 한 채 좌자목을 향해 날아갔다. 좌자목이 재빨리 손을 뻗어 검을 낚아챘다. 그는 부끄러운 기색이 역력한 얼굴로 아무 말도 하지 못했다. 저만리가 말을 이었다.

"단 공자는 도대체 어찌 된 것이오?"

목완청은 속으로 생각했다.

'이 사람들은 모두 단랑의 친구들인 것 같아. 사실대로 털어놓고 함께 벼랑 위로 올라가 자세히 살펴보는 게 좋겠다.'

그러고는 입을 열려는 순간 갑자기 산중턱 밑에서 누군가 당황한 목소리로 울부짖는 소리가 들려왔다.

"목 낭자… 목 낭자… 아직 여기에 있는 거요? 남해악신, 내가 왔소. 제발 목 낭자는 해치지 마시오. 그녀는 내 아내요! 사부로 모시고 안 모시고는 천천히 논의하도록 합시다. 목 낭자, 목 낭자, 괜찮은 거요?"

관포객 일행은 이를 듣자 일제히 환호성을 질렀다.

"공자 나리시다!"

목완청은 이레 밤낮 동안 힘들게 단예를 기다리느라 이미 심신이 극도로 지쳐 있었다. 그러던 차에 갑자기 그의 목소리를 들으니 놀라움과 기쁨이 교차해 순간 눈앞이 캄캄해지면서 그 자리에서 실신해버리고 말았다.

의식이 없는 상태에서 누군가의 나지막한 외침 소리가 귓가에 들려왔다.

"목 낭자, 목 낭자! 정신 차려요!"

정신을 차린 목완청은 자신이 누군가의 품에 안겨 누워 있으며 그 누군가가 자신의 어깨를 감싸안고 있다는 것을 느끼고 벌떡 일어나려 했지만 곧 생각이 났다.

'단랑이 왔었지?'

한편으로는 행복했지만 뭔가 씁쓸한 마음에 천천히 눈을 떴다. 눈앞에는 마치 가을날의 물처럼 맑고 깨끗한 두 눈동자가 자신을 응시하고 있었다. 그건 바로 단예였다. 순간 기뻐서 어쩔 줄 몰라 하는 단예의 목소리가 들려왔다.

"아! 드디어 정신이 들었군."

목완청의 두 눈에서 주르륵 눈물이 흘렀다. 그녀는 손바닥을 뒤로 빼서 그의 뺨을 세차게 후려쳤다. 그러나 그의 품에 누워 있던 그녀는 여전히 발버둥치며 일어날 힘조차 없었다.

단예는 자신의 뺨을 어루만지며 웃었다.

"걸핏하면 사람을 때리다니 정말 난폭하기가 그지없소! 남해악신은? 여기서 날 기다린 거 아니었소?"

"당신을 이레 밤낮이나 기다렸으니 그걸로 충분하지 않나요? 남해악신은 갔어요!"

단예는 순간 얼굴색이 환해지면서 기뻐하기 시작했다.

"좋았어! 아주 잘됐군. 안 그래도 무척이나 걱정했는데 말이오. 그자가 강제로 사부로 모시라고 하면 어찌할지 고민 중이었소."

"그자의 제자가 되고 싶은 마음도 없으면서 여긴 왜 온 거예요?"

"낭자가 그자 손에 있으니 내가 안 오면 그자는 낭자를 괴롭힐 것 아니겠소? 내가 어찌 그걸 보고만 있을 수 있겠소?"

목완청은 그 말에 속으로 기분이 좋아졌다.

"흥, 양심도 없긴! 당신이 미워서 일검에 죽여버릴 생각이었어요. 좀 일찍 올 것이지 왜 이제야 온 거예요? 그자가 가버리고 도와줄 사람이 생기니까 이제 와서 생색내는 건가요? 이레 밤낮 동안 왜 나타나질 않은 거죠?"

단예가 한숨을 푹 내쉬었다.

"여태껏 누군가에 잡혀서 꼼짝할 수 없었소. 밤낮으로 당신 걱정만 하느라 초조해죽는 줄 알았단 말이오. 가까스로 빠져나와 곧장 이리 달려온 것이오. 낭자는 내 색시이니 부디 원망은 마시오."

목완청이 웃으며 말했다.

"무슨 원망을 한다고 그래요?"

단예는 크게 기뻐하며 그녀를 더욱 꼭 안았다.

남해악신이 목완청을 납치해 데려갔던 그날 단예는 홀로 벼랑 위에 남게 되자 극도의 초조함에 휩싸였다.

'그 악인한테 날 제자로 거두어달라고 부탁하러 가지 않는다면 목 낭자도 목숨을 부지하기 어려울 것이다. 허나 내가 그 악인을 사부로 모신다면 그… 우두둑하는 소리를 내면서 목을 비틀어 꺾는 무공을 배우게 될 것 아닌가? 난 절대 그 짓은 할 수 없다. 그자는 그 무공을 가르치기 위해 틀림없이 누군가를 잡아다 나한테 시험 삼아 목 비틀기를 한 번, 또 한 번 시킬 것이다. 그런 날에는 난 끝장이야. 다행히 그 악인이 흉악하기는 해도 경우는 있는 자이니 어떻게든 목 낭자를 풀어주게 하고 날 제자로 거둘 필요가 없다고 설득해야겠다.'

이런 생각을 하면서 벼랑가를 배회하다가 배가 살살 아파오자 갑자기 생각났다.

'이런, 큰일 났다. 나도 참 어리석기 그지없는 놈이로군. 내가 왜 그걸 까먹었지? 그때 그 동굴 속에서 이미 신선 누님을 사부로 모셨으니 난 소요파 문하 제자인 셈이다. 소요파의 제자가 어찌 또 남해악신 문하에 들어갈 수 있단 말인가? 맞아. 이 얘기를 그 악인한테 떳떳하게 설명해서 "그 말도 일리가 있군!"이란 말을 하지 않으면 안 되도록 만들어야겠다.'

그는 다시 생각을 바꿨다.

'그 악인은 필시 나더러 소요파 무공을 몇 수 보여달라고 할 텐데 난 전혀 모르잖아? 그럼 자연히 내가 소요파 제자라는 사실을 믿지 않

을 거야.'

이어서 이런 생각이 떠올랐다.

'신선 누님께서 나더러 매일 아침 점심 저녁 세 차례 그 두루마리 속의 신공을 연마하라고 하셨지? 요 며칠 동안 정신없이 일이 터지는 바람에 세 차례는커녕 단 한 번도 연마를 못했으니 죽어 마땅하다.'

속으로 송구스러운 마음이 들자 품 안에 손을 넣어 두루마리를 더듬어 찾았다. 그때 갑자기 뒤에서 누군가의 발소리가 들려왔다. 단예는 몸을 돌려보고 깜짝 놀랐다. 벼랑 주변에서 수십 명의 사람들이 속속 올라오고 있는 것이 아닌가?

신농방 방주 사공현을 필두로 그 뒤에는 무량검 동종 장문인 좌자목, 서종 장문인 신쌍청이 보였다. 나머지는 신농방과 무량검 동서종 제자들 수십 명이었다. 단예는 생각했다.

'저 양측이 어째서 싸우지 않고 여기 온 거지? 적에서 친구가 됐다면 아주 잘된 일이다.'

그때 이들 수십 명이 양쪽 옆으로 길게 늘어서 공손하게 몸을 굽혔다. 누군지는 모르지만 대단한 사람이 올라오길 기다리는 모양이었다.

순간 녹색 그림자가 번뜩이더니 벼랑 위로 청록색 두봉을 걸친 여덟 명의 여인이 튀어올라왔는데 여인들의 두봉 가슴 부위에는 검은색 독수리가 수놓아져 있었다. 단예는 속으로 비명을 질렀다.

'난 이제 끝장이다.'

여덟 명의 여인들이 한쪽에 네 명씩 양쪽으로 갈라서자 곧이어 청록색 두봉을 걸친 여자 하나가 다시 벼랑 위로 올라왔다. 스무 살 남짓의 매우 수려한 용모를 가진 이 여인에게서 왠지 모를 살기가 느껴졌다. 그녀는 단예를 노려보다 거침없이 물었다.

"넌 누구냐? 여기서 뭐 하고 있는 것이냐?"

단예는 그 말을 듣고 속으로 쾌재를 불렀다.

'저 여자는 나와 목 낭자가 저 여자 자매 네 명을 죽였다는 사실이나 영취궁인가 뭔가 하는 조직의 사자를 사칭했다는 사실도 모르는구나. 다행히 내 두봉으로 뚱보 할망구 평 파파 시신을 덮어줬고 목 낭자 두봉은 난창강으로 날아가버렸지. 증거라고는 없으니 그냥 딱 잡아떼버리면 되겠다.'

이런 생각을 하고 대답했다.

"재하 대리국 단예는 벗을 따라 여기 계신 좌 선생의 무량궁에 객으로…."

좌자목이 끼어들었다.

"단 공자, 무량검은 이미 천산 영취궁 휘하에 귀순해서 무량궁을 무량동으로 개칭했소. 따라서 무량궁이란 말은 이제 더 이상 쓸 수가 없소."

단예가 생각했다.

'싸움이 안 될 것 같으니까 패배를 인정하고 투항한 것이로군. 아주 현명한 생각을 했는데 그래?'

"감축드립니다. 감축드립니다! 좌 선생께서 암흑에서 벗어나 광명을 찾으셨다니 정말 잘된 일입니다."

좌자목이 생각했다.

'내가 암흑에서 벗어났다고? 뭐 광명을 찾았다고?'

이런 생각을 하면서도 겉으로 표현은 하지 못하고 쓴웃음만 지을 뿐이었다.

단예가 말을 이었다.

"재하는 사공 방주와 좌 선생 사이에 약간의 오해가 있는 듯하여 호의를 가지고 두 분의 오해를 풀어드리려 했으나 뜻밖에도 좋지 않은 일에 휘말리게 됐습니다. 원래는 사공 방주의 명을 받들어 해약을 구하러 갔던 것인데 가는 길에 대악인을 만나게 될 줄 누가 알았겠습니까? 남해악신 악노삼이라 칭하는 자였는데 그는 제 자질의 우수성을 운운하며 자신을 사부로 모시라고 강요했습니다. 전 무공을 배우지 않겠다고 말했지만 남해악신이란 자는 도리가 통하지 않는지라 절 여기이 높은 곳에 데려다놓고 자신을 사부로 모시지 않으면 안 된다고 핍박을 가한 것이었습니다. 하지만 재하는 닭 한 마리 잡을 힘도 없는 문약한 서생인지라…."

이 말을 하면서 두 손을 펼쳐 보이고는 말을 이었다.

"이 높고 험한 벼랑 위에서는 무슨 수를 써도 내려갈 수 없습니다. 낭자께서 방금 여기서 뭘 하느냐고 물으셨지요? 죽기만 기다리고 있었습니다."

그의 말은 틀린 말이 아니었다. 앞부분은 사실이었고 뒷부분 역시 거짓이 아니었다. 다만 중간에 큰 사건들을 빼먹었을 뿐이었다.

'공자께서도 《춘추春秋》를 산정刪定하면서 "타인의 설을 기술할 뿐 자신의 설을 더하지 않는다"라고 하셨잖아? 삭제를 하는 것이 성인의 도리에 어긋나는 건 아니야. 거짓을 말하는 것이 군자가 아닐 뿐이지.'

여인이 입을 열었다.

"사대악인이 대리국까지 왔군. 악노삼이 단 상공을 제자로 거둬야겠다고 했다는데 단 상공의 어떤 자질이 우수하다고 한 건가요?"

이런 질문을 던지고 단예의 대답을 기다리는 대신 사공현과 좌자목 두 사람 쪽으로 눈빛을 돌려 물었다.

"저자 말이 사실이더냐?"

좌자목이 답했다.

"네!"

사공현이 말했다.

"사자께 아뢰옵니다. 무공이라고는 모르지만 늘 소란을 피우는 성가신 녀석입니다."

그 여인이 말했다.

"우리 자매들을 사칭한 못된 것들이 이 산봉우리 위로 도망가는 걸 너희들이 봤다고 하지 않았느냐? 한데 어디 간 것이냐? 단 상공, 혹시 녹색 두봉을 걸친 우리와 비슷한 차림의 여자 둘을 보지 못했나요?"

단예가 답했다.

"아니요! 누님 같은 차림의 낭자 둘은 본 적이 없습니다."

그는 생각했다.

'녹색 두봉을 걸치고 너희들을 사칭한 것은 남자 하나와 여자 하나였다. 내가 거울에 비춰보질 않아 나 자신을 볼 수 없었지만 목 낭자는 둘이 아니라 하나인 게 맞지.'

그 여인은 고개를 끄덕이고는 고개를 돌려 사공현에게 물었다.

"넌 영취궁 휘하에 들어온 지 꽤 되지 않았더냐?"

사공현이 전전긍긍하며 말했다.

"8… 8년 됐습니다."

"우리 자매들도 알아보지 못하다니… 그렇게 흐릿해서야 우리 동모 어르신을 위해 무슨 일을 할 수 있겠느냐? 올해 생사부 해약은 절대 기대하지 말아라."

사공현은 얼굴이 사색으로 변한 채 바닥에 무릎을 꿇고 연신 고두를 해대며 빌었다.

"부디 사자께서 은혜를 베풀어주십시오. 부탁입니다."

단예는 속으로 생각했다.

'저 염소수염이 아직 죽지 않았구나. 그럼 목 낭자가 저자한테 준 가짜 해약이 효과가 있었던 건가? 아니면 영취궁에서 무슨 영단묘약靈丹妙藥이라도 내준 건가? 근데 생사부 해약이란 건 또 뭐지?'

여인은 사공현의 간청을 무시한 채 신쌍청을 향해 말했다.

"단 상공을 데리고 내려가라. 만약 사대악인이 와서 또 소란을 피우면 놈들한테 표묘봉 영취궁으로 날 찾아오라고 해! 사자를 사칭한 못된 계집년들을 잡는 문제는 무량동에 맡기도록 할 테니 알아서 처리해라. 흠… 대담한 것들 같으니! 간광호와 갈광패 두 반역자는 반드시 잡아와 죽여야 한다! 그리고 우리 자매 네 명을 보면 당장 영취궁으로 돌아오라고 전해라. 난 기다릴 시간이 없다."

여인의 한마디에 신쌍청은 대답만 할 뿐 감히 눈빛조차 마주치지 못했다. 여인은 말이 끝나자 다른 누구에게도 눈길을 주지 않고 곧바로 산을 내려갔다. 여인 수하의 여자 여덟 명만 그 뒤를 따라 내려갔다.

사공현은 바닥에 계속 꿇어앉아 있다가 여인을 비롯한 아홉 명의 여자가 하산하자 재빨리 몸을 일으켜 벼랑가로 달려가 부르짖었다.

"부符 사자, 동모께 이 말씀만 전해주십시오. 이 사공현이 잘못했다고 말입니다."

그는 절벽의 다른 한쪽으로 달려가 몸을 솟구치며 난창강을 향해 몸을 내던졌다.

모든 이가 일제히 깜짝 놀라 소리쳤다. 신농방 제자들이 앞을 다투어 벼랑가로 달려갔지만 눈앞에 보이는 것은 매우 탁하고 세차게 용솟음치는 물줄기뿐 방주는 이미 강물에 빠져 쓸려내려갔는지 행방을 알 수 없었다. 제자들 중 일부는 가슴을 치며 울부짖고 있었다.

무량검 제자들은 이렇듯 허망한 사공현의 최후를 목격하고 서로 물끄러미 쳐다보며 침통한 표정을 금하지 못했다.

단예가 생각했다.

'사공 방주의 죽음은 나한테도 책임이 있어.'

이런 생각을 하니 심히 꺼림칙했다.

신쌍청은 무량검 동종의 남제자 둘을 향해 말했다.

"너희들은 단 상공을 잘 모시고 내려가라."

"네!"

욱광표郁光標 그리고 전광승錢光勝이란 이름의 두 제자가 일제히 몸을 굽혀 대답했다.

단예는 욱광표와 전광승 두 사람의 부축을 받으며 아주 어렵게 산기슭까지 내려올 수 있었다. 그는 길게 한숨을 내쉬고 좌자목과 신쌍청을 향해 공수를 하며 말했다.

"여러분 도움 덕택에 무사히 내려왔소. 전 이만 가봐야겠소."

그는 일전에 남해악신이 손가락으로 가리켰던 고봉을 바라보고 생각했다.

'저 산봉우리에 오르려면 방금 산을 내려올 때보다 몇 배 더 힘들겠구나. 무량검 사람들이 아무리 호의가 있다 해도 저 봉우리까지 데려다주진 않을 거야. 목 낭자를 구하려면 목숨 걸고 오르는 수밖에….'

갑자기 신쌍청이 말했다.

"그리 서두를 것 없으니 나와 함께 무량동으로 갑시다."

단예가 다급하게 말했다.

"아니, 아닙니다. 재하는 긴한 일이 있어 함께 갈 수 없소. 용서하시오."

신쌍청이 코웃음을 치며 손짓을 하자 욱광표와 전광승 두 사람이 각각 팔을 뻗어 단예의 양팔을 붙잡아 그대로 걸어갔다.

단예는 부르짖었다.

"잠깐, 이보시오. 신 장문, 좌 장문! 나 단예는 그쪽에 잘못한 일이 전혀 없소. 방금 그 사자 누님께서도 날 하산시키라고 분부하지 않았소? 이제 하산도 했고 당신들께 고맙다는 인사까지 했는데 나한테 왜 이러는 것이오?"

신쌍청과 좌자목은 대꾸도 하지 않았다. 단예는 욱광표와 전광승 두 사람이 좌우 양쪽에서 꼭 붙잡고 있는지라 어떤 저항도 할 수 없어 그들이 이끄는 대로 갈 수밖에 없었다. 그는 울퉁불퉁한 길을 하염없이 끌려가며 가쁜 숨을 몰아치다 결국 무량동에 이르렀다.

욱광표와 전광승 두 사람은 단예를 데리고 대청을 다섯 번 지나는 오진五進식 가옥을 거쳐, 다시 커다란 화원을 뚫고 작은 집 세 칸이 있는 곳에 당도했다. 전광승이 방문을 열자 욱광표가 그를 문안으로 밀어넣고는 나무로 된 문을 닫아버렸다. 곧바로 철커덕하면서 문밖에서 걸어잠그는 소리가 들렸다.

단예가 부르짖었다.

"이게 무슨 경우요? 당신네 무량검은 도리도 없소? 어찌 날 죄인 취급하는 것이오. 더구나 무량검은 관부도 아니거늘 어찌 함부로 사람을 가둘 수가 있소?"

그러나 문밖에서는 아무 기척도 없이 고요하기만 할 뿐 아무리 고래고래 고함을 지르고 외쳐도 누구 하나 거들떠보지 않았다.

단예는 장탄식을 하며 생각했다.

'이왕 왔으니 마음을 편히 먹어야겠다. 천명에 맡길 수밖에….'

산꼭대기에서 막 내려왔던 터라 몸은 지칠 대로 지쳐 있었다. 단예는 방 안에 침상과 탁자가 있는 것을 보고 곧바로 침상 위에 누워 머리를 붙였고 그대로 그렇게 잠이 들고 말았다.

잠이 든 지 얼마 되지 않아 하인으로 보이는 누군가가 먹을 것을 들고 왔는데 음식이 그리 나쁘지는 않았다. 단예는 먹을 걸 들고 온 하인에게 말했다.

"좌자목과 신쌍청 두 장문에게 내가 할 말이 있다고 고해주…."

말이 끝나기도 전에 욱광표가 문밖에서 호통을 쳤다.

"단가야! 떠들지 말고 얌전히 있어라. 앉아 있건 누워 있건 상관은 안 하겠지만 한 번 더 시끄럽게 떠든다면 가만 안 둘 테니까 알아서 해라. 한 마디 할 때마다 따귀를 한 대씩 때려줄 테니 기억해두도록 해라. 두 마디면 따귀 두 대, 세 마디면 세 대인 줄 알아라. 셈할 줄 아느냐, 모르느냐?"

단예는 입을 다물고 곰곰이 생각했다.

'우악스러운 자들이라 말대로 행할 것이 분명하다. 목 낭자한테 뺨을 맞을 때는 아프긴 해도 기분이라도 좋았지 저런 자들한테 몇 대 맞으면 기분이 아주 더러울 거야.'

밥을 세 그릇이나 먹고는 침상에 누워 다시 잠을 청하며 생각했다.

'목 낭자는 지금 어찌 됐는지 모르겠군. 독전을 쏴서 남해악신을 죽이고 도망쳐서 날 구하러 와준다면 최선일 텐데… 잉? 내가 어쩌다 목 낭자가 살인하는 걸 바라고 있는 거지?'

한참 동안 이런저런 생각을 하다 곧 잠이 들었다.

단예는 그렇게 잠이 들어 다음 날 새벽에야 잠에서 깼다. 주변을 살펴보니 방 안은 누추하기 그지없었고 창문에는 세로로 쇠창살이 박혀 있었다. 가만 보니 무량검 사람들이 사람을 가둬두는 곳 같았다. 다행히 방 안은 매우 널찍해서 거동에 있어 불편한 점은 없었다. 이런 상황에선 신선 누님의 당부를 받들어 북명신공을 연마하는 게 상책이라 여긴 그는 품속에서 두루마리를 꺼내 탁자 위에 올려놓았다. 그림 속의 나상을 생각하니 순간 심장이 쿵쾅쿵쾅 뛰기 시작하고 얼굴이 벌겋게 달아올랐다. 그는 재빨리 옷깃을 여미고 엄숙하고 경건한 자세로 앉아 아무 말 없이 속으로 다짐을 했다.

'신선 누님, 전 신선 누님의 분부를 받들어 신공을 연마하려는 것일 뿐 신선 누님의 옥체를 훔쳐보려는 것이 아니오니 신선 누님을 모독하는 것이라 탓하지 마십시오.'

천천히 두루마리를 펼쳐 첫 번째 그림 뒤에 있는 작은 글자들을 몇 번 읽었다. 이 정도 글은 밥 먹듯이 읽어왔던 그였기에 딱 한 번 보고 이해를 했고 두 번째 볼 때는 암기를 했고 세 번째 읽고 나서는 깨달음을 얻게 됐다. 그는 그림 속의 나상을 감히 더 보진 못했지만 나상 위에 표기된 경맥經脈과 혈도를 암기해 두루마리에 기록된 비결에 따라 연마를 하기 시작했다.

글 속에 이런 말이 있었다.

'본문의 내공은 각 문파의 내공과 도에 거스름이 있으므로 이전에 내공 수련 경험이 있는 사람은 반드시 기존에 배운 것들을 모두 잊고 새로운 내공 수련에 전력을 기울여야 한다. 만일 기존의 내공과 조금이라도 뒤섞인다면 양쪽 내공이 서로 충돌하여 광증狂症과 함께 토혈吐血을 하게 되고 모든 혈맥이 전폐되어 결국에는 목숨이 위태로운 지경에 이를 것이다.'

글 속에는 이런 내용이 반복적으로 언급되어 있었으며 가장 중요한 관문 역시 이 부분이었다. 단예는 내공을 수련한 적이 없었기에 가장 어려운 관문을 전혀 염두에 둘 필요가 없어 그나마 편하게 수련할 수 있었다.

해서 반 시진 만에 그림에서 가리킨 바에 따라 수태음폐경의 경맥과 혈도를 착오 없이 암기할 수 있었다. 다만 몸 안의 내식이 전무했던 단예는 스스로 운기조식으로 경맥을 통행시킬 방법은 없었다. 이어서 임맥任脈 수련에 돌입했는데 이 맥은 항문과 하음下陰 사이에 있는 회음혈會陰穴에서 시작해 곡골曲骨, 중극中極, 관원關元, 석문石門 같은 혈도들을 직통해 올라가고 배, 가슴, 목을 경과해 입속 하단 치아 틈 사이에 있는 단기혈斷基穴에 이르는 경맥이었다. 임맥은 혈도가 많긴 했지만 경맥의 진행 방향이 일직선으로 곧게 뻗어 있어 무척 간단했다. 단예는 순식간에 모든 혈의 위치와 명칭을 외운 다음 손을 뻗어 자신의 몸에 있는 혈도들을 하나하나 짚어나갔다. 이 맥 역시 거꾸로 수련을 할 때는 단기혈에서 시작해 승장承漿, 염천廉泉, 천돌天突로 쭉 내려가 회음에서 끝을 냈다.

그림 속에는 이런 말이 있었다.

> 수태음폐경과 임맥은 북명신공의 기반이며 그중 무지의 소상혈少商穴 및 두 유두 사이에 있는 단중혈膻中穴이 특히 중요하다. 전자는 취하는 곳이고 후자는 저장하는 곳이다. 사람에게도 사해四海가 있는데 위胃는 음식물이 모이는 곳이라 하여 수곡지해水穀之海라 하며 충맥衝脈은 12경맥의 길목에 있어 십이경지해十二經之海, 단중膻中은 기가 모이는 곳이라 하여 기지해氣之海, 뇌腦는 골수가 모이는 곳이라 하여 수지해髓之海라고 한다. 수곡水穀을 섭취해 위에 저장하는 것은 갓난아이가 태어날 때부터 가능하기에 수련할 필요가 없다. 소상少商으로 사람의 내력을 취해 자신의 기지해인 단중혈에 저장하는 절학絶學은 오직 소요파의 정통 북명신공만이 가능하다. 사람이 수곡을 섭취하면 불과 하루 만에 모두 체외로 배설된다. 그러나 남의 내력을 취하면 얼마를 취하든 그만큼 저장이 되고 배설되는 것 없이 쌓이면 쌓일수록 심후해지는 까닭에, 이는 천지天池라 불리는 북쪽의 명해冥海에 물이 쌓여, 수천 리에 달하는 거대 물고기인 곤鯤이 헤엄칠 수 있는 이치와 같다고 할 수 있다.

단예는 두루마리를 덮고 곰곰이 생각했다.

'이 무공은 순전히 남을 손상시켜 자신이 이득을 보는 수법이야. 남이 고생스럽게 연마한 내력을 취해서 자기 몸에 축적시킨다는 것이니 이는 사람의 피와 살을 뜯어먹는 것이나 다름없는 일이며, 또한 남의 돈을 고리로 뜯어내 자기 주머니에 집어넣는 것이나 마찬가지가 아닌가? 이미 신선 누님께 맹세를 한 이상 연마하지 않으면 안 되겠지만 난 죽는 한이 있어도 절대 남의 내력을 취하지는 않을 것이다.'

그러다 마음을 돌려 다시 생각했다.

'백부님께서 늘 그러셨어. 사람이 속세에 살면서 입지 않고 먹지 않는다면 살아갈 도리가 없다고 말이야. 그래서 실오라기 반 가닥이나 밥과 죽 한 그릇조차 모두 남에게 취하는 것이 아니던가? 남에게 무언가를 취하는 건 피할 수 없는 일이야. 문제는 어찌 보답하느냐에 있는 거지. 적게 취해서 후하게 보답하면 되는 것 아닌가? 부를 축적하기 위해 불인不仁하게 살아가는 자들 것을 취해 가난하고 의지할 곳 없는 이들에게 쓴다면 양심에 거리낌도 없을뿐더러 오히려 자비를 베푸는 인의지사仁義之士가 되는 셈이다. 유가와 불가의 이치도 그와 비슷하지. 백성들의 고혈을 짜내 개인의 사리사욕을 채우기에 급급하다면 이는 백성들을 도탄에 빠지게 만드는 짓이라 할 수 있지만, 천하인들에게 이롭도록 널리 베풀고 백성들을 구제한다면 성현이라 할 수 있다. 고로 문제는 취하느냐 안 취하느냐에 있는 것이 아니라 선하게 쓰느냐 악하게 쓰느냐에 달려 있는 것이다.'

이 부분을 이렇게 이해하니 오히려 이 무공을 수련하지 않으면 안 되겠다고 느껴졌다.

마음이 편안해지자 다시 또 생각했다.

'어찌 됐건 간에 난 평생 좋은 일만 하고 나쁜 일은 하지 말아야겠다. 거대한 코끼리는 천 근을 짊어질 수 있지만 땅강아지와 개미는 고작 작은 겨자씨 한 알을 끌고 다닐 수 있을 뿐이야. 힘이 크면 좋은 일을 할 힘도 커지지만 나쁜 일을 하기 시작하면 무서워질 수도 있다. 남해악신이 자신의 실력으로 좋은 일을 하는 데 쓴다면 어찌 행복이 찾아오지 않겠는가?'

이렇게 생각하니 남해악신을 사부로 모신다 해도 나쁜 사람의 목을 비틀어 꺾기만 하면 "그 말도 일리가 있군"이란 말에 부합될 듯했다.

두루마리 속에는 이 밖에도 각종 경맥의 수련 방법이 여럿 있었는데 하나같이 남의 내력을 취하는 비결이었다. 단예는 자기 합리화를 시켰지만 실행에 옮기는 데 있어서는 천성에 맞지도 않을뿐더러 많은 것을 얻으려 탐하는 것이 좋지 않다고 느껴진 나머지 한동안 그 비결들을 거들떠보지도 않았다.

두루마리 마지막 부분에 능파미보凌波微步라는 네 글자가 보이자 곧 〈낙신부洛神賦〉라는 시의 구절들이 생각났다.

| | |
|---|---|
| 물결 위를 사뿐히 걸어가니 | 凌波微步 |
| 버선 끝에 먼지가 이는구나 | 羅襪生塵 |
| … | … |
| 두 눈에는 밝은 빛이 빛나고 | 轉眄流精 |
| 고운 얼굴에 윤기가 흐르네 | 光潤玉顏 |
| 말을 입 밖에 내기도 전에 | 含辭未吐 |
| 난초 같은 향기가 풍겨오네 | 氣若幽蘭 |
| 우아하고 아리따운 미색이 | 華容婀娜 |

식음조차 잊게 만드나니　　令我忘餐

또한 조자건曹子建이 지은 천고의 명구가 뇌리를 스치고 지나갔다.

적당하게 매끈한 몸매에　　穠纖得衷
아담한 키가 적절하구나.　　修短合度
깎아낸 듯 좁은 어깨에　　肩若削成
허리는 묶어놓은 듯 가늘어라.　　腰如約素
길고도 가녀린 목에는　　延頸秀項
백옥 같은 살결이 드러나 있어　　皓質呈露
향기로운 연지는 물론　　芳澤無加
화려한 분도 바르지 않았어라.　　鉛華弗禦
구름처럼 틀어올린 쪽진 머리와　　雲髻峨峨
가늘고 길게 드리워진 눈썹　　修眉連娟
싱그럽고 촉촉한 붉은 입술에　　丹唇外朗
새하얀 이가 빛을 발하는구나.　　皓齒內鮮
해맑게 반짝이는 아름다운 눈과　　明眸善睞
볼 밑에 해사하게 퍼지는 보조개　　靨輔承權
고아하고 매력적인 맵시로　　瑰姿豔逸
차분하고 우아하게 움직이네.　　儀靜體閑
부드럽고 온유한 자태에　　柔情綽態
말투 또한 호감이 가는구나.　　媚於語言
…　　…

이 시의 구절들을 목완청에게 적용하면 그 말도 일리가 있다고 생각할 수 있겠지만 이 시는 신선 누님한테 적용하는 것이 더 적합한 것처럼 느껴졌다. 신선 누님의 자태는 또 이 구절을 생각나게 만들었다.

태양이 아침노을에 떠오르는 듯하고　　皎若太陽升朝霞
연꽃이 푸른 물 위로 솟아오르는 듯하네　　灼若芙蓉出綠波

단예는 신선 누님의 분부에 따라 행하는 것이 실로 인생의 더할 수 없는 즐거움으로 느껴지자 속으로 생각했다.

'일단 이 능파미보부터 연마해야겠다. 이건 목숨을 건지기 위해 도망치는 묘법이지 남을 해하는 수단은 아니니 연마를 한다고 해서 나한테 해가 될 것은 전혀 없어.'

두루마리에는 보법이 명확하게 그려져 있었으며《역경》64괘 방위에 대한 주석이 상세하게 달려 있었다. 그는《역경》을 꿰뚫고 있었기에 이를 배우는 건 그리 어렵지 않았다. 다만 두루마리 속의 보법에는 기이한 부분이 있어 한 발 앞으로 나가고 나면 다음 한 발이 자연스럽게 이어지지 않았다. 그러다 반드시 공중에서 몸을 한 바퀴 돌아야 된다는 생각을 하자 비로소 자연스럽게 이어질 수 있었다. 때로는 몸을 앞으로 날렸다 뒤로 물러서고, 때로는 왼쪽으로 솟구쳤다 오른쪽으로 피해야만 비로소 두루마리 속의 보법에 부합되었다. 단예는 난제를 만나자 책벌레 기질을 발휘해 열심히 연구에 몰두했다. 그러다 말로 형언할 수 없는 크나큰 희열이 있음을 느꼈다.

'무학도 이렇게 무궁무진한 재미가 있었구나. 정말 독서나 독경 못

지않아.'

이렇게 하루가 지나자 두루마리 속의 보법을 2~3할 정도 습득하게 됐다. 저녁을 먹고 난 후 다시 10여 보를 더 익히고는 침상에 올랐다. 자고 있는 듯 깨어 있는 듯 정신이 모호한 상태에서 머릿속을 맴도는 것은 소상, 단중, 관원, 중극 같은 각종 혈도가 아니라 동인同人, 대유大有, 귀매歸妹, 미제未濟 같은 역괘의 방위였다.

한창 단잠에 빠져 있을 때 갑자기 몇 번의 울부짖음 소리가 들려와 잠에서 깨어났다. 얼마 지나지 않아 다시 뭔가가 울부짖는 소리가 들렸다. 소가 울부짖는 소리 같기도 했지만 그보다 훨씬 더 처절한 울음소리로 들리는지라 맹수 같은 것일지도 모른다는 생각이 들었다. 단예는 무량산 속에 기괴한 맹수들이 꽤 있다는 얘기를 익히 들었던 터라 울부짖는 소리가 멈추자 대수롭지 않다 여기고 곧 다시 잠을 청했다.

옆방에서 누군가 두런두런 얘기하는 소리가 들렸다.

"망고주합莽牯朱蛤이 한동안 나타나질 않더니만 오늘밤에 갑자기 울어대는 걸 보니 이게 길조인지 흉조인지 모르겠네요."

다른 한 사람이 말을 받아쳤다.

"우리 동종이 이 지경에 이르렀는데 길조가 있을 일이 뭐 있겠어? 흉한 일이 생기지나 않으면 그것으로 천지에 감사드려야지."

이 대화를 듣고 나자 단예는 두 남자가 욱광표와 전광승이라는 사실을 알게 됐다. 그들은 필시 옆방에 자면서 자신이 도망가지 못하게 감시하라는 명을 받았을 것이다.

그때 다시 전광승의 목소리가 들렸다.

"우리 무량검이 영취궁에 귀속되면서 그쪽 제재를 받아 자유롭지 못하게 된 건 있어도 든든한 배후를 얻게 된 셈이니 득실이 반반이라고 볼 수 있지요. 다만 제가 열받는 건요, 서종이 우리 동종한테는 상대도 안 되는데 그 부 사자는 어째서 신 사숙을 무량동 동주洞主로 삼아 우리 사부님이 오히려 신 사숙 명령을 받아야 하느냐는 겁니다."

욱광표가 말했다.

"그게 다 영취궁에 있는 천산동모를 비롯한 그 수하들이 하나같이 여자라서 그런 거 아니겠어? 그 여자들이 천하에 믿을 남자는 하나도 없다고 떠들고 다니거든. 듣자 하니까 그래도 그 부 사자가 호의를 베풀어 신 사숙을 우리 동주로 삼았다고 하더군. 영취궁이 무량검을 중시하고 있다는 뜻에서 말이야. 알잖아? 부 사자가 신농방 사공현한테 얼마나 악랄하게 대했어? 반대로 신 사숙을 대하는 기색은 완전히 달랐잖아?"

전광승이 말했다.

"욱 사형, 이해가 안 가는 게 또 있어요. 부 사자가 옆방에 있는 저 자식한테는 왜 그렇게 깍듯하게 대하는 거죠? '단 상공', '단 상공' 하면서 말이에요. 얼마나 다정하게 부르던지…."

단예는 그들이 자신에 대해 말하는 소리를 듣고 더욱 집중해서 경청했다.

욱광표가 웃었다.

"그런 말은 말이야, 여기서 몰래 할 수밖에 없어. 젊은 처자가 저렇게 기생오라비 같은 놈한테 친절하게 '단 상공', '단 상공' 하고 부르는 건 말이지…."

단 상공이란 말을 할 때 욱광표는 영취궁 부 사자의 말투를 흉내 내며 목구멍을 꽉 눌러 교태 어린 목소리를 보탰다.

"… 그게 무슨 의미인지 알아?"

전광승이 말했다.

"혹시 부 사자가 저 기생오라비 녀석한테 반했다는 거예요?"

"소리 줄여. 그러다 기생오라비 녀석 깨겠다."

욱광표는 이 말을 하고는 씩 하고 웃었다.

"사실 내가 뭐 그 부 사자 배 속에 있는 기생충도 아닌데 그 어르신의 성스러운 뜻을 어찌 알겠어? 신 사숙도 이런 점을 감안해서 녀석이 도망가지 못하게 우리더러 지키고 있으라고 한 것 같아."

"그럼 저 녀석을 언제까지 가두어둬야 하죠?"

"부 사자가 산 위에서 그랬잖아? '신쌍청, 단 상공을 데리고 내려가라. 만약 사대악인이 와서 또 소란을 피우면 놈들한테 표묘봉 영취궁으로 날 찾아오라고 해!'"

이 말을 할 때는 역시 그 녹의 여인 흉내를 냈다.

"… 한데 단 상공을 데리고 내려가서 어찌하라는 말이 없었어. 아무도 물어보지도 못했고 말이야. 만약 부 사자가 어느 날 느닷없이 사람을 보내 이런 말을 하면 어쩌겠나? '신쌍청, 내가 단 상공을 좀 봐야겠으니 영취궁으로 보내.' 허니 우리가 저 기생오라비 녀석을 죽이거나 놓아주기라도 한다면 엄청난 낭패를 볼 것 아니겠나?"

"그럼 부 사자가 나중에 아무 언급도 안 하면 우린 저 기생오라비 녀석을 평생 여기 가둬두고 부 사자의 명이 내려오기만 기다려야 한다는 건가요?"

"당연하지!"

단예는 이들의 얘기를 듣고 속으로 부르짖을 뿐이었다.

'피곤하게 됐구나! 피곤하게 됐어!'

이런 생각도 들었다.

'그 부符씨 성을 가진 사자 누님이 날 단 상공이라고 존칭해준 것은 내가 서생처럼 보이니 예를 갖추느라 그런 것일 뿐인데 그걸 삐딱하게 곡해를 하다니 대체 무슨 생각으로 저러는 거야? 내가 수염이 허옇게 될 때까지 가둬둔다면 그 사자 누님은 이 기생할아비 따위는 절대 생각조차 안 할 거란 말이다.'

이런저런 생각을 하는 사이 다시 전광승의 목소리가 들렸다.

"그럼 우리 두 사람도 모두…."

돌연 망고주합이라는 동물이 울부짖기 시작했다. 전광승은 곧 입을 다물었다. 한참을 기다려도 망고주합의 울음소리가 더 이상 들리지 않자 다시 입을 열었다.

"망고주합이 울 때마다 놀라서 가슴이 벌렁벌렁 뛴다니까요? 온신瘟神[21]이 이번에 또 얼마나 많은 목숨을 앗아갈지 모르겠네요."

"사람들은 망고주합을 온신이 타고 다니는 동물이라고 하는데 그건 말뿐이야. 문수보살文殊菩薩님은 사자를 타고 다니고 보현보살普賢菩薩님은 흰 코끼리, 태상노군太上老君께선 파란 소를 타고 다닌다고 하잖아? 저 망고주합은 만독萬毒의 왕이라 신통력이 엄청나고 독성이 강해서 예로부터 온신보살께서 타고 다녔다고 하는데 그건 사실이 아닐 거야."

"욱 사형, 망고주합이 도대체 어떻게 생겼을까요?"

"보고 싶어?"

"그냥 사형이 직접 보고 말해줘요."

"망고주합을 보는 순간 독기에 눈이 멀고 그 독이 머릿속으로 들어가고 만다니까 아마 목숨이 붙은 상태로 만독의 왕이 어떻게 생겼는지 말해주기는 어려울 거야. 우리 둘이 같이 가서 한번 보자고."

곧이어 발소리와 함께 빗장을 뽑아내는 소리가 들렸다.

전광승이 다급하게 말했다.

"자… 장난치지 말아요."

그는 떨리는 목소리로 재빨리 달려가 빗장을 걸어잠갔다.

욱광표가 재미있다는 듯이 웃었다.

"하하하… 내가 그렇게 대담한 사람인 줄 알았어? 기겁을 하는 꼴이라니…."

"그런 장난은 제발 좀 하지 마십시오. 진짜 무슨 일이라도 나면 어쩌려고 그럽니까? 들어가서 조용히 잡시다!"

욱광표가 화제를 돌렸다.

"간광호하고 갈광패 그 더러운 연놈들은 제대로 도망쳤을까?"

"지금까지 종적을 찾을 수 없는 걸 보면 도망쳐버린 게 확실해요."

"간광호의 재간이 보통이 아니란 건 확실한 사실이지. 그 인간은 탐욕스럽고 게으른 데다 호색한이라 검술을 연마하는 데 전념하지 않았어. 오로지 세 치 혀로 여자를 꾀는 데만 정성을 다했지. 무량검 사람들이 주변 곳곳을 다 뒤지고 영취궁 사자까지 친히 나서서 수색을 했는데도 빠져나갔다니 정말 믿을 수가 없어."

"믿을 수 없어도 믿을 수밖에요."

"내 생각에는 그 더러운 연놈들이 깊은 산속으로 도망갔다가 망고주합을 만난 게 틀림없어."

"헉!"

전광승은 놀라움과 두려움에 비명을 질렀다.

욱광표가 말을 이었다.

"그 둘은 최대한 외진 곳을 찾아 도망가다가 망고주합과 마주쳐 머릿속에 독이 침투했을 것이고 전신은 피고름으로 덮여버렸을 거라고. 그러니 종적을 찾을 수가 없지."

"일리 있는 말이로군요."

"흥! 망고주합을 만난 게 아니라면 어떻게 그럴 수가 있겠어?"

"아니면 두 사람이 욕정을 참지 못하고 산꼭대기에서 이리저리 뒹굴다 정신이 혼미해진 상태에서 이어번신鯉魚翻身 초식을 쓰다가 '아이구! 큰일 났네!' 하면서 만 길 낭떠러지로 추락했을지도 모르죠."

두 사람은 킬킬대며 음탕한 웃음을 내뱉었다.

단예는 속으로 생각했다.

'목 낭자가 객점에서 간광호와 갈 사매 두 사람을 쏴 죽였는데 무량검 사람들이 찾아내질 못했군. 흠… 맞아. 틀림없이 그 객점 주인장이 화를 초래할까 두려워 그 즉시 시신들을 묻어버렸을 거야. 무량검 사람들이 가서 물어봤다 해도 시장 사람들은 그자들이 지닌 무기와 흉악하게 생긴 몰골들을 보고 누구도 발설하지 못했을 테지.'

다시 전광승 목소리가 들렸다.

"무량검 동서종 입장에서 볼 때 제자 두 명쯤 도망간 게 큰일은 아니잖아요? 한데 '황제는 안 급한데 태감이 급하다'는 말처럼 영취궁 사자는 왜 그 둘을 잡아들이지 못해 그 난리를 치는 거죠?"

"머리를 굴려서 잘 좀 생각해보라고."

전광승이 잠시 침묵을 지키다 다시 입을 열었다.

"내 머리 나쁜 거 알잖아요? 아무리 머리를 굴려봐도 도대체 영문을 모르겠어요."

"대답해봐. 영취궁이 무량검 검호궁을 점거하려는 이유가 뭘까?"

"당唐 사형한테 듣기로는 뒷산에 있는 무량옥벽 때문이라고 하던데요? 부 사자가 처음 와서 몇 번이나 물어봤대요. 무량옥벽 위의 선영이니 검법이니 하는 것들을 말이에요. 맞다! 우리도 부 사자 분부를 받들어 맹세를 했잖아요. 옥벽 위 선영에 관한 일은 절대 누구에게도 누설하지 않겠다고 말이에요. 근데 간광호하고 갈광패는 그 맹세를 안 했어요. 어차피 무량검을 배반하고 떠났는데 발설을 안 할 리가 있겠어요?"

이 말을 하고는 무릎을 탁 치면서 소리쳤다.

"맞아요, 맞아! 영취궁은 그 두 사람의 입을 막기 위해 죽이려는 거예요!"

욱광표가 나지막이 외쳤다.

"너무 크게 소리치지 마. 옆방에 그 녀석이 있어! 잊었어?"

"네! 네!"

전광승이 재빨리 대답을 하고는 잠시 후 말했다.

"간광호 그 녀석은 참 여복도 많아요. 갈광패같이 하얗고 보들보들한 계집을 품에 안다니 말이에요. 이렇게 살짝 들추면 아마 하얀 양 같을걸요? 쯧쯧쯧… 젠장! 나중에 온몸이 피고름으로 덮일지언정 내가 대신… 그렇게… 흐흐…."

두 사람이 그 후에 주고받는 말들은 하나같이 음탕하고 저속한 얘기들이었는지라 단예는 더 이상 듣지 않았다. 그러나 이런 저질스러운 농담들이 바로 옆방에서 들려오다 보니 듣지 않을 수도 없었다. 해서 북명신공에 나오는 경맥과 혈도를 묵상하기 시작했다. 그러기를 얼마나 됐을까? 묵상에 몰두한 단예는 옆방에서 들리는 이야기 소리가 단 한 마디도 들리지 않게 되었다.

다음 날 그는 다시 능파미보를 연마했다. 두루마리 속에 그려진 보법에 따라 한 발 한 발 시연을 해봤다. 이 보법은 왼쪽으로 비틀, 오른쪽으로 비틀거리며 단 일보도 똑바로 전진하거나 후퇴할 수 없었다. 또 실내이다 보니 필히 탁자와 의자를 한쪽에 치워야 제대로 보법을 펼칠 수 있었다. 다시 10여 보를 더 배우고는 문득 생각했다.

'밥을 주러 오는 사람이 들어올 때를 기다렸다가 이렇게 요리조리 비틀거리며 걸어가면 그 사람을 돌아 문밖으로 나갈 수 있겠어. 그럼 절대 잡지 못할 거야. 그렇게 해서라도 당장 도망을 가야지 이 방 안에서 백발노인이 될 때까지 기다릴 필요는 없잖아?'

이런 생각에 이르자 기쁨을 주체할 수 없었다.

'숙련이 될 때까지 연마를 해야겠어. 반 보라도 잘못 운용하는 날에는 그대로 잡혀서 발에 쇠고랑이 채워지고 쇠사슬로 묶여버릴지도 몰라. 그럼 능파미보가 아무리 절묘하다 해도 걸을 때마다 쇠사슬에 묶여서 백발노인이 될 때까지 도망갈 수 없을 거야.'

이 말을 하면서 고개를 설레설레 저었다.

곧 지금까지 연마한 100여 보를 처음부터 끝까지 한 번 묵상하고는 생각했다.

'생각할 필요 없이 발을 내딛으면 되는 거야. 에이, 나 단예같이 형편없는 사내가 낙신밀부洛神宓妃같이 가녀리고 미려한 여인이나 하는 능파미보를 배우려 하다니… 내가 그 뭐더라, '버선 끝에 먼지가 일게' 할 수나 있을까? 엉덩이를 까고 먼지가 일게 만들 수는 있어도 말이야.'

단예는 혼자 킬킬대고 웃다가 왼발을 길게 뻗어 중부中孚를 딛고 곧 기제旣濟로 전이했다. 한데 태泰 방위에 막 이르러 몸을 한 번 돌리고 오른발로 고蠱 방위를 디디자 뜻밖에도 순식간에 단전에서 뜨거운 열기가 솟아오르는 것이었다. 곧 전신이 마비되면서 앞으로 튕겨져 나가 탁자 위에 엎어진 채 더 이상 꼼짝도 할 수 없었다.

단예는 깜짝 놀란 나머지 손을 뻗어 탁자를 짚고 몸을 일으키려 했지만 온몸이 말을 듣지 않고 손가락 하나 움직일 수 없었다. 마치 가위에 눌린 것처럼 초조해하면 할수록 한 치의 힘도 쓸 수 없었던 것이다.

단예는 이 능파미보가 극상승極上乘의 무공이라 두루마리 맨 끝에 이런 글이 기재되어 있었다는 사실을 알지 못했다. 원래는 북명신공을 연마한 사람이 남의 내력을 흡입해서 자신의 내력을 심후한 경지에 이르게 만든 다음에 연마해야 한다는 내용이었다. 능파미보는 매 일보를 디딜 때마다 전신의 행동과 내력이 밀접한 상관관계에 있어 절대 걸음만 내딛는다고 되는 것이 아니었다. 단예는 내공의 기반이 전무한 상태라 일보 내딛고 생각하고 다시 뒤로 일보 물러서서 잠깐 중단하는 방식으로 연마하다 보니 혈맥에 숨 돌릴 여유가 있었기에 별다른 장애가 없었던 것이다. 그런데 숙련이 됐다고 생각하고 단번에 치닫고 나가려 하니 체내의 경맥이 착란을 일으켜 곧바로 온몸에 마비가 오면서 주화입마에 이를 뻔했던 것이다. 다행히 몇 보 내딛지 않았고 발걸음도 그리 신속하지 않아 가까스로 절경단맥絶經斷脈의 지경까지는 이르지 않았다.

단예는 놀라고 당황스러운 마음에 발버둥을 쳐봤지만 힘을 쓰면 쓸수록 가슴과 배 사이가 점점 더 고통스러웠다. 구토가 나올 것처럼 답답하긴 했지만 실제로 구토는 나오지 않았다. 그는 긴 한숨을 내쉰 채 꼼짝도 안 하고 있을 수밖에 없었다. 이렇게 몸을 맡기니 오히려 답답했던 가슴의 통증도 자연스럽게 사라져버렸다. 꼼짝도 하지 않고 탁자 위에 엎드려 있는 동안 눈앞에는 여전히 두루마리가 펼쳐져 있었다. 어차피 움직일 수도 없어 따분해하던 참에 그는 두루마리 속에서 아직 연마하지 못한 보법을 보고 가상으로 발을 내딛으며 한 발 한 발 상상해나갔다. 거의 반 시진이 지나갈 무렵이 되자 20여 보에 이르는 과정까지 깨닫게 됐고 가슴을 짓누르던 답답함도 급격하게 사라져버렸다.

아직 정오가 안 된 시각에 이미 모든 보법을 깨닫게 된 것이다. 단예는 두루마리 속에 그려진 64괘 보법을 묵독했다. 곧 명이로부터 시작하여 비賁, 기제, 가인家人을 거쳐 64개에 이르는 괘를 모조리 답파踏破하고 커다란 원을 걸어 무망에 이르자 자신이 모든 보법을 습득했다는 사실을 알게 됐다. 그는 너무나 기뻐 몸을 일으켜 손뼉을 치며 부르짖었다.

"묘하구나! 정말 묘하기가 그지없어!"

단예는 이 말을 내뱉고 나서야 자신이 움직일 수 있다는 사실을 깨달았다. 자기도 모르는 사이에 내식을 마음대로 운행해 큰 원을 한 번

돌자 단단히 달라붙어 있던 경맥이 열리게 된 것이다.

속으로 놀라움과 기쁨이 교차하던 단예는 64괘 보법을 계속 반복해가며 몇 번을 복기한 뒤 전철을 밟을까 두려워 아주 천천히 한 걸음 한 걸음 발을 내딛어갔다. 한 걸음 내딛을 때마다 호흡을 몇 번씩 해가며 64괘를 모두 답파한 다음, 큰 원을 그리는 마지막 발걸음을 내딛자 정신이 맑아지고 상쾌해지면서 전신에 기운이 가득 차는 느낌이 들었다. 그는 더 이상 참지 못하고 큰 소리로 부르짖었다.

"좋았어! 묘하구나, 묘해! 묘하기가 그지없어!"

욱광표가 문밖에서 거친 목소리로 호통을 질렀다.

"어디서 고함을 치고 난리야? 난 한 번 한 말에 대해서는 책임을 지는 사람이다! 내가 한 마디 할 때마다 따귀 한 대씩이라고 했지?"

이 말을 하며 자물쇠를 열고 안으로 들어왔다.

"방금 연달아 세 마디를 했으니 따귀 세 대를 맞아야 하지만 초범인 점을 고려해 한 대로 깎아주겠다. 따귀 한 대가 어떤 맛인지만 보여주는 걸로 끝내주마."

이 말을 하고 두 걸음 앞으로 나아가 오른 손바닥으로 단예의 얼굴을 후려갈겼다.

욱광표의 이 일장은 그리 절묘한 수가 아니긴 했지만 단예는 이를 막아낼 방법이 없었다. 다만 머리를 약간 기울이자 발밑은 자연히 정井 방위로부터 비스듬히 지나 송訟 방위까지 내딛게 됐다. 그러자 놀랍게도 그의 일장을 피할 수 있었다. 욱광표가 대로하며 왼손 주먹을 들어 재빨리 공격을 가했다. 그러나 단예의 보법은 아직 숙련이 덜 된 상태가 아니던가? 그가 어느 쪽으로 발을 내딛어야 할지 생각하는 사이 퍽 하는 소리와 함께 주먹이 이미 가슴팍에 이르렀다. 욱광표의 일권이 단중혈 한가운데를 가격한 것이다.

단중은 인체의 치명적인 급소라 욱광표도 일권을 내지른 뒤 곧 후회를 했다. 너무 심하게 출수를 했던 터라 화를 불러일으킬까 두려워서였다. 그러나 뜻밖에도 주먹으로 단예를 가격한 순간 팔이 시큰거리면서 힘이 풀려버렸다. 그는 마음속으로 뭔가 허전하면서도 약간 멍한 느낌이 들었지만 곧 괜찮아지자 단예가 아무렇지도 않은 것을 보고 안도의 한숨을 내쉬며 말했다.

"네가 따귀는 피했지만 대신 가슴팍을 한 대 맞았으니 때린 셈 치겠다!"

이 말을 하고 몸을 돌려 문밖으로 나가 다시 문을 걸어잠가버렸다.

단예는 욱광표에게 일권을 적중당했음에도 소리만 컸지 가격당한 가슴 부위에 전혀 감각이 없자 매우 이상한 생각이 들었다. 욱광표의 일권에 담긴 내력이 이미 단예의 단중기해膻中氣海에 모두 보내져 저장되었다는 사실을 자각하지 못했기 때문이다.

실로 공교로운 일이었다. 그 일권이 만약 다른 곳을 가격했다면 부상까지는 입지 않더라도 매우 심한 통증에 시달렸을 테지만 그가 맞은 단중기해는 바로 북명진기北冥眞氣를 축적하는 곳이었다. 단예가 신공을 수련한 것은 단 몇 차례에 불과했고 기반도 전무했던 터라 무지의 소상혈로 남의 내력을 흡입하기 위해서는 수태음폐경을 통해 임맥의 천돌혈로 보내고 다시 단중혈까지 보내 축적해야만 했다. 그러나 그는 이런 능력이 전혀 없는 것은 말할 것도 없고 설령 이미 수련을 완성했다고 해도 이렇게 남의 내력을 흡입해 자기 것으로 만들기는 실로 쉬운 일이 아니었다. 상대방이 스스로 자기 내력으로 단예의 단중혈을 타격하자 항거할 능력이 전무한 그가 몸에 일권을 맞고 그 내력을 흡입하게 됐으니 이는 굴러들어온 떡이라고 할 수밖에 없었다. 하지만 여전히 순박하고 천진난만하기만 했던 그는 이런 사실을 전혀 알지 못했다.

'정말 흉악한 놈이구나. 난 그냥 묘하다며 몇 번 소리쳤을 뿐인데 그게 무슨 대수라고 그러는 거야? 아무 이유도 없이 주먹을 날리다니….'

일권의 내력은 단예의 기해 속에서 끊임없이 선회하면서 요동쳤다. 단예는 순간 가슴에 답답한 기분이 느껴져 임맥과 수태음폐경 두 경맥을 시험 삼아 운행해봐야겠다고 생각했다. 아주 은은한 온기가 두 경맥 속에서 한 바퀴 순행하다가 다시 단중혈로 되돌아가자 답답한 기분이 풀리는 느낌이 들었다. 그는 이렇듯 아주 짧은 소주천小周天의 운행만으로 조금 전 흡입한 내력이 영원히 체내에 저장되고 다시는 소실되지 않는다는 사실을 전혀 알지 못했다. 단예가 내력이 전무한 상태에서 약간의 내력을 가지게 된 것은 욱광표의 강력한 일권에서부터 시작된 것이다.

더욱 다행인 것은 욱광표의 내력이 평범했고 전력을 다해 출수한 것이 아니었다는 점이다. 만약 남해악신같이 강한 내력을 지닌 고수가 일권을 그의 단중혈에 가격했다면 내력의 기반이 전무한 단예의 단중기해는 그 즉시 흡입을 못해 경맥이 끊어지고 토혈을 하며 목숨을 잃고 말았을 것이다. 욱광표 역시 내력을 약간 잃긴 했지만 이를 전혀 느끼지 못했다.

점심을 먹고 난 후 단예는 다시 능파미보를 연마하기 시작했다. 한 걸음 걷고 숨을 한 번 들이쉬고 두 번째 걸음을 내딛고 다시 숨을 내뱉었다. 64괘를 모두 걸었지만 사지가 마비되는 느낌은 전혀 없고 의외로 호흡도 순조로워 전혀 힘들지 않았다. 두 번째 걸을 때는 두 걸음 걷고 숨을 들이쉬고, 다시 두 걸음 걸은 후 숨을 내뱉는 방법으로 해보았다. 이 능파미보는 운공運功을 통해 내공을 수련하는 것으로, 걸음을 내딛어 64괘를 답파하고 일주천一周天을 하면 내식 또한 당연히 일주천을 하는 까닭에 한 번 걸을 때마다 내력이 조금씩 진보하게 되는 것이다.

단예는 이것이 내공을 수련하는 것인지도 모르고 그저 발걸음을 숙련시켜 걸을 때마다 빨리 걷기만을 기대했다.

'아까 그 욱 노형이 내 따귀를 때리려 했을 때 난 정井 방위에서 송訟 방위로 이동했는데 걸음이 제대로 된 덕에 따귀를 피할 수 있었어. 이어지는 걸음을 비스듬히 고蠱 방위로 디뎠다면 가슴을 향해 날아오는 주먹도 피할 수 있었을 거야. 한데 난 다음 생각을 하느라 제때 발을 디디지 못했기에 상대의 주먹에 맞았던 거지. 다음 생각을 했다는 건 공력이 미숙했던 결과야. 이 보법에 의지해 몸을 피하고 남들한테 잡히지 않으려면 최대한 능숙하게 운용할 수 있도록 연마해야 한다. 그래야 출보를 할 때 생각조차 안 할 수 있겠지. '다음 생각을 하는 것'과 '생각조차 안 하는 것'의 차이는 '죽느냐 사느냐'라고 할 수 있어.'

그는 마음을 다잡고 보법 수련에 들어갔다. 매일 아침부터 저녁까지 먹고 자고 볼일 보는 시간만 제외하고는 모든 시간을 보법 수련에 투여한 것이다. 가끔 이런 생각도 했다.

'이 보법 연마에 몰두하는 건 여길 빠져나가 목 낭자를 구하려는 것일 뿐 결코 신선 누님 분부를 받들어 북명신공을 연마하겠다는 것은 아니야.'

이때는 꽃처럼 미려하고 은은한 향기가 풍기는 목완청에 대한 그리움만이 밀려왔을 뿐 동굴 속 빙설 같은 피부의 신선 누님에 대한 그리움은 거의 없었다. 그는 송구스러운 마음에 수태음폐경과 임맥 연마를 대강 마무리 짓는 것으로 마음의 위안을 삼았다.

이 같은 수련을 며칠간 계속하자 이제 능파미보를 완벽하게 습득해 더 이상 호흡을 세지 않아도 됐고 아무리 빨리 걸어도 가슴이 답답해지는 현상이 나타나지 않게 됐다. 그는 속으로 너무 통쾌한 나머지 발걸음을 내딛으면서 다시 〈낙신부〉 속의 능파미보와 관련된 구절을 떠올렸다.

| | |
|---|---|
| 엷은 구름에 가린 달처럼 아련하고 | 仿佛兮若輕雲之蔽月 |
| 바람에 나부끼는 눈처럼 이리저리 떠다니누나 | 飄飄兮若流風之回雪 |
| 학이 우뚝 서 있는 듯 날렵한 몸매로 | 竦輕軀以鶴立 |
| 날개도 없이 날아갈 듯하구나 | 若將飛而未翔 |
| 물오리같이 가볍고 날쌘 몸을 | 體迅飛鳧 |
| 종잡을 수 없이 움직이는구나 | 飄忽若神 |
| 몸짓은 알 길이 없어 | 動無常則 |
| 급한 듯 편안한 듯하고 | 若危若安 |
| 진퇴는 짐작할 수 없어 | 進止難期 |
| 떠나는 듯 돌아서는 듯하누나 | 若往若還 |

마지막 네 구절에 보법의 요지가 담겨 있는 듯했지만, "몸짓은 알 길이 없어 급한 듯 편안한 듯하고, 진퇴는 짐작할 수 없어 떠나는 듯 돌아서는 듯하누나"라는 말처럼 발을 옮기려면 얼마나 많은 시간을 들여 힘든 수련을 해야 할지 모르는 일이었다. 다시 열흘 내지 보름 넘게 수련을 해서 만전을 기할 생각이었지만 손가락으로 헤아려보니 목완청과 헤어진 지 벌써 이레가 된 데다 그녀가 남해악신 옆에서 하루가 1년 같은 고초를 겪고 있다고 생각하니 심히 가엾다는 생각이 들기 시작했다. 해서 오늘 당장 빠져나가기로 결심했다. 밥을 가져다주는 하인의 무공이 강한 것 같지 않으니 그를 피해가는 것은 그리 어려울 것 같지 않다는 생각이 들었다. 설사 욱광표나 전광승 두 사람한테 잡힌다 해도 주먹으로 몇 대 맞으면 그뿐이었다. 그건 목 낭자를 위해 맞는 것이니 몸은 아파도 마음만은 달콤한 일이 되는 셈이 아닌가!

그는 침상에 걸터앉아 속으로 보법을 묵상하며 인내심을 가지고 기다렸다. 자물쇠를 따고 문 여는 소리가 들리더니 곧이어 발소리가 들려왔다. 하인이 밥 쟁반을 들고 들어오자 단예는 천천히 걸어가다 느닷없이 밥 쟁반을 뒤집어 엎어버렸다. 곧 와장창하는 소리와 함께 밥과 반찬 그릇이 머리 위로 쏟아지자 하인이 큰 소리로 비명을 질렀다.

"어이쿠!"

단예는 발이 보이지 않을 정도로 빠르게 문 쪽으로 내달렸다.

그러나 마침 밖에서 문을 지키고 있던 욱광표가 하인의 비명 소리를 듣고는 황급히 문안으로 뛰어들어왔다. 좁아터진 입구를 오가려던 두 사람은 서로의 가슴이 부딪히고 말았다. 단예는 예豫 방위에서 관觀 방위로 발을 디디며 재빨리 그의 몸을 피해 돌아갔다. 그러나 뜻밖에도 왼쪽 발이 문지방 위를 밟고 말았다.

능파미보의 주석 중에는 '만일 문지방을 밟았을 때 발밑이 높거나 낮을 때는 어찌할 것인가?'라는 설명이 없었던 까닭에 이는 전혀 예상치 못한 큰일이었다. 순간 기우뚱하고 비틀거리며 세 번째 발이 비比방위를 향해 디딜 때는 뜻밖에도 욱광표의 발등을 밟고 말았다. '남의 발등을 밟아서 상대방이 으악 하고 비명을 지르며 격분해서 화를 낼 때는 어찌할 것인가?'에 대한 요령 역시 두루마리의 보법 비결 속에는 쓰여 있지 않았다. 그저 '놀라서 날아오르는 기러기처럼 날씬하고, 승천하며 꿈틀거리는 용처럼 아름답다'는 〈낙신부〉의 글귀처럼 낙수洛水 속의 능파미보만으로 미루어 짐작할 수밖에 없었다. 아마도 문지방을 밟거나 다른 사람의 발등을 밟을 일은 절대 없을 것이라 여겼기 때문일 것이다. 단예가 당황해서 어찌할 바를 모르고 있을 때 누군가에게 왼쪽 팔을 잡히는 느낌이 들었다. 이미 욱광표에게 잡혀 문안으로 끌려들어온 것이었다.

며칠을 별렀지만 예기치 못한 일이 닥쳐 공들여 세운 계획이 수포로 돌아가게 되어버렸다. 단예는 극심한 고통을 느끼고 재빨리 오른손을 뻗어 욱광표의 손가락을 떼어내는 동시에 왼손으로는 힘을 다해 발버둥쳤다. 그러나 욱광표의 다섯 손가락이 그의 왼팔을 단단히 붙잡고 있는데 어찌 떼어낼 수가 있겠는가?

갑자기 욱광표가 악 하는 비명을 질렀다. 그는 손가락이 찌릿하면서 시큰한 느낌이 들어 도저히 참지 못하고 손을 놓을 뻔했으나 재빨리 운경運勁을 해서 다시 움켜쥐었다. 그러나 곧 다시 손가락이 시큰해오자 욕을 내뱉었다.

"제기랄!"

재차 힘을 주는 순간 손목과 팔뚝까지 시큰거리기 시작했다. 그는 단예가 손을 뻗어 자신의 손가락을 떼어내려 하고 있다는 것을 몰랐다. 때마침 단예는 무지로 욱광표의 무지를 떼어내려다 그의 소상혈이 욱광표의 소상혈과 맞닿게 됐고, 힘을 잔뜩 준 욱광표의 내력이 단예의 무지로 끊임없이 빨려들어갔던 것이다. 이에 욱광표는 힘을 주려 할 때마다 자신의 내력이 조금씩 소실되는 느낌을 받았다.

단예는 어찌 된 영문인지 전혀 알지 못했지만 상대의 손가락이 풀어졌다 조여졌다 하는 느낌이 들자 자신이 조금만 힘을 가하면 욱광표의 손가락을 떼어내고 도망칠 수 있을 것 같았다. 하지만 이런 긴박한 순간에 그의 무지와 자신의 왼팔 사이에 꽉 끼어 있는 자신의 무지를 어찌 뽑아낼 수 있겠는가?

욱광표가 얼마 전 단예에게 일권을 날렸을 때 그 주먹의 내력은 단예의 단중기해 속으로 들어갔다. 일권에 불과했기에 내력 역시 매우 미미한 정도였지만 이를 계기로 단예의 수태음폐경과 임맥 사이의 통로는 순탄하게 열릴 수 있었다. 지금 욱광표의 내력은 이 통로를 따라 단예의 기해 속으로 천천히 유입되고 있었는데 그건 바로 북명신공 중 '수많은 강물은 바다로 흘러간다'는 백천회해百天匯海의 이치였다. 두 사람이 힘을 쓰지 않았다면 두 무지가 서로를 가볍게 상대했을 테고, 단예 역시 북명신공을 사용할 줄 몰라 욱광표의 내력을 흡입하지 못했을 것이다. 그러나 지금은 두 사람이 필사적으로 힘을 쓰고 있었고, 며칠 전 일권을 날렸던 상황처럼 욱광표가 자신의 내력으로 단예의 소상혈을 강하게 몰아붙이고 있었다. 그러다 보니 마치 술 주전자에 있는 술을 따를 때 술이 쏟아져 내리면 술잔은 어쩔 수 없이 받아야 하는 이치와 같은 상황이 되어버리고 만 것이다.

처음에는 욱광표의 내력이 단예보다 한참 강했기에 욱광표가 이 사실을 알았다면 곧 손을 놓고 물러섰을 것이고, 단예 역시 문을 박차고 나가 줄행랑을 쳐버리면 그뿐이었을 것이다. 그러나 감시의 명을 받은 처지에 어찌 이런 기생오라비 같은 연약한 서생이 도망치게 놔둘 수 있겠는가? 욱광표는 손목이 시려오자 더욱 힘을 가했다. 하지만 점차 오른팔만으로는 단예를 붙잡고 있을 수 없다 느껴져 왼팔을 뻗어 자신의 오른 손목을 잡고는 힘을 더하기 시작했다. 그러자 내력의 유출은 더욱 빨라지고 얼마 지나지 않아 전신의 내력 중 반 가까이가 단예의 몸 안으로 전이돼버리고 말았다.

잠깐 동안의 대치 속에서 자신의 내력은 소실되고 상대의 내력은 증강하게 되자 욱광표의 힘은 더 이상 단예에 미치지 못하게 되어버려 더욱 빠른 속도로 흘러들어가고 말았다. 나중에는 마치 둑 터진 봇물처럼 억수같이 쏟아져 나가 더 이상 수습이 되지 않자 단예의 손을 떼어내고 도망치려 했다. 그러나 단예의 다섯 손가락에 무지가 붙잡혀 아무리 몸부림쳐도 빼낼 수가 없었다. 이때는 이미 주객이 전도된 상황이었지만 단예는 이를 전혀 눈치채지 못하고 오히려 힘을 줘서 욱광표의 손가락을 떼어내려 할 뿐이었다. 정신없는 와중이다 보니 순진하게도 '그의 손가락을 떼어내는 것'이 이미 '그의 손가락을 잡는 것'으로 변했다는 사실조차 생각지 못했던 것이다.

욱광표는 몸에 기운이 빠지고 정신이 혼미해지는 느낌이 들자 깜짝 놀라서 비명을 내질렀다.

"전 사제! 전광승! 빨리, 빨리 와!"

측간에 있던 전광승은 욱광표의 다급한 비명 소리를 듣고 재빨리 두 손으로 바지를 부여잡은 채 안으로 뛰어들어왔다. 이때 욱광표가 소리쳤다.

"이 자식이 도망치려 하는데 내… 내가 막지를 못하겠어."

전광승은 바지를 추켜올리는 즉시 달려들어 욱광표를 도와 단예를 붙잡으려 했다. 욱광표가 소리쳤다.

"나부터 좀 끌어당겨줘!"

거의 울부짖는 듯한 목소리였다.

"예!"

전광승은 대답을 하자마자 욱광표를 단예에게서 떼어내기 위해 손을 뻗어 양어깨를 잡아당기며 물었다.

"어디 다치셨소?"

이 말을 하면서 속으로 욱 사형의 무공 실력을 가지고 어찌 이런 문약한 서생한테 쩔쩔매는지 의아하게 생각했다. 전광승은 단 한 마디만 내뱉었을 뿐인데 양팔이 시큰거리면서 온몸의 기운이 쫙 빠지는 느낌이 들어 재빨리 상박에 힘을 가했다. 하지만 곧 다시 맥이 풀려버리고 말았다. 이때는 단예가 욱광표의 내력을 모조리 흡입하고 이어서 전광승의 내력마저 흡입하는 중이었다. 욱광표의 몸이 내력을 전달하는 통로가 되어버린 것이다.

조력자가 온 걸 본 단예는 자신의 왼팔을 붙잡은 욱광표의 손가락 힘이 더욱 강해지자 다급한 마음에 더욱 힘을 가해 욱광표의 손가락을 떼어내려 했다. 전광승은 손발이 점점 더 노곤해지는 기분을 느꼈다.

"이상하군, 이상해!"

전광승은 이상하단 말을 연발하면서도 손을 놓지 않았다.

밥을 가져왔던 하인은 세 사람이 한데 뒤엉켜 있는 데다 욱광표와 전광승 두 사람이 더 이상 버티지 못하겠다는 듯 안색이 창백해진 것을 보고 다급하게 세 사람의 등을 타고 올라갔다 문밖으로 나가 소리쳤다.

"여기 좀 와보세요! 기생오라비 녀석이 도망치려고 합니다!"

하인의 고함 소리를 들은 무량검 제자 두 명이 달려오고 뒤이어 세 명이 더 달려와 소리쳤다.

"뭡니까? 그 자식은요?"

욱광표와 전광승 두 사람 몸 밑에 깔려 있던 단예를 뒤에 들어온 제자들이 순간 보지 못했던 것이다.

욱광표는 이미 숨이 턱까지 차올라 말조차 할 수 없었고 전광승 역시 이미 내력의 7할이 빠져나가 호흡을 가쁘게 몰아쉬고 있었다.

"욱 사형이 저… 저 녀석한테 잡혔다. 빠… 빨리 와서 도와라."

이 말을 들은 제자 두 명이 달려와 전광승의 두 팔을 각각 한쪽씩 잡아당겼다. 딱 한 번 잡아당겼을 뿐인데 팔에 맥이 풀리면서 두 사람의 내력 역시 전광승에서 욱광표로, 다시 욱광표에서 단예의 체내로 흘러들어갔다. 단예의 단중혈 안에는 이미 욱광표와 전광승 두 사람의 거의 모든 내력이 축적된 상태였던 데다 다시 나중에 온 두 사람의 일부 내력마저 더해지면서 이 순간은 그 둘의 합한 내력을 훨씬 능가했다. 그 제자 둘은 팔에 기운이 빠지고 맥이 풀리는 느낌을 받자마자 당연히 힘을 가했지만 그 힘은 곧 단예의 선물로 보내졌다. 단예의 체내

내력이 더해지면 더해질수록 상대방 내력을 흡입하는 속도 역시 점점 더 빨라져만 갔다. 처음에는 내력의 유입 속도가 매우 미미했지만 가면 갈수록 빠른 속도로 줄줄 흘러들어가게 된 것이다.

뒤이어 들어온 무량검 제자 세 사람은 이 모습을 보고 무척이나 이상하게 생각했다. 그중 한 제자가 웃으며 말했다.

"지금 뭣들 하고 있는 거요? 탑 쌓기 놀이라도 하는 게요?"

이 말을 하며 손을 뻗어 끌어당겼다. 그러나 딱 두 번밖에 당기지 않았음에도 팔이 마치 자석처럼 달라붙자 대뜸 비명을 질렀다.

"아이고, 이거 뭐야? 팔이 달라붙었어!"

남은 두 제자가 동시에 달려들어 다시 잡아당겼다. 세 사람이 일제히 힘을 쓰자 어느 정도 움직이는 듯했지만 곧바로 팔에서 기력이 빠지는 기분이 들었다.

무량검의 일곱 제자들이 좁은 문 안팎에 겹겹이 쌓여 단예가 숨조차 쉴 수 없도록 짓누르자 도망을 치기 어렵다고 판단한 단예는 일단 패배를 인정할 수밖에 없었다.

"나 좀 놔주시오! 도망가지 않겠소!"

상대의 내력이 다시 끊임없이 밀려오면서 단중혈 안쪽이 막혀버린 듯 더 이상 견디기 어려울 정도로 가슴이 답답해 금방이라도 터져버릴 것만 같았다. 단예는 더 이상 욱광표의 무지를 떼어내려 하지 않았지만, 자신의 무지가 욱광표의 무지에 눌려 있어 빼낼 수가 없자 더는 못 참겠다는 듯 큰 소리로 외쳤다.

"사람 살려! 이러다 깔려 죽겠네!"

이때 욱광표와 전광승은 이미 숨이 끊어지기 일보 직전이었고 앞다투어 달려온 다섯 명의 제자들 역시 당황해서 어쩔 줄 모르고 있었다. 이들은 너무 놀란 나머지 젖 먹던 힘을 다해 필사적으로 힘을 써봤지만 힘을 쓰면 쓸수록 내력은 더 빨리 빠져나가버렸다.

여덟 명이 한 무더기로 쌓인 채 그중 여섯 명이 큰 소리로 비명을 질러댔지만 옆에서 뭐라고 소리치는지 그 누구도 들을 수 없었다. 잠시 후 비명 소리는 네 명으로 줄었고 이어서 셋만 남았다. 나중에는 단예 혼자 소리를 질렀다.

"깔려 죽겠소! 나 좀 놔주시오! 도망가지 않겠소!"

그는 소리를 지를 때마다 답답한 가슴이 조금씩 풀리는 듯 느껴지자 계속해서 소리를 질러댔다. 비록 목은 쉬어버리고 힘도 고갈되긴 했지만 목소리는 갈수록 커져갔다.

그때 갑자기 누군가 큰 소리로 부르짖는 소리가 들렸다.

"저년이 내 아이를 훔쳐갔다! 다들 뒤쫓아라! 너희 넷은 대문을 막고 너희 셋은 집으로 올라가 지켜라! 그리고 너희 넷은 동쪽 문을 막아! 너희 다섯은 서쪽 문을 막고! 저… 절대 우리 아이를 저년한테 빼겨서는 안 된다!"

수하들에게 명을 내리고 있었지만 당황한 기색이 역력했다.

단예는 어렴풋하게나마 그게 좌자목의 목소리처럼 들리자 순간 머릿속에 이런 생각이 들었다.

'어떤 여자가 좌자목의 아들을 데려간 거지? 아! 목 낭자가 날 구하러 왔구나. 좌자목 아들을 납치해 자기 남편과 바꿀 생각에 말이야. 맞교환을 하겠다는 주마환장走馬換將 계책이군. 아주 좋은 생각이야.'

단예는 곧 입을 다물고 아무 소리도 내지 않았다. 얼마 후 그의 팔을 잡고 있던 욱광표의 오른손 다섯 손가락이 느슨해진 것을 보고 힘주어 떼어내자 그의 몸을 누르고 있던 일곱 명이 연이어 떨어져 나갔다.

그는 쾌재를 불렀다.

'이자들 사부의 아들을 목 낭자가 납치해 갔으니 모두들 안절부절못하는 상황이라 나까지 신경 쓸 겨를이 없을 거야.'

그는 곧바로 사람 무더기 속에서 기어나왔다. 순간 이상한 생각이 들었다.

'이자들이 왜 바닥에 널브러져서 꿈쩍도 안 하지? 맞다! 분명 사부의 질책이 두려워 부상을 입은 척하고 있는 거야.'

이때까지도 그는 이런 짐작이 이치에 맞지 않는다고 생각할 겨를조차 없었기에 발을 빼고 달아나기 바빴다. 무량검 제자 일곱 명의 내력이 이미 자신의 체내로 모조리 흡입되어버렸으며 이들 모두 폐인이 되어버렸다는 사실은 꿈에도 생각지 못했던 것이다.

단예는 재빠른 걸음으로 후원으로 내달렸다. 기제니 미제니 하는 방위들은 이미 잊은 지 오래고, '구름에 가린 달과 바람에 나부끼는 눈'이라고 표현한 신비한 자태는 그저 조자건의 헛소리라고 생각될 뿐 당장은 초상집 개처럼 가야 할 곳을 몰랐다. 그저 그물에서 빠져나간 물고기처럼 다급하기 그지없었다. 눈앞에 무량검 제자들이 장검을 손에 쥐고 동분서주하며 소리치는 모습들이 보였다.

"저 계집을 놓치면 안 된다!"

"어서 소사제小師弟를 찾아와라!"

"넌 저쪽으로 가라!"

단예는 생각했다.

'맞교환을 하려던 목 낭자의 주마환장 계책이 적을 유인해내는 조호리산調虎離山으로 바뀌었군. 정말 묘하기 그지없는 계책이야. 난 그럼 삼십육계 줄행랑을 구사해야겠어.'

그는 곧 수풀 속으로 들어가 10여 장 정도를 기어갔다.

'이렇게 손발을 동시에 땅에 대고 가는 게 능파미보인 셈이지, 아니면 뭐야?'

함성 소리가 점점 멀어져가고 쫓아오는 사람도 없자 몸을 일으켜 뒷산 숲속을 향해 거침없이 내달렸다. 한참을 달려갔지만 왠지 피로감을 느끼지 못하자 매우 이상한 생각이 들었다.

'이제 겁낼 필요 없겠다. 도망칠 만큼 도망쳤어.'

그는 나무 밑에 앉아 휴식을 취했다. 하지만 온몸에 원기가 왕성하고 힘이 넘쳐나는데 휴식을 할 필요가 뭐가 있겠는가?

'사람이 좋은 일이 있을 때는 정신이 맑아지는 법이야. 시간이 지나면 어쨌든 버티기 힘들겠지. 《주역》의 진괘震卦 육이六二를 보면 "좇지 않아도 이레 만에 얻을 것이다"라고 했다. 한데 오늘이 내가 갇힌 지 이레째가 되는 날이 아닌가? '좇지 않는다'라는 말을 신중하게 가슴에 담아둬야겠어.'

단예는 곧 운기조식을 통해 단중혈에 축적된 내력을 천천히 수태음 폐경맥으로 보냈다. 그러나 내력이 너무 많아 이리저리 오가도 끊이지를 않자 운공을 마친 후 깜짝 놀라지 않을 수 없었다.

'심상치가 않아. 뭔가 아주 험악한 느낌이 들어.'

어쨌든 답답한 가슴은 이제 진정이 된 것 같아 운기조식을 멈추고 몸을 일으켜 다시 걷기 시작했다.

'어떻게 해야 목 낭자를 다시 만날 수 있을까? 내가 위기에서 벗어났다고 어떻게 전하지? 좌자목 아이를 돌려줄 수 있기는 하겠지만 그자는 아들 생각에 안절부절못하겠지.'

몇 리를 더 걸어갔을 때 갑자기 찍찍하는 울음소리와 함께 눈앞에 잿빛 그림자가 흔들거리더니 작은 짐승 한 마리가 순식간에 눈앞을 스쳐 지나갔다. 얼핏 보기에 종영의 섬전초 같았다.

'종 낭자가 그렇게 찾고 돌아다녔는데도 못 찾았건만 여기로 도망친 게로구나. 널 잡아다 종 낭자한테 돌려주면 무척이나 기뻐하겠다.'

종영한테 배운 휘파람 소리를 몇 번 불어봤다.

잿빛 그림자가 번뜩이며 작은 짐승 한 마리가 높은 나무 위에서 쏜살같이 내려와 단예가 있는 1장가량 앞에 쪼그려 앉았다. 그 작은 짐승은 밝게 빛나는 작은 눈알을 떼굴떼굴 굴려가며 단예를 똑바로 쳐다봤다. 아니나 다를까 종영의 섬전초였다. 단예가 다시 휘파람을 몇 번 불자 섬전초는 앞으로 두 걸음 다가오더니 땅바닥에 엎드려 꼼짝도 하지 않았다.

단예가 소리쳤다.

"착하지? 담비야! 내가 네 주인한테 데려다줄게."

휘파람을 몇 번 불며 몇 걸음 나아갔지만 섬전초는 여전히 꼼짝도 하지 않았다. 단예는 전에 그의 등을 쓰다듬어본 적이 있었던 터라 녀석이 바람처럼 빠르고 이빨에 극독을 지니고 있긴 해도 주인에게는 매우 유순하다는 사실을 알고 있었다. 그는 섬전초의 영민한 눈이 쉬지 않고 돌아가는 것을 보고 너무 귀여워 휘파람을 몇 번 더 분 다음 다시 몇 걸음 앞으로 걸어가 천천히 쭈그리고 앉았다.

"착하지, 담비야."

천천히 손을 뻗어 섬전초 등을 어루만지려 했는데도 섬전초는 여전히 엎드려 있는 그 상태로 꼼짝도 하지 않았다. 단예는 섬전초 등의 부드럽고 윤이 나는 털을 가볍게 쓰다듬으며 말했다.

"착한 담비야, 집에 돌아가자!"

이렇게 말하면서 왼손을 뻗어 담비를 안으려 했다.

갑자기 두 손이 움찔하더니 왼쪽 다리 아랫부분에 통증이 느껴졌다. 순간 잿빛 그림자가 번뜩이더니 섬전초는 이미 1장 밖으로 뛰어가버린 뒤였다. 녀석은 그 자리에서 다시 땅바닥에 웅크리고 앉은 채 작은 두 눈을 반짝이며 그를 응시하고 있었다. 단예가 깜짝 놀라 소리쳤다.

"아야! 네가 날 물었어."

왼쪽 다리 바지통에 작은 구멍이 뚫려 있는 것이 보였다. 황급히 바짓단을 들춰보니 다리 안쪽에 찍힌 두 개의 이빨 자국에서 선혈이 배어나오고 있었다.

신농방 방주 사공현이 스스로 오른손을 절단하던 참상이 생각난 그는 깜짝 놀라 넋을 잃고 말았다.

"아니, 네가… 어떻게 이럴 수가 있지? 난 네 주인 친구라고! 아야!"

왼쪽 다리가 시큰하면서 마비되는 느낌이 들자 무릎을 꿇고 두 손으로 재빨리 상처 부위 위쪽을 꾹 눌렀다. 독이 위로 퍼지는 걸 막으려는 것이었다. 그러나 곧바로 오른쪽 다리까지 마비되어 그 자리에 푹 쓰러져버리고 말았다. 너무 놀란 단예는 두 손으로 바닥을 짚고 일어나려 했으나 팔 또한 마비된 상태라 힘을 쓸 수가 없었다. 앞으로 조금 기어가봤지만 섬전초는 여전히 꼼짝도 안 하고 그를 지켜보고 있었다.

단예는 속으로 고통을 호소하며 생각했다.

'내가 너무 경솔했구나! 이 담비는 종 낭자가 길렀기 때문에 그녀 말만 듣는 거였어. 내가 부는 휘파람은 제대로 하는 게 아니었어. 이… 이제 어쩌면 좋지?'

섬전초한테 물리면 사공현이 했던 조치처럼 칼로 왼쪽 다리를 잘라 버려야 한다는 것을 알긴 했지만 수중에 칼이라고는 없고 사공현같이 주저 없이 결단을 내릴 용기도 없었다. 더구나 방금 능파미보를 배웠는데 다리 한 짝이 없으면 외다리로 뛰는 '능파독각도淩波獨腳跳'를 펼칠 수밖에 없지 않은가? 그건 신선 누님의 분부와는 너무나 거리가 먼 얘기였다.

스스로를 원망하고 한탄하는 순간 사지 백해가 점점 뻣뻣하게 굳어져갔다. 극독이 벌써 온몸에 퍼져버린 것이다. 나중에는 눈과 입마저 다물어지지 않았지만 정신만은 여전히 멀쩡했다.

'이대로 죽는다면 내 꼴이 말이 아닐 것이다. 이렇게 입을 크게 벌리고 죽으면 백치 귀신 아니면 먹보 귀신이 되는 꼴이 아닌가? 그래도 백해百害 중에 유익한 게 하나 있을 수 있지. 내가 이렇게 엉덩이를 드러내고 입을 벌린 강시 귀신이 된 모습을 목 낭자가 본다면, 속으로 메스꺼워하면서 구슬프고 그리워하던 정이 크게 줄어들 테고 그러면 그녀 입장에서는 아주 잘된 일이라 할 수 있다.'

순간 구왕, 구왕, 구왕 하고 세 번의 울음소리가 들렸다. 곧이어 바스락거리는 소리와 함께 풀숲에서 기괴한 짐승이 하나 튀어나왔다. 단예는 깜짝 놀랐다.

'아이고! 만독의 왕인 망고주합이로구나. 육광표와 전광승 두 사람이 이 동물을 보고 온몸이 피고름으로 변했다던데 이를 어쩌면 좋지? 멍청하긴! 피고름투성이와 엉덩이를 드러낸 입 큰 강시를 비교하면 어느 것이 더 괜찮아 보일 것 같아? 당연히 피고름투성이가 될지언정 추한 몰골의 시체가 되진 말아야지!'

구왕, 구왕 하는 울음소리는 끊임없이 들려왔다. 그 짐승은 단예의 몸 오른쪽에 있었지만 단예의 목은 이미 빳빳하게 굳어버린 상태라 고개를 돌려 볼 수가 없었다. 피고름투성이가 되고 싶어도 그럴 수 없었던 것이다. 다행히 다시 부스럭부스럭 소리가 들리더니 그 짐승이 섬전초를 향해 뛰어갔다.

그 모습을 본 단예는 의아해하지 않을 수 없었다. 눈앞으로 튀어나온 것은 크기가 2촌이 채 되지 않는 아주 작은 두꺼비였다. 온몸이 핏빛보다 진한 검붉은 색이었으며 눈은 황금빛으로 번뜩였다. 입을 한 번 벌리자 턱 밑에 있는 얇은 막이 진동하면서 구왕 하는 황소울음 같은 포효가 울리지 않는가! 저렇게 작은 체구에서 저렇게 큰 울음소리를 낼 수 있다니 직접 보지 않았다면 무슨 말을 해도 믿지 못할 노릇이었다.

'이름을 제대로 지었구나. 황소 울음소리를 닮았다고 황소란 뜻의 고牯 자, 온몸이 빨갛다고 붉다는 뜻의 주朱 자를 붙인 거야. 과연 망고주합이로다. 한데 한번 보면 피고름투성이가 된다는 말은 진짜가 아니었어. 망고주합이란 이름은 이걸 본 사람이 지은 것일 텐데 피고름투성이가 된 사람이 어찌 이런 적절한 이름을 지을 수 있겠는가?'

섬전초는 주합을 보고 두려움이 느껴졌는지 재빨리 몸을 움츠렸다. 당장 몸을 돌려 도망치려 했지만 도망칠 수가 없자 대뜸 몸을 훌쩍 솟구쳤다. 그때 망고주합이 입을 벌린 채 구왕 소리를 내며 불그스름한 안개를 섬전초에게 뿜어냈다. 때마침 허공으로 솟구쳐오르던 섬전초는 망고주합이 내뿜은 안개에 맞고는 곧바로 몸이 뒤집히며 고꾸라졌다가 대뜸 주합한테 달려들어 등을 물어뜯기 시작했다.

단예는 생각했다.

'저 담비는 과연 보통 녀석이 아니야.'

이런 생각을 하고 있을 때 뜻밖에도 섬전초가 바닥에 벌러덩 뒤집어지고 사지가 빳빳해지더니 꼼짝도 하지 않았다.

단예는 속으로 비명을 질렀다.

'아이고!'

섬전초가 자신을 죽이겠다고 깨물기는 했지만 단예는 자신이 제대로 다루지도 못하면서 경솔하게 행동한 탓이라는 걸 알고 있었기에 귀여운 섬전초를 원망하지는 않았건만 그런 섬전초가 자기 눈앞에서 목숨을 잃자 가슴이 아팠다.

'저런! 종 낭자가 이 사실을 알면 너무도 가슴 아파할 거야.'

그때 망고주합이 섬전초 시신 위로 튀어올라 섬전초의 뺨을 핥기 시작했다. 먼저 왼쪽 뺨을 빨아먹더니 다시 오른쪽 뺨을 빨아먹었다. 단예는 생각했다.

'망고주합이 만독의 왕이라고 하더니 과연 명불허전이로구나. 섬전초가 극독이 있는 이빨로 깨물었는데도 오히려 주합 독으로 인해 죽어버리다니… 섬전초가 물론 귀엽고 활발하기는 했지만 붉은 몸과 황금 눈을 가진 망고주합이 훨씬 더 아름답구나. 외형이 저렇게 아름다운데 속에 극독을 가지고 있으리라고 누가 상상할 수 있을까? 아, 신

선 누님, 신선 누님 이야기가 아니에요. 우리 색시 목 낭자는 더더욱 아니고….'

망고주합은 섬전초 시신에서 뛰어내려와 구왕, 구왕 하고 두 번 울었다. 그때 숲속에서 스슥 하는 소리가 나더니 길이가 족히 7~8촌은 되어 보이는 붉고 검은 얼룩무늬의 대형 지네가 기어나왔다. 망고주합이 몸을 훌쩍 날려 달려들어봤지만 몸놀림이 빠른 지네는 잽싸게 도망치기 시작했다. 망고주합이 뒤를 쫓아가며 연이어 덮쳤지만 지네는 절대 잡히지 않았다. 망고주합이 구왕 하고 한 번 울며 독무를 뿜으려는 순간 지네가 갑자기 단예의 입을 향해 똑바로 기어가기 시작했다.

단예는 깜짝 놀라 피하려 했지만 몸이 꼼짝도 하지 않고 입도 다물 수가 없었다. 순간 이런 생각을 했다.

'이거 봐! 그건 내 입이야! 뭔가 착각하는 것 같은데 그건 지네 동굴이 아니….'

스슥 하는 미세한 소리와 함께 지네는 정말 아무 거리낌 없이 그의 혓바닥 위로 기어올라갔다. 단예는 너무 놀라 몇 번이나 혼절하는 듯했고 목구멍과 식도가 위에서 아래로 까칠까칠하고 간지럽게 느껴졌다. 지네가 그의 배 속으로 들어가버린 것이다.

설상가상이라 했던가! 지네를 쫓던 망고주합마저 갑자기 훌쩍 뛰어오르는가 싶더니 그의 혓바닥 위로 훌쩍 올라갔다. 순간 목구멍이 시원해지는 느낌이 들었다. 망고주합이 그의 배 속으로 들어간 지네를 쫓아들어간 것이다. 망고주합의 피부는 미끌미끌해서 더욱 빨리 내려갔다. 단예는 자기 배 속에서 어렴풋이 구왕, 구왕 하는 울음소리가 들리자 너무나 답답하고 우울했다. 세상에 이보다 더 비참하고 우스꽝스러운 일이 어디 있단 말인가? 대성통곡을 하고 싶고 박장대소를 하고도 싶었지만 근육이 빳빳하게 굳어 있어 찍소리도 할 수 없었다. 그저 눈에서 눈물이 뚝뚝 흘러내려 땅바닥 위로 떨어질 뿐이었다.

눈 깜짝할 사이에 배 속에서 부글부글 끓어오르는 느낌이 들면서 견딜 수 없는 고통이 밀려왔다. 망고주합이 지네를 잡았는지 못 잡았는지 모르지만 속으로 이 말만 외칠 뿐이었다.

'망고주합 노형, 빨리 지네를 잡아 기어나오시오! 재하 배 속은 그리 재미난 게 없소!'

잠시 후 배 속은 더 이상 부글부글 끓어오르지 않고 구왕, 구왕 하는 울음소리도 더 이상 들리지 않았다. 다만 고통은 더욱 심해졌다.

다시 한참이 지난 후에 갑자기 입이 다물어지면서 이가 혀를 깨물어버렸다. 순간 극심한 통증이 느껴져 혓바닥을 입안으로 집어넣었다. 그는 놀랍고도 기쁜 나머지 소리쳤다.

"망고주합 노형, 어서 나오시오!"

입을 크게 벌리고 망고주합이 나오기만을 기다렸지만 한참이 지나도 아무런 기미가 보이지 않았다. 그는 입을 벌려 소리쳤다.

"구왕, 구왕, 구왕!"

망고주합을 유인해낼 생각이었다. 그러나 망고주합이 그 소리를 들었는지 안 들었는지 아니면 울음소리가 엉터리라 속아넘어가고 싶지 않았던 건지 여전히 배 속에서는 아무 기척도 없었다.

극도로 초조해진 단예는 입속에 손을 넣어 망고주합을 끄집어내려 했지만 어찌 끄집어낼 수 있겠는가? 그는 몇 번을 시도하다가 이내 깨달았다.

'어? 내 손이 움직이네?'

단예는 허리를 펴고 일어섰다. 전신이 뻣뻣하게 마비된 느낌도 언제 없어진 것인지 알 수 없었다. 순간 크게 부르짖었다.

"이상하구나! 이상해!"

'이 만독의 왕이 내 배 속에서 장기 거주하기로 작정을 했나 보다. 이런 안정된 생활을 추구하다니, 정말 대단한데? 새집으로 이사를 갔으니 축하해줘야겠는걸?'

단예는 물구나무를 서서 두 발을 나무에 지탱해 입을 크게 벌리고 몸을 마구 흔들기 시작했다. 그렇게 반나절을 흔들었지만 망고주합은 아무런 반응이 없었다. 정말 그의 배 속에서 늙어 죽을 때까지 눌러앉기로 결정한 것 같았다.

단예는 달리 방법이 없자 슬슬 이런 생각이 들었다.

'아마 만독의 왕과 지네가 이미 내 배 속에서 음식물이 되어버렸나 보다. 독으로 독을 치유한다고, 오히려 내 몸의 담비 독이 해독된 것 같아. 이런 극독을 지닌 것들을 먹었는데 오히려 배가 아프지 않다니, 정말 기괴하기 짝이 없구나!'

독사나 독충의 독이 핏속으로 들어가면 치명적이지만 구강과 후두, 식도, 위장으로 들어가면 내상을 입지 않고 전혀 문제가 없으며, 누구든 독사에 물렸을 때 입으로 독을 빨아내면 된다는 사실을 단예는 전혀 모르고 있었다. 천하의 독들은 변화무쌍해서 절대로 동일시하면 안 된다는 사실을 인지하지 못했던 것이다. 망고주합이 기이한 독을 지니긴 했지만 위에 들어간 이상 아무 문제가 없었다. 오히려 단예의 위액에 소화되어버리고 만 것이다. 망고주합 입장에서 보면 단예의 위액이 극독에 해당되기에 위액이 망고주합을 피고름으로 만들어버렸다고 할 수 있었다.

단예는 몸을 일으켜 몇 보 걸었다. 갑자기 배 속에서 마치 숯불 같은 열기가 치솟아오르자 그는 비명을 지르기 시작했다.

"아이고!"

열기는 배 속에서 이리저리 치솟아오르다 발산할 곳을 찾지 못하고 있었다. 입을 벌려 토해내기 위해 별짓을 다해봤지만 절대 나오지 않았다. 그는 숨을 깊이 들이마시고 힘껏 뿜어냈다. 망고주합의 독기를 빼낼 생각이었다. 그러나 힘껏 뿜어낸 열기는 한 가닥 열선으로 바뀌어 천천히 그의 임맥으로 유입됐다.

'좋아, 이렇게 된 바에야 끝장을 보자! 망고주합 노형, 노형의 망령이 굳이 구차한 재하를 괴롭히겠다면 내 단중기해를 노형의 무덤으로 삼도록 하겠소! 날 독사시키겠다면 얼마든지 해보시오. 이 단예가 언제든 대기하고 있겠소.'

평소처럼 운기조식을 하자 과연 따뜻한 기운이 능숙하게 그의 경맥을 순행하다가 단중기해로 흘러들어갔다. 그러나 이질감 같은 건 전혀 느껴지지 않았다.

정신없이 반나절이 흘렀지만 단예는 피로한 느낌이라곤 없었다. 그는 돌과 흙을 가져다 섬전초 시신 위에 덮고는 묵념을 하며 빌었다.

'섬전초 아우, 다음에 내가 아우 주인인 종 낭자를 데려와 무덤에 제를 올리고 추도하겠네. 그때 독사 몇 마리를 잡아다 올릴 것이네. 방금 날 깨문 것은 우발적으로 행한 일이니 자네 주인한테는 얘기하지 않겠네. 그러면 자네 탓은 하지 않겠지. 그러니 안심하게.'

단예가 숲속을 나와 얼마 되지 않았을 때, 좌자목이 검을 들고 황급히 뛰어가는 모습이 보였다.

'목 낭자를 뒤쫓고 있구나. 두고만 볼 수 없지.'

단예는 몰래 그 뒤를 밟기 시작했다. 이미 그의 몸은 무량검 제자 일곱 명의 내력을 지니고 있었기에 전혀 힘들지 않게 좌자목의 뒤를 쫓아 봉우리 위까지 갈 수 있었다. 아들의 안위가 너무 걱정됐던 좌자목은 누군가 자신을 미행한다는 사실조차 눈치채지 못하고 있었다. 단예는 느닷없이 뒤를 돌아보는 좌자목 손에 잡혀 목완청과 맞교환되는 신세가 될까 두려워 멀찌감치 거리를 두고 뒤쫓아갔다. 산등성이에 도착했을 때는 곧 있으면 목완청과 해후할 수 있다는 생각에 간절한 마음이 앞섰고, 또 기다림에 지친 남해악신이 그녀를 해할까 걱정되는 마음을 도저히 참을 수 없어 몸을 훌쩍 날리며 소리쳤던 것이다.

〈2권에서 계속〉

▶ **모든 주석은 옮긴이 주이다.**

1 송宋 철종哲宗 조후趙煦의 첫 번째 연호.

2 운남 지역의 티베트, 버마족이 세운 왕국.

3 불계를 받아 불문에 들어가는 것.

4 《주역》을 해석한 십익十翼 내용 중 괘를 개괄적으로 설명한 이론.

5 《주역》의 괘사卦辭와 효사爻辭를 연구하는 학문.

6 북해 바닷속에 있다고 전해지는 신선들이 사는 곳.

7 견직물류의 서화 용재.

8 사활에서 같은 형태가 반복되는 특수한 형태.

9 상대가 자신의 돌을 잡게 한 후, 다시 상대의 돌을 끊어 잡는 것.

10 빈집이 열십자로 벌여 다섯 집으로 된 형세.

11 묘수풀이 형태의 하나.

12 《주역》의 64괘 중 25번째 괘.

13 화살독에 쓰이는 독성이 있는 식물.

14 《주역》의 64괘 중 43번째 괘.

15 《역경》의 64괘 중 38번째 괘.

**16** 《주역》의 골자를 이루는 64괘의 형상.

**17** 괘사와 효사를 통틀어 이르는 말.

**18** 《주역》의 36번째 괘.

**19** 《주역》의 64번째 괘.

**20** 《역경》의 64괘 중 두 번째 괘.

**21** 역병을 일으킨다는 전설 속 역귀.

# 강호의 진정한 의와 협을 찾아서

김용 대하역사무협 《천룡팔부》 깊이 읽기

강호의 진정한 의와 협을 찾아서

김용 대하역사무협 《천룡팔부》 깊이 읽기

발행인 고세규
발행처 김영사
등록 1979년 5월 17일 (제406-2003-036호)
주소 경기도 파주시 문발로 197(문발동) 우편번호 10881
전화 마케팅부 031)955-3100, 편집부 031)955-3200 | 팩스 031)955-3111



홈페이지 www.gimmyoung.com  블로그 blog.naver.com/gybook
페이스북 facebook.com/gybooks  이메일 bestbook@gimmyoung.com

# 강호의 진정한 의와 협을 찾아서

김용 대하역사무협 《천룡팔부》 깊이 읽기

天龍八部 차례

## 《천룡팔부》 깊이 읽기



## 신필 김용 문학 깊이 읽기

# 천룡팔부 깊이 읽기

# 신필 김용의 〈인피니티 워〉 《천룡팔부》

주성철

김용의 후반기 걸작 《천룡팔부》는 그 스케일이 실로 방대하여 '김용 유니버스'라는 표현만큼이나 익숙한 할리우드의 '마블 시네마틱 유니버스'에 빗대어 말하자면, 등장하는 인물들의 화려함이 그야말로 '어벤저스' 급이라 '김용의 〈인피니티 워〉'쯤 된다고 할 것이다. 저마다의 사연을 갖고 나타났다 사라지는 수많은 인물들, 그에 따른 기상천외한 사건들의 연속은 그야말로 감탄의 연속이다. 어쩌면 영화로 만들어진 수많은 김용의 작품들 중 유독 〈천룡팔부〉만이 혹독한 평가를 피하지 못한 이유도 그 때문일 것이다. 〈첩혈쌍웅〉(1989)의 주인공 형사 역할

---

· **글 | 주성철** 영화평론가, 영화주간지 〈씨네21〉 전 편집장. 지은 책으로 《홍콩에 두 번째 가게 된다면》, 《그 시절 우리가 사랑했던 장국영》, 《우리 시대 영화 장인》, 《데뷔의 순간》, 《영화를 좋아하는 사람이라면 꼭 알아야 할 70가지》가 있다. 현재 SK B tv 영화 프로그램 〈백업무비〉, JTBC 영화 프로그램인 〈방구석1열〉에 출연하고 있다.

로 유명한 이수현이 단예를 연기했던 〈천룡팔부〉(1977, 감독 포학례), 임청하, 공리, 장민이라는 특급 스타들이 총출동했던 〈천룡팔부〉(원제: 新天龍八部之天山童姥, 1994, 감독 전영강) 모두 방대한 스토리 앞에서 무릎을 꿇고 말았다. 심지어 두 작품은 전체를 포기한 채 각각 원작의 전반부와 후반부를 영화화하였음에도 스토리를 따라가기 버거울 지경이다. 그만큼 《천룡팔부》는 단지 사건과 캐릭터를 취사선택하여 압축하는 것이 불가능하다. 다시 말해 그 자체로 다루고 있는 시대적 배경과 혼연일체하여 하나의 완벽한 세계를 이루고 있다. '김용의 정수는 장편에서 잘 드러난다'는 통설의 가장 뛰어난 예라고나 할까.

김용의 작품들 중 불교적 색채가 짙게 반영돼 있는 《천룡팔부》의 제목인 '천룡팔부天龍八部'는 불교 용어로, 불경에 나오는 불법을 지키는 여덟 가지 신통력을 지닌 8신장神將을 이르는 말이다. 그 8신장이 작품 속 누구에 해당하는지 구체적으로 밝히고 있진 않지만, 다채로운 인물 구성과 이야기 전개 방식이 가히 신필神筆이라 불리는 그의 능수능란한 스토리텔링 솜씨의 정점이라 할 만하다. 방대한 스케일과 인물 구성만 봐도, 무려 108명의 호걸들이 조정과 관료의 부패에 맞서 양산박에서 봉기했던 고전《수호지》혹은 그 자신이 앞서 썼던《사조영웅전》이나《의천도룡기》를 떠올리게 한다(《수호지》와《천룡팔부》의 또 다른 공통점이라면 북송 시대를 다루고 있다는 것이다). 무엇보다 그의 다른 작품들과 비교해 눈에 띄게 다른 점은 중심 인물이 소봉, 허죽, 단예 3명이라는 것이다(앞서 언급한 두 편의 영화 1977년작 〈천룡팔부〉와 1994년작 〈천룡팔부〉는 각각 단예와 허죽을 주인공으로 내세우고 있다). 그들은 시작부터 서로 다른 시점에 등장하여 각자의 이야기를 펼치면서 만남과 헤어짐을 반복하다가 나중에 필연적으로 한 지점에서 만나게 된다. 그 과정에서 그들은 계속 새로운 사건과 사실을 마주하며 얽힐 대로 얽힌 업보와 운명의 사슬을 풀어나간다.

《천룡팔부》를 처음 접했을 때의 감흥이란, 역시 그 다채로운 인물 구성에서 온다. 김용의 전체 작품 안에서 가지는 '역사적 시선' 혹은 '작가적 원숙미'라는 평가 이전에 무협 소설로서의 순수한 재미도 이전 작품들 못지않다. 《사조영웅전》, 《신조협려》, 《의천도룡기》로 이어지는 '김용 유니버스의 1차 완성형'으로서의 사조삼부곡射雕三部曲 이후 《천룡팔부》는 이를 능가하는 강호 인물 열전을 만들어냈다. 무림과 무예에 아무런 관심도 없는, 그의 전체 작품 목록을 놓고 보아도 가장 이색적인 주인공 단예가 등장하며 질풍노도의 속도로 출생의 비밀과 금지된 사랑의 이야기가 펼쳐지는 1권부터 그 몰입감은 이루 말할 수 없다. 등장인물들 모두 무림의 영웅을 얘기하며 '북교봉, 남모용'이라는 표현을 쓰지만 정작 모용복은 5권에 이르기까지 인물들의 입에만 오르내릴 뿐 등장조차 하지 않으며, 허죽은 5권까지 등장하지 않는 데다 아예 언급조차 되지 않는다. 왕어언은 오직 모용복에 대한 그리움으로 단예의 구애는 신경조차 쓰지 않기에 '대체 모용복은 누구인가?'라는 단예의 애타는 궁금증은 독자의 마음과도 같다.

그들 외에도 주인공만큼이나 상당 분량 등장하는 캐릭터들도 하나같이 흥미롭고 인상적이다. '북교봉, 남모용'이라는 표현에서 이미 궁금증을 자아내는 모용복뿐만 아니라 소봉이 잠시 사라지고 허죽이 등장하기 전까지 주인공 역할을 하는 유탄지도 빼놓을 수 없다. 명성 높은 가문 출신이었으나 억울한 사연으로 고통받는, 《천룡팔부》 안에서 가장 비참하고 '짠'한 운명을 가진 그는 '철가면'을 쓰고 복수심을 불태우는 캐릭터다. 평소 김용이 프랑스 작가 알렉산드르 뒤마를 좋아했기에, 뒤마의 〈철가면〉에서 영향받은 캐릭터라는 것을 알 수 있다. 더불어 〈천룡팔부〉의 새로운 TV 시리즈가 나올 때마다 '과연 이번에는 어떤 철가면 디자인으로 등장할까' 궁금증을 자아내는 캐릭터이기도 하다. 그렇게 매번 영상화될 때마다 이미지적인 궁금증을 자아내는 캐릭터는 또 있다. 바로 뛰어난 외모를 가진 여인으로 늘 복면을 쓰고 검은 옷만 입고 다니며, 자신의 얼굴을 처음 본 남자와 결혼하겠다는 신념으로 살아가는 목완청이다. 원작의 설정을 따르자면 검은 복면으로 완전히 얼굴을 가려야 하나, 캐스팅한 배우의 화제성을 부각시키려면 적당히 그 미모를 드러낼 수밖에 없는 캐릭터다.

그런 매력 때문인지 지난 2018년, 배우 채수빈과 코미디언 김숙은 MMORPG '천룡팔부M for kakao' 광고 모델로 참여해 각각 목완청으로 변신하기도 했다. 여기서 또 알 수 있는 것은《천룡팔부》가 TV 시리즈는 물론이고 김용의 다른 작품들에 비해 유독 게임으로도 인기가 많다는 것이다. 거기에는 확실한 이유가 있다. MMORPG Massive Multiplayer Online Role Playing Game란 '대규모 다중사용자 온라인 롤플레잉 게임'을 말하는데, 이용자가 게임 속 등장인물 역할을 수행하며 이야기를 진행하는 형식의 게임인 RPG(롤플레잉 게임)의 일종으로 온라인으로 연결된 여러 플레이어가 같은 공간에서 동시에 즐길 수 있는 게임이다. 〈천룡팔부〉 게임은 세 명의 주인공을 넘어 캐릭터를 고르는 재미가 남다르다. 그만큼 '원 픽'을 선택하는 것이 고통스러울 정도로 매력적인 인물들이 넘쳐나는 소설이 바로《천룡팔부》다.

그럼에도 김용의 '원 픽'은 세 주인공 중 소봉이었던 것 같다. 개방의 방주 교봉이었다가 출생의 비밀을 알게 된 뒤 소봉이라는 이름으로 살아가는 그는 그야말로 대협大俠의 풍모를 지닌 인물이다. 개정판을 위해 새로운 서문을 쓴 김용은 지난 작품들을 돌아보며 "나는 각각의 소설에 나오는 정의로운 인물들을 좋아한다"며 "그들의 경험에 따라 기뻐하거나 낙담하거나 슬퍼하고, 때로는 몹시 상심할 때도 있다"고 말하는데, 아마도 《천룡팔부》의 소봉은 그가 흠모하며 정성들여 그려온 '정의로운 인물들'의 흐름 속에서 가장 궁극적인 지향점에 놓여 있는 인물일 것이다. 더불어 김용의 '역사관의 진보'라는 관점에서도 거란인의 후손으로 개방 방주 자리에까지 오른 소봉은 더없이 절묘한 위치를 차지하고 있는 인물이다. 어쩌면 소설을 읽어나가면서 '무림의 바람둥이'라고 할 수 있는 단예, 단정순 부자의 이야기를 먼저 접하다가 맞닥뜨리게 되는 인물이라 더욱 그렇게 느낄 수도 있다. 또한 중반부에 소봉이 부모의 원수를 밝히는 데 중요한 열쇠를 쥐고 있는 '선봉장 대형'을 추적해 나가는 과정은 그 어떤 걸작 추리소설 못지않은 미스터리한 긴장감을 만들어낸다. 그만큼 《천룡팔부》는 천변만화千變萬化하는 스토리텔링이 두 눈을 뗄 수 없게 만든다. 그 때문인지 《천룡팔부》는 그의 모든 작품을 통틀어 가장 연재 기간이 길었던, 가장 오랜 시간을 들여 완성한 작품이기도 하다.

물론 또 다른 주인공들인 단예와 허죽도 빼놓을 수 없다. 중국 전통문화 연구자이자 무협 소설 평론가로 《무협작가를 위한 무림세계 구축교전》을 쓴 량서우중은 "단예의 치정癡情, 허죽의 솔직함"을 《천룡팔부》의 빼놓을 수 없는 절대적 묘미로 언급한다. 무엇보다 세 주인공 중 가장 먼저 모습을 드러내는 단예는 그 등장부터가 반전이다. 어쩌면 김용 작품 전체에 대한 반전이기도 하다. "상대방을 개의치 않고 입에서 나오는 대로 지껄이는" 인물로 묘사되는 단예는 많은 사람들이 필시 그가 출중한 무예를 지니고 있으리라 여겨 지레 겁을 먹었건만 가벼운 손찌검 하나 피하지 못한다. 심지어 그 스스로 "당연히 정말 못하는 것이지 뭐 좋을 게 있다고 못하는 척을 하겠소?"라고 말할 정도로 "싸우고 죽이는 일에 관심 없고, 무공을 전혀 모르는" 사람으로 등장한다. 《천룡팔부》는 김용이 사조삼부곡 이후 모처럼 장편으로 내놓은 작품이기에, '과연 이번에는 어떤 신묘한 무공을 펼치는 영웅호걸이 등장할까' 기대했던 팬들에게 그 도입부 자체가 실로 충격적이다. 게다가 그는 김용의 팬들이 김용 소설을 통틀어 가장 미남자일 것이라 추측하는 캐릭터이기도 하거니와, 요즘 식으로 말하자면 전형적인 '금사빠'라 할 수 있다. 단예는 종영, 목완청, 왕어언 등으로 이어지며 만나는 여인들 모두에게 금세 마음이 빼앗기는데 그 모습이 실로 사실적이고 매 순간 절실하다. 여기서 재미있는 것은 단예가 '치정'으로 표현될 만큼 각 여인들과 비밀스런 사연을 숨기고 있다는 점이다. 단예를 통해 보여주는 자유인의 풍모는 《천룡팔부》 이후 쓰게 되는 《소오강호》에서 규율이나 관습에 얽매이지 않고 자유롭게 사는 삶을 추구하는 주인공 영호충에게 스며든 것으로 보인다. 비록 고지식하고 못생긴 외모로 묘사되긴 하나, 불심이 깊고 사사로운 욕심이 없을 뿐더러 그야말로 '뜻하지 않게' 각종 무공과 학문에 통달하게 되는 소림사 승려 허죽도 기존 김용 소설에서 보기 드문 주인공이기에 색다른 재미를 안겨준다.

그 다음은 왕어언과 아주다. 작품 속에서 무량산 석굴의 옥녀미인상과 꼭 닮은 것으로 묘사되는 왕어언은 팬들 사이에서는 김용 소설을 통틀어《신조협려》의 소용녀와 더불어 최고의 미녀라 지칭된다. 비록 무예에 능한 것은 아니나, 백과사전처럼 무림 각 문파의 기술과 그 대응법까지 다 꿰뚫고 있을 정도로 걸어 다니는 무림 백과사전이라 할 수 있다. 흥미롭게도 최근 할리우드에도 진출해 〈뮬란〉(2020)의 주인공으로 출연한 배우 유역비가 TV 시리즈 〈천룡팔부 2003〉과 〈신조협려 2006〉에서 왕어언과 소용녀 역을 모두 연기했다는 것이다. 실제 김용도 '원작에 충실하다'며 찬사를 보냈을 정도로 크게 흡족해했던 캐스팅으로 유명하다.

반면 아자는《신조협려》의 곽부를 능가한다고 평가를 받는, 어려서 가정교육이 얼마나 중요한지 깨닫게 해주는 거의 사이코패스에 가까운 인물이다. 더구나 아자는 김용 소설을 통틀어 가장 악랄하다는 평가를 받는 사파의 고수 성수노괴 정춘추의 제자로 그의 영향을 받아 옳고 그름 자체에 대한 관념이 없다. 그러다 보니 아자와 유탄지의 만남은 김용 작품 전체를 두고 봐도 가장 불쌍한 사람과 가장 못된 사람이 만나 기묘하고도 낯선 화음을 만들어내는 순간이다.

이처럼《천룡팔부》를 가득 채운 인물들은 이전 김용 작품들에 등장한 인물 군상의 스펙트럼을 훌쩍 넘어선다. 이렇게 말할 수 있는 이유는 단지 다채롭고 개성 넘친다는 단순한 감상을 초월하여 그것이 전체 구조로 연결되기 때문이다. 사소하게 지나치는 것처럼 보이는 적은 비중의 인물들 모두 저마다의 사연과 인연을 가지고 플롯의 핵심 줄기로 수렴될 정도로, 그 스토리텔링의 정교함은 경이롭기까지 하다.

그럼 《천룡팔부》에서 우리가 더 읽어내야 할 것은 무엇일까. 사실 김용의 작품은 순서상으로 《사조영웅전》, 《신조협려》, 《의천도룡기》로 이어지는 사조삼부곡을 거쳐 《천룡팔부》를 접하게 될 텐데, 보다 원숙한 필력으로 써내려 간 무협 소설로서의 재미 외에 작가적 진화라는 측면에서도 《천룡팔부》를 바라봐야 한다. 가장 중요한 것은 《천룡팔부》를 '사조삼부곡의 프리퀄'로 이해하는 것이다. 《천룡팔부》는 김용의 후기작이지만 시대적 배경은 가장 앞서 있다. 《사조영웅전》은 남송 시대, 《신조협려》는 남송 말기, 《의천도룡기》는 원말 명초를 다루고 있으며 《소오강호》도 명대 이야기이다. 《천룡팔부》 다음에 쓴 《녹정기》가 청나라 강희제 시대를 다루고 있음을 감안하면, 시대 흐름 순으로 쭉 작품을 써나가던 김용이 불쑥 과거로 돌아간 것이 바로 《천룡팔부》다. 김용의 작품들 중 가장 오래된 춘추시대 말기를 배경으로 한 단편 〈월녀검〉을 제외하면, 《천룡팔부》는 그의 작품들 중 가장 이른 시기인 북송 시대를 다루고 있다. 그렇다면 그는 왜 가장 먼 시간으로 거슬러 올라갔을까.

새로운 서문에서 김용은 "내가 초기에 쓴 소설에는 한족 왕조의 정통 관념이 강했다. 후기로 갈수록 중국에 있는 모든 민족이 동일하다는 관념이 보이는 건 내 역사관이 약간 진보했기 때문"이라고 쓰고 있다. 실제로 그의 초기작들에는 한족 중심의 중화사상이 깊이 자리하고 있다. 하지만 《천룡팔부》의 소봉은 송나라 관병들이 거란의 노약자와 부녀자를 잔혹하게 죽이는 광경을 목격한 뒤에 자신이 거란인의 후손임을 알게 되자 "더 이상 거란인이라고 수치스러워하지 않고 대송도 영광스럽게 생각하지 않을 것"이라고 맹세한다. 그가 거란인임을 알게 해준 지광대사 또한 "한인과 거란인에 차별을 두면 안 된다. 은원恩怨과 영욕榮辱은 오묘하여 명확하지가 않다"라고 말한다. 어쩌면 김용은 자신의 변화한 세계관을 가장 먼 시간으로 거슬러 올라간《천룡팔부》에 담아 이전 작품들까지 새로이 이해해주길 바랐던 것일지도 모른다. 말하자면《천룡팔부》는 김용 유니버스의 심오한 원점이다. 그래서 지금《천룡팔부》를 읽는 것은 김용의 진정한 첫 번째 작품을 읽는 것이나 마찬가지이다.

# 시대적·공간적 배경

11세기 북송-요나라 분쟁기를 시대적 배경으로 하는 《천룡팔부》는 호남성과 귀주성 부근에 위치한 운남雲南 대리국을 시작으로 서하와 요나라에 이르는 거대한 세계를 담고 있다.

**시대 연표**

937년 | 대리국 건국. 단사평(태조) 즉위
960년 | 송나라(북송) 건국. 후주後周의 장군 조광윤(태조) 즉위
976년 | 송나라 제2대 황제 조광의(태종) 즉위
979년 | 송나라 북한北漢 함락. 중국 통일 완성(연운 16주 지역 제외)
1004년 | 송-요, 전연의 맹약 체결
1032년 | 서하 건국. 탕구트족 이원호(경종) 즉위
1044년 | 송-서, 화의 체결
1055년 | 요나라 제8대 황제 야율홍기(도종) 즉위
1081년 | 대리국 제14대 국왕 단정명(보정제) 즉위
1096년 | 대리국 제15대 국왕 단정순(중종) 즉위
1100년 | 송나라 제8대 황제 조길(휘종) 즉위
1108년 | 대리국 제16대 국왕 단화예(헌종) 즉위
1115년 | 금나라 건국. 여진족 완안아골타(태조) 즉위

### 대리국大理國

작품의 주인공 단예가 황족으로 등장하는 대리국은 937년(또는 938년) 단사평段思平이 중국의 운남雲南 지방에 설립한 왕조로 1253년까지 22대에 걸쳐 지속되었다. 동쪽으로는 송나라, 북쪽으로는 티베트와 인접하고 있었으며 남쪽으로는 동남아시아 국가와 국경을 맞대고 있었다. 불교 국가로 역대 왕들 가운데 9명이 왕위를 물려준 뒤에 출가하여 승려가 되기도 하였다.

《천룡팔부》에 등장하는 대리국 단정명과 그의 동생이자 단예의 아버지인 단정순은 실존인물이다. 작중에서는 단정명이 동생인 단정순에게 황제의 자리를 물려주는 것으로 묘사되지만, 실제 역사는 다르다.

1094년 대리국의 황제인 단정명이 양의정에게 살해당하자, 대리국의 신하였던 고승태가 양의정을 토벌했다. 이후 고승태는 대리국의 명을 대중국大中國으로 개칭하고 황제의 자리에 올랐다. 그로부터 1년 만인 1095년 고승태는 단정순에게 황위를 반환하라는 유언을 남기고 병으로 죽는다. 1096년 단정순이 황위에 오르며 단씨 왕조를 이어갔으나, 고씨 가문이 재상 자리를 세습하면서 왕권은 크게 위축되었다. 이 때문에 이 시기를 기준으로 단정명까지를 전 대리국, 단정순부터를 후 대리국으로 구분한다. 극중 단예로 등장하는 단정순의 아들 단화예가 제16대 황제로 즉위한다.

대리국은 몽골제국의 침략으로 1253년(또는 1254년) 멸망한다.

### 북송北宋

오대십국시대(五代十國, 당 왕조 멸망 직후에 반세기 동안 이어진 분열기에 흥망성쇠를 거듭한 다섯 왕조와 열 개의 나라)를 통일한 한족 왕조. 960년 송나라 건국 당시 개봉開封을 수도로 삼았지만 1126년 금나라의 확장에 밀려 임안(지금의 항저우)으로 천도한다. 수도 이전을 기준으로 북송과 남송 시대로 구분한다.《천룡팔부》는 북송 시대를 다룬다.

북송의 초대 황제인 조광윤은 문관을 우대하는 문치주의를 표방하는 한편 중앙정부의 힘을 강화했다. 농업 기술과 상업의 발달로 막강한 경제력을 자랑했던 것에 비해 송나라의 군사력은 미약했다. 요나라, 서하 등과 여러 차례 충돌했으나 문관을 중시하는 풍토, 보병 중심으로 꾸려진 군사체계 등의 문제로 인해 주변국을 압도하지 못했다.

제3대 황제 진종 시절에는 요나라의 침략을 받아 '전연의 맹약'이라는 굴욕적인 외교협정을 맺는다. 송의 황제와 요의 황제가 의형제를 맺고 국경선을 유지하는 대신 송이 요에게 매년 비단 20만 필과 은 10만 냥을 세폐로 보내는 조건이었다.

이후 여진족이 세운 금나라와 연합해 요나라를 멸망시키지만, 송이 금에게 약속했던 공물을 바치지 않자 금이 침공해온다. 금의 공격으로 수도인 개봉이 함락되고 황족과 신하가 포로로 잡혀간다. 송은 임안으로 수도를 옮기며 남송으로 명맥을 이어가지만 결국 몽골군의 공격으로 인해 멸망한다.

## 요遼나라

유목 민족인 거란이 916년 중국 북방에 세운 국가. 건국 당시 명칭은 거란국이었으나 연운 16주를 획득한 이후 나라 이름을 '요'라고 칭한다. 요나라는 연운 16주를 되찾으려는 송과 전쟁을 벌이는 등 대립관계를 유지했다. 작중에서도 주인공 소봉이 거란인이라는 사실이 밝혀지면서 한족에게 핍박을 받기도 한다. 1004년에는 송나라와 '전연의 맹약'이라는 외교협정을 맺는다.
송과의 무역으로 경제와 문화가 크게 발달하였다. 또한 요나라는 제도를 체계화하는 동시에 강한 군사력을 기반으로 만주와 바이칼 호수, 천산 위구르에 이르기까지 영토를 확장했으며 고려에까지 영향력을 행사하는 거대한 정복왕조가 되었다.
1125년 여진족이 세운 금나라와 함께 송나라가 연합해 침공하면서 멸망한다.

### 연燕나라(후연)

선비족 모용수가 세운 오호십육국五胡十六國시대의 국가 중 하나. '연'이라는 이름을 가진 나라가 4개나 되기 때문에, 두 번째로 건국된 이 나라를 후연이라 부른다. 북위에 의해 멸망하기 전 하북부터 산동과 요서, 요동까지 영토를 넓힌 강대국이었다.
《천룡팔부》에서는 선비 모용씨의 후손인 모용복이 연나라 재건을 위해 단예와 대립하는 등 악행을 저지른다.

### 서하西夏

탕구트족(현재의 티베트족)이 세운 국가로 송나라의 서쪽에 위치해 있다. 본래 명칭은 '크고 높은 나라'라는 의미의 대하大夏이지만 북송에서 칭하던 '서하'가 널리 알려졌다. 11세기 송나라와 여러 차례 전쟁을 치른 이후 평화 조약을 체결했다. 서하는 동-서 무역을 통해 세력을 넓히고 유목과 농경, 불교 문화가 결합된 독창적인 문화와 언어를 발전시켰으나 13세기 칭기즈칸의 공격을 받아 멸망했다.

**토번**吐蕃

7세기부터 9세기까지 지속된 티베트고원 중앙의 고대 왕국을 칭하는 명칭. 토번의 멸망 이후에도 14세기 중순까지 티베트 지역과 티베트인들을 통칭하는 말로 사용되었다.《천룡팔부》에서는 구마지가 토번국 종찬 왕자의 스승으로 등장한다.

# 주요 등장인물

## 대리단가大理段家

### 단예段譽

단정순의 아들이자 대리국의 황자. 빼어난 외모에 달변가로 시서화를 즐기는 풍류 가객. 아버지의 무공 전수를 피해 황궁에서 도망 나왔다가 무림의 세계에 발을 디딘다. 우연히 소요파의 무공을 익혀 북명신공을 통해 타인의 내력을 흡수하고 대리단가에 대대로 내려오는 천하 절세 무공 육맥신검까지 익히며 단숨에 수준급의 무공을 구사하게 된다. 이후 강호를 떠돌며 구마지, 모용복 등 무림 고수들과 여러 차례 충돌하고 소봉과 허죽을 만나 의형제를 맺는다.

### 단정순段正淳

대리국 황제인 보정제의 동생이자 단예의 아버지. 보정제가 황위를 내려놓고 천룡사로 출가하면서 대리국의 황제가 된다. 대리단가에 대대로 내려오는 무공인 일양지를 구사하는 고수다. 대범하면서도 자상한 성품의 소유자이나 여색을 밝혀 정실인 도백봉 외에도 감보보, 진홍면, 왕부인, 원성죽 등 여러 여인들과 사랑을 나누었다.

### 단정명段正明

단정순의 형이자 단예의 백부. 대리국의 황제로 보정제라는 제호를 사용한다. 대리단가의 가전 무공을 능숙하게 사용하는 실력자이자 너그럽고 인자한 성격으로 백성들의 민심을 얻은 성군이다.

## 개방丐幇

### 소봉(교봉)蕭峰

강호 최대 규모의 문파인 개방의 방주. 의협심이 강하고 호탕한 성격의 협객으로 강력한 무공을 지녔다. 연인의 목숨을 구하기 위해 죽음마저 불사하는 순애보적인 인물이다. 개방의 방주에 오른 후 '북교봉 남모용'이라는 칭호를 얻을 정도로 강호에서 드높은 명성을 자랑한다. 술을 좋아하여 단예와 술잔을 나누다가 의형제를 맺는다. 우연히 출생의 비밀을 알게 되며 큰 충격에 빠진다. 악인의 모략에 의해 개방 방주 자리에서 내려오게 되고, 스승과 양부모를 살해했다는 누명까지 쓰게 된다. 이후 이름을 교봉에서 소봉으로 바꾼다.

### 유탄지游坦之

소봉을 부모의 원수라 생각하고 그를 향한 복수심을 불태우는 인물. 요나라까지 넘어가 소봉을 급습하지만 실패로 돌아간다. 첫눈에 반한 아자를 따르고 흠모하지만 도리어 그녀에 의해 불에 달군 철가면을 쓰게 된다.

## 소림파 少林派

### 허죽 虛竹

소림파의 승려로 성실하고 순박하며 착한 성품을 지녔다. 입술이 두껍고 얼굴에 상처가 있는 데다 들창코인 곱지 않은 외모이다. 소림파의 기본 장법과 내공심법만 겨우 익혔을 정도로 무공 실력이 미천했으나 단연경의 도움으로 진롱기국을 푸는 데에 성공한 뒤, 2대 소요파 장문인인 무애자에게 소요파의 무공과 장문인의 자리를 물려받는다. 이후 무림에서 만난 단예, 소봉과 의형제를 맺는다.

### 무명의 노승

소림사에서 소원산, 소봉, 모용박 일행이 대치하던 때에 모습을 드러낸 이름 없는 노승. 강력한 무공으로 세계관 내에서 손꼽히는 고수들을 단번에 제압한다. 주화입마에 이른 모용박과 소원산을 되살려내고 그들을 제자로 받아들인다.

## 선비족 모용가 鮮卑族 慕容家

### 모용복 慕容復

연나라의 황족으로 모용박의 아들이다. '북교봉, 남모용'이라는 칭호에 맞게 수준급의 무공을 구사한다. 사촌동생인 왕어언이 사모하는 인물로 연나라를 재건한다는 일념 하에 각종 악행을 저지르며 단예와 여러 차례 충돌한다. 연나라 재건을 위해 서하국 공주의 부마가 되려 한다. 이 일로 왕어언에게 상처를 주어 단예와 대립한다. 종국에는 단연경의 양자가 되기를 자처하면서 대리국을 차지하려는 야심을 보인다.

### 모용박慕容博

모용복의 아버지로 과거 연나라의 재건을 위해 송과 요나라 간의 전쟁을 일으키려 했다. 모용박의 계략으로 인해 소봉의 어머니가 죽임을 당하고 아버지인 소원산은 절벽으로 뛰어내린다. 이후 소림 72절기 등 무림비급과 그 파해법을 익히기 위해 소림사로 숨어 들어간다.

### 구마지鳩摩智

토번국의 호국법왕이자 대륜명왕. 불법에 정통하며 뛰어난 지혜와 무공을 가진 승려다. 대리단가의 육맥신검의 비급을 탐하여 소림 72절기의 비급과 파해법이 적힌 책과 교환하려 한다. 천룡사 고승들이 육맥신검의 비급을 불태우자 육맥신검경을 구사하는 단예를 납치해 모용가의 본거지인 연자오로 납치해 간다.

## 요遼나라

### 야율홍기(도종)耶律洪基

거란족이 세운 요나라의 황제. 소봉에 의해 목숨을 구하여 그와 결의형제를 맺는다. 소봉과의 정과 공신에 대한 의리를 중히 생각한다. 북송정벌을 거부하는 소봉을 투옥시키지만 그를 구하러 온 단예와 허죽에 의해 사로잡히고, 자신의 목숨을 구하는 조건으로 송으로 향하던 군대를 돌려 퇴군한다.

## 소요파逍遙派

### 무애자無崖子

제2대 소요파의 장문인으로, 소요파의 창시자인 소요자에게 가르침을 사사받았다. 무공뿐 아니라 각종 뛰어난 학식과 기예를 가진 인물이다. 뛰어난 외모로 인해 사자매인 천산동모와 이추수 사이의 치정극을 야기한 장본인이다.

### 천산동모天山童姥

소요자의 첫 번째 제자로 사자매 관계인 이추수와 무애자를 두고 다투었다. 무공과 학문에 정통하지만 잔혹한 성격을 가진 인물로 생사부를 활용해 삼십육동 동주들과 칠십이도 도주들을 복종시켜 수발처럼 부린다.

### 이추수李秋水

소요자의 세 번째 제자로 단예가 보았던 무량산의 옥상을 닮은 빼어난 외모의 소유자다. 무애자와 정을 통하여 왕어언의 어머니인 왕부인을 낳았으며 현재 서하의 황태비 자리에 있다. 기품 있는 언행을 보이지만 무애자를 향한 집념이 강해 천산동모를 상대할 때는 몹시 잔혹한 모습을 보여준다.

## 성수파星宿派

### 정춘추鄭春秋

사파인 성수파를 창시하고 스스로를 성수노선이라 칭하는 악인. 소요파 출신답게 외모가 수려하며 무공 실력이 우수하지만 성심이 고약하고 잔인하여 성수노괴라는 악명을 가지고 있다. 특히 독공에 능숙하며 독자적으로 개발한 화공대법을 통해 상대방의 내공을 흡수한다.

## 사대악인四大惡人

### 단연경段延慶

악관만영惡貫滿盈이라는 별칭을 지닌 사대악인의 우두머리로 흉악하고 악랄한 성품을 지녔다. 두 다리를 잃어 지팡이로 양 발을 대신하며, 목소리가 나오지 않아 복화술로 대화한다. 본래 대리국의 황태자였으나 반역이 일어나 부황이 살해당하고 자신 또한 적들에게 죽음의 위협을 받는다. 천룡사 보리수 아래에서 다시금 삶의 의지를 다진 그는 섭이랑, 남해악신, 운중학을 이끌며 사대악인으로 악명을 떨친다.

### 섭이랑葉二娘

사대악인의 둘째로 무악부작無惡不作이라 불린다. 타인의 갓난아기를 훔쳐 기르다가 죽이는 잔인한 버릇으로 악명이 높다. 과거 자신이 낳은 아이를 잃어버린 후 미치광이가 되어 귀여운 아기를 훔치는 악행을 일삼는다.

### 악노삼岳老三

사대악인 중 셋째로 남해악신南海鱷神이라 불린다. 사대악인 중 셋째인 것에 항시 불만을 품어 자신의 이름을 악노삼이 아닌 악노이로 소개한다. 포악하고 무식하나 자신의 윗 항렬의 말에는 충실하게 따르는 우직한 성격이다.

### 운중학雲中鶴

궁흉극악窮凶極惡이라는 칭호를 가진 사대악인의 막내. 악행을 행하며 여색을 밝힌다. 장기인 날랜 경공법을 이용해 눈에 든 여인을 납치한다. 작중에서는 목완청을 납치하여 단예를 곤란에 빠뜨리기도 한다.

## 그 외 인물

### 왕어언王語嫣

단정순과 왕부인 사이에서 태어났으며 절세의 미모를 가진 것으로 그려진다. 무공을 직접 구사하지는 못하나 각종 비급을 암기하여 무공에 대한 식견이 매우 높다. 작중 내내 단예가 흠모하는 마음을 드러내며 줄기차게 쫓아다니지만 사촌 오라버니인 모용복을 사모하여 단예를 철저히 무시한다.

### 종영終映

귀여운 외모와 명랑한 성격을 가진 아이로 단정순과 감보보 사이에서 태어났다. 섬전초라는 이름의 담비를 부려 위기에 처한 단예를 구해주며 등장한다. 신농방에 의해 인질로 붙잡히지만 목완청과 단예가 기지를 발휘해 구출된다.

### 목완청木婉淸

수라도 진홍면과 단정순 사이에서 태어난 딸로 검은 면막으로 얼굴을 가리고 다닌다. 명마인 흑매괴의 주인으로 종영을 구하러 가는 단예에게 말을 빌려주면서 등장한다. 처음에는 단예를 폭행하고 욕설을 퍼붓는 등 괴팍한 성격을 보이지만 단예가 자신의 얼굴을 보자 그를 낭군으로 생각하고 흠모하게 된다.

### 아주阿朱

단정순과 원성죽 사이에서 태어난 첫째 딸로 아자의 언니다. 모용가의 시녀로 등장한 뒤 소봉을 만나 연인의 정을 맺는다. 소봉이 단정순을 원수로 오해해 복수하려 하자 단정순으로 변장하여 소봉의 일장을 대신 맞고 쓰러진다. 결국 안문관 밖에서 소와 양을 기르며 평생을 함께하자는 언약을 지키지 못하고 소봉의 품에서 눈을 감는다.

### 아자阿紫

아주의 동생으로 어릴 적 성수파 정춘추의 제자로 자라 언니와 달리 무자비한 성품을 가졌다. 아주의 유언으로 소봉의 보호를 받게 되고 함께 요나라로 넘어간다. 성수파의 삼보 중 하나인 신목왕정을 훔쳐 달아난 명목으로 정춘추에 의해 두 눈을 잃는다.

# 주요 문파의 무공

《천룡팔부》는 김용의 작품 중에서도 무공의 화려한 묘사가 두드러진다. 이전 작품 속 무공이 비교적 현실적인 것에 비해 《천룡팔부》 세계관에 나오는 무공은 초현실적인 모습을 가감 없이 보여준다. 특히 작품의 후반부에 등장하는 무림고수들의 무공은 마치 신선의 움직임을 연상시키듯 신비롭고 환상적으로 그려진다.

**소요파逍遥派**

《천룡팔부》 세계관에서 최강이자 가장 핵심이 되는 문파. 주인공인 단예와 허죽이 소요파의 무공을 전수받는 내용으로 이야기가 전개된다. 장자의 〈소요유〉 편에서 문파의 이름을 따온 만큼 소요파의 무공에는 도가의 색채가 짙다. 대표적인 무공으로는 타인의 내력을 흡수하는 북명신공北冥神功, 주역의 원리를 딴 경공술 능파미보凌波微步, 내공심법인 소무상공少無相功 등이 있다.

소요파는 무공뿐만 아니라 다양한 학문과 기예에 능통하며 외모가 뛰어난 이들만 제자로 삼는다. 때문에 소요파의 창시자 소요자逍遙子는 천산동모와 무애자, 이추수 단 세 명의 제자만 두었다. 2대 장문인의 자리에는 무애자가 올랐으며, 그는 소성하와 정춘추를 제자로 삼았다.
여타 문파와 경맥의 운행이 다르다는 점 때문에 기존에 무공을 연마한 이들은 소요파의 무공을 수련하기가 어렵다. 또한 소요파의 이름을 아는 외부인은 모두 죽여야 한다는 문파의 규칙 때문에 이들의 정체를 아는 사람은 극소수다.
단예가 소요파의 무공을 익히는 것부터 본격적으로 이야기가 전개되며, 소요파의 숨겨진 비밀이 점차 밝혀지는 것이 작품의 중심축이다. 때문에 소요파는《천룡팔부》세계관을 관통하는 문파라고 할 수 있다.

## 북명신공北冥神功

김용 유니버스에서 최강이라 불리는 내공심법으로《천룡팔부》에서 처음 등장했다. 북명신공의 북명은 북극해를 의미하며 바다가 강물을 축적해 망망대해의 큰물을 만들듯 북명신공은 타인의 내력을 끌어들여 내 것으로 만든다. 신체를 접촉해 타인의 내공을 흡수할 수 있지만 반대로 자신의 공력을 타인에게 전달하는 것도 가능하다. 단예가 소요파의 무공비급이 담긴 두루마리를 보고 북명신공을 익히며《천룡팔부》의 이야기가 펼쳐진다.

## 능파미보凌波微步

기묘하기 이를 데 없는 소요파의 경공술. 북명신공과 마찬가지로 단예가 무량산 석동의 선녀상 앞에서 찾은 두루마리의 무공비급을 통해 연마하게 된다. 주역의 원리에 따라 〈역경〉 64괘 방위를 기반으로 하는 보법으로, 학문에 능통하고 살생을 싫어하는 단예가 자주 사용하는 무공이다.

### 천산육양장天山六陽掌

소요파의 최상승무공 중 하나로 체내에 축적된 북명진기를 끌어내어 상대를 공격하는 무공이다. 강한 열기와 냉기를 방출할 수 있으며 상대의 경맥을 타격하는 장법으로 천산동모가 사용한다.

천산동모는 천산육양장을 응용하여 사람들의 체내에 생사부를 심었는데, 생사부가 몸 안에 들어가면 가려움증과 극심한 통증을 겪게 된다. 증상은 81일을 기준으로 악화되고 감퇴되기를 반복하며 영원히 지속된다. 천산동모는 매년 사람을 보내 통증과 가려움증을 그치게 하는 약을 하사한다. 약을 먹으면 1년 동안 생사부가 발작하지 않기 때문에 천산동모는 이를 악용해 생사부에 당한 사람들을 자신의 수족처럼 부린다. 생사부의 파해법은 천산육양장뿐이다.

### 천장지구불로장춘공天長地久不老長春功

불로의 몸을 가질 수 있는 소요파의 신공으로 작중에서는 소요자의 첫 번째 제자인 천산동모가 익혔다. 천장지구불로장춘공은 삼십 년 주기로 노화된 육신을 버리고 다시 젊은 몸을 찾을 수 있는 반로환동返老還童을 하게 된다.

천산동모가 여섯 살 때 수련을 시작하는 바람에 반로환동을 하면 여동의 몸으로 돌아가게 된다. 천산동모가 서른여섯 살 때는 30일이, 예순여섯 살에는 60일이 소요됐다.

반로환동은 뱀이 성장을 위해 허물을 벗을 때와 같아서, 반로환동 직후에는 공력이 모두 소실돼 취약한 상태가 된다. 이때 하루를 수련할 때마다 일 년 치의 공력을 되찾을 수 있는데, 회복할 때까지 매일 오시午時에 생혈을 마셔야 한다.

### 소무상공少無相功

도가에 근원을 둔 소요파의 내공심법으로 '무상無相'을 요지로 삼고 있다. 그만큼 그 형상을 찾을 수는 없지만 세계관 최고의 신공 중 하나다. 소무상공을 익힌 자는 무공을 쉽게 이해하고 터득할 수 있다. 작중에서는 소요자로부터 물려받은 이추수, 무애자에게 전수받은 허죽, 훔쳐 배운 구마지가 소무상공을 구사한다. 이추수는 소무상공을 펼친 덕분에 천산동모와의 혈투에서도 자웅을 다툴 수 있었다. 허죽은 소무상공의 힘으로 소요파의 절기를 익혔으며, 향후에 개방의 항룡십팔장과 타구봉법의 전수자가 된다.

### 천산절매수天山折梅手

천산동모가 허죽에게 전수해준 무공으로 3로의 장법과 3로의 금나법襟拏法을 통칭해 천산절매수라 부른다.

## 소림파少林派

불교에 기반을 둔 문파로 숭산嵩山 소실산에 사찰이 있다. 구성원이 모두 승려이며 무림의 태산북두라 불릴 정도로 무림 내에서 영향력이 크다. 작중에서는 소봉이 개방 방주가 되기 전 소림의 현고대사의 가르침을 받아 무공의 기초를 닦았다. 72절기를 필두로 한 무공으로 무림에서도 위상이 높은 문파다. 소림파에는 방자인 현자대사를 비롯한 고수들이 다수 포진하고 있다.

### 나한권羅漢拳

소림 제자들이 문하에 들어가서 가장 먼저 배우는 권법으로 소림의 가장 기본적이며 대표적인 무공이다.

### 위타장韋陀掌

나한권 다음으로 익히는 소림의 기초 무공. 작중에서는 허죽이 위타장과 나한권을 구사해 소림파를 습격해온 구마지를 상대한다.

### 반야장般若掌

반야장은 소림 72절기 중 하나로 가장 오묘한 장법이다. 위타장에서 시작해 반야장을 익히려면 30~40년은 족히 소요된다. 연마할수록 장력이 강해지고 초식도 정교해진다. 최후의 일장인 '일공도저一空到底'에 이르기 위해서는 끝이 없는 배움이 있어야 하며, 소림파 안에서도 이를 연성한 고승은 고작 몇 명에 불과하다.

### 염화지拈花指

내공으로 날카로운 경력을 만들어 상대를 공격하는 장법으로 작중에서는 구마지가 자주 구사한다. 작중에서 육맥신검의 비급을 가져가려는 구마지가 염화지를 선보이는데, 6명의 천룡사 고승들의 무공을 압도할 정도로 강력한 무공이다.

### 대위타저大韦陀杵

소림 72절기 중 제29문에 해당하는 무공으로 현비대사가 정통하게 구사했다. 왕어언은 대위타저를 두고 19초의 저법杵法이지만 모든 수가 위협적이고 용맹스럽다고 평했다.

## 개방丐幇

거지들로 이루어진 문파. 많은 인원이 무림 전역에 산재해 영향력을 발휘하고 있다. 작중에서 주인공 소봉이 방주였던 시기의 개방은 정의감과 의협심이 강한 모습으로 그려진다. 문파 대대로 신물인 타구봉과 타구봉법을 전수받는다.

### 항룡십팔장降龍十八掌

개방의 대표 무공으로 본래는 항룡이십팔장이었으나, 소봉이 초식을 간소화해 항룡십팔장으로 만들었다. 소봉은 자신이 개방을 떠나게 되자 허죽에게 항룡십팔장을 전수해 대대로 물려줄 수 있도록 했다.

### 타구봉법打狗棒法

개방 방주에게 대대로 전승되는 봉법. 위력적이지만 천산절매수나 천산육양장을 비롯한 여타 무공과 비교하면 익히는 게 상대적으로 어렵지 않은 편이다. 작중에서 소봉이 항룡십팔장과 함께 타구봉법을 허죽에게 물려준다.

대리단가는 주로 한 손가락을 이용하여 사람의 혈도나 혈맥을 공격한다. 한순간에 상대의 움직임을 봉하는 무공으로 움직임이 크지 않고 일초에 끝낼 수 있어 무림고수들이 이 비법을 알아내려 한다.

## 일양지一陽指

대리국 황실에 대대로 내려오는 무공으로 혈도를 공격한다. 상대의 움직임을 봉하는 점혈만이 아니라 지공指功을 통해 장법에 맞설 수도 있다. 가전 무공인 만큼 대리국 황족 출신의 승려와 보정제, 단정순이 일양지를 구사할 수 있다.

## 육맥신검六脈神劍

일양지와 마찬가지로 대리단가의 가전 무공이다. 육맥신검은 진검이 아닌 일양지의 지력을 검기로 승화시키는 지공으로, 본질은 있으나 형태가 없어 무형기검無形氣劍이라 한다.

육맥신검에서 육맥이란 손의 여섯 가지 맥인 태음폐경太陰肺經, 궐음심포경厥陰心包經, 소음심경少陰心經, 태양소장경太陽小腸經, 양명대장경陽明大腸經, 소양삼초경少陽三焦經을 의미한다.

무형의 검기를 쏘기 때문에 높은 수준의 내력을 지닌 자만 구사할 수 있다. 작중에서는 북명신공을 통해 내공을 쌓은 단예가 육맥신검을 구사한다.

모용복이 주로 사용하는 무공으로 상대의 무공으로 상대를 해한다.

### 두전성이斗轉星移

모용룡성이 창시해 대대로 내려오는 가전 무공이자 고소모용가가 자랑하는 최상의 절기. 상대의 공세를 전이시킬 수 있는 기묘한 무학으로 '상대의 무공으로 상대를 해한다'는 항간의 소문처럼 상대의 공격 수법을 그대로 되돌려주는 무공이다.

## 그 외 무공

### 화공대법化功大法

온갖 독술과 사술의 달인인 성수노괴 정춘추가 만든 무공. 소요파의 북명신공을 모방하였으나, 정확한 비급을 몰라 내공심법과 독술을 합하여 상대의 내공을 흩트리는 무공을 만들었다.

### 빙잠한독氷蠶寒毒

무공이 일천한 유탄지가 우연한 기회에 터득하게 된 무공. 유탄지는 《신족경》에 그려진 그림을 보고 요결을 연마하여 빙잠의 한독을 자기 것으로 흡수시켜 무서운 '음한의 기운'을 얻는다.

# 신필 김용 문학 깊이 읽기

# 김용, 무협 소설의 일대종사一代宗師

주성철

“전당강錢塘江의 도도한 물줄기는 밤낮을 가리지 않고 쉴 새 없이 임안臨安 우가촌을 휘감아 돌아 동쪽 바다로 흘러간다.” 김용 전설의 진정한 시작이라 할 수 있는《사조영웅전》의 첫 문장이다. 그렇게 중국 문단의 기인奇人으로 불리는 신필神筆 김용의 작품들은 도도한 물줄기를 이뤄 홍콩과 중국 대륙은 물론 유럽과 미국의 독자들까지 사로잡았다. 한 문파에서 한 시대에 걸쳐 한 번 나올까 말까 한 위대한 스승을 일대종사一代宗師라고 한다면, 그는 그 누구도 견주기 힘든 진정한 무협 소설의 일대종사였다.

한국에서는 한참 세월이 흘러, 1985년 12월부터 신문 광고가 시작되어 1986년 내내 큰 사랑을 받으며 김용의 소설은 그해 출간 도서 베스트셀러 5위에 오르는 기염을 토했다. 2003년《사조영웅전》을 시작으로 김영사에서 정식으로 판권 계약을 맺은《신조협려》,《의천도룡기》까지 사조삼부곡射雕三部曲이 출간되기 이전, 당시 고려원은 사조삼부곡 3부작을 《영웅문》이라는 이름으로 바꿔서 각각 임의의 제목을 달아 출간했다. 《사조영웅전》을 제1부 〈몽고의 별〉, 제2부 〈영웅의 별〉, 제3부 〈중원의 별〉로 나누어 총 18권을 잇달아 출간하였다.

당시 홍콩에서 도착한, 제목마저 비슷한 1986년의 소설 《영웅문》과 1987년의 영화 〈영웅본색〉은 한국 대중문화의 지형도를 일거에 바꿔놓았다. 《영웅문》은 출간과 동시에 소설 부문 1위에 올랐으니 이른바 '대본소' 문화를 넘어, 김용이라는 이름과 함께 무협 소설의 대중적 인기가 바로 그때부터 시작됐다 해도 과언이 아니다. '홍콩 누아르의 발명'이라 부를 수 있는 오우삼 감독의 〈영웅본색〉은 〈맹룡과강〉, 〈정무문〉으로 대표되는 이소룡의 권격 영화와 이후 〈취권〉, 〈프로젝트A〉로 대표되는 성룡의 코믹 쿵푸를 넘어, 검이 아닌 총을 들고 말끔한 수트를 차려입은 현대의 협객俠客 시대를 열었다. 〈영웅본색〉 이전 〈호협〉(1978)을 비롯해 여러 편의 무협 영화를 만들기도 했던 오우삼에게 〈영웅본색〉은 김용적인 협俠의 세계를 현대 홍콩에서 펼쳐낸 작품이었다. 실제로 오우삼에게 스타일과 스토리텔링 등 여러 면에서 깊은 영향을 끼친 스승이라 할 수 있는 장철 감독도 배우 부성을 주인공 곽정으로 내세운 〈사조영웅전〉을 1977년, 1978년, 1981년에 걸쳐 3편까지 만들었으며 김용의 또 다른 작품들인 〈비호외전〉(1981), 〈벽혈검〉(1981), 〈협객행〉(1982)을 영화화했을 정도로 김용 작품들에 대한 애정이 깊었다. 이들 작품 외에도 장철의 수많은 작품들에서 시나리오 작가로 활약했던 예광이 김용과 절친한 사이였기에, 이들 세 사람은 실제로도 깊은 교분을 나누는 사이였다. 2010년

대 초반 오우삼이 〈사조영웅전〉을 새로이 영화화하겠다고 발표했다가 무산된 일도 있었다.

중요한 것은 김용 유니버스의 시작점이라 할 수 있는 사조삼부곡과 그의 현대적 변형인 〈영웅본색〉이 거의 같은 시기에 한국에 도착해 폭발적인 인기와 함께 대중의 마음을 움직였다는 사실이다. 당시《영웅문》의 광고 카피는 "기氣를 펴라! 대인大人이 되라! 웅지를 품은 대자유인大自由人으로 거침없이 인간세人間世를 살아가라!"였고, 〈영웅본색〉에서 가장 널리 회자된 대사는 바로 송자호(적룡)가 배신당한 것을 알게 된 소마(주윤발)가 육교에서 신문지를 떨어트림과 동시에 들려왔던 "강호의 의리가 땅에 떨어졌다"라는 말이었다. 한편으로 자질은 부족해도 언제나 부지런하고 끈기 있으며 의협심도 강하고 황용에게 짜증 한 번 안 낼 정도로 아낌없이 퍼주는 성격의 〈사조영웅전〉의 곽정과 〈영웅본색〉에서 출소 이후 끊임없는 범죄 세계의 유혹을 견뎌내며 동생을 아끼고 오랜 친구 소마를 보살피는 송자호의 모습은 그 자체로 깊은 감동을 줬다. 그들 모두 각박한 세상사 속에서도 의협심 넘치고 품격 있는 자유인의 삶을 살고자 하는 김용 유니버스의 주인공들이었다.

1987년 6월 민주항쟁 이전, 군사 독재정권의 말기에 도착한 두 작품이 전한 자유와 의리의 메시지가 당대 청춘들의 심금을 울리고, 억눌린 마음에 불을 지폈다고 하면 지나친 비약일까. 김용의 작품들은 그즈음부터 여러 대학 도서관 대출 목록에서 언제나 1, 2위를 차지했고, 개봉과 동시에 인기를 끈 것이 아니었던 〈영웅본색〉을 재개봉관에서 구해낸 것도 당시 청춘들이었다. 그렇게《영웅문》과 〈영웅본색〉은 당대의 청춘문학이요, 청춘영화였다. 김용 유니버스의 상상계로서의 무림은 암울한 현실계와 맞물려 돌려 보고, 입으로 전해지며 확장되어 갔다. 적어도 당시 한국 대중문화 안에서 김용 유니버스는 환상문학과 실존문학의 경계를 훌쩍 넘어서는 것이었으며, 그 위력과 영향력은 지금도 마찬가지다.

그처럼 김용에게 매혹당한 사람들은 시대와 국가를 초월했다. 먼저 그의 본고장이라 할 수 있는 홍콩의 왕가위 감독은 〈아비정전〉(1990)과 〈중경삼림〉(1994), 그리고 〈타락천사〉(1995)로 이어지는 가운데 김용의 〈사조영웅전〉을 재해석한 〈동사서독〉(1994)을 내놓았다. 왕가위가 어려서부터 즐겨 읽으며 흠모해 마지않았던 김용 유니버스에 드디어 발을 내딛은 것이다. 더구나 그가 언제나 직접 각본을 써왔다는 점에서(바로 지금에 이르기까지도!) 김용 작품을 영화화한다는 것은 의미심장한 사건이었다. 구양봉을 연기한 '왕가위의 페르소나' 장국영도 화제였지만 〈동방불패〉(1992), 〈녹정기〉(1992), 〈천룡팔부〉(1994)에 출연하며 김용 유니버스에서 가장 선명한 자리를 차지하고 있는 배우 임청하의 출연도 화제였다. 우여곡절 끝에 완성된 〈동사서독〉은 지나치게 자의적이고 편협한 해석이라는 평가도 많았으나, 김용의 작품들이 화려한 무공의 향연을 펼치는 무협 소설임과 동시에 가슴 절절한 멜로드라마임을 새삼 상기시켜줬다. 구양봉을 비롯해 매년 복사꽃이 필 때마다 그를 찾아오는 황약사(양가휘), 이름을 떨치고 싶은 가난한 무사 홍칠공(장학우) 등 김용 유니버스의 여러 인물들은 황량한 무림에서 저마다 슬픈 상처를 가지고 살아가는 사람들이었다.

김용 혹은 그 사이 세상을 뜬 배우 장국영에 대한 미련이 남아서인지, 왕가위는 창고에 처박혀 있던 15년 전 〈동사서독〉 필름을 꺼내어 새로 복원하며 재편집했고 2008년 칸영화제에서 〈동사서독 리덕스〉라는 제목으로 특별상영됐다. '리덕스'라는 꼬리표가 붙긴 했지만 삭제 장면이 대거 추가되거나 편집 순서가 바뀌면서 영화의 무드가 확 달라진 느낌은 없다. 세월의 흔적을 담아내는 CG 장면이 추가되고 새로운 인물들이 등장할 때마다 백로, 입춘 등 계절에 어울리는 절기의 소제목이 첨가되면서 순환의 의미를 덧붙인 정도다. 어쩌면 《녹정기》를 끝내고 절필을 선언한 김용이 이후 자신의 작품들을 수정, 보완하며 개정판 작업에 충실했던 그 모습을 닮았다고도 할 수 있다. 그렇게 〈동사서독 리덕스〉는 전반적으로 '시간의 재Ashes of Time'라는 애초의 영어 제목에 충실한 느낌이며, 그 '시간의 재'라는 표현은 여러 시대를 오가며 완성한 김용 유니버스 작품들 전체에 어울리는 부제 같기도 하다. 그렇게 왕가위는 김용에게 최고의 찬사를 바친 것인지도 모른다. 〈동사서독〉은 김용 작품들에 대한 왜곡이나 변형이 아니라 그야말로 절묘한 승화였다.

김용 혹은 왕가위와도 얼핏 어울려 보이지 않는 홍콩의 감독 겸 배우 주성치도 그들 중 한 명이다. 당대 최고의 코미디 배우로 승승장구하던 주성치가 하나의 정점을 찍은 것은 바로 〈신룡교〉(1992)라는 속편까지 만들어진 김용 원작의 〈녹정기〉(1992)다. 그가 사극에도 어울린다는 것을 증명함은 물론 홍콩 스타들이라면 누구나 한번쯤 꿈꿔봤던 김용 소설의 주인공이 된 것이다. 어려서부터 동네 친구였던 양조위가 홍콩 TVB 방송국의 TV 시리즈 〈녹정기 1984〉에서 위소보, TV 시리즈 〈의천도룡기 1986〉에서 장무기를 연기하며 승승장구하던 것을 가장 부러워했던 이가 바로 주성치였다. 〈녹정기 1984〉에서 강희제를 연기한 유덕화, 〈의천도룡기 1986〉에서 장취산을 연기한 임달화도 김용 원작의 TV 시리즈에 출연하며 배우로서 반전의 계기를 마련했다. 그만큼 김용 유니버스는 당대 홍콩 배우들에게 대중문화계라는 무림으로 나아가기 위해 반드시 거쳐야 할 통과의례와도 같았다.

김용이 창조한 캐릭터 중 가장 현실적이고 세속적인 인물로 평가받는, 그러니까 엉큼하고 약삭빠르고 거짓말을 서슴지 않는 위소보의 모습은 주성치를 통해 전혀 미워할 수 없는 캐릭터가 됐다. 반청복명을 외치며 결성된 천지회와 신룡교는 황제 강희제를 죽이려는 음모를 꾸미는데, 천지회의 일원인 위소보는 황궁에 들어갔다가 그만 강희제의 인품에 반해 그를 돕게 된다. 주성치라는 세계를 떠받치고 있는 2개의 기둥이 이소룡과 김용이라면, 그 마지막 김용이라는 퍼즐 조각이 〈녹정기〉로 꿰어 맞춰지게 됐다. 이후 주성치가 심지어 〈서유기〉의 손오공을 연기할 때도, 정작 그 손오공은 김용 유니버스의 주인공들과 닮아 있었다. 왕가위가 〈동사서독〉을 만들던 그때, 주성치는 〈서유기〉를 끌어와 〈동사서독〉을 경유하여 유진위 감독과 함께 〈서유기 월광보합〉(1994)과 〈서유기 선리기연〉(1994)을 동시에 내놓았다. 원작의 손오공이 자기의 의지와 무관하게 삼장법사와 여정을 함께하는 인물이었다면, 주성치는 손오공에게 김용 유니버스의 주인공들처럼 감정을 부여했다. 머리에 금강권을 쓰고 어렵사리 속세의 사랑과 인연을 끊고 길을 나서는 손오공의 슬픔이 거기 깔려 있는 것이다. 그러면서 마치 〈동사서독〉처럼 "그때 검과 내 목과의 거리는 0.01mm밖에 되지 않았다"라거나 "만약 사랑의 기한을 정해야 한다면 만년으로 하겠소"라며 언제나처럼 주성치는 자신이 오리지널인 양 천연덕스레 김용 작품의 주인공들처럼 대사를 읊었다. 중요한 것은 〈사조영웅전〉으로 시작하여 〈동사서독〉을 거치며 패러디를 반복하고 또 더하는 가운데 원작의 감흥 못지않은 카타르시스에 다다르는 놀라운 경험이다. 유진위와 주성치가 〈월광보합〉, 〈선리기연〉 연작 전체의 영어 제목을 〈A Chinese Odyssey〉라는 거창한 이름으로 단 것 또한 김용 유니버스에 대한 오마주라 할 만하다.

실제로 김용과 주성치는 절친한 사이로 알려져 있는데, 주성치는 김용 유니버스의 용어들을 끊임없이 자신의 영화 속으로 끌어왔다. 〈사조영웅전〉, 〈신조협려〉, 〈천룡팔부〉에 등장하는 '항룡십팔장'은 〈무장원 소걸아〉(1992)에서 주성치가 개방 최고의 무공인 항룡십팔장을 익혀 거지의 왕이 된다는 설정으로 등장한다. 영화 전체가 〈신조협려〉 패러디라 할 수 있는 〈식신〉(1996)에서는 〈신조협려〉의 '암연소혼장'을 패러디한 '암연소혼반'이 등장한다. 평범한 돼지고기 바비큐 덮밥이지만 주성치가 '가장 평범한 것이 가장 비범한 것'이라는 철학을 담아 자신의 모든 열과 성을 다해 만들어낸 최후의 요리이다. 암연소혼장은 〈신조협려〉에서 무공이 절정에 달한 양과가 자신이 평생 익힌 여러 계파의 무학을 바탕으로 집대성해낸 독자적인 경지의 무공이다. 〈식신〉에서 주성치가 요리사로서 최고의 경지에 오른 것을 그 용어를 통해 비유해낸 것이다.

아마도 주성치의 김용 유니버스 사랑의 집대성은 〈쿵푸 허슬〉(2004)이라 할 수 있다. 무엇보다 〈쿵푸 허슬〉은 과거 수많은 TV 시리즈나 영화에서 제대로 살려내지 못했던 김용 유니버스의 각종 무공들을 매끄럽고 훌륭하게 재현해냈다. 《사조영웅전》의 구양봉이 구사하던 '합마공'(두꺼비처럼 웅크린 채로 내공을 모았다가 일시에 터트리는 기술)은 화운사신(한국에서는 '야수'로 표기)이 완벽하게 구사한다. 합마공은 이미 〈식신〉에서도 악당이 자신의 뱃살을 자랑하는 장면에서 등장했지만, 두 영화의 표현 차이는 실로 엄청나다. 영화 속 돼지촌 주인 부부를 연기한 원화와 원추가 스스로를 각각 《신조협려》의 '양과'와 '소용녀'라고 말하는 것, 그 소용녀가 가공할 내력으로 '사자후'를 내뿜는 것도 《의천도룡기》에서 장무기의 양아버지 금모사왕 사손이 한 번의 고함으로 고수들을 죽게 하거나 큰 부상을 입게 만들었던 사자후에서 왔다. 영화의 마지막에 이르러 주성치 이후 새로운 인재 발굴에 나선 수수께끼의 거지가 꼬마에게 내민 5권의 책자 역시, 〈천수신권〉 하나를 빼고는 모두 김용 유니버스를 채우고 있는 무공 비급들이다. 《신조협려》와 《소오강호》의 독고구검, 《사조영웅전》과 《천룡팔부》의 일양지, 《의천도룡기》의 구양신공, 그리고 항룡십팔장이 그것이다. 이처럼 주성치는 〈쿵푸 허슬〉에 김용 유니버스의 용어들을 가져오면서 막대한 판권 사용료를 지불했다. 흥미로운 것은 지난 2004년 동남아에 쓰나미가 강타했을 때, 그곳에서 휴가 중이던 김용이 잠시나마 조난 위기에 처했던 적이 있는데, 그가 이후 피해지역에 기부금은 전달하기도 했다. 바로 그 기부금이 주성치가 〈쿵푸 허슬〉에 인용했던 저작권에 대한 판권 사용료였다. 그렇게 두 사람이 〈쿵푸 허슬〉을 통해 운명처럼 전지구적 의협의 실천자가 되었다고 말하면 지나친 걸까.

이상 살펴본 것처럼 김용 유니버스의 영향력은 영화의 안과 밖은 물론 시대와 국가의 경계를 넘나들었다. 〈쿵푸 허슬〉에서 최신 특수

효과로 절묘하게 표현된 사자후는 이연걸이 장무기를 연기했던 영화 〈의천도룡기〉(1993)에서는 아쉽게도 등장하지 않았다. 아마도 그것은 기술적 재현 여부라는 이유가 컸을 텐데, 바꿔 말하면 홍콩영화계 특수효과의 발전은 김용 유니버스의 무공들을 스크린에 재현하기 위한 과정이었다고 해도 과언이 아니다. 그보다 앞서 만들어진 영화 〈동방불패〉(1992)가 그 극명한 예라 할 수 있다. 임청하는 김용 유니버스 내에서도 가장 파격적이고도 독보적인 악역이라 할 수 있는 《소오강호》 속 일월신교의 교주 동방불패를 절묘하게 표현해냈는데, 프로덕션 디자인의 퀄리티는 물론 영호충의 독고구검과 임아행의 흡성대법 등 김용 유니버스 무공들의 영상화 또한 탁월했다. 당시 총격전 위주의 홍콩 누아르 일변도의 흐름 안에서 〈천녀유혼〉(1987)과 더불어 무협영화의 완전히 새로운 트렌드를 만들어낸 것이다. 이를 보며 성장하고 특수효과에 매진한 수많은 한국의 인재들이 이제 중화권에서 만들어지는 여러 대표적인 판타지 무협영화들의 특수효과를 맡고 있으니, 거의 상전벽해라 할 만하다. 비록 김용은 떠났지만 국경을 너머 그의 작품들을 보며 자란 세대가 영화계라는 무림에서 맹활약하고 있다.

2018년 10월 30일, 김용은 94세의 나이로 세상을 떴다. 80대의 나이에도 영국 유학길에 올라 중국사 공부를 위한 고고학에 매진, 박사학위를 따는 등 끊임없이 연구와 탐구의 길에서 벗어나지 않았기에 언제나 그 작품 속 주인공들처럼 깊은 감동을 주는 작가였다. 《반지의 제왕》을 쓴 J. R. R. 톨킨의 '중간계'나 비슷한 시기 세상을 떠난 스탠 리의 '마블 시네마틱 유니버스'와 비교되기도 하는 '김용 유니버스'라는 이름으로, 그는 춘추시대부터 청나라 말기까지 '강호'라는 대우

주를 창조한 사람이다. 물론 그것은 중국이라는 구체적인 역사로만 한정되는 것이 아니다. 더 중요한 것은 그가 총 15편의 작품들로 마지막까지 뉘우치고 용서하는 인물들, 출생의 비밀을 간직한 인물들을 통해 중화中華사상에 대한 재고는 물론 성정체성에 대한 고민까지, 작가로서 줄곧 진보하고 진화하였다는 사실이다.

그의 주인공들은 자유로이 떠돌면서도 기꺼이 희생하고 분연히 일어서면서 자신이 지켜야 할 것을 지켜냈고, 새로운 무공과 문화를 거리낌 없이 흡수했다. 《사조영웅전》에서 《녹정기》에 이르기까지, 김용 유니버스의 수많은 인물들이 그야말로 생생한 생명력을 지닌 마치 동시대의 누군가로 느껴지고, 그에 끊임없이 매혹당하는 것은 그 궁극적인 인간성에 대한 탐구가 지금도 유효한 질문이기 때문이다. 인간으로서 나는 왜 사는 것이며, 어떻게 행동해야 하고, 어디에 서 있어야 하는가, 라는 근원적인 질문이 거기 담겨 있다. 얼핏 생성원리와 지향점이 달라 보일 수도 있는 무武와 협俠이 하나의 단어로 붙을 수 있는 이유가 바로 그 때문이다. 그렇게 나는 사람이 사람인 이유를 김용 유니버스 안에서 배웠다.

# 나는 김용 문학을 이렇게 읽었다

**1966년 4월 22일**

**김용 오형吾兄**

작년 여름 오형을 직접 만날 수 있어 무척이나 기뻤습니다. 오형의 거처에서 함께한 순간들은 소중한 기억으로 남아 있습니다. 미국으로 돌아온 후에도 늘 오형에게 안부를 물으려 서찰을 보내고 싶었지만 공무가 바쁜 나머지 그리하지 못했습니다.《천룡팔부》는 시간이 날 때마다 틈틈이 읽을 것입니다. 주변 동료와 친구들 중에는 오형의 대작을 음미하며 읽기 좋아하는 사람이 아주 많습니다. 특히 양연생楊蓮生과 진성신陳省身 등 몇몇 친구들과 모일 때면 늘 오형 작품에 대한 감상을 나누고는 합니다. 친구들 중 하제안 형이 먼저 세상을 떠나는 바람에

· **글** | **진세양** 버클리대학교 동아시아학과 학과장을 역임한 저명한 문학평론가. 진세양 교수의 추천으로 버클리대학교와 스탠퍼드대학교에서 김용의 작품을 중국 문학 부교재로 채택하였다. 이 글은 진세양 선생이 예술적 경지에 오른 김용 문학 작품에 찬사를 보내며 김용 선생께 쓴 편지글이다.

지금은 그 의미를 이해하는 사람이 하나 줄어버렸습니다. 문과와 이공과를 막론하고 주변의 젊은 친구들 중 많은 이가 오형 책의 독자이며 심지어 자신이 '김용 전문가'라고 이야기하는 사람도 있습니다. 그들은 날 보러 올 때마다 오형의 작품에 관해 얘기하며 즐거워합니다. 《천룡팔부》의 이야기 구조가 약간은 느슨하고 인물과 줄거리 설정 역시 지나치게 황당무계한 점이 있다고 평하는 친구들도 있지만 가볍게 우스갯소리로 하는 말이지 진지하게 비판하는 태도는 아닙니다. 저 역시 웃으며 이렇게 대답을 했죠.

"사실 이 작품은 난국難局에 대한 탄식 그리고 민생고에 대한 비분한 심정을 이야기하고 있다. 무협 소설을 읽는 사람 대부분이 통속적이고 이해하기 쉬운 작품에 익숙하기에 무협 소설을 가볍게 이해하려고만 하지. 마치 '경극'을 보듯 대충 이해만 하면 되는 것처럼 말이야. 그럼 더 많은 생각을 할 필요도 없고 심각하게 영감을 얻을 필요도 없겠지. 가볍게 책을 읽거나 가벼운 경극을 보는 것도 나쁘지는 않지만 김용 소설은 절대 가벼운 작품이 아니다. 《천룡팔부》를 읽으려면 필히 가볍게 흘려 읽어서는 안 되고 설자楔子, 즉 사건을 이끌어내기 위한 절을 상세히 음미하며 읽어야만 업보業報 그리고 제도濟度의 의미가 적절히 안배되어 있음을 볼 수 있다. 책 속의 인물과 줄거리에 대해 논하자면 '사람은 누구나 정에 얽매이기 마련이며 이런 정은 고통을 수반한다'라는 말로 정리할 수 있어. 이런 극적인 면을 쓰기 위해서는 보통 사람들의 일반적인 감정을 보다 특별하게 쓰지 않을 수 없다. 책 속의 세상은 흉악하기 이를 데 없는 악귀들이 도처에 도사리고 있는 세상이라 언제든 경이롭고 기이한 일들이 일어날 수 있기에 이를 폭로하고 풍자할 수 있다. 이런 가련한 온갖 중생의 세상을 들어 이야기를 풀어가려 하는데 어찌 느슨한 설정을 하지 않을 수 있단 말인가? 이런 경이로운 인물들의 이야기와 세상 배후에는 불법의 가없는 초탈超脫 개념이 짙게 깔려 있어 수시로 등장하게 된다. 그러나 사람 마음을 움직이는 내용들을 만날 때마다 우리는 고대 희랍의 비극이론에서 말하는 이른바 공포와 연민을 느낄 수 있다. 이를 더욱 진부한 말로 이르면 '색다름과 느슨함', 대략적으로 '형식과 내용의 통일'이란 말로 대체할 수 있겠지."

여기까지 말하다 보니 직업병을 피할 수 없는지 마침내 문학 평론의 어투가 동반되고 말았습니다. 다만 내가 좋아하는 화제로 즐겁게 담론을 한 것이라 결과적으로 찬물을 끼얹는 지경에 이르지는 않았습니다. 한 젊은 친구(물리학과 우등생)가 아주 영리하게 대답을 하더군요.

"맞습니다. 선생님 말씀대로 《천룡팔부》는 함부로 사서 함부로 읽다 던져두어서는 안 됩니다. 처음부터 자세히 몇 번이고 읽어야만 합니다."

이렇게 우리 집 거실에서 차와 술을 마시며 이야기를 나눴지만 때로는 강의실에서 질의응답을 하는 것 같았지요. 선생질을 하는 운명은 피할 수 없지만 난 이 시간이 강의실에 있을 때보다 훨씬 더 즐거웠습니다. 사실 시간이 나면 이와 유사한 의견을 정식 글로 쓰고자 했지만 결과물을 내지 못했습니다. 이번에 캘리포니아를 떠나기 전 '사성史盛'의 형님께서 새로 나온 〈명보월간明報月刊〉이라는 잡지를 보여주며 내가 정식으로 글을 쓰면 그 잡지에 발표할 수도 있다고 하더군요. 성심성의껏 쓸 수는 있겠지만 사람들이 이를 자기들끼리 북 치고 장구 치는 과장된 광고처럼 볼 것 같아 두렵기 짝이 없었습니다. 해서 하는 수 없이 우선 오형에게 이런 흥미로운 일을 고하게 된 것입니다.

난 4월 초에 일본 교토에 왔습니다. 교토대학교에서 '시와 평론'이라는 강의를 하게 되어 석 달 후에나 미국으로 돌아갈 예정입니다. 가기 전에는 타이베이에 잠시 들를 것입니다. 일전에 타이완의 중앙연구원中央研究院에서 변변치 못한 논문 몇 편을 출판했는데 그 책들을 준다고 하는군요. 매우 구체적이고 전문적인 학술적 문장이긴 하지만 읽지 않은 책이 없는 오형이라면 빠뜨리지 않고 세세히 읽을 수 있을 것이라 믿습니다. 까다롭기 짝이 없는 글이라 쉽게 이해하지 못한 사람들이 먼지구덩이 속으로 던져버릴 수도 있지만 오형 같은 독자를 만난다면 충분히 읽힐 수 있으리라 여깁니다.

그리고 오형께 미안한 부탁 하나만 하겠습니다. 내가《천룡팔부》합본을 32권까지 읽고 중간에 친구에게 빌려주었으나 학생들에게 문법 설명을 해야 하는 상황이라 처음부터 끝까지 다시 한번 읽어야겠다고 느꼈습니다.

그러나 일본에 있어 책을 구매하기가 용이하지 않으니 오형이 우편으로 한 세트만 보내주시면 좋겠습니다. 또한 32권부터 새로 출판되는 책 역시 보내주시면 감사하겠습니다.《신조협려》도 과거에 일부 내용을 읽긴 했지만 처음부터 끝까지 완벽하게 읽고자 하니 이 역시 한 질만 보내주시기를 부탁드립니다. 아울러 책 가격도 함께 고지해주시기 바랍니다. 서점에서 사는 것이 예의인 줄 알지만 작가 본인을 통해 구하고자 하는 마음에 그러는 것입니다. 보내실 주소는 다음과 같습니다.

"京都市左京區吉田上阿達町37洛水ハイツ"

위 주소로 보내면 책을 보내기에 비교적 편리합니다. 편지를 보낼

때 일본 지명이 너무 길어 불편하시면 "京都市京都大學中國文學科" 앞으로 보내주셔도 됩니다.

이상 서둘러 글을 맺습니다. 부디 평안하시기 바랍니다.

진세양 배상

**1970년 11월 20일**

**량용良鏞 오형께**

이번 홍콩 여행에서 오형으로부터 받은 융숭한 대접에 너무도 감격한 나머지 무슨 말로 고마움을 표현해야 할지 모르겠습니다. 그날 밤 오형 집에서 작품에 대한 오형의 견해를 상세히 듣고도 싶고 오형께 배우고 싶은 문제들도 많았습니다. 그러나 순간 어디서부터 얘기를 꺼내야 할지 몰랐고, 그날 밤에는 일부 가빈들도 함께 자리해 끊임없이 담소를 나누다 보니 순식간에 자정이 다가와 절호의 기회를 놓치고 빈손으로 돌아온 게 한탄스럽기 짝이 없었습니다. 이 일에 대해서는 후에 친구들과 이야기하면서도 주먹을 불끈 쥐고 탄식을 했지요. 훗날 밤새 즐거움을 함께 나눌 수 있는 기회가 생겨 한을 풀 수 있기를 바랍니다.

그날 밤에는 동문들에게 밤새도록 오형 소설에 관해 간략하게 강론을 했습니다. 난 그 문학적 경지와 문법의 뛰어난 정수가 고대 중국의 원잡극元雜劇이 흥성하던 시기에 비할 정도라고 말했습니다. 작품 속에 작가의 천재적인 상상력이 표출되어 있을 뿐만 아니라 사람의 무상한 운명까지 언급하고 있으니 말입니다. 이런 독특한 문법은 당대 문학에서 오로지 오형 한 사람뿐이라 생각합니다. 이런 견해들을 동문과 함께 분석하고 토론을 한 이유는 그렇게 해야만 오형의 작품을 진지하게 사색할 수 있으며 함부로 대충 읽는 오류를 범하지 않으리라 여겨서입니다. 책에 대한 분석과 감상을 논할 때 역시 선현들이 원잡극에 대해 얘기한 명언들을 참고문헌으로 삼았습니다. 예를 들어 왕정안王靜安 선생께서 하신 말씀처럼 말입니다.

"한마디로 요약하면 예술적인 경지에 이르렀다 할 수 있다."

이 예술적 경지에 관해 왕 선생께서는 이런 말씀도 하셨습니다.

"감정은 사람의 마음 깊은 곳에 이를 수 있도록 쓰고, 경치와 사물에 대한 묘사는 사람이 직접 피부로 느끼게 만들며, 언어는 인물 스스로 말하는 것처럼 쓰는 것이다."

이런 평가는 결코 범론汎論이라 할 수 없습니다. 다른 그 어떤 소설과 비교하거나 전통적인 명작들에서도 흔히 볼 수 있는 것이 아니며 무협 소설 중에서는 더욱 찾아보기 힘드니 말입니다. 대다수 무협 소설에는 감정이나 풍광 묘사 그리고 이야기가 과장되면서도 황당무계

한 필법을 기본으로 삼고 있어 도가 지나치다 할 수 있습니다. 만일 사람의 감정을 건드릴 수 있고 이를 몸소 체험한 것처럼 느끼며 기지가 넘치는 말이 이어지게 하는 것은 문학적 기초 위에 충만한 재능이 있어야 쓸 수 있는 것입니다. 예술의 천재는 장르와 소재의 어려움을 끊임없이 극복해나가야만 합니다. 김용 소설의 성공은 바로 이 어려움을 극복한 데 있고, 이에 탄복하지 않을 수 없습니다. 물론 예술적 경지의 깊이도 의의가 있기는 하지만 독자들 스스로 학식이 있고 수양을 해야만 작품의 내용을 이해할 수 있을 것입니다. 책 속에서는 바둑과 의술을 세밀히 다루었고, 불학의 도리와 측은지심을 폭넓게 바라보았으며, 업보業報를 어찌 파해할 것인지, 치심癡心을 어찌 소화할 것인지 등을 인물의 성격 묘사나 이야기 구조에 녹여냈습니다. 이것만 봐도 작가의 필법이 얼마나 정교하고 세밀한 기교를 지녔으며 시야가 얼마나 심후하고 광활한지, 또한 가슴이 얼마나 넓은지 볼 수 있기에 섬세한 묘사들도 가볍게 간과할 수는 없는 것입니다. 궁극적으로는 기묘하면서도 진실을 잃지 않고 있다는 느낌이 들어 현대시의 정취는 물론 조형 미술의 아름다움에 견줄 수 있을 정도입니다. 오형의 작품을 읽고 이해할 수 있는 사람이라면 자연스레 이를 알 수 있을 겁니다. 이 내용들은 내가 동문과 했던 담론 중 나온 내용에 약간의 예를 들어 비교한 것일 뿐 작품의 전모를 얘기하기에는 부족합니다. 그리고 지난번 얘기한 사대악인 크리스마스카드는 아직까지 보이지 않습니다. 우선 이 서신을 빌려 안부를 전합니다. 그리고 내 졸작이 중산대학中山大學 학보에 실려 송기宋淇형에게 부탁해 오형께 전해달라고 했습니다.

여기까지 쓰겠습니다.

새해 복 많이 받으시고 부인께도 안부 전해주십시오.

세양이 11월 20일에 씀

안사람과 함께 안부를 전합니다.

## 김용 연보

| | |
|---|---|
| 1924년 | 절강성 해녕현 원화진 명문 사査씨 가문의 혁산방에서 출생. |
| 1931년 | 사촌형님 서지마가 동란 중 사망. 고명도의 《황강여협》 등 여러 무협 소설 탐독. |
| 1935년 | 용산소학당 5학년 때 학급 간행물 〈악악제〉 편집. |
| 1936년 | 용산소학당 졸업. 가흥중학 입학. |
| 1937년 | 상해 8.13 동란 발발. 일본군 항주만 상륙. 피란길에 오름. 어머니 사망. |
| 1938년 | 절강성 전시 청년훈련단에서 군사 훈련을 받음. 9월 초 연합중학 초중부에 진학. |
| 1939년 | 친구들과 입시 참고서 편찬. 절상성 연합고중에 진학. 벽보에 《규염객전》을 고증한 글을 발표해 교사들에게 칭찬받음. |
| 1940년 | 훈육주임을 풍자한 글을 발표해 퇴학당함. 7월 교장과 동창의 도움으로 석량에 있는 구주중학으로 전학. |

| | |
|---|---|
| 1942년 | 〈동남일보〉 부간 〈필루〉에 〈천 사람 중 한 사람〉이란 글 연재. |
| 1943년 | 중경의 중앙정치학교 외교학과에 입학. |
| 1944년 | 단편소설 〈백상지연〉으로 중경 시정부 문예경진 2등상 수상. 중앙도서관에서 일함. |
| 1946년 | 〈동남일보〉 영어 전보 번역. |
| 1947년 | 〈동남일보〉 사직. 상해 동오대학 법학원에서 국제법 전공. 상해 〈대공보〉 국제 전보 번역. |
| 1948년 | 홍콩 〈대공보〉에서 국제 전신 번역. |
| 1949년 | 〈대공보〉에서 〈국제법으로 본 해외 중국인의 재산권〉이란 논문 발표. |
| 1951년 | 아버지 사추경이 고향 가흥 해녕에서 총살당함. |
| 1952년 | 〈하오다담〉 편집을 맡아 요복란, 임환 등의 필명으로 영화평 쓰기 시작. |
| 1953년 | 시나리오 〈절대가인〉 발표. |
| 1955년 | 필명 김용으로 〈신반보〉에 무협 소설 《서검은구록》 연재. |
| 1956년 | 홍콩신문 〈상보〉에 《벽혈검》 연재. 두 번째 아내 주매와 결혼. 〈대공보〉로 복귀해 부간 〈대공원〉 편집을 책임지며 영화평 발표. |
| 1957년 | 〈상보〉에 《사조영웅전》 연재 시작. 영화 〈유녀회춘〉 제작. |
| 1959년 | 호소봉과 영화 〈왕노호창친〉 공동 감독. 〈신만보〉에 《설산비호》 연재. |
| 1960년 | 잡지 〈무협과 역사〉를 창간. 《비호외전》 연재. |
| 1961년 | 《의천도룡기》 연재 시작. |
| 1963년 | 〈동남아주간〉에 《연성결》 연재 시작. 〈명보〉에 《천룡팔부》 연재 시작. |

| | |
|---|---|
| 1967년 | 홍콩에 '67폭풍'이 일어나 〈명보〉가 좌파의 중점 공격 목표가 됨. 〈명보〉에 《소오강호》 연재 시작. |
| 1969년 | 〈명보〉에 《녹정기》 연재 시작. |
| 1970년 | 〈명보만보〉에 《월녀검》과 《삼십삼검객도》 발표. 지금까지 발표한 무협 소설을 조금씩 수정하기 시작. |
| 1972년 | 《녹정기》 연재를 끝내고 절필 선언. |
| 1976년 | 세 번째 결혼. 미국 콜롬비아대학에 유학 중이던 큰아들 사전협이 자살함. |
| 1979년 | 대만 원경출판사에서 〈김용작품집〉 출간. |
| 1980년 | 중국 광주의 〈무림〉에서 《사조영웅전》 연재. 처음으로 대륙에 소개함. |
| 1981년 | 등소평 만남. |
| 1984년 | 《홍콩의 앞날-명보 사론의 하나》 출간. |
| 1985년 | 중국 정부 정식 요청으로 중화인민공화국 홍콩 특별행정구 기본법 기초위원회 위원 위촉. |
| 1986년 | 기본법 기초위원회 '정치체제' 소조 홍콩 쪽 책임자에 임명됨. |
| 1989년 | 〈명보〉 사장직 사퇴. |
| 1992년 | 프랑스 정부 최고 권위의 훈장 '레자옹 도뇌르'를 받음. 프랑스 주재 홍콩 총영사가 김용을 프랑스의 알렉산드르 뒤마에 비유함. 캐나다 UBC대학에서 박사학위 받음. |
| 1993년 | 베이징에서 강택민과 회견. |
| 1994년 | 명보그룹 명예회장직 사퇴. 홍콩 중문대학에서 최초 영역본 《설산비호Fox Volant of the Snowy Mountain》 출간. 베이징 삼련서점과의 정식 판권 계약을 통해 〈김용작품집〉 출간. 왕일천이 편집한 《20세기 중국 문학대사 문고》에서 김용을 '금세기를 대 |

표하는 중국 소설가 4위' 서열에 올림. 베이징대학 명예교수 직위 받음.

1995년　최초의 전기인 《김용전》이 대만 원경출판공사·명보출판사·광동인민출판사에서 동시 출간됨. 중화인민공화국 홍콩 특별행정구 주위원회 위원에 임명됨.

1997년　영국이 홍콩을 중국에 반환. 〈명보〉에 사설 〈강물과 우물은 서로 침범하지 않는다-반환 첫날에 쓰다〉 발표. 홍콩 옥스퍼드대학출판사가 영역본 《녹정기The Deer and the Cauldron》 출간.

1998년　절강대학 인문학원 원장 취임.

2000년　홍콩 특별행정구가 최고 명예 훈장을 수여함. 베이징대학에서 '김용소설 국제연구토론회'가 개최.

2002년　상해에서 세계적 베스트셀러 작가 파울로 코엘료와 대담을 함.

2004년　프랑스 문예공로훈장 수상.

2007년　홍콩을 대표하는 작가로 선정됨. 영국 케임브리지대학 역사학 석사 학위 수여.

2009년　중국작가협회 명예 부주석 위촉.

2010년　영국 케임브리지 세인트존스대학에서 박사 학위 수여.

2011년　마카오대학 '김용과 중국어 신문학' 국제 학술 세미나 개최. 대만 칭화대학에서 명예박사 학위 수여.

2017년　김용의 성과와 공헌을 표창하기 위해 홍콩 문화박물관에 상설 김용관金庸館 설치.

2018년　10월 30일 94세의 일기로 타계.

天龍八部